中国近代口述史学会丛书

为了人与书的相遇

唐德刚作品集

战争与爱情（上）

广西师范大学出版社
·桂林·

图书在版编目(CIP)数据

战争与爱情 / 唐德刚著．
—桂林：广西师范大学出版社，2015.2（2020.1 重印）
ISBN 978-7-5633-9774-7

Ⅰ．①战… Ⅱ．①唐… Ⅲ．①长篇小说 – 中国 – 现代
Ⅳ．① I247.5

中国版本图书馆 CIP 数据核字 (2010) 第 150375 号

广西师范大学出版社出版发行
广西桂林市五里店路9号　邮政编码：541004
网址：www.bbtpress.com

出　版　人：黄轩庄
责任编辑：曹凌志　王家胜
装帧设计：马志方　涂星村
内文制作：陈基胜　马志方
全国新华书店经销
发行热线：010-64284815
山东临沂新华印刷物流集团有限责任公司

开本：965mm×635mm　1/16
印张：52.5　字数：680千字　图片：1幅
2015年2月第1版　2020年1月第2次印刷
定价：148.00元（上下册）

如发现印装质量问题，影响阅读，请与出版社发行部门联系调换。

唐德刚（1920—2009）

安徽合肥人。国立中央大学（重庆）历史系学士，美国哥伦比亚大学（纽约）硕士、博士。曾先后任职于安徽省立安徽学院、哥伦比亚大学、纽约市立大学，长期从事历史研究与教学工作，并对口述历史的发展贡献良多。著有《袁氏当国》《段祺瑞政权》《李宗仁回忆录》《胡适口述自传》《胡适杂忆》《史学与红学》《书缘与人缘》《五十年代的尘埃》《战争与爱情》等，包括历史、政论、文艺小说多种，及诗歌、杂文数百篇。

唐德刚(陈辉明摄影)

目 录

我们在历史转轨的时节相遇天涯（李蓝）/ 001
江山千万里，家国四十年（李蓝）/ 005
代序：也是口述历史（唐德刚）/ 011

上 篇　往事知多少

楔　子 / 017
第一章　海外关系的幻象 / 019
第二章　海内关系的万缕千丝 / 042
第三章　往事知多少 / 060
第四章　遍地黄花开 / 119
第五章　那个老三角 / 136
第六章　为中国农村耙耙底 / 159
第七章　"三八式"的形形色色 / 184
第八章　饱暖思淫欲 / 203
第九章　烈士和汉奸 / 235
第十章　摩擦从何来 / 289

第十一章　一个拼起来的家 / 309

第十二章　西线有战事 / 322

第十三章　还乡和去国 / 339

第十四章　最后的晚餐 / 361

下　篇　昨夜梦魂中

第十五章　记得初相遇 / 379

第十六章　"省长"和"省长小姐" / 420

第十七章　"洞"房的里里外外 / 439

第十八章　空袭之后 / 465

第十九章　痴男情女 / 486

第二十章　梦中有梦 / 505

第二十一章　地下干爹 / 529

第二十二章　七哥之恋 / 543

第二十三章　也算"两头大" / 561

第二十四章　小鬼难缠 / 577

第二十五章　好事多磨 / 596

第二十六章　"病妇"的噩梦 / 608

第二十七章　夜奔 / 626

第二十八章　今生与昨死 / 642

第二十九章　落叶归林 / 657

第 三 十 章　燕燕于飞 / 679

第三十一章　订婚比结婚重要 / 698

第三十二章　消失前的"家" / 720

第三十三章　难民的天堂和地狱 / 741

第三十四章　三姐妹 / 753

第三十五章　土洋之别·人畜之间 / 762

第三十六章　没有观众的表演 / 782

第三十七章　性之美 / 798

第三十八章　不堪回首 / 812

第三十九章　梦醒的时候 / 821

我们在历史转轨的时节相遇天涯

写在唐德刚《战争与爱情》再版之际

我们的朋友唐德刚走了。

他的一生,曾经参与同时也见证了上个世纪在中国历史上最风云雷动、几番挣扎几番死生的时节,虽然他的大半生是在遥远的异国度过,但他魂梦牵绕的还是那个容颜已老的故国。但凡在东方那块土地上走出来的人,走向世界任何一个地方,谁不是这样呢?特别是那些年,虽然生活在同一个时空的世界上,连至亲的家人都彼此音讯渺茫,无从闻问。

也许是有这种共同的情怀吧?所以当时在美国的华人,总是多方打探来自故国的消息。我们在纽约的报社,自然就成了各方来打探讯息的对象,那是上个世纪七十年代的初期。

唐德刚教授所开启的"口述历史"记事,也给我们很大的启发;在纽约华埠的华人,不但有百多年前乘猪仔船来美做劳工的先民后裔,并且还有曾帮助孙中山革命的协胜、致公两个公所。老华侨们会告诉我们,在下城区华埠麦街那个小楼上,曾经是他们先祖和孙中山议事歇脚的地方。另外还有靠近布鲁克林桥旁的一座旧楼上,有个衣馆工会,阿叔给我看他们的资料,原来这些华工在几十年前,为了支持当时抗日的延安政权，他们筹资捐款不遗余力。不幸到了美国执行麦卡锡政策之时，这些人竟被莫名其妙地打入牢狱，甚至有的家毁人亡……还有一些就是在国共内战之时，从中国不同省份区域奔向海外的各个阶层的难民，他们的脸上总是带着失落和凄惶。我们从这些群落里依稀可以读到中国这百年来的缩影。

这时候华埠社区开始找资料，建档案，而后终于成立了华埠历史馆和华工渡海纪念馆。这是因为唐德刚教授"口述历史"的启发，大家开始注意历史留下的轨迹。

也就在那时，因为美国刚从越南撤军回来，反战的声浪四起，新的文化思潮出现了。当时的"嬉皮"风潮影响到文学、艺术、音乐、戏剧等各个领域，竟然形成了二十世纪最重要的文化运动。原是纽约下城区在二战后废置的几十家破旧工厂，被各地涌来的艺文界人士改装变造成画廊、工作室、演艺厅及咖啡座等等，将原来就存在的艺术街格林威治村延伸至下面靠南的几条街，就是苏荷（SOHO）区。跟着世界各地的艺术家也纷纷进驻，大约十年光景，原来是在巴黎的世界艺术中心，而逐渐转移到纽约来了。

我们的报社就在苏荷区旁边，接近小意大利区及华埠边界。由于新文化运动的兴起，影响逐渐扩及全美各地，诸如普普艺术、新写实主义、后现代派、嘻哈风，甚至涂鸦风……这是资本主义首次接受挑战的时刻，也是更多人对人类历史进程走向这一时刻的反思；许多以前只专注于自己专业领域、不食人间烟火的高级白领，也开始主动或被动地走入人群，并且关心环境、集体等关系。从不被注视的华人小区，这时候竟开始热络起来，竟有许多美国人也进入华埠，体验不同族群的生活。

当时还是冷战时期，国际间两大不同意识形态的集团，互相诋毁谩骂，因而无从知道事实真相。我们的报社，是从各种不同渠道，冒着风险介绍了一些中国大陆情况，因而我们这里就自然成了各路华人探询的中心，甚至有从欧洲、东南亚及中南美洲各地来的华人同胞。

在苏荷区里也有许多华人艺术家朋友，大家常在一家咖啡餐饮店会面，这里聚集了四面八方的朋友。唐德刚教授因为完全没有学究气，他喜欢中国文学诗词和戏曲、古董字画等等，所以便和这些人也成了朋友。又由于他是较早来纽约的华人，他也没有那些所谓的"伪洋鬼子"张口闭口喜欢洋文成串的美籍华人的派头，所以华埠社区的老华侨们也和他有共同语言与文化乡愁的交集（只是乡音不同）。那许多年，他竟成了新旧华侨的朋友。

在离开故国几千万里之外天之涯的纽约，我们可以听到老华侨们说他们祖辈坐猪仔船来做华工筑铁路的故事。在不同会所的阿叔们，会讲支持中国抗日战争时的种种，以至于内战时期流离失所奔赴来美的难民。也有那些家园破败后，一个个不堪的噩梦般的人生……这里竟成了华人在离乱世界里，相濡以沫互相取暖的地方。

到了八十年代，大陆向外开放了。陆陆续续有许多人来美访问、探亲、交流。我们报社更忙了，各种不同的座谈会，还要兼做人物专访。其中也有一些是早年留美后又回国去参加国家建设的，几乎每一个人都带着沧桑与仆仆风尘回来了，回来重逢他们过去在美时的同窗或老友。大家都是两鬓如霜，年华已老，相见恍如隔世。

我记得那年冬天的一个夜晚，我们大家聚在苏荷那家我们经常聚会的餐厅里。我们在倾听唐德刚教授的一位朋友，六十年代前回国参加祖国建设的种种艰辛历程，后来在"文革"中被认为是"美特"送到北大荒去劳改，说不尽的凄苦，漫漫长路……

我们在座的每一个人都静默着，没有人说话。停了许久，他抬起头来说：

"风霜经多了，反而锻炼了我们。那时全中国都苦啊，我们是一穷二白、老弱病残的国家呀。同国家的命运相比，我们个人的这些也就不算什么了……我们相信中国终会站起来的……"

真不知道以后的历史,怎么写我们这个世代?在那个大风暴的时节,所有人感受的和看到的或许都不一样吧?

那天我们谈得很晚大家才分手。唐德刚教授因为家住在纽约市外的新泽西州,他要赶车,得先走一会儿。我们看着他走出门去。外面正飘着雪,他向我们说再见。

那时雪花满天,我们看见他的背影远去,看见他招手仿佛是拂去飘下的雪花还是泪水?雪地上留下他一串脚印。

在那个史无前例的年代,我们共同走了过来。

唐德刚一生参与并见证了那个时代,他为我们留下一些记录,这些见证也许可以给后人更多的启示。总之,他走过去了,留下了脚印。

江山千万里，家国四十年

为唐德刚著《战争与爱情》说缘起

唐德刚教授的长篇小说《昨夜梦魂中》就要结集出版了，由于这部作品曾经在我主编的文艺副刊上连载过，也许我比别人对这部小说之外的一些事知道得更多一些，所以他要我为这部小说再"画蛇添足"一番。其实，作者的作品已经写在那里了，编者再说什么都是多余。我还是说点儿题外话吧。还得从认识唐德刚教授那年说起。

那还是一九七五年的时候，也是海外华人处在一个风雨激荡，为回归和认同的问题而争议彷徨的时候。当时《北美日报》的前身《星岛日报》由我筹划开辟了一个文艺版，在当时的美国侨社，这还是一个创举，我们采取的编辑方针是以开放和认知的态度，也撇弃掉过去文化人"精神贵族"的思想情结。开辟不久即引起各方瞩目，有的说我们思想进步，态度开明，为大家打开了一扇窗，让人看到了另一片天地。但也有采否定态度的，认为我们反传统，无端给我们扣上"左倾"的帽子，更无端地将我们的小报告打回去，把我们列在黑名单榜上。无故的骚扰和困惑就是故事里必然的情节了。

这倒也给予我们极大的考验；我们既然标榜开明和允许争议，我们自己就得首当其冲作为人们的"试金石"，在这个过程中，我们终于慢慢地学会了如何宽容和爱人，如何打开心胸放眼世界，我们一点点地从自己的小圈子里挣扎着走出来，走向群众，走向世界。

就在这许多不同的反应中，我们接到了唐德刚教授的来信。他在信中说，二十多年前他们一群留美的文艺青年，当时也出版了刊物，组织了一个团体"白马社"——至今他还津津乐道"当年白马社如何如何……"——可见对"白马社"之深情。他说他担心海外的文艺是否可以生长发芽，又怀疑我们是否能挨过两年就要寿终正寝。但不管如何，他还是佩服我们有"烈士"的精神。当时我们编辑同仁还笑说，文艺版开始不久，放鞭炮的没有，送花圈挽联的倒来了；但也还是感谢他的关心，在十年前的那种光景，留学生来留学，多想学得一技之长，以安定谋生第一，谁去关心什么中国文化的传播？然而，我们也还是觉得感激，因为隔了千山万水的家国，隔了遥远的岁月之旅，竟还有人在关心着中国的文化在海外的播种。这给我们极大的鼓励；不只是我们这批在台湾长大的中国人忽然认识到作为一个中国人的问题，也同时发现到，原来还有那么多、那么多远从十年前、十五年前、二十年前，甚至更远的三四十年前，从中国不同的年代、不同的省份，经过各种不同的道路来到美国的中国人，也仍然还没有忘记他们是黄河岸、长江边上的炎黄子孙。那以后，我才知道唐德刚是胡适的得意门生，又是我的同乡前辈安徽合肥人。他那时正在哥伦比亚大学做"口述历史"——当时香港《明报》正在刊载他的《李宗仁回忆录》，就是口述历史的成果之一。

时代的变迁和现实的生活，使我们这一代人变得较为自私倒是真的，很少听到有人再谈什么理想、抱负或使命感这一类的话。"保钓运动"是一股热流，使许多人忽然惊醒过来，认真地想到我们作为一个中国人的位置在哪里，想到多年来我们在台湾念书时所认识的"中国"，不过是教科书里的文字和墙上的一张地图罢了。三江、五岳、黄河、长江、西安、洛阳，也无非是些美丽的名字而已。这使我们的"乡愁"变得极为朦胧，如一出舞台上的神话。那时候因为种种原因，当时的处境使我们无法一探大陆国土——唐教授序文里已说到当时大陆尚未向外打开大门，而台湾已将我们护照吊销，连亲友通信都变得十分困难。我们那些怀抱着思国思乡的游子，常常跑到哈德逊河岸去观水、观船，潜意识里想着什么呢？或许有一天可以从这河出了海回去吧？或许盼望着有一天两岸的亲人都可以自由来往相聚吧？我坐在夕阳里的石栏杆下，忽然想起在台湾的日子来，听老一辈的朋友们谈他们在大陆的家啊，大陆的那些故事，跑反啦、逃难啦、逃日本人啦，还有就是苦难里的点点滴滴细致的人情味，他们讲不完地说着他们北方的家、南方的家，什么红高粱啦、紫荞麦呀………这使我们嫉妒而又羡慕他们有那么多的"过去"——那过去就是他们和中国历史的赓续连接。

　　唐德刚教授的"过去"，当然更叫我们羡嫉，他们经历的那些年月，那些变迁，恰是中国从民国到迈向二十世纪里一个天翻地覆的变化，而他自己的家庭背景，倒也像书中男主角一样，是个庞大宅第和人口众多的大观园呢。他自己经过了抗日、国共内战到负笈海外，真的像一折一折的戏在眼前经过。他做观众，他也做演员，什么时代能够给你这样丰富的生活呢？

　　是十年之后。我到唐德刚教授所在的纽约市立大学"亚洲研究所"去拿这部长篇小说的续稿。他和我说到三十年前他们留美时的寂寥，说到他们当初办刊物的热情理想，也说到我们这一些背负着中国文化传统的美籍华人异国的飘零与落寞。"身在曹营，心在汉"，大概一直就是这些人的写照，他还自我调侃说他们这种人是"熊猫"，因为稀有，有根深蒂固的中国文化传统，又在美国西式文化的环境中待上了这么多年，而仍然是"故国情长"。我们的下一代便没有这种苦恼，因为他们已认同了这里的文化。而年轻一代的留学生恐怕这种文化冲突感也没有这么深，因为他们生长的环境已开始西化了，他们也不那么执著于自己文化的不可改变性。他们是较适意的一代,什么风浪也没经历过,人生还如一张白纸。

就这十年的变化可真大,以前若在街上碰到一个黄皮肤的东方人,必定趋前探问是不是中国人,现在在纽约街上每天要不碰到一个东方人那才叫稀罕。大陆开放以后,留学生潮水一样涌向各个城市和大学去,他们大概不会有我们或更早的那些老留学生那样的"乡愁"了。就这个意义来看,我倒相信唐教授说他是"熊猫"的话,那背后是有许多怅惘的故事连接起来的。其实,那故事老早就在他心里了,也许已经跟了他很多年,动机可能不单是他在序里说的只是别人的故事那么简单,但凡在这个时代生活过来的中国人,在谁身上没有几个故事?而谁的故事里,也都依稀可以辨识到自己的血泪辛酸影子。大时代就是一个无情的铁碾子,它从我们每一个人的身上碾过去了,整体的命运尚且如此,何况个人?所以,我第一次听完唐教授告诉我这个两天之中以倒叙法写下半个世纪变动的故事时,我认为这是谁的故事已无关宏旨,那是时代的写照,中国人的故事。我当时极力怂恿他写下来,是因为中国近半个世纪的动荡,他是亲眼看见的,并且真真实实一路从那烽火里、风雨里、春花秋月里仆仆风尘走了过来的,作为一个历史学家,不是单用数据写历史,因为人们向来不大相信史书的,中国历代以来所谓史家如椽之笔,也不过是皇帝的御用罢了,倒不如民间诗人、文人的毛笔来得更能反映时代的真实面呢。不久,他认真写起来了,第一次寄给我五万字,以后是陆陆续续将续稿寄来的,一共约六十多万字,连载了两年。这期间,唐教授多次到大陆、台湾讲学、开会、教课,又还给别的刊物写稿,参加讨论会,等等。亏得他还记得小说里的人物衔接,个性面貌,这部作品里出场人物有四百多人,时间上从民国初年直到八十年代,空间上更横越了美国与中国。无疑的,这是一部史书,一部社会的书。它从纵的面或横的面,都给我们展示了一个历史片段,而这个片段正是中国近大半个世纪以来最风云变化骚动不定的时代,就宏观的格局与微观的细致而言,中国的《红楼梦》、日本的《源氏物语》都属这一类。何况我们的历史学家又是"红学"专家,受《红楼梦》的感染,是可以在整个气势上看得出来的。而这一段历史,这些曾经在旧时代里活跃着的人,也都将一个个走下历史的舞台,再也不会复返了。不管你是抱着怎样的心情看这些故事,这些人,这些事,也永远不会在我们以后的时代再现。一个时代就这样在纷纷攘攘中结束了。

由于这部人物众多、铺排很大的小说是在报上逐日刊载的,喜欢追踪情节的读者自然不免失望。现在全书结集出版,读者的情绪可以连贯下来,这种支离破碎感当可完全避免。在连载期中,就读者的反应来说,许多与作者同时代走过来的人最有如同身受之感,特别是去年在纪念"七七"抗日会上,曾有人大量影印小说中抗日战争中悲惨残酷的一章分发给与会侨胞。大学里一些研究近代史和社会学的学者也都逐日剪存,作为史实保留。我相信,这些人已不单是以读一部长篇小说来看待这部作品了。它更具有社会与历史的意义在。

我们相信历史学家的眼,往往像是用长镜头去看整个事件的发展和变迁的,他们可以站在高处看,站在远处看。态度可以是冷漠而不动情。可是,当历史学家自己就在时代里面时,这镜头焦距是放在什么位置呢?这些年来,不管是哪里的中国人,国内的也好,海外的也好,我们在行动上、在感情上也都随着时代的大流经历了一些事,甚至自己也在其中载浮载沉,跟着闹哄哄走了一阵过场,我们各人回头来看,又是什么滋味呢?

我还记得在台湾那时候,夏天碰到台风,大家张罗着储水、存粮,等风来了,看风雨交加下惶惶奔驰的车阵人群,风把市招吹得七零八落,是一种人生的毁灭感、生活的倒置、命运的变数。人在这风雨里抗争着而又任命着。台风的日子我们都经过了许多回,然而,往往那恐惶的骚动后又给人一种生存的欲望与勇气。去年我从河西走廊经嘉峪关，走古丝道，越过旧时古都武威、张掖、酒泉，而抵敦煌。真正看到了"敕勒川"里"天苍苍，野茫茫"的景象，宇宙洪荒，大野寂寥，像是开天辟地以来就是那样地辽邈广阔。车子一路行来，在大漠里像一只蚂蚁般爬行。我们看到风卷起的野骆驼刺在戈壁上奔跑，远山脚下，到处吹起了直上青云的龙卷风，一直往上伸，往上伸，风的螺旋就像小猫在转着圈子追逐着自己的尾巴。我从来不知道狂风怒号的另一种景象是这般可爱逗趣。可是不，当地人说，若果你不幸被卷入了那场风暴，黄沙盖脸，日月无光，会把你吹得七颠八倒，直不起腰来的。看来世间事，大抵也是如此，怎么看是大？怎么看又是小？或许在于你是站在什么距离、什么位置、什么角度去看它。

我们的历史学家在这部书里，有时候是带你在外面看，远处看，但也带你走进去看，血泪与辛酸，丝丝分明。在远处看，或许是历史，或许只是一出戏。在里面看呢，是苦难，也是人生。

这部小说现已由台湾远流出版公司出版，书名改为《战争与爱情》。

一九八七年七月七日前夕

代序

也是口述历史

唐德刚

那已是十多年前的事了。当美国尼克松总统于一九七二年访问了中国大陆之后，大陆上关了将近四分之一世纪的大门，对海外华侨讶然开了一条缝，我有几位去国三十余年的科学家朋友，乃幸运地从这条缝里挤了进去。那时我们一群还在墙外徘徊的逋逃汉，对他们是多么羡慕啊！——那伟大的祖国河山，那童年所迷恋的温暖家园，尤其是那慈爱的爹娘、欢乐嬉笑的兄弟姐妹、亲人、朋友、伙伴……是多么令人想念啊！我们焦急地等着听他们回国探亲的故事。

果然不久，他们就出来了。自祖国归来的欷歔客中，有一位是我的总角之交，我知道他青少年时代的一切往事。他出来之后，我们日夜欷歔地谈着他个人的见闻故事——这些故事太奇特，也太感人了。历史上哪里真有此事呢？小说家凭空编造，也很难幻想得出来！

我们细谈之后，我这个搞"口述历史"的老兵，乃想把他这份"口述"故事用英文记录下来——那时的美国学者访问中国和越南出来的难民，曾是一时的风气。口述者同意我的想法，但他的要求则是只要我不用"真名""实地"，他所说的一切，我都可用中英双语发表。可是这项工程相当大，我事忙，无法执笔，便拖了下来。

不久，我自己也拿到签证，回国探亲了。那还是"四人帮"时代。我个人的感受，和亲见亲闻的事实，想来我国历史上的张骞、苏武、班超、法显、玄奘，乃至"薛平贵"的奇特经验，也很难和我们相比。我住在北京的"华侨大厦"，和大厦中的旅客谈来，我自己的经历和去国时间算起来是最平凡而短促的了——我离开祖国才二十五年。虽然一旦还乡连兄弟姐妹都不相识，但比起我的哭干眼泪的朋友们来，我是小巫见大巫了——中华五千年历史上，这个时代，对我们这个时代的中国人，实在是太残酷了。

我一入国门、初踏乡土，立刻就想到美国作家华盛顿·欧文（Washington Irving, 1783—1859）笔下的瑞普·凡·温克尔（Rip Van Winkle）来，他在我的经验中，竟成为事实。温克尔其人在美东卡茨基尔山（Catskill Mountains）中狩猎饮酒，忽然蒙蒙睡去，居然一睡二十年。醒来摸索还乡，景物全非——好一场熟睡。我自己不意也狩猎醉卧于卡茨基尔山下，一睡二十五年，始摸索还乡，也是人事全非！——欧文幻想的《随笔》（The Sketch Book），竟成为我辈经验中的事实，能不慨然？同时在我们的一睡二十五年期间，关掉大门的祖国之内所发生的种种故事，也真是匪夷所思——太奇特了，也太扣人心弦了。

在国内与老母弟妹一住两个月，回想起在另一个世界里二十五年的经验——他们全不知道的经验——也真如"南柯一梦"！

由于上述吾友的经验，与我个人近半个世纪以来耳闻目睹之事，太奇特了，我想历史书上是找不到的——虽然那些故事，和历史上的故事也发生在同一段时间、同一个世界之上。它的"真实性"和"非真实性"，也和《资治通鉴》、"二十五史"没有太大的轩轾。"二十五史"之中的"非真实性"还不是很大嘛。所不同者，史书必用真名实地，我要笔之于书，则格于老友要求，人名地名，都得换过。

再有不同者便是"史书"但写舞台上的英雄人物，舞台下的小人物则"不见经传";但是真正的历史,毕竟是不见经传之人有意无意之中,集体制造出来的,他们的故事,历史学家亦有记录下来的责任。

这个构想,时萦心怀。两年多前,在一次文艺小聚时,我和那位呼我为"大兄"的编辑、女作家李蓝女士偶尔谈起。她乃大加鼓励,并允为我在纽约《北美日报》她所主编的副刊"文艺广场"上,加以连载。在她的坚决鼓励之下,并蒙她上级诸友一再邀饮,我乃每天抽出了写日记的时间,日写三两千乃至七八千字不等,由李蓝逐日刊出。一发不可收拾,自一九八五年六月一日起,逐日连载达两整年之久。为免脱期,有很多章节竟是在越洋飞机上写的,由世界各地邮筒寄给李蓝——这也算是个很奇特的撰稿经验吧。

现在把这长至六十万言的故事结束之后也不无感慨。它只为多难的近现代中国,那些历尽沧桑、受尽苦难的小人物的噩梦,做点见证;为失去的社会、永不再来的事事物物,和惨烈的"抗战",留点痕迹罢了,他何敢言?

读者们,知我罪我,就不敢自辩了。

一九八七年五月十六日于美国新泽西州北林寓所

上 篇

往事知多少

楔　子

我们生活的这个时代，实在是人类有史以来最文明的时代啊。你看那些野鸭野鹅，不是一阵阵地自天空飞下，向人们呱呱索食吗？你不见那些自树枝上下来的小松鼠，拱着手向人们讨花生米吃!? 几千年来，它们都是人类"打猎"的对象啊！现在不都变成人类最好的朋友了吗？

我们生活的这个时代，实在也是人类有史以来最野蛮的时代啊。你会相信，哪儿还有人把闷死的幼儿，在锅里蒸着吃？你会相信，有人死了，家人不敢葬，因为葬下去，可能被挨饿的饥民，偷去吃了呢？

我们生存在这个时代，实在是人类有史以来交通最发达的时代啊。"航天飞机"的乘客，不是绕地球一圈，只需九十分钟吗？那飞到我们宇宙边缘，万万里、万万里以外的卫星，它拍回来的照片，不是几分钟就可到达吗？纽约的银行家向日本东京汇款，揿一下电钮，不是一秒钟就可汇到吗!?

但是我们生活的这个时代，也是交通最闭塞的时代啊。它会使最不愿分离的亲人、情人，分散两地，二十年、三十年、四十年……从小到老、从红颜到白发；是生、是死、是酸、是苦……无音无信！

这世界真是这样文明，又这样残酷吗？这样方便，又这样闭塞吗？

是实人实事,还是虚构幻想呢?说是实人实事,知道的人或许嫌它不够真实呢!不信的人也许会说那全属虚构呢!是真?是实?是虚?是幻?——谁能做主?说它是真实,就真实下去吧;说它是虚构,也就虚构到底吧!有诗为证:

似真似假,
　疑幻疑虚。
这是全国大演样板戏的时代啊!
　谁知戏台下面,也正分别演着
多少台,非样板的真戏呢?
　是戏剧?
　是人生?
　是国运?
　是时代?
　还是……?
朋友!
　别再问了;
　把它丢掉吧。虽然
丢不脱的,还有人人心头,
　永远的创痕;
午夜醒来,环绕床边,
　永恒的黑影……
　……

话说——

第一章

海外关系的幻象

回国探亲丧亲的林博士

"各位同志!……"那坐在长桌中段的田副书记,用她那轻微而沙哑的声音,向环桌而坐的十来位同志提醒一声。她的声音虽然那样轻微,但是那些原在分别谈话的同志,还是停止了私谈。大家转过身来向她注意——座谈会正式开始了。

"各位同志!"田副书记又重复一句。她接着说:"在伟大毛主席革命外交路线指引之下,我们今天欢迎美籍华裔教授,林文孙博士,回到他出生的故乡来,探亲访问……"说着她转过头来看一下坐在她右边的客人——这客人便是新从美国回来的林博士。

林教授是这间屋子里,唯一穿着黄色"人字呢"西服,胖胖的中年人,臂上还系了一块黑纱,除西服之外,更引人注意的则是他放在桌上交叉两手的指头上,还戴了一只硕大的戒指。顺戒指而上的那只金表,也光辉灿烂、非同凡响。他红光满面,看起来比左右瘦黄的面孔是丰润多了,但是他脸上也免不了有些皱纹,加上灰白的头发,他显然也是五六十之间的人了。

经过主人的介绍，林教授欠身向大家问好、道谢，大家也回报以热烈掌声。掌声之后田副书记又继续她的介绍词：

……

原来林博士是美国一所著名大学的教授，兼该校一所叫做"卜洛闻电子通讯中心实验所"的主任。他在解放前便赴美留学，在美获得电子学博士学位后，又成家立业。一去三十多年。他一直想念着在祖国大陆上的亲人——母亲和两个妹妹。但是由于当时中美间无邦交，始终欲归不得，一直等到尼克松总统访华打开中美僵局之后，他才和在中国东北一座城市里做教员的长妹文星，和与长妹同住的老母，取得联络。交涉经年，双方望断肝肠，好不容易才取得了中国签证，终能只身飞回祖国探亲。为使久盼儿归的慈母，知道点孙男、孙女和媳妇的容貌和生活状况，他并特地携回好几卷他自制自摄的家庭电影和一架小型放映机，好让母亲和妹妹们，知道点他的日常生活情况。

他回到东北之后，住在国家的招待所里，白天则在妹妹家陪伴母亲。老母高兴非凡。这时那原在故乡丝织厂做女工的幺妹，带了她的独生子小牛，也赶到东北。一家欢乐，真是三十年所未有。老人家尤其高兴，把录像带一放再放，百看不厌。有时林教授赴宴外出，录像带便由他新收的"学徒"小牛代放。小牛很精灵，略经舅舅指点，就是个很有经验的电影放映师了。

放电影时，老人家最喜欢看的便是林教授和他的德国夫人所生的独女"小胖"巴巴拉·明明·林的镜头，因为小胖傻兮兮，在电影里用美国腔的汉语招手叫着："奶奶、奶奶，我爱您、我爱您……"谁知一次林教授正陪着老母看这段电影时，老太太忽自床上撑起身体来，拉着儿子的手，颤抖地说："下次回来……把……把小胖带回来……"林教授正高兴地回答说："一定的，一定的。"这时忽觉得老人颤动的右手，颤动迅速缓下来。老人一下倒回枕头上去，不省人事了。大家连忙关了

第一章　海外关系的幻象　　　　　　　　　　　　　　　　021

录像机，围叫："奶奶！奶奶！……"奶奶再也唤不醒了——老人显然过去了。大家抚尸痛哭。

林教授的"接待单位"闻讯，立刻派来了救护车和医生，那有何用——老人死了；死后还拉着儿子的手。

林教授回国探亲的日程表中，本有在东北探母之后，再返回故乡，探望亲友五天，才返美。这个意外，把一切日程全打乱了。

把老人火化之后，他乘机南下。因为太平洋彼岸，假期已满，课务与研究工作均十分繁重，不能续假久留，他只能在故乡住两个晚上——昨晚返乡、今日访问并接受亲友招待，明日一早，便要搭早班火车南下，赶班机返美，真是来去匆匆！

田副书记的早餐会

这个早晨便是当地首长田副书记招待林教授早餐。在这个"三结合"时代，本没有什么书记不书记了。只是在这地区的老干部，只有田军资格最老了——三八年就参加革命，入了党；在进牛棚之前，原是位"副书记"。林彪集团失败之后，她才自牛棚解放出来，平了反，在"三结合"期间恢复了"老干部"的身份，这次为着统战部的通知"热情招待林教授"，招待会中总得有个总负责人，所以大家又暂时促她"官复原职"——以副书记相称，负担起这项"招待外宾"的任务来。

在早餐会中应邀作陪的都是本地各单位的领导同志们，计有"工宣大队大队长"张甘宁、"红星农场场长"李兰、"东方红丝织厂厂长"程庚、"解放军代表"朱政委等十余人。另外便是林教授的妹妹"丝织厂工人领班"林文月和她的儿子小牛。

田副书记致介绍词之后，附带更吸引人的报告便是林教授答应为各同志，放映他的"家庭电影"。在田副书记事先的电话通知中，原是说，放电影的目的是让大家看一下资本主义的腐朽生活，作社会主义建设的"反面教材"。但是在今晨的介绍词中，田军则说是"正反两面教材"。因为林教授是位科学家，科学技术是可以帮助"社会主义建设"的。

林教授今天一天参观访问的节目很紧张。早餐之后是参观规模宏大的"红星农场"；下午参观"东方红丝织厂"；另有与"下放青年"座谈的节目；晚间参加当地首长欢迎和饯行的双重宴会。所以要放映他的家庭电影，就只有在这早餐会上举行了。

这顿早餐按当地标准是很丰盛的：有甜面包、热牛奶、橙汁、红茶、牛奶糖和苹果。十一月底的天气是冷兮兮的了。一杯热牛奶不但可以热身，更可以热手。座上一大半的同志们，都抱着热牛奶在取暖——头上的帽子、颈上的围巾，似乎都抵不上一杯热牛奶。田副书记并且告诉大家，热牛奶多的是，是"红星农场"李场长供应的，大家可以尽量地喝。李场长的牛奶本是专制奶粉外销，由党和政府，划为"援越"的专用物资。平时是不供应本地消费的，但今天为招待贵宾，李场长破例供应。

说着，田副书记又将李场长及各单位领导同志分别介绍了一番。

田副书记是位五十以上的人了。灰白的头发、有些皱纹和斑点的脸，似乎久历风霜，看来有点苍老。所幸黄金难买老来瘦。看她裹在灰棉制服内的体型，和她那清秀眉目、口鼻的轮廓，可以想象出她青年期，也可能是位美女。

入秋以来，由于气候转寒，她有点伤风咳嗽。声音沙哑，有时也流点鼻涕和眼泪。这使那担任保健的小陆，不时自她身后送上些纱布和药品。她每用纱布擦一次眼鼻，也总是轻微地向身边的贵宾，说声"对不起"。

等大家吃完面包，田副书记请大家帮忙把窗子关了。

原来这个会场本是一座地下室，当年是洋牧师们在此地上圣经班用的。解放后洋人走了，当地干部把十字架拆掉，就变成会议室了。"文革"初期红卫兵武斗，把窗子上的玻璃全给砸了，所以一到冬季，屋子内总是冷兮兮的，幸好玻璃窗外面还有些"百叶窗"。把百叶窗关起来，里面黑黝黝的，就可以放电影了。

林教授的放映机是美国一家名厂出品的，放起来就像一架彩色电视机，不用大幅屏幕，只需把录像带放进去，就可像开电视一样地放映了。小牛帮着张队长他们把放映机放在毛主席挂像前的台子上。他和舅舅商议一下，就选出了几卷录像带来。

当电影放映时，坐在桌边的观众只要侧身而坐，就可以看得很清楚。无座位的服务同志们，和临时赶来的观众，在三面靠墙站立，也可以看见。

小牛一揿电钮，电影便开始了。

美国林家的幻象

小牛放的第一盘叫"合家欢"（Our Family），片首是用中英双语写的字幕。英文很整齐，三个中文字则歪歪倒倒的。据小牛说那三个字是他"表妹"在美国"中文学校"学着写的。她才九岁，所以中文字写得不太好。

在这盘片子里，美国林家的家庭成员分别出场，小牛说，"介绍词"也是表妹用华语说的。这是一个家庭电影，字幕上写明：制片——法兰克·明华·林；剪接——艾依克·文美·林和保罗·明中·林；配音——法兰克·明华·林和巴巴拉·明明·林；讲解——巴巴拉·明明·林；监制与杂务——温斯顿·文孙·林；演员——林家全体成员。

据小牛解说：艾依克是舅妈；保罗和法兰克是大表哥、二表哥；巴巴拉是表妹。小牛说出这些洋名字，是用英语原音说的，足使全场生气勃勃。

字幕一过，第一个镜头便使全场欢笑鼓掌。原来那是一对小花猫在林家客厅里追逐打架，可爱极了。幕后巴巴拉小胖的声音用华语解释说："这是我家两个小淘气，咪咪和唔唔。"小猫之后，则是一对胖胖的白鸭子。它们二位只有一个名字，都叫"呱呱"，因为分不出彼此来。两个呱呱在草地上一歪一歪走动，亲昵之至。

"你们养着吃的吗？"一位同志好奇地向林教授发问。

"美国家庭不杀鸡鸭的啊！"小牛抢着替舅舅回答了这问题。小牛又说："小胖养着它们做 pet，pet 就是宠物。"

"真的吗？林教授。"另一同志也接着问一句。

"养着玩的，"林说，"就同我们在国内养鸟一样嘛。"

"你们的鸭子是养着玩的？"另一位女同志也觉得很奇怪。

"鸭子是个很古怪的动物，"林说，"它们最怕孤单，一定要成双成对的——我们中国的鸳鸯，就是鸭子的一种。美国人叫它们做中国彩鸭（Mandarin Duck）。"

"鸭子是最欢喜成双成对的。"那深知鸭性的李兰场长也加以证实。

"哥哥说，美国有个'禁虐畜会'，"林文月接着说，"他们买鸭子做宠物，一定要买一对，否则就犯'虐畜法'。"

"林教授，真有这回事吗？"刚才那个发问的，又补问一句。

"真是真的，"林说着笑一笑，"这叫做'恩足以及禽兽'嘛。"林氏的答话引起了全场一次不大不小的骚动。

"那么你们要吃鸭子怎么办呢？"另一个人又问一句。

"到超级市场去买杀好的冷藏鸭嘛。"林氏这句话，又引起一阵半信半疑的骚动。

舅舅叫小牛揿电钮,电视上出现了一条黑色大狼狗,它大叫两声,全场为之大惊。幕后小胖说:"这是我们的'保镖'守门的。"接着小胖又在幕后大叫一声,说:"下面就是我——巴巴拉·小胖·明明·林!"说时迟,那时快,电视上出现了一个半中不西、大约八九岁的胖女孩。她穿着一件红色游泳衣,笑嘻嘻地自阳台上跑下来,捏着自己的鼻子,一跳就跳到游泳池里去,然后又从水里冒出来,水淋淋的,直是招手。

小胖之后便是一对正在打网球的青年——保罗·明中和法兰克·明华·林——兄弟二人。长得挺壮而清秀,看样子也是有点半中不西的。

再后则是一位黄发、蓝眼,胖胖的白种美国主妇,正跪在地板上打蜡。她举起手来招一招,这时她身后的门忽然开了,小胖笑眯眯地跑出来,用英语问道:"Mommy, do you need help?"她也用英语回答说:"Not necessary, dear. Thank you."

小牛解释说,这是他"舅妈"。她的全名叫"艾依克·文美·卢顿道甫·林"。小牛说时,把电钮揿到"静"字,电视画面停止不动,让大家看看他"洋舅妈"的庐山真面目。观众大鼓掌。林君忙着答礼,并开玩笑地说:"洋老婆,洋爱人;粗糙,粗糙;献丑,献丑。"小牛又把电钮由"静"转至"动"。画面又开始变换。这时小胖忽用手向阳台方向一指,说:"看这个老头子!"镜头转上阳台,只见林教授穿着件蓝色涤棉纶晨袍,衔着个烟斗,坐在一张圆藤椅上看报。观众看到这里,不免目光前后转,把幻象和实物,对照着看——又大笑鼓掌。

这第一幕"家庭电影"落幕的镜头,则是一张在阳台上照的"合家欢"。坐在爸爸身前的小胖,忽然招手大叫:"奶奶!奶奶!我爱您!我们都爱您!……"林老太太便是看到这里一时高兴得一口气上不来,逝世的。

这第一盘演毕,全场鼎沸,议论纷纷。

一万五千斤猪肉一年

小牛很快地换上第二盘。电视又开始了。这第二盘的英文字幕叫"Our House"。下面有五个歪歪倒倒的汉字——"我们的房子"。小牛说那汉字是"小胖写的"。

电视开场是一架大直升机。只见保罗和法兰克兄弟，提着电影照相机，走向直升机。直升机螺旋桨的旋风把二人的衣服、头发，吹得乱飘。

小牛解释说，他大表哥保罗是学"电子工程"的；二表哥法兰克学的是"大众传播"。

"舅舅，是吧？"小牛又转身向舅舅，再肯定一次。

林教授说他二儿子是学"大众传播"的，所以会照相。这些电影都是他设计并摄制的。普通业余工作者，是照不到这么好的。这架直升机，也是他租来的，并向当地村政府取得低飞照相的特许证。

直升机迅速地爬高，一瞬间便看见机下是一片大湖。湖内白帆点点，还有三两艘汽艇拖着滑水者在滑水。湖边的公路上，汽车往来如织，真像流水一般。小牛说他舅舅每天都在这公路上开车上班。

公路边上便是一层层小山坡，绿荫丛中，则是一座座形式各异的私人住宅。很多宅后都有个蓝如晴空的游泳池。公路边上可看到一个小镇和超级市场，一所挂着美国国旗的中学；湖的一端则有个公共使用的沙滩，滩上和水中穿着游泳衣的泳客或立或卧，十分热闹。这些公共场所都有公用停车场，每个都停了几百部，乃至几千部汽车不等，在太阳照射之下，光彩耀目。

当直升机掠山而过，逐渐降低到一座住宅上空时，只见一对夫妇，带着一个小女孩和一条黑狗，在向天空招手，逼近一看原来是林氏夫妇、小胖和"保镖"。"保镖"在向空狂吠，小胖则在跳跃招手。

林家这座住宅，有两间车房和一座游泳池。房子是倚山而筑，前

第一章 海外关系的幻象

高后低,门前便是街道马路。宅畔有条小溪,流向湖边。湖畔芦苇之中有个木制小码头,码头边系了一条小滑板帆船,小桅杆上还挂了一张半黄半白的三角船帆。

住宅后面有一面红木制的贴地阳台,阳台上放了些野餐用的桌椅、炉灶和一把黄红相间的大遮阳伞。阳台边上还有一座全玻璃的花房温室。下得坡去便是一个腰子形的游泳池,池边有跳水板和儿童用的滑梯。屋旁草地上则种了玫瑰等一些花卉,十分悦目。草地的一边,还有个用铁丝网围起的小菜圃,种有各种中西菜蔬、瓜果。

李场长叫小牛扭到"静"上,大家细看这座花园洋房,个个称誉。

"林教授,"一位同志转过身来发问,"这是你的家吗?"

"是的,"林说,"一座很普通的小房子。"

"这是你们大学配给你的吗?"

"不是,"林说,"是我们自己买的。"

"在美国买这座房子要多少钱?"李兰场长好奇地问。

"我们住了快十年了,"林说,"当初是三万多块钱。"

"三万多人民币?"一位同志插问一句。

"哪里,"另一些同志主动地替林教授代答了这一问题,"三万多美金——六万人民币。"

"我们这里谁买得起?"一位男同志站起来摇摇头。

但是林教授说,他也买不起,他只是向银行贷款买的,四厘利息、二十五年分期还本。现在已付了十来年,还有大约十年就可还清。

"林教授,"那短小精悍的工宣队张队长,也好奇地问一句,"你一年工资多少钱?"

"我书教久了,算是资深教授,"林说,"一年大致三万多一点。"

林教授这一秘密一说出,全场不禁又掀起一场交头接耳的骚动。一个坐着的女同志,回过身来向一位站着的女同志,轻轻地说:"你和你爱人要投几次胎,才能……"她摇摇头。大家显然都被林教授的高薪愣住了,一时喘不过气来,使这位访客自觉失言,而感到有点尴尬。

"中美两国生活费用不同,"林设法补救一句,"美国物价太高,薪金是高一点……"他这句话,言之成理,全场秩序,乃稍稍安定下来。

当小牛正在换录像带时,那位站着的女同志又怂恿那位坐着的女同志去问林教授:"美国的猪肉多少钱一斤?"

"我爱人是德国人,不大吃猪肉,我也不知道多少钱一斤。"林说。

"大约多少钱一斤?"她又追问一句。

"大致一块六七毛钱一磅吧。"

当大家正为这问题发愣时,一位曾在"友谊商店"做过事的女同志,帮着解答了这个难题。她说她曾向美国顾客问过同样的问题,所发现的答案,大致是两块美元一斤。

"那么美国的物价也不算太贵嘛!"那站着的女同志惊奇地说。

"林教授,"那机警的工宣大队张大队长若有所悟地说,"那你的工资,一年可以买一万五千斤猪肉!?"张大队长这一叫,又把场面弄乱了,大家又交头接耳纷纷议论起来。有人惊奇,有人不信;更有人怀疑林教授的钱,是他从中国带到美国去的。他们私下讨论的声调虽然很低,但是林文孙却听出他们在讨论些什么——自己感到尴尬,也深悔失言。幸好小牛心中无事,他又装好一盘录像带在等着放映。

"放映师再继续放映嘛!"田副书记叫小牛继续放映,才结束这场窃窃私议的场面。

忙得够呛!

另一盘带子的题目叫"家庭生活"(Family Life)。

第一章　海外关系的幻象

　　电影一开头就是林太太围着一条洁白的围裙，在煤气灶前煎鸡蛋，林教授则坐在餐桌边看报，喝咖啡。小胖和保罗坐在一边，另一边则是法兰克，大家在吃早餐。吃完了，小胖用餐巾拭拭嘴，又把餐巾卷起，放在一个银色的餐巾圈内。她站起来，趴在爸爸身边，向爸爸额头上吻了一下，又走向妈妈，把自己的嘴伸上去，让妈妈在唇上也吻了一下；然后拿起书包，举起右手向两位哥哥，叫声："拜拜！"哥哥和爸爸也同声回答着。

　　小胖背起书包，由厨房穿过车房，通过有一只篮球架的车道，走向街边。这时街头已有三五个儿童在那儿站着。大家都向小胖叫："Good morning, Barbara."一忽儿一部黄色闪着红灯的校车停下了。他们鱼贯上车——小胖上学去了。

　　这时在室内大家早餐已吃完。保罗和法兰克与一位朋友约好，一道去湖边钓鱼。他二人穿着运动衫、拿着有卷筒的钓竿，也自车房走出。忽听街边喇叭一响，一位青年开了一部敞篷车，已开入林家车道，他兄弟二人乃进入车中，三人一起开往湖边去了。

　　据林教授说，这时是六月初，美国大学已放暑假，但是中小学还在上课。他的两个儿子刚自校中返家，暑期工作还未开始，所以和邻居青年一起去钓鱼。至于他自己呢，学期虽已结束，实验室的事还多着呢，所以还得去上班。他爱人原在一所医护专科教"护理学"，这时也放假了，不必上班，所以全天留在家里。

　　林教授吃完早餐，穿好衣服，提着皮包，和爱人接个吻，也就走向车房，把一部别克开出，就循小牛前次指出的公路，加入车潮，上班去了。

　　艾依克收拾了早点，回到卧室整理床铺之后，便去地下室开洗衣机洗衣服。洗好了，又取出在后苑晾竿上去晾干。同时又用吸尘器在各屋做除尘工作，又到后苑去喂鸭子、浇花，忙得一刻不停——真是"不出门，三十里"！

诸事停当，艾依克又自车房内开出一部白色本兹车去超级市场买菜——她一家五口，食品消费是惊人的，她买了大一袋、小一袋的各色食品、菜蔬、手纸、冷饮等等。在停车场中，她又碰到一位中年中国主妇，台湾来的王玛丽太太。二人一道又到超级市场隔壁的小咖啡店内，各喝一杯咖啡，闲聊了一阵家务和"越南战争"——然后开车回家。这时晾绳上的衣服大致已经干了。她取下衣服，叠好。要熨的，又逐件用蒸汽熨斗熨好。百事粗定，正想坐下休息一忽儿，看看报章、杂志，忽然房门一响，小胖回来了。妈妈开了人高的大冰箱，取出苹果饼和冰淇淋给小胖吃。小胖也讲了些学校内预备开音乐会和募捐的事。妈妈一旁倾听，还问了些问题，一点都不马虎。这时她也翻了翻那挂在冰箱边上的小本子——看看晚餐应该吃些什么。

艾依克正在准备烧晚饭，小牛的录像带已放完了，他预备再选一盘。

大家看过林教授的"家庭生活"，觉得美国的家庭生活是太舒服、太豪华，也太资本主义了——不过做主妇的也忙得够呛！

美国也打麻将

小牛正要再装一盘，林教授看看手表说："够了吧。"他说着大家也都看看表。但是李场长却说，还可再看一两卷，并赞赏这电影很有趣。

小牛又放入一盘，这盘叫"社交生活"（Social Life）。这电影上的场面，似乎是新年景色。林家张灯结彩，屋外虽大雪没胫，但是室内圣诞树上几百个彩色灯泡正闪烁不停。楼上楼下，钗光鬓影，宾客盈庭。林教授在众宾客中穿来穿去，身上所穿的虽只是一套普通西服，但是妈妈和小胖，却都穿着拂地长裙的西式晚礼服。

第一章　海外关系的幻象

在林家宽敞的客室之中，坐着和站着的男女宾客，中西杂沓，还有一对衣着整齐的黑人夫妇，大家在喝酒聊天。在地下室的一角，还有个酒排间，保罗穿一件白色工作服，正在不断为客人调酒。

在观众的同志们之间，亦有人知道西式酒排间的，便问林君说："林教授，你家中还有个酒排间吗？"

"很多洋人家中都有，"林说，"洋人嗜酒如命。"

"家里有个酒吧!?"一位同志摇摇头，认为不可思议，他奇怪，"哪有一家人喝那么多酒!?"

"我也不大喝酒，"林说，"这酒吧是前房主留下的，我们没有拆掉就是了，有时客人多了也有点用。"

在酒排背后则是一间儿童游戏室，小胖穿件礼服也在里里外外跑个不停。那室内有些中西儿童正趴在地上看电视；另一群则在玩电动火车，这小火车精巧之至，在电视内看来，简直就像是真的，众人啧啧称奇。但是最令大家吃惊的，则是儿童游戏室之侧的林家"家庭间"（Family Room）。房内竟然有四桌麻将！四桌大多是中国男女，但是也有一位金发女郎。当林家主妇捧了一盘法国甜点走入麻将场时，一位中国主妇向她招招手，用英语说："Erika, do you like to play for a while？"

"不——客——气，安吉琳娜，"林太太却用有德国腔的华语回答，"您——打嘛！祝您——手气好！"

林夫人在银幕上所说的这两句中国话，足使全场观众，鼓掌称赞。

"在美国也打麻将吗？"一位女同志问了一句不必问的话。

"华侨中盛行得很啰！"林说，"太浪费时间了。"

"你夫人也会打吗？"

"她懂得规矩，"林说，"但是上不了桌子。"

"你呢？"李场长插问一句。

"我们根本没时间打，"林说，"不过这次是圣诞节嘛。"

这个打麻将的场面，足使无产阶级的观众们，观得无限矛盾。他们叽叽咕咕，各说各话，其中也有人感叹"快三十年未玩过了"！

"小牛，"林教授吩咐他的聪明的小外甥说，"收起吧！时间不早了。"可是大多数观众意犹未足，纷纷要求"再放一卷"。小牛只好又再换上一盘。

一家用五十种机器

这已是第六卷了，片名"家庭用器"（Home Appliance）。法兰克摄制这卷片子时，正值林文孙的一对老同学——自香港移民来美的夫妇，暂时寄宿林家，想知道点美国生活状况，林氏夫妇乃领着他们认识林家各种家用机器，保罗乃借此机会拍摄这卷家庭电影。

故事从文孙把他们自机场接回家开始。当林君驾着夫人常用的白色本兹车，进入家中车道时，他揿了一下车门边的遥控电钮，只见那巨大的两房一扇的车房门，便逐渐上升了。艾依克在厨房内听到车门声，乃迎了出来，正值客人下车。文孙再揿一下电钮，车房门便自动下降关起来了。

其后客人在林家住下，想了解一下家庭器用，因为他们也想买座房子，所以先学习一番。他们实习是从艾依克的厨房开始的，先从煤气灶、自动结冰自动除霜的大冰箱开始，看到缓煮保热锅、电饭锅、电火锅、瓶装煤气火锅、保热烫垫板、自动开罐机、搅面机、压面揉面机、大小烤箱、烤面包机、切肉机、打浆机、洗碗机、手提小型洗碗机、里外两用电话、磨刀机、蔬菜切割机、压橙汁机、通风电扇……一间小小厨房，各种大小电动机器有十五六种之多，使访客颇感惊奇。

接着女主人又教他们怎样调节、节制全屋空调机和全屋通风机、二十四小时热水供应炉、水汀机、洗衣机、烘衣机、蒸汽电熨斗、熨衣机、除尘总机、充电手提除尘机、电机推动除尘机、地毯洗涤机、打蜡机、遥控落地二十六吋彩色电视机、自动换片遥控唱机、收录两用录音录像机、电影幻灯放映机、自动升降银幕,等等,这只是主妇一人所示范的机器,前后已不下数十种……足使来宾记前、忘后,目不暇给。

等到他们走向卧室,里面更有一大批机器,什么烫发机、卷发机、吹风机、增湿机、冲牙机、电毯、电灯自动开关机、电视、收音机自动开关机,不一而足。

这些纵是属于主妇专用的机器,已使兴趣最大的女观众田副书记、李场长和一些女服务生,看得如在五里雾中,将信将疑。小牛还警告说:"舅舅和表哥们用的机器更多呢!"

林夫人示范使用了半天,她要去烧饭了,由保罗接替,继续解释下去。

保罗从车房开始,林家有五口人,竟有汽车四部。林夫人用的是德制本兹车;林先生则用通用厂美制别克;保罗的车子是意大利的飞雅特;法兰克买的则是日本丰田车。

"你们一家只有五个人,"李场长好奇地问林说,"为什么要用四部车呢?"

"我们住在郊区——不像大城区可乘地下铁——在郊区没车子,平时就寸步难移。"

"林教授,你们真有钱啊!"一位同志赞叹地说,"你给每个儿子都买一部私家车!"

林教授连忙解释说,儿子的车子是他们自己买的——林说他在抗战时吃了日本人两枪,对日反感极大,他是"抗日到底"、"抵制日货到底",绝不买"日货"的,可是儿子们就不管了。法兰克坚持要买丰田车,他也没办法。

"你们孩子哪有那么多钱呢？"一位女同志在问。

"他们做工嘛。"

"他们做什么样的工，可以余钱买汽车呢？"工宣队张大队长，也觉奇怪。

"什么工都做——包括自己家里的工。"林说。

"他们替你家里做工，你们还要给工资？"另一人也好奇地问。

林教授解释说，譬如他家里那个红木阳台，年久烂了，要换个新的。一般木匠来做，要八百多块钱，法兰克手很巧，他做得比一般木匠还要好，他妈就叫他做了，也给他八百块钱作酬劳。法兰克年年在积钱想买一部"丰田"，加上这八百块，正好买了部新车。

"法兰克还会做木工!?"田副书记也轻轻地赞赏一句，并说，"你们林家父子都能文能武！"

林教授又解释说，美国人工太贵，因此一切都用机器，木料也是木材行论标准锯好了的，法兰克只是拼拼凑凑、装装钉钉，并不难做。林教授又补充一句话："一切都用机器，也不太费力。"

小牛的电影又继续转动了。关于修车一项，林家便有好多种机器，什么充电机、高压打气筒、小型汽车垫高机、扭螺丝帽机等。

他们林家父子平时工作，还有个小工作室。室内大小器械挂得琳琅满目，大小工具箱、零件箱，装得满坑满谷。他们那灵巧的工作台，尤其使工人阶级的同志们看得目瞪口呆，因为这个台子本身，便是变化多端的一部小机器，可适应锯、切、锥、钉、刨、钻等多样方式的手工。观众最有兴趣的是看到保罗在用这台子为小胖修脚踏车，真是得心应手。

林家有五部脚踏车。第五部没有后轮，那是林夫人"不出门，三十里"，在家中骑着做运动练身体用的。小胖有架"十飞车"很灵巧，但也时常坏，坏了保罗就包修，小胖只给哥哥一个kiss，便一切免费。

这个灵巧修车台是观众最感兴趣的一件器械，因为全体观众都各有单车一部，大家也受尽单车的折磨，如果有这样一部修车台，那该多好!?

保罗取了些木材，在工作台上示范，用电锯、电钻……做了些家具修补的工作，也是得心应手的。

电视上他们父子也加上割草机——骑式割草机、手推电动割草机、充电修草机、皮线割草机等数种，大有大用、小有小用——另外有剪树机、扫叶机、吹雪机、铲雪机等也都摄入镜头。

小胖也表演了一些与游泳池有关的机器。她最骄傲的还是她那架多用途缝纫机，妈妈把布料裁剪好，小胖便可自由缝制书袋、椅套、枕套，甚至衣裙，还可随意绣花、题字。小胖还有一些电动文具，如电动削铅笔机等，电动玩具那更是表演不尽了。

林家父子都是学科学的。他们屋上装有特殊电线，地下室具有三人公用的小型电子实验室。林教授自己和儿子保罗都是世界性业余电子通讯协会的会员。不但他们父子之间开车在公路上可以互通电话，他们甚至可以和北美各地方乃至欧洲、日本等地业余会员通消息。

至于法兰克这位"大众传播"专业的学生，所私有的通讯和照相器材，那就更非一般观众所能了解了。那对香港访客也一再摇头说不能再看了。

林家这个家庭，真是机器之家。但是诚实的林教授却说，除掉他们三人所建的私用"实验室"（他们没有介绍）的古怪设备之外，其他各种机器都是美国在大城郊区住民房所不可缺的设备。

在美国住家要用这么多"机——器"？这是在场观众，没有一个人能完全相信的，或愿意完全相信的——这是个"反面教材"呢？"正反两面教材"呢？连田副书记也无法回答她自己了。

彩云易散

当林氏这卷电影还未结束时,一位男同志忽然粗声粗气地问道:"林先生,你们在美国住家,平时真要用四五十种机器吗?"在暗处林氏看那人把头一转,鼻腔里又微微发出一声"哼"来。

文孙听他这问题,是话中有话的,忙说:"美国人工贵,机器便宜,平时家中修修补补,都靠自己动手,用机器比较方便些。"

"用得了这么多机器吗?"也是个男人在问。

"二三十种,是比较普通用的。"林说,但他自己也没想到,已有百来种家用机器在他的电影中出现。他自己想不到日用机器如此之多;也想不到他那个学"大众传播"的儿子,竟然如此有效地把它们也一件件地"大众传播"出来。自己未好好看过;事先也未考虑过"大众传播"的后果,心中这时真悔恨交集。

这两位仁兄的问题只是个小火山的爆发,事实上此片演至中途,林氏已察觉出一些观众的不满情绪了。他隐约听到一些观众交头接耳地彼此在问,你相信这些都是真的吗?有人则叽叽咕咕地在说什么美国中央情报局派来的。有的则说是老地主阶级在放骗人的回头毒,替美帝升空宣传。更有个男人故意把声音放大说,他妈的,把我们都当成洋盘来骗;骗人也得有点分寸……妈的,叫他去问问程庚,他丝织厂内有几部机器?……林教授……林博士,他家的机器,就比我们工厂内还要多十倍!……

叽叽咕咕之中,也有少数替林氏辩护的,说他不是主动要来放的,是我们接待单位坚持安排的……当中也有骂"接待单位"糊涂、中计……不一而足。林氏听到了,田副书记、李场长也都听到了。但事已至此,欲罢不能。

幸好此时电影已近尾声,镜头转入林氏个人所用的"书房"来。

大家好奇地看到林教授正在用录音机，录口述的信稿、文稿，好叫女秘书去打字，而林氏座位后的书架上，竟然大半是中文书，最醒目的中文书，正是那句句发金光的《毛泽东选集》。

毛泽东果然法力无边，《选集》一出现，那些叽叽咕咕的私语停止了，话题也转变了。

"你们在海外也看《选集》吗？"工宣队张大队长，换了话题发问。

"我看得很仔细。"林说。

"这《选集》是我们海内外中国人一致的行动准则呢！"另一位肯定地说。

"海外华侨也很重视这部书。"

这时电视镜头转向另一面墙，墙上挂了十来张带有镜框的照片。文孙解释说那上面戴花翎帽、穿清朝朝服的是他曾祖父；穿西服、长八字胡、拿手杖的是他祖父留日时的照片；高领的中年妇人是祖母；一位长马克思式大胡子的洋人，则是艾依克的外公……下面还有位中年华妇带着个小女孩——小牛说那是他"妈"和"奶奶"，小牛的妈也含笑承认。在这些比较清晰的照片之侧则有一张十分模糊的放大照片——一张美女照。这照片显然是张二寸小照翻印放大的。照片虽模糊，但这美女本身面目形态，倒像是个封面女郎，十分甜蜜美丽。大家感兴趣的，则是那照片下面还写着一首诗。

"这位姑娘是谁？"一位中年女同志发问，接着她又说，"好漂亮啊！"

未待林君回话，小牛便抢着回答说："这是我以前的'舅妈'哎！"

小牛的话，虽是孩子之言，却使全场震惊。

"林教授，"另一位女同志发问，"你以前那夫人哪儿去了呢？"说着她也赞叹一句："真是个美人！"

大家要小牛把电钮，扭在"静"字上，好让大家看个端详。在众人追问之下，林教授才感叹地说："她死了，死时恐怕还不足二十岁呢！"

"真是红颜薄命！"有几位女同志不约而同地说。

"她是怎样死的呢？"众人又不约而同地问下去。

"我也不清楚。"林说得很凄凉。这更使大家惊奇了。在众人追问之下，林君才稍稍解释——那是四十年前的事了。

文孙刚才为着那些"美国机器"的问题弄得很尴尬。这时幸好观众话题转换，也使他心头放松许多。

他的恋爱故事发生在一九三八年春初。他那时十九岁，回乡转学，在本省省立临时中学读高三。在一个跑警报的场合，无意中认识了当时在国民党军事委员会政治部直辖第二宣传大队第三中队中的一位女学员叶小姐。叶那年十八岁，原在省立女师读高二。抗战后女师停办，叶又无钱进"临时中学"，所以就考入"政宣队"当话剧演员了。他二人本有很多共同朋友——林的姑妈便是叶的音乐老师。二人认识之后，竟一见钟情，进而海誓山盟，永不分离、绝不变心。二人私订终身之后，并获得双方家长同意，举行公开仪式，宴请亲友，正式订婚。

订婚之后，二人曾一同前往林家庄——那时声势烜赫的封建地主大庄园——住过几天。林家的佣人、仆妇，都已公开叫叶小姐为"三少奶奶"。

那时正是"台儿庄大捷"之后，大家以为抗战马上就会胜利，二家都已做了准备，预备当年初夏，便在林家庄结婚。

谁知就在二人热恋中、预备花烛大喜之时，忽然之间，战局逆转。敌人以闪电战速度，突然迫近本地。危急之际，文孙就学的省立临时中学，举校在敌人机枪声中，狼狈西迁，逃往武汉。而叶女所属的政治大队，则作反方向前进，他们突破敌人封锁，冲入"敌后"。这是一九三八年五月间事。自此以后，劳燕分飞，双方都生死不明。

文孙在后方虽吃尽千辛万苦，但是他相信他的"未婚妻叶小姐"

绝不会变心，所以抗战胜利后，他又千辛万苦地跑回来，希望找到她。叶小姐出生于单门独户人家，父母双亡，本身又是个独生女。最后总算找到她唯一的亲戚——一位贫病交加、精神失常的舅妈朱氏。这才发现叶小姐已于年前病故，遗体则葬于本城北门外的"义冢"。

文孙万里归来闻讯，几至痛不欲生。他曾和"舅妈"一起到义冢上去找亡人的孤坟，但是荒烟蔓草，哪里找到呢？他在义冢上，一恸几绝。林氏在抗战后方，曾被入侵敌机射伤，身中两弹，这时金疮迸发，简直就不久人世。

"那时我父母很着慌，"林君告诉这些观众同志说，"他们怕我心病枪伤，两毒并发，会活不下去，其实我那时也生趣全无，对死也毫无畏惧。"

这时林文月也插嘴说，那时她才六七岁，还有点记得"哥哥瘦得不像个人形，爸妈惊慌得要死，怕哥哥殉情自杀"。

"林同志，"一位被这故事感动得眼泪汪汪的女同志，问文月说，"你见过你那位嫂嫂没有呢？"

"没有嘛！"文月说，"他二人订婚时，我还没出世——我妈也没见过叶小姐，只听姑妈说她很美，个性也温柔得不得了。"

"真是红颜薄命！"有些女同志，竟为之不断擦眼泪。

这时坐在林教授身边的田副书记，也颇为感动，她本来就患重伤风，这时更用牙齿咬紧嘴唇，向肺里咳嗽。桌上的纱布，湿了一块又一块。坐在她身边的李场长，则紧靠着她，握着她的手，有时也拿她的纱布，揩揩自己的眼睛。李场长有时又轻轻问："田副书记，要不要暂时出去换换空气？"田坚持不要。李场长乃叫服务生替书记倒杯开水，并拿了一颗重伤风丸药，勉强她吞下去。

这些观众同志中，有些欢喜文学的，对那诗有兴趣，问是谁作的，林说是他在一九四六年春，找不到未婚妻的坟之后作的，他又谦虚地说：

"不是什么诗,只是写点感慨,做个纪念罢了。"

李场长叫一位同志把这诗抄下来。林教授又更谦虚地说,他是学科学的,不会做诗,请大家指教。原诗如下:

临江仙　有序

三十五年春,万劫归来,觅莹妹孤坟不获,哭填此调。

树绿城春初未改,依稀谢氏园门。庭前碧柳最销魂,折枝怀旧侣,曾唱酒盈樽。

慧睫讵随尘土去,空奁脂迹犹存。斑斑应是旧啼痕!一抔知何处?抆泪向黄昏。

众人看了这首诗之后,有的很为这哀婉的故事所感动,有人则夸奖林教授的古汉语有根基,而李场长则说:"快四十年了,你还未忘记她。那你真是很爱她啊。"

"四十年中,"林说,"我一秒钟也未忘过她呢。"他又补充说,那是他青年期的初恋,也是唯一的"爱情经验",毕生难忘。他又感叹地说:"我们那时真是海誓山盟啊。"

"你现在还想念叶小姐吗?"

"怎么能不想,但这是无涯之憾,再想又何补于事实呢?"

"你把这照片挂在书房内,艾依克不嫉妒吗?"李场长又补问一句。

"不,她倒一点都不!"林说,"她们欧美人法律观念很重……不像我们中国人,何况叶小姐已死了呢。"

"外国人这点倒很好!"久未发言的田副书记,这时也讲了一句。

"他们这点很大方,"林说,"你看她不是把她自己幼年的照片,和叶的照片挂在一起吗?"大家注目细看,果见一中一西两个少女的照片,挂在一起。

"艾依克说，"林又加上一句话，"密司叶如不死，她们可成为最好的朋友呢。"

"但是你在情感上，初恋毕竟更深刻。"李场长半猜测地说。

"那是很自然的嘛，"林说，"那时我们都年轻在谈情说爱——真是你死我做和尚呢。"

"后来呢？"李又接着问。

"后来我们都久历风霜，"林说，"艾依克兄弟都阵亡，全家被炸死，她后来需要一个家；我也需要一个家，我们就结婚了——这和青年期谈情说爱就不一样了。"

"文……文……林教授……"一向沉默的田副书记，这时忽于暗咳声中，挤出几个字来说，"你说受过枪伤……是怎么回事呢？"

"说来话长，"林说，"抗战期间被日本飞机扫射受伤的——这条命也是捡来的；九死一生，一言难尽。"

"啊……"田副书记颇为惊叹，但并未再问下去。

这时小牛已收拾好了胶卷，叠好了放映机，座谈会正式结束了，但是许多观众似乎觉得意犹未足，仍然围绕着，问东问西。女同志们尤其为那位叶小姐感到惋惜，那么美丽，却死得那么早——真是"彩云易散"！大家会后还不胜欷歔！

第二章

海内关系的万缕千丝

"红星农场"的今昔

按照安排好的访问日程表,林教授在早餐后的次一节目是"参观红星农场"。

李场长看一看她那只"人民牌"手表,时间已近十点钟了,她向农场打了个电话,同时招呼司机王师傅,准备动身。

王师傅开的是一辆闪闪发光的一九四七年制的黑色别克牌轿车。这车在文孙看来,是个古董了,但是车子本身倒像崭新的,车内泼有香水,后座且挂着蓝纱窗帘,在那行人杂沓、牛马蹒跚的公路上开起来,也是够威风了。李场长请林教授和田副书记坐于后座,她自己则在前座。林文月、小牛母子和两位"外办"同志,则乘一部灰色的"上海牌",跟在后面。其他同志,则分别回各单位上班去了。大家都知道晚间还有个欢迎宴会。

这一路虽然是林教授熟悉的故乡街道,可是他在车内四向观望,却看不出丝毫回忆中的痕迹——一切都是陌生的。坐在他身边的田副书记,原来就说话不多,坐在车内就更沉默了。她所患的"重伤风"可能

第二章 海内关系的万缕千丝

由于冒早晨长时间的寒气，在车内显得更严重了些。她不时用纱布擦鼻涕，有时也抹抹眼角，头也不多抬。文孙为着礼貌，本想和她攀谈两句，看她这样的反应，也就听其自然了。车前的李场长虽然偶尔和王师傅交谈一两句，但她也未回头攀谈，车子就喇叭不停地响着，穿过肩挑的、手提的重重人群，终于进入一座牌楼式的拱门，上面嵌着"东风大队"、"红星农场"八个大字，两边则分漆着"抓革命，促生产"和"深挖洞，广积粮，不称霸"两幅标语。

车子在右侧一座砖房停下了。车前站了一排前来欢迎的男女同志。林教授随着田副书记一道下车，众人鼓掌欢迎。李场长稍作介绍之后，大家乃鱼贯走入一间宽阔的会议厅。但是这厅中并无会议长桌，只是在上方毛主席画像之下，横放着一张三人沙发。沙发前有张咖啡桌，桌上放着茶杯、茶壶、香烟和糖果。

两边靠墙则放着一些单人沙发、椅子和茶几。

李场长请林教授和田副书记坐于长沙发之上，自己则坐于靠近他们的一张单人沙发。其他同志则分别坐于靠墙的两边。穿着洁白制服的女服务员斟上茶水；李场长又亲自抓了些牛奶糖放在林、田二人面前，请大家随便吃喝。然后她把林教授和各同志再分别介绍一下。最后她又特地介绍一位二十上下的外办处的女同志杨小芬。小芬乃自墙边搬来一个木制三脚架，放在咖啡桌之前七八尺的地方，再把一张大图表用图钉钉在架上。然后她便向林教授介绍"红星农场"的过去的历史和现在的成就。

小芬穿着白制服、打了两条辫子，看来很年轻漂亮。她声音清脆、汉语很标准，也很会说话。她不时用着手中所持的小竹竿子，指着图表上的数目字来帮助解释她的报告内容。大家一看这些数目字就知道这"红星农场"解放以后的进步状况。

这农场在三十年代原是个由尼姑庵改成的"县立苗圃"。抗战后自联合国救济总署分到两头乳牛，乃改名"县立农业实验所"，供应牛奶给国民党反动党团的头头们进补。解放后乳牛已增加二十倍至四十头。还吸收合并解放前那一个破产的私营鹿场，当时有鹿不过十一只，生产的鹿茸，也是给反动派头头进补的。党和人民帮助这私场并入"红星"之后，现已有幼鹿五十余只。本场所生产的奶粉和鹿茸，现已营销亚非两洲；向欧洲和澳洲亦时有出口。奶粉和鹿茸生产之外，本场还有鹅鸭场和兔子园，大量供应高级产品给本省各城镇。

最值得小芬骄傲的是本场已由国家划入"援越单位"，每年总产值，悉数用作援助越南、反抗美帝的解放战争之用。

林教授听到这里不禁大鼓其掌，因为他们林家全家在美国皆反对"越战"，保罗和法兰克都拒绝征调入伍，终以优良的考试成绩而免役。

小芬最后还歌颂了毛主席和"文化大革命"在本场"抓革命,促生产"的成绩。近三年来在李兰场长不断努力之下,对革命的贡献,更是一日千里。

林教授听了小芬这番精彩的报告之后，不禁大为赞扬。他并说四十年前，"县立苗圃"也是他当中学生时常游之地。他并且有个老同学谭志平在那里当技术员和总干事。那时不过是一个小菜园而已，谁能梦想到有今日的规模？说着他不禁起立向李场长和田副书记作真诚的祝贺；并和小芬握手，称赞她能说会讲，对革命成果如数家珍。

大家再略进茶点之后，李场长乃请贵宾和领导们入农场参观指教。不过其后将由李场长自己亲自解说，小芬和各同志，都各回本单位照常工作，等贵宾参观到各单位时，再来做陪同。大家听李场长讲话之后，乃起立纷纷和贵宾握手，然后各自散去。

众人分散之后，李兰乃亲自陪着林、田二人和文月母子走入农场。

第一个参观的是"鹿场"。数十只母鹿之外还有几只幼鹿在随着母鹿乱跑。李场长自草棚内取出一篮草料，小鹿前来争食，极其可爱。小牛情不自禁地也想拿草料喂鹿，在一旁乱蹦乱跳地等着。李场长也就让他试试，果然好玩。李场长乃索性把这篮草料交给林文月说："你就看着小牛在此地喂鹿好了。牛棚你母子不必去了。那些牛有时很野，对蹦蹦跳跳的孩子不安全。"

小牛闻言如获圣旨，立刻过来和妈抢篮子，他母子二人便在鹿场留下了。

这时李场长乃带领林、田二人，绕过鹿场走向牛棚。李场长开了牛棚门，只听一些母牛正在此起彼落地"哞哞"地叫。杨小芬的数字果然不假，棚内有牛数十头，分成两排，自木框栏中头伸栏外在吃草。两排牛头之间，是一条过道直通后门。

他们三人在过道中才走了一小段，李场长忽见右边牛栏之后有几堆牛粪。她显得有点难为情，却笑着说这些"奶妈不讲卫生，随意便溺"，她又抱怨说，工作同志疏忽，卫生打扫得不够勤。牛粪惹苍蝇，苍蝇带细菌。这牛粪非立刻清除不可。

李兰毕竟是无产阶级出身，没有资产阶级"场长"的架子。说着她便卷起衣袖，自架边取了一把长锹，又拿出一个粪筐；随即拉开木栅，走入右边牛栏之内，自己动手铲起牛粪来。她这一果决勤快的无产阶级作风，真使那位看惯资产阶级首长作风的林教授，佩服得五体投地。他对田副书记赞不绝口，而在牛栏那边工作的李场长，则一面铲粪、一面请田副书记带贵宾到后门外坐坐，她铲完随后就来。

"不急嘛。"田副书记淡淡地回答一句，便领着林教授走向后门。她把后门一开，一阵清风吹进，铭人肺腑，世界似乎又转了方向。

"莹妹，你不是死了吗？"

"红星农场"这个"牛棚"倒是个真牛棚，是养牛的，不是关人的。这棚内有乳牛四十余头，牛奶妈又不讲卫生，随意便溺，弄得棚内恶臭难当，直使这位从资本主义国度里来的、干净惯了的林教授，感到不能忍受的程度，但是又不好意思取出手帕来掩鼻子。如今一阵清风，真如及时甘霖，使人心爽意适。

二人跨出门去，想不到更别有洞天。原来后门之外是一个不小的湖泊，绕湖的堤岸上，有合抱的垂杨数十株。现在虽在冬季，柳絮已逝、柳叶黄落，但柳丝如故。万条柔丝，摇摆于湖边微风之中，真如薄雾轻烟，水上水下，连成一片，颇有诗情画意。

湖边右方紧接牛棚之处则是一排鸭棚，湖内一角，则有竹篱围住的鸭池，池内有鸭数百只，追逐戏游，呱呱地叫个不停；篱外湖中也有些散兵游勇，四处漂流，自得其乐。它们看见有人自牛棚出来，有几只竟然游了过来，斜着眼好奇地瞟着湖边的男女。

这湖的中心有个人工堆集的防风岛，盖湖大则风疾，风疾则浪高，浪高则伤堤，有个防风岛便可减浪护堤。这个小岛之上日久了也杂树丛生，堵住两岸的视线。

牛棚的左侧堤边则是一片密集的竹园。竹子是长青的，纵在冬季也茂盛如故。因此牛棚后门外的一片三角形的空地，自然形势，却把它包围成一片前不见古人、后不见来者的洞天福地。在有八亿人民的中国，实是一片难得的桃源胜境。

林教授自从回国之后，便一直是住在高级宾馆中的中心人物，忙乱不堪；想不到此时此刻，竟能在这样一个悠闲的地方小休片刻。他为此胜境，对居停主人，真赞不绝口。

"林教授，"田副书记说，"这儿有点像你美国家中的后苑吗？"说着她又向湖里那两只悠闲的白鸭子望着出神。

"比我那儿还要清幽。"

"林……您到这儿感到陌生吗？"田再问一句。

"倒有种说不出的感觉，"文孙说，"这原是我的家乡嘛。我儿时应该来过。不过现在人事全非、景物皆异——真不能说是旧地重游，还是陌生。"

"你看到这柳树、这鸭子，有什么感触吗？"田又轻轻地、有点感叹地问，但是她的目光则始终只向湖里看着。

"……"文孙觉得是有些感触，但又说不出来，所以支支吾吾地吞吐着难出口。

"林……您看这鸭子，能想出些什么回忆吗？"

文孙觉得是有些感觉，但还是说不出口来。

田又问道："你家中养着两只白鸭子，是不是有什么感情上的故事呢？"

田副书记这一问，再加上当前景物，倒使文孙若有所悟起来。林说，他那两只鸭子，不是孩子们养的"宠物"，那确是他自己养的，因为他年轻时曾和未婚妻叶小姐有一段养鸭子的往事。后来未婚妻死了，他睹物思人，始终对白鸭子有偏好，所以在家中永远养着两只白鸭。

"你和你的未婚妻叶小姐，三十八年前，曾在此地喂过鸭子吗？"田副书记用手扶着自己的腮，轻微地问他。

"三十八年前!？"文孙倒愣住了，"三十八年前，在这个地方？"他已忘记了这一问题是田副书记在问，他现在是在自己问自己。

"你不是在此地……"她又吞吐一下，声音更小而有点颤抖，"此……地……此……地……这棵柳树……不……不是你亲手栽的吗？……"

文孙这一下倒真的愣住，看着那棵合抱的大柳树，自己问自己："这棵树是我栽的!？"

"不是你刚才说的谭志平……"田的声音又咽住，"要……要你种植做订婚纪念的吗？"

"是有这回事！是有这回事！"文孙豁然大悟地说，接着他又问田副书记，"你认得谭志平吗？他现在在什么地方？"说着文孙有点激动，再问，"志平在什么地方？"

这时田副书记忽然呜咽地哭出声来，身体瘫痪，一下坐在空地中的一条木凳上，直是呜咽着说："志平五八年死在青海。"

"他那女朋友未婚妻韦小燕呢？"文孙忽然想起往事来，迫不及待地追问。

田哭泣着说："小燕带着两个孩子下放农村，也在'三年自然灾害'中死了。"

文孙闻言，也凄然泪下。这个热闹的世界，忽然变得如此凄凉，二人对坐而泣。

"田副书记，"文孙擦一擦眼泪又问一句，"你怎么认识志平和小燕呢？"

"文孙啊，"田竟然放声地哭起来，"都不是你介绍的吗？"说后她竟紧握文孙的手大哭起来。

这一突如其来的"文孙"二字，真使文孙如坠五里雾中了。文孙又盯着她问下去："志平什么时候告诉你，这棵树是我栽的？"说着他又上下打量了一下这棵合抱的大柳树，又看一看面前哭得很伤心的女人。

"志平没有告诉我啊，"田哭诉着说，"是我告诉我自己的啊。"

"你告诉你自己的……"文孙不免自言自语。

"志平要你把两棵树种远点，"田说，"否则三四十年后，会挤在一起。你说挤在一起还不更亲昵点吗？"

"你怎么知道这些事？"林直是摇着她的两臂，"你是不是曹文梅的朋友？"

"文梅现在在呼和浩特。"

"她是不是和姚大余结婚的？"

"大鱼搞反革命，解放后被镇压了。"

这几句哭声中的对话，使文孙益发不得其解了。他含泪继续摇着田副书记,问她为何知道这许多他私生活的细节:"告诉我、告诉我……"文孙激动地问她。

"这第二棵树,是我种的嘛!文孙哎!"田忽然抱着文孙的腰,哭得十分悲哀。

"怎么会是你种的?……"文孙汗泪交流,仍是不得其解。

"文哥呀!"田紧抱住文孙的腰,泪如泉涌地直视着他,说,"我不是你照片上的小莹吗?"她放声号啕大哭起来。"四十年来,我多么想念你啊!"说着她情不自禁地一头冲入文孙怀中,谁知这条老朽的木凳,经不起这一冲击,凳子垮倒,二人也倒卧地上,文孙撑起身来,靠在自己植的合抱大柳树根上,田副书记则伏在他怀中,二人汗泪交迸,气喘如牛。田副书记头插在文孙怀中,钻他咬他,痛哭失声,悲伤达于极点。

"你怎么可能是小莹呢?田副书记。"说着文孙也泪如泉涌。

这时田也抬起头来,满面眼泪地逼近文孙的面前,看着他说:"文哥呀,真认不出我来了吗?"说时眼泪像瀑布一样直泻而下。

文孙用双手捧着她的脸仔细看去,眼泪从自己脸上,直滴到田的脸上。他又翻过她的头来,抹一抹田副书记颈子后面那颗红痣,又翻过她的脸来,双手捧着又细看一会,忽然大叫一声:"莹妹!"他这一叫,几乎把那柳树都连根拔起。他把她紧抱怀内,尽情号啕大哭,哭得把湖内一些鸭子都吓跑了。

二人搂得紧紧的,尽情恸哭了十来分钟。然后文孙才呜咽地问她:"莹妹,你不是死了吗?怎么还活着呢!?"

说着文孙抽出两手来,狠命用指甲掐自己的手臂,直至皮破血流,他口中喃喃自语说:"这不是梦吧!这不是梦吧!"——因为近四十年来,他曾做过无数次类似的梦,但是当他看到床头的阳光,失望的心情,每次都是痛不欲生。这一次他狠命地掐伤自己,看看是否还是一场梦魇。

"文哥,"田忍着泪向文孙说,"这不是梦啊!我还活着。"

"莹啊!"文孙也忍着泪问她,"我还到你墓地去哭祭过的,为什么你并没有死呢?"

"死的那位是何同志,"田说,"因为国民党特务抓舅舅,指名要我,舅舅吃不消,乃数次到我们基地来要我回去。后来组织上把一位死掉的何同志穿上我的衣服,说我得急病死了,把尸首交给舅舅抬下山去埋葬,并发他一大笔抚恤金。组织骗了舅舅,舅舅骗了国民党,大家就真以为我死了。"

"莹啊,"文孙哭着说,"你为什么不私下通知我一下呢?"

"文哥啊,"小莹说,"在那血流成河的内战时代……如何通知呢?……文啊……"小莹又把她那满是灰白短发的头在文孙怀内攒动,她咬他,又用手在他身上四处乱抓,哭得死去活来。文孙亦泪如雨下,那雨丝直流过他四十年前女友的白发,然后流回自己身上。他解开大衣,把她包在怀内,仰天长叹:"……天下真有这回事……上苍在作弄我们……"说着他再度号啕大哭。

"莹妹……"文孙又哭得上气不接下气地说,"……我……我们……两个都是最忠厚的……的人……为什么上帝……你……要这样处罚我们呢?……天啊……"

"文哥……"小莹又在文孙怀内抬起头来,颤抖地说,"三十多年了,我想我是见不到你了,但是我想他……他……他……"她喉头哽塞了,说不下去,又去痛哭一阵,再说,"我想他……他……终有一天……会见到你……"

"他、他、他,是谁?"文孙激动地问。

"……谁知我……我……倒见到了你……"小莹又恸哭失声,说,"他……他……他反而……不在……了……"说着她痛哭不已,用头拼命撞着文孙的胸部。

"他……他……他到底是谁？"文孙直是摇着她，并捧起她的脸，面对面地问。

"他……他……是我俩的孩子嘛，"她又哀哀地哭起来，"多可爱的孩子啊！"

"我们有个孩子？……"文孙真不知如何问下去。

"你未见过嘛……"小莹说着又抽噎不已，并向文孙胸前惨叫，"……玉儿啊……为什么不能见你爹一面……带娘一道去……呢？"

"我们孩子叫什么名字？"文孙一面问，一面仰首叹息。

"文哥，"小莹稍为平静一点，说，"那时我说恐怕有了……你说还不能肯定，但是你还是把他取个乳名嘛。"说着小莹又眼泪直流。

"我把他取个名字叫'小玉'，是不是？"文孙果然想起他三十七八年前的罪孽往事，流泪浩叹。

"我一直叫他小玉啊，"小莹说，"但他在解放军里的名字叫田国玉。"小莹说着又哭叫："玉儿呀……你为什么要……那样勇敢，为国捐躯？……留下娘，多可怜啊……"

"国玉现在在什么地方呢？"文孙抱着小莹，悲伤地问。

"文呀……他不在了……"

"……"文孙仰天长叹。

"他在珍宝岛牺牲了，"小莹嘴颤抖地说，"志愿请调去的嘛。"她用两手，抱住文孙的两腮，把脸贴在文孙的胸上。

"珍宝岛在什么地方呢？"文孙问她。

"俄国人把他炸死时，小玉还不到三十岁啊！"小莹又痛哭，说，"多可爱的孩子……跟他爸爸长得一模一样……玉儿呀……"

"想……不……到……唉……"文孙只有仰天长叹。

真的，除了叹息之外，这一位美国回来的教授，也不知道还应该问些什么，说些什么。而他怀中四十年前的未婚妻，则不断抽噎、哀泣。

二人相拥、默抱多时。她忽然仰身坐起,"哇"的一声要呕吐。她忙咬住牙,掉过头去,吐出一口鲜血。文孙见状大惊,简直手足无措。这要在美国,他便要立刻打电话、找救护车了。但是此地是中国,他不知道如何处理。幸好田副书记倒十分镇静,只用纱布抹抹嘴唇,说:"老毛病,没什么要紧。"她的镇静和文孙的惊惶失措,恰成对比。

当林正望着她出神时,田倒不慌不忙地站起来,整理一下自己的衣服和头发,转身向湖中张望了片刻,忽又转过身来。

"林教授,"田副书记对那位还坐在地上,满脸泪痕、狼狈不堪的美国博士、电子专家的林文孙,郑重地说,"祖国人民和党,欢迎你回来探亲访问,并希望你将所学的专业,对祖国人民有所贡献。在海外,你也应将祖国的革命建设,向海外传播。为着革命、为着人民,我们都应不计个人牺牲。希望你回到美国去,照样能为祖国革命,贡献力量。"

田副书记这番庄重的训话,足使坐在地上的访客觉得三分钟以前所发生的事,简直是一场梦。田副书记这番话,直如"床头的阳光",使大梦初醒。

林教授正在手足无措之时,忽听牛棚之外,有人在叫田副书记。那声音似乎是李场长。她叫道:"田书记,下放青年,在等着你讲话呢!"

"告诉他们,"田副书记大声回答说,"我马上就来。"说着她也顾不得那位尚坐在地上狼狈得不像人形的贵宾,便掉头而去。这次她是不再穿过牛棚了,自牛棚与竹园之间的小径,径自去了。

田副书记去后,林教授不自觉地也站了起来,跟着她走了出来。谁知他人生地不熟,又紧张过度,走了才十来丈,便觉头重脚轻、天旋地转。他急忙想抓到点什么,以免摔倒,一时又无物可抓,只见前面有一堆草,他乃三步两步冲向草堆,一头栽了下去。谁知那草堆原是一堆牛粪,场中因为贵宾参观,看来不雅观,乃用一些稻草在上面薄薄地盖了一层,使它看来像个草堆。谁知林教授这位"贵宾"却歪打正着,竟然一头冲了进去。一时牛粪横飞，林教授弄得满脸满身的牛粪，成了个牛屎博士！

当牛屎博士正在和牛屎挣扎时，只听一群人跑了过来，其中一个女人在大叫，原来那是林文月，她一面跑一面叫说："我哥哥有高血压，快来救人啰。"小牛也气喘喘地跑了过来，一见舅舅如此模样，便吓得哭起来。一忽儿李场长也来了，她招呼要场内医务室送副担架来，值班的徐医生也来了，但是贵宾一身是粪，一时抬入医务室也不方便。幸好李场长的住宅便在附近，而林教授也坚持不要"住院"——他说只是近来生活比较紧张，血压转高，有点头晕目眩罢了。他自己随身带的有特效药，吃几颗就好了。

既然如此，李场长请贵宾暂时到她住宅中盥洗一番再说。文月听说没大病也放心了。她一面擦眼泪，一面扶着哥哥，叫小牛替舅舅拍去身上的牛粪。小牛一手捏着鼻子，另一手使劲地拍，李场长和两位女同志也帮着拍。幸好这些牛粪都是干的，虽被拍得灰尘蔽天，但是林教授头发上和大衣上，也都渐次恢复原形。文月又从哥哥衣袋内取出一把小梳子替哥哥梳梳头发，林博士又逐渐像个博士了。

贵宾既不愿"住院"，又不愿乘担架，但身上气味难当，清洗一下，总是必要，所以他就接受李场长的邀请，到李家洗个澡，再回宾馆休息。所以众人乃拥着贵宾，缓缓地走向李场长家里去。

春兰没有"春"了

李场长的住宅是在一个小山坡之上的一座小瓦房，就在那竹园的后面。文孙边走边看，十几分钟之前的经验，已使他略辨东西，一切似曾相识。这座小瓦房原是个尼姑庵，叫"水月庵"，三十年代打红军时，被军队霸占,尼姑亡命。军队去后由县府接管,办了个"苗圃",谭志平就是那时的"总干事",志平还有个不识字而十分可爱的女友韦小燕。小燕是小莹最要好的朋友,这个对文孙颇有回忆价值的小房子,现在却是李场长的住宅。

最使林教授惊异的,则是这瓦房之侧还有一架特设的"天线"。文孙毕竟是电子专家,知道这架天线不平凡——它是具有高度敏感性的。文孙心中有点奇怪,口中则未便多问。

当他们一行走近瓦房时,看见屋前有两个持枪的警卫。一看他们那绿衣蓝裤的制服,文孙就知道那天线与空军有关,这样他就更不敢发问了。走到屋前,李场长并不自正门进去,她带着众人自另一边的一个侧门进入室内。后进中间文孙记得是个"文殊殿",后来是"苗圃"主任的办公房,现在则是李场长的"客厅"。左右两间是李家的卧室。地下虽无地板,墙壁倒粉得挺白的。四壁除身着"红卫兵"臂章的毛主席大照片之外,别无字画。三间房子都是玻璃窗,拭得很亮。客厅家具则是几件木制的咖啡桌和用布垫的土沙发。虽然硬一点,坐下也挺舒服。可是最使林教授感到非同凡响的,便是这个简陋客厅之中,却有一架中国很少看到的新式电话——也是文孙在中国所见的唯一的一架私家电话——纵是上海、北京,老百姓都只能打"里弄电话"。

李场长的卧室的布置,也很简洁而舒适。木床是新式的,洗脸架则是旧式的。这一套三间之外,左右两间厢房也是李家的。右厢房是厨房;左厢房是贮藏室,"文革"前则是"保姆"住的。

女主人请来宾在客室坐下,自己自那五磅重的热水瓶中倒水,再自"茶焐子"中取出茶壶,为林教授沏了茶,便招呼同来的徐医师替文孙量血压。徐医师认为"低血压稍高"——林教授身体壮健无大碍,只怕稍受点凉;徐医师乃留下点丸药,便告辞了。可是林文月仍担心"高血压危险",问个不停。

第二章 海内关系的万缕千丝

"林同志,"李场长说,"你哥哥我担保没危险,他要洗个澡倒是真的。你现在可以回厂去了,晚上再来参加宴会。"说着她抓了一把牛奶糖给小牛,叫小牛回去上学;散学好看"彩电"!小牛正正经经地鞠了个大躬。

李场长的话在这镇上是说一不二的。文月自然连忙道谢,带着小牛去了。李场长也招呼其他同志各回本单位,并嘱咐一位女同志给程庚厂长打电话,说林教授身体不适,取消下午到丝厂参观的节目——让贵宾多休息一会,晚间好参加宴会。

在李家的客厅内,只剩下他们宾主二人了。女主人又替客人换了一杯热茶,自己也倒了一杯,取个小竹椅,在咖啡桌的对面坐下。"林教授,"李场长笑着说,"我今早只想到你们小两口儿,抱头痛哭一阵呢。谁知道你二人竟弄得如此狼狈!"

"……"林教授被这突如其来的一句话,弄得满脸绯红,不知如何作答。

"我在你的电影上看到她的照片,我都几乎哭了,"李又嬉笑地说,"难怪我们书记哭成个泪人儿呢!"

"李场长,"文孙把头伸向前去说,"田副书记已经把我们以前的事告诉你了吗?"文孙感到有点尴尬。

"她四十年前就告诉过我了,"李又调皮地笑着说,"我们是结拜姐妹呢!"

"真的,你四十年前就认识她了?"文孙正不知是真是假。

"我四十年前也认识你嘛!"说着李场长简直笑不可仰。

"四十年前,您在什么地方认识我的?"文孙将信将疑,也只好微笑发问。

"在你家里嘛!"

"在我家里?"林又问,"什么地方?"

李场长见他发傻,笑得益发开心。

"在你家嘛，"李说，"在你家'堂楼'之上，花园之内，书房之中，马房前后……还在你少奶奶房里……够了吧！"

"……"林教授圆睁着两眼，仍如坠五里雾中，说不出话来。

"三——哥！"李兰忍不住了，从竹椅上站起又绕过咖啡桌，坐到文孙坐的木沙发上去，大叫一声。"三哥"二字，真使文孙如雷灌顶。李兰又笑得无可奈何的样子，说："三哥，我是春兰嘛！"

"三哥"果然恍然大悟！

"李场长，"三哥仔细看着她说，"你是……你是春兰……春兰！"文孙看了半晌，不觉凄然泪下。"真想不到！真想不到！"他直是摇头。

李场长本来有说有笑的。她被文孙这一哭，不禁也跟着哭了起来。"我是春兰嘛，看不出来了吗？"

"春兰……春兰……一点看不出。"文孙感叹地说。

"我就是春兰，三哥，"春兰伏在三哥腿上，一面哭、一面笑地说，"四十年了，春兰的'春'字不见了——人老珠黄。"说着她又笑起来。

"你们怎么都还记得我呢？"三哥问。

"田书记和我，四十年来，一直在私下谈着你，"春兰说，"知道你到美国留学去了。"

"我惭愧，"三哥说，"我对你们的情形，毫无所知。"

"这次看到外办处文件，证实真是你回来了，"李说，"田军在我这里哭了好几天。她一定要见见你，私下和你谈谈，但她怕你忘记了。我说三哥天性忠厚，不可能忘记的。"

"我怎么会忘记呢？"林说。

"他们有人说，你可能中国话也不会说了呢！"李说，"出国太久了嘛，又娶了位洋老婆。筷子恐怕不会用了，只吃面包，不吃饭了。"

"恐怕眼睛也变蓝了。"文孙接下去，也开句玩笑。

"我们看到你电影上还有她的照片，才真正放了心。"李兰又笑着说。

"今天早晨我们在牛棚外会面,是你故意安排的吗?"

"是我二人的'阳谋'。"

"听说'海外关系''里通外国',罪名很大啊!"文孙说。

"田书记外柔内刚,她不怕。她说,弄穿了,大不了是一死。"

"你呢?"文孙又问。

"我也不怕,"李说,"他们不敢碰我们'解放军'。我爱人说,他只怕林秃子。林秃子一死,毛主席知道我们老干部都是忠于他的,连毛主席也让我们解放军三分呢。"

"李场长,"林说,"我还没有问候你爱人呢!你爱人是谁?"

"啊呀,三哥,别叫我场长了,叫我春兰还亲昵点。"

"啊,春兰,春兰场长……你爱人是谁?"

"他叫何任,"春兰说,"他本名还是你替他取的嘛。"

"何任?何任?我取的名字?"

"啊呀三哥,"李场长不禁大笑起来,说,"他是'小和尚'嘛!"说着她又伏在文孙腿上,笑个不停。

"小和尚?……小和尚?……"文孙回想了一次,叽咕了半天才说,"你后来与小和尚结婚?"

"我们三八年参加革命,在解放那年结婚的。"

"你和田书记都是三八年加入共产党的?"林又好奇地问一句。

"是嘛,"李说,"所以后来他们新加入革命的,都叫我们这批老干部作'三八式'。"

"你爱人什么时候取个名字叫何任呢?"

"你不是原先把他取个名字叫'何南仁'嘛?"李兰说,"参加革命后,他就改个名字叫何仁;后来我们都到苏北……"这时李兰不自觉地向四处张望一下,放低声音说,"后来刘少奇说'仁'字不好,才把他改名何任。"

"他这名字是刘少奇取的！"林也轻轻地重复一句。

"就为这个名字——刘少奇取的名字，他吃了好大苦头！"李又轻到像咬耳朵似的说着。

"他现在在哪里？"

"他是空军战士，"李说，"被林立果关起来了。林彪叛变之后，才被毛主席解放的——官复原职。"

"他现在在哪里？"

"在外地开会，"李说，"我打电话告诉他说你要回来，他本说今晚一定回来参加宴会，可是刚才他又打电话来，说赶不及了。但他会搭专机回来——一定要和你见一面。"

"他搭'专机'回来!？"文孙有点惊奇。

"他自己可以开嘛，"李说，"不过现在指挥别人开了。"

"那他是空军高级司令员了！"林说。

"也不是什么司令员，"李说，"他们解放军的事，我们不必谈吧。"

"怪不得我刚才看到此地有空军战士守卫呢！"

"他们是何任的警卫员，也是保护电台的。"

"啊……啊……"林抽了口气。

"三哥，"李兰忽又转过话题，捏捏自己的鼻子，说，"你身上还很臭哎！我烧点水，你洗过澡，再吃中饭。"

"不太臭，"林也耸耸鼻子，说，"我回到宾馆去洗吧。"

"在这儿洗，"李场长似乎是命令地说。她随即站起身来，到卧室内取了两条毛巾和肥皂，便领着林教授走向厨房去。她并把林的大衣取下，叫警卫送到丝织厂，来个"加速干洗"，后来林氏在灶后沐浴时，李干脆把他的西装也派人送去了。

李场长在灶内架起柴火，一时火势熊熊，很快便是一锅白滚水了。

"林教授，"李兰一面在灶下烧火，一面发问，"你知道今早替你讲解的杨小芬是谁!?"

"我哪里知道呢？她不是你们外办处的吗？"

"她呀,"李兰笑着说,"她是毛毛的女儿。跟妈妈姓。"

"毛毛是谁呢？"

"毛毛呀,"李兰一面向灶内加柴草一面说,"毛毛拜你家三少奶奶做干妈,"说着李兰唧唧地笑,"三少爷知道了,还给毛毛的妈五块钱,认'干亲'呢！"

"毛毛是我家厨房杨师傅的孙女儿!?"干爹忽然想起来,不觉又流下眼泪,仰天长叹。

"想起来了吧！"李兰只顾烧火。

"毛毛哪里去了呢？"

"别问了,三哥,"李兰也叹口气,"她夫妻都在'三年大灾害'中死了。"

"小芬呢？"

"我和何任把她抱来养大的。"

"杨师傅不是被日本人杀掉的吗？"

"我看到他的尸首在流血呢！这个血仇真要报！"李兰说。

"……"文孙又叹口气,自言自语道,"母亲死后,我以为我在祖国的根早已断了……"他又叹口气,用手指揉揉眼角,"……谁知道祖国之内的关系,还有这样的万缕千丝！……"

第三章

往事知多少

那一笔血债

当李场长还在不断地加柴烧火之时，文孙则把这厨房打量一番。

这厨房的"锅台"呈半月形——文孙记得还是当年老尼姑灶头的旧模样，只是"灶神"不见了，在灶神原先占住的灶头粉刷得洁白的隔墙之上，却写着"以粮为纲"《毛主席语录》上的四个大字。这个灶上装着大小不同的三个铁锅，铁锅之间、后面两个三角形台面，并埋入两个长铁罐——当地人叫做"井罐坛"，因此当三个灶头同时生火时，这两个"井罐"中的水，可以同时被烧开。文孙顺手揭开一个井罐上的木盖，看一看那井罐，真勾引起他无限的回忆，因为这个似曾相识的铁罐，显然还是四十年前的旧物。

这时锅内、罐内，水已半开，李场长脸被火烤得红红的，自灶后走到灶前，用葫芦瓢——半个葫芦外壳做的取水瓢——打了一面盆热水，放在个古老的洗脸架上，又拉了一张竹凳放在前面，叫文孙说："三哥，你坐下，我替你洗洗头！"

文孙半客气、半尴尬地说，他可以自己洗呢。

第三章　往事知多少

"爽快点，我的林教授，你替我坐下！"李场长发号施令地说，"我替你洗利落点！"

文孙不得已，只好坐下。李场长爪尖、手快，简直是个有经验的理发师，不一会便把文孙的头发洗得干干净净，使文孙感到爽快无比。李兰再自锅中打了水，放到灶后的大木盆中，放好毛巾、肥皂，叫文孙到灶后洗个澡，原来这灶前、灶后之间有一扇篾编的门，把门拉开，灶后便是一间小浴室，借着灶中余烬的热力，冬季在此间洗澡，也温暖如春。文孙脱了衣裤，便在灶后洗起澡来；李兰则在灶前一面和他说话，一面叮叮咚咚忙个不停——她在预备二人的午餐。

"李场长……"文孙在灶后正要发个问，可是他的话便被李兰打断了。

"哎呀！三哥，"李说，"叫我春兰嘛！"

"啊！春兰，李场长，"文孙还是把官衔叫出了，"你还未告诉我，你怎么和何任结合的呢？"

"也是缘吧，"春兰感叹地说，"你知道那时在你家中，小和尚不过十二三岁，还是情窦未开呢，他就经常缠着我。"

"我也有点记得，"文孙说，"他那时偷'状元红'给你吃。"说得春兰也笑起来。

"后来日本鬼子把我爸杀了，"李兰说，"那时倒亏得他呢。否则我恐怕也给日本鬼子宰了——这个血仇，将来非得报一下……"

"小和尚有什么办法使你大难不死呢？"三哥有点好奇。

"三哥，你知道，在三八年春末，你离家之后不到三两天，鬼子就占了县城，"李兰说，"但是那年发大水，城郊四面路都走不通，人们都想不到鬼子会下乡的。"

"他们却下乡了！"林代李兰作了个解说。

"你知道他们怎么下乡的？"春兰问一下，又立刻自己解释说，"那天是三八年五月十四日。日本鬼子忽然开了十几只橡皮船，沿河而上，就在柳和集上岸了——一上岸，就杀人……"

"我们当地的保安队为什么不抵抗呢？"

"你知道，我们的地方武装不都编入游击支队了吗？"李说，"县城一失守，他们都被上级调到山区去了——事实上，他们不走，也抵抗不了鬼子。"

"训练不足，武器也太差！"文孙为她补充一句。

"那时地方上人，见鬼子未下乡，也就相安无事——谁知道鬼子一下就来了呢？"

"鬼子下乡目的何在呢？"

"据本城汉奸说，他们下乡的目的是'清乡'、'打红枪会'，"李说，"其实他们根本就不把红枪会看在眼里，他们下乡的真正目的只有两个：第一，找'花姑娘'；第二，到你们大户人家去找'宝'！"

"你怎么知道这么清楚？"

"我和小和尚亲自听鬼子向汉奸说的，"李兰说，"要不亲自听见看见，才不会相信呢！"

"你在哪里听到鬼子和汉奸说的？"林觉得有点奇特。

"在你家的'花厅'里嘛！"

"在我家的花厅里？"文孙真是将信将疑，丈二和尚，摸不到辫梢！

李兰说来咬牙切齿。她说，日本人欠我们的这笔血债，"等一千年、一万年都是要还的"！

原来一九三八年五月十四日（农历四月十五日）——这日期李兰终生不忘，因为那是她父亲的"忌日"——当日本鬼子在柳和集上岸之时，奸淫焚杀，立刻开始，他们先在各村庄放火，房屋着火，室内躲藏的人四出逃命，鬼子便见一个杀一个，见到妇女，就既奸且杀，从五岁到八十五岁的村中妇女，多被奸杀，顿时血腥一片。李兰的爸爸是个贫农，妻子早逝，只此一女。鬼子来了，他乃把女儿藏在一个大稻草堆中，

第三章　往事知多少

自己刚预备逃走之时，便被三个日兵捉住了，向他要"花姑娘"。春兰在稻草堆中听到日兵打爸爸，爸爸跪地哀求。一个日兵不由分说便是一刺刀把他插个通心过。她听到爸爸惨叫一声倒在地上，另外两头野兽，也跟着踢了他几脚，然后那刺他的日兵拔出刺刀，又用满是鲜血的刺刀，向那稻草堆插了几下，那雪亮刀尖离这躲藏的少女，距离不到一寸。然后那三个野兽，用稻草擦干刀上的血，又向别处找"花姑娘"去了。

春兰等日兵走远了，才自草堆内爬出来，看见爸爸仰卧在血泊里，两眼睁着像两只铜铃一样，两只手还在地下乱抓，把泥土抓了几寸深。她伏在爸爸身上大哭大叫，不知如何是好。这时忽听有人在背后叫她。春兰回头一看，原来是小和尚。他全身水淋淋的，赤湿一片。

小和尚那时才十三岁，身材瘦小，却穿了一件成人的军服，上衣大得像件大衣，加上上面一个小光头，看来就真的像个"小和尚"。春兰忙拉住他，要他一道把爸抬回家中床上去。小和尚却要她赶快逃走，因为鬼子还是三五成群，一批批地在找"花姑娘"。眼看着远处已有日兵在走动，小和尚乃急忙拉着春兰迅速逃向大堰塘，把春兰推到芦苇中去，然后自己跃下，全身躲在水里，只留着鼻子和眼在水面上。不久就自芦苇丛中，看到成群的日军在堤岸上来去走动。春兰大恐，在水中颤抖个不停，芦苇也因之动荡不停。小和尚急了，乃在水下使劲地把她抱住，不许她动。

这时他俩看见远处有三个日兵，一面狂笑，一面在抛皮球，三人争着用刺刀尖去接球。后来小和尚定神一看，原来那插在刺刀上的不是个皮球，而是个一岁多大的婴儿——是柳树庄李三婶的女儿小毛。最后那刺着小毛的日兵，把枪杆一摔，便把小毛血淋淋地摔到堰塘中去了，三人还狂笑不止。笑后三人便架起枪来，解皮带脱衣裤，原来在他们附近，还有两个日兵，光着腿，正在强奸一个呻吟的妇女。小和尚一看，原来是李三婶。李三婶是春兰在村中最熟的亲人。小和尚乃自水下拉着芦苇，遮住春兰的视线，不让她看见。

半个钟头过去了，只见那五个日兵，穿好衣服，扛着枪、哼着日本小曲，悠闲地走了，堤上只剩个全身赤裸、血肉模糊的李三婶的死尸；最残酷的却是这尸身下部，还插了一根硕大的柳树枝。

日兵去远了，二人自芦苇中爬上岸，春兰看着李三婶的尸体，直是哭。小和尚则告诉她，不能哭了，要找个更安全的地方躲起来。当小和尚正在想个安全去处时，春兰情急智生说："回庄子躲到炕床下面去。"小和尚一听如大梦初醒，因为那地方是他们以前"捉迷藏"时最秘密的地方，躲进去，谁也找不到。

小和尚主意一定，乃牵着春兰从堤下弯着腰，溜回林家庄的"花园"，再从整排冬青树之后，溜入林家后门。林家这座庄园有楼房三百余间，少数访客进来，无人向导，那就如同进入迷魂阵、八阵图，不辨东西。可是小和尚和春兰都是这个八阵图里长大的，他们在庄园中钻来钻去，真是比主人还要熟悉。

两个小鬼躲躲藏藏，转弯抹角地跑到了"花厅"之内。这花厅一排三间，中间一个香案之前八字形放着两座屏风式的落地"穿衣镜"。左一间，放着一张八仙桌，上加个十二座的黑漆圆台面，四周是十二张圆坐凳。右边一间，则放着一座硕大的嵌螺钿雕花的紫檀"炕床"。床上直放着一张两端上卷的长方炕几。几的两边分别放着一张虎皮和豹皮。炕前则有两张"搭脚凳"；两凳之间，则放着一个二尺多高的红瓷"痰盂"。

小和尚和春兰溜入花厅之后，乃合力把这笨重的炕床自墙边移前约一尺多远。小和尚并细心地将两个搭脚凳斜靠在炕床前面的雕花板上，两个小鬼乃自靠墙的一面，爬入炕床底下。进入床底之后，他二人又合力自床下把炕床推回原处。炕床回复原处时，只听"噼啪"两声，两个搭脚凳，也就溜倒至原来的部位。外面来人一眼看去，真是天衣无缝——原来这床底三面都有雕花板遮住；榻上坐客，再也不会想到屁股底下还有两个小鬼藏在里面。

据李兰说这个"秘处",原是"三哥"在幼年"捉迷藏"时"发明"的,但是半个世纪以后的"三哥",几乎把当年的专利发明全给忘了。

林家这三间"花厅",原有十八扇槅门;但循例,在牡丹花盛开之时,这槅门就拆除了。三间花厅,一片通明。

再者这个炕底福地,有时还可看"西洋镜"。由于当年工匠雕花的关系,或是孩子们的顽皮所搞的,这个紫檀炕床底下三面雕花板,在花草人物禽兽之间,却有几个香粗的小孔。伏在炕底,自孔中外窥,连炕上的人物都可一览无遗——原因是那两座八字形放着的穿衣大镜,可以反照出全厅的每一角落呢。

这两个小鬼刚把"炕床"推回原处,躺在地上,便听到一阵皮靴声。他们知道这一定是日本兵,那杀人不眨眼的魔王。春兰吓得直是抖,简直要哭出声来,小和尚按住她的嘴,但是他自己也颤抖不停——因为声音太近了,太可怕了。两个小鬼生死之间只隔一层薄薄的木板。二人气也不敢喘一声,屏息趴在方砖铺的地上。幸好这时人声嘈杂,完全没有人注意到炕下有人。

小和尚在地上伏了半个钟头,才敢在嘈杂的人声里,从一个小孔之中,闭着一只眼向外偷看,这一看真吓得魂飞天外。

小孔中的汉奸和"皇军"

原来这小孔不偏不歪地,正对着一个砍下的人头;这人头被放在院中芭蕉台边的石板上,人头之后还拖着一根长辫子,平放在石板上。

小和尚一看这人头,不觉泪如泉涌,简直哭出声来,所幸人声嘈杂,吆喝处处,哭声起伏,无人听出这一声是来自床下。

小和尚认得这人头是李家村"盛老裁缝"的头。小和尚前不久还穿着的"开裆裤",便是盛老师傅在这花厅的圆桌上替他做的。"盛爷爷"是这一带无人不知的最慈祥的老人,最会说故事,最会讲笑话,也最喜欢孩子。可是盛老爹却是个保守派的人物;民国成立二十多年了,他那根心爱的"松花大辫子"还舍不得割掉。但是平时他总是把辫子"盘"在头上,把辫子拉长拖到后面,小和尚看到的这还是第一次。

"盛老师傅是这样惨死的呀?"文孙在灶后听到这故事不禁凄然久之,并回忆说,到今日他所记得农村流传的"呆女婿"一类的笑话,都还是老裁缝教他的呢。他问李兰在小孔中还看到些什么,李兰说她不敢看,都是小和尚看后告诉她的。

自另一小孔中,小和尚看到七八个军官形的日兵,正围坐在大圆饭桌旁喝酒吃肉。菜饭似乎来自林家大厨房。最令小和尚震惊的,是看到管厨房的杨师傅,被反绑着双手跪在一边,厨房中每送来一盘肉、一壶酒,座上的日兵,必强迫他先尝、先喝,稍不如意就是一耳光或一皮靴。

小和尚又在镜子反映中,看到这炕床之上,盘着腿坐着两个日本人,一胖一瘦。胖子穿着整齐的军服,帽子则放在炕几上,佩刀则放在身后。他对面那个日本人,则不像是个军人,留着灰白的长头发和长胡子。炕几之上虽然也有些酒菜,但他二人的注意力却集中在一些古董之上。有些古董小和尚知道原是放在林家"堂屋"之内的"香火楼"上的。

在这炕前另外站着两个人,一个穿着日本军服,但他也会说中国话,只是在小和尚听来,觉得他有点"侉声、侉气",他说起"人人人"来,听来像是"银银银",跟林家的花匠"怪三爹"的声调很相近。

另一个人则穿件灰布长衫,说话是本地口音,他不会说日本话,虽然偶尔也听到他说出一两个日本字,什么"哥达易墨斯"(御座)等等。当那长胡子在玩弄一件古董或一幅字画时,这穿长衫的家伙,总连声说:

第三章　往事知多少

"真的，真的。"

"老师说，这里很多都是假的呢！"那穿日本军服的回头来告诉这着长衫的家伙。

"请告诉老师，"长衫者打躬作揖地说，"林放鹤堂的收藏，都是经过专家鉴定过的。"这话经另一个家伙译告"老师"时，那长胡子的日本佬，也微微点点头，然后又向对面的胖军官，说了些日本话；又和那站着的说了些日本话。这使在炕底下的小和尚逐渐体会出，那穿长衫的家伙是个本地汉奸，另一家伙是日军翻译。这翻译又回过头来问汉奸什么"白金盘"、"白玉盘"、"白……盘"的下落。小和尚在炕下听久了，才悟解出这件宝物，似乎是这两个日本家伙的主要目标。

这时忽又听到狗叫、骂人和打人的声音，小和尚选好了一个洞一看，第一个被推着进来的是老花匠"怪三爹"，他已被打得半死，满头鲜血。两个日兵架着他进来，他一面挣扎、一面骂不绝口——最令小和尚奇怪的是怪三爹说的竟是中日夹杂的语言，除掉"王八蛋"、"狗禽的"、"混账"、"婊子养的"、"屁精"、"操你天皇天娘"、"汉奸"、"卖国贼"等粗话之外，还指着那两个炕上的日本鬼骂什么"马路耶路"，又叫又蹬脚。他这一骂，两个炕上的"马路耶路"并未动声色，那个日本翻译，反怒不可遏，走向前去，噼啪便是两耳光。

那长胡子的使个手势，阻止了殴打之后，便直接用日语向怪三爹问话，怪三爹盛怒地用日语回答之后，又指着他二人"马路耶路"了一番。那胖军官未开腔，只向那两个架着他的日兵挥挥手。那两个日兵，乃用两手把怪三爹抬起，像抛石头一样，自厅内抛向芭蕉台上，把怪三爹跌个半死。怪三爹声息全无了半天，又指着厅上"马路耶路"起来了。

怪三爹被抛之后，另外两个日兵又架来了一个穿着绸夹袍的老头。小和尚一看，原来是林家庄上最有权威的"张管家"。张管家头上的金丝眼镜不见了，胸前的金链和金挂表也不见了，绸坎肩撕了一半，银水烟袋亦不知去向，人也半闭着眼，早已死了一半。

张管家被拷问的主题，还是集中在什么"白金盘"、"白玉盘"之上。但是张管家坚称那是"内宅"里的东西，不在他"管"的项目之下；并哀求"贵军""开恩"，"网开一面"，"两国交兵""秋毫无犯"，"不要伤害无辜良民"，等等。

那日本老头又问，内宅东西谁管，张答道那多半是"郑奶奶"。老头又问郑奶奶现在何处，张说郑奶奶已被"皇军"当"花姑娘"杀了。那老头又问郑奶奶多大年纪，张说大致六十二三岁。

那老头闻言，摇摇头便未再问了。

张管家又透过翻译，向那胖军官求情，为着"皇军"声誉，不要滥奸、滥杀。那胖军官未搭腔，也未对他看一眼，照例地只挥挥手，那两个日兵乃把七十来岁的老管家带到台阶边，使力自他背上一推，张老的头正好冲向花台，血流如注地一滚，便再没有声息了。

这时芭蕉台四周已挤满十来个人，鲜血满院，众人或跪或坐，有的在哀求，有的在哭，有的似乎已睁着眼死在那里，只微微在喘气。

厅的另一端约七八个日本军官，这时已吃得酒醉饭饱，有的已坐在那紫檀大理石扶手椅上打盹睡着了，别的则在喝茶、挖牙、聊天。

天井里那些半死的中国人，对他们似乎不存在似的。原来跪在地上的杨师傅，这时被一个半醉的日兵牵起来，他还未站住脚，说时迟、那时快，那兵一把抓住他的脖子，便把杨师傅，头朝下、脚朝上，摔向天井另一端种着一丛"天竹"的花台角上。杨师傅自花台上滑下去，叫也未叫一声，似乎就死了。

厅上谈笑依旧，阶下除老花匠还在微弱地叫着要"操天皇天娘"之外，已是一片沉寂，活的人不摔死也吓死了。可是那个日本军犬，还是不时摇尾向阶下狂吠，半醉的日兵，也不时逗着它跳跃。这时只有那汉奸却默默注视着台下。他转身轻轻对那日本翻译说，一定要把张管家弄死，因为老张认识他，张如不死，活着会报仇的。当翻译翻向那军官时，军官问这汉奸，替"皇军"工作多少年了。他回答说已快五年。做些什么工作？汉奸说，向皇军谍报组按时送情报；在中国城市中替皇军暗贴标语，散布谣言，并打听"红枪会"的出没情形。这汉奸最得意的一项，则是奉皇军谍报组之命，冒充佛道两教的"护法"或"施主"，把所有皇军计划要进攻地方的寺庙前的"八字墙"，都粉刷得洁白两大片，好让皇军飞机易于寻找目标。

那胖军官听了点点头，乃向翻译说了几句，翻译乃告诉那汉奸说："这里的支那人，一概处死！"那汉奸看来有点惊恐，只微微地自言自语地说："那也罢了……"

那胖军官又疾言厉色地说了一句，那翻译便向那汉奸说："少佐说，这里所有的支那人，也包括你在内。"

翻译这句话，对那汉奸直如晴空霹雳。他面色陡变，全身战栗、汗泪齐下，一下跪在地上，抱住翻译的腿，哀求翻译向少校求情，并说："……官……长，我们……都是中国人……"

那翻译闻言，顿时怒不可遏，噼啪地打了他两个耳光，一脚踢开，并狠狠地骂这汉奸，说："王八，你说我也是无耻的支那人？老子是'满洲国'陆军部派来协同皇军作战的。"他又回身向那"少佐"说了几句日语。那胖子照例挥挥手。有两个日兵乃走向前去，揪住那汉奸，像先前丢怪三爹一样地丢到台阶下去。这汉奸被摔得头破血流，正躺在怪三爹一起。那位已经半死的老花匠，还用脚踢他，并有声无气地骂他："……王八……屁精……卖国贼……汉奸……"

这时那日本老头和胖少校，也起身下炕。一些日本兵把那些古董、字画，放在几只大"网篮"内，抬起呼啸而去。他们还未全离时，只听正厅那边一阵整齐的皮靴声，一个军曹领了一队日军，走了过来，持枪排队站在花厅走廊上,面向院中,这军曹则站在院中的过道上指挥。他一声口令,那十来个日兵把右腿向后一伸,横持枪杆作劈刺姿势;他又一声口令,那十来个日兵一声呐喊,冲下台阶,向惨叫的囚徒,拼命冲刺下去,一时血肉横飞、天昏地暗,日兵之喊杀,与华民之惨叫,真震瓦欲飞。

原在小孔之后和小和尚一齐偷看的春兰,已被惨叫声吓昏过去。小和尚也被吓得小便直流。幸好他还机警,忙用衣服把小便擦掉,免其流向床外被日军发现。小和尚伏在地砖上,不敢抬头,足足有半个多小时,他听见外面已声息全无,只听见阴沟内有细微的流水之声,他才又向小孔窥探。只见院内十多具尸体,除了那汉奸之外,全是他的熟人,只是老裁缝的头却不见了,各尸都睁眼、张口,恐怖无比,四处都是血。有的尸身上的血,还不停地涓涓外流,流下阴沟作滴滴答答之声。

小和尚战栗不停,只好把头埋在已昏迷的春兰怀中,掉口沫、掉眼泪。

小和尚也能杀敌救国

当春兰生动地重叙这段遭遇时,文孙停止了擦身,默默地坐在木盆中,叹息着说,德国纳粹杀了许多犹太人,后来犹太人寻找仇人,大半凶手都被他们捉到了。少数漏网之鱼,犹太人到现在还在全世界追捕,连个纳粹小兵也不放过——务必血债血还。日本人屠杀了我们好几百万人,并开办细菌战实验室,拿活人来做实验品!我们就一声不响。如今还要"以德报怨",这话如何出口?

李兰也说,我们中国人对日本战犯实在太宽大了。

第三章 往事知多少

"你们什么时候又碰到小莹了呢？"文孙又回到原来最有兴趣的问题上去。

"那真是无巧不成书！"李兰又接着说，"你让我慢慢道来嘛。"

春兰和小和尚在炕底总是不敢出来，一直听到厅里有黄鼠狼打架的声音，小和尚才又恢复偷看。这时已是满院月色，在月下有两只黄鼠狼和一只狐狸在四处舔血。偶尔也有蝙蝠夹杂其间。这些小动物吃饱了，就互相追逐，其声啾啾。它们既然都有了自由，日本兵可能也已离去了。两人乃轻轻地把炕床又推离墙边，悄悄地爬了出来。此时两人已整天未吃未喝。小和尚悄悄告诉春兰，先到厨房摸点锅巴吃吃。两人乃自暗处摸向厨房。在通过正厅屏门之后时，他们见到一堆雪白像杀猪案上的死猪一样的东西，上面血迹已半干，春兰一看，马上伏地恸哭说："小和尚，这是郑奶奶……"说着她瘫痪了下去。小和尚上去掩住她的嘴，架着她再继续前进。二人又绕过几个死尸，乃自暗处摸入厨房。厨房一片凌乱，但佳肴美酒却俯拾即是。

小和尚一摸便摸到一大串他平时最爱吃的熟香肠。他取一条塞入嘴内，又撕一条塞入春兰嘴内。小和尚边吃边告诉春兰说，他要找个麻袋装一麻袋锅巴和香肠，连夜逃上山去，否则天亮了，鬼子会回来的。

这厨房是小和尚最熟的地方。他取了个麻袋，自锅巴坛内把锅巴塞了一整袋，又塞入一大串香肠。正要拉着春兰离开时，春兰忽然大叫一声，摔倒地上，直是抖。原来她正靠在桌边吃香肠和冷饭时，她的腿忽然被桌下一只大手抓住了。小和尚掉头一看，原来桌下有个醉了的日本兵，坐在那儿，两手四处乱抓。二人一见日本兵不免魂飞天外。小和尚乃拖着春兰，匆忙逃出厨房，逃入黑暗的巷子里，躲在一列酒坛的背后打抖——许久却仍是声息全无。

"那鬼子恐怕是喝醉酒掉队的，"小和尚轻轻告诉春兰，说着他又探头探脑地向厨房窥视，只见那日本兵已跪在地上，嘴内也叽咕叽咕地叫着怪三爹的名言："马路耶路……马路耶路……"并慢慢地扶着桌腿，想站起来。

春兰这时也跟在背后看，并急躁着说："他要站起来了，怎么办？怎么办？"

"我俩去把他绑起来。"小和尚自言自语地说，一面在想哪里有绳子呢。想不到眼一转，发现那日兵身旁还有一根上了刺刀的来复枪；那刺刀上似乎还有血迹。这一下使他想起在小孔中看到的日兵的动作。小和尚乃轻手轻脚地，弯着腰走向桌边，蹲下去抽出了那沉重的步枪。看着这醉鬼已经站起了，但是还靠在桌子上，嘴中不断地"……马路耶路……"

小和尚怕这日兵要过来抢他的枪，他乃横持了枪，把刺刀对着那日兵。想起小孔中日兵的动作，他也把腿向后伸了伸，取个劈刺姿势；但这枪太沉重，他试了几次，最后才算拿稳了，而那醉鬼，却离开桌子，蹒跚地向前走来。小和尚本想丢枪逃走，但不知道有什么神助似的，他忽然大叫一声冲向前去，一刺刀插入那醉鬼肚子里去。他显然用力过猛，自己竟冲到醉鬼身上去，醉鬼则倒到桌子上，桌子翻倒在地上，小和尚则爬在醉鬼身上。醉鬼呜呜地叫，全身在抽搐，他肚子里喷出的血，正喷在小和尚的肚子上，像滚水一样地烫人。

小和尚挣扎着爬起来，只见那醉鬼两手在地下乱抓，和早晨春兰爸爸的情况一模一样。小和尚想乘机逃走，但是两只腿软得不能行动。他忙叫春兰，春兰听到他叫，但也回答不出声来。幸好那醉鬼只是在地下抓，并未坐起。小和尚瘫痪了十来分钟，终于站起身来，又摸到锅巴袋，索性取出一根香肠来吃，说也奇怪，一根香肠未吃完，他腿又硬了。小和尚站起来，背起麻袋，跑出来找到了春兰，二人又探头探脑地自大厅摸到轿厅，从轿厅摸出八字形的大门，走到长院。只见长院内一字排也有十来具尸体，有几只狗正在拖咬那些死尸。这些狗都认得他二人，有的满口鲜血，还过来向小和尚摇摇尾巴。在这些尸体的后面，有一堆红色的木柴还在烧，虽然是烟多于火。二人一看，原来都是早先插在"轿厅"架子上的"关刀"、"长矛"、"金瓜"、"钺斧"、"虎叉"、"朝天盾"等等兵器。

时隔四十多年了，这个结李兰始终解不开：林家庄的轿厅之内，为什么有些形同武器，而事实上不是武器的东西？更奇怪的是日本人为何要把它们堆起来烧掉！

这次经过林家前主人的解释，才恍然大悟。原来这些都是封建时代，大地主、大家族、官宦之家于婚丧喜庆时，扛起来摆阔气，当"仪仗"用。平时则插在轿厅四周作摆饰。这些银样镴枪头的摆饰并有个吓唬人的名字，叫做"威武架"——是充壳子、摆威风用的。可怜不学无术的日本鬼，不懂汉官旧仪，竟然把它们当成抗日"红枪会"的真武器呢！

两个小鬼再溜出庄上的"大闸门"，跑上"壕堤"，乘着月色，乃向有高山的方向逃去。刚走上松林坡，小和尚看到树枝上有个"猫头鹰"。春兰一看又大叫起来，止步不前，原来那是个几个月大的婴儿，显然是被日兵把他自肛门插死在树枝上的。小和尚使力把春兰拉过去，却几乎踏上一具赤裸的女尸。小和尚拖着春兰，跨过女尸，没命地向高坡上爬，渐渐地走入山区。

这山区有清流，有明月，蛙鼓声声，凉风习习——两个小鬼回头看看山下，真似从满布刀山、油锅和牛头、马面的地狱，走上了天堂。但是二人余悸犹存，不敢怠慢，仍是没命地爬，爬了一整夜，在山上已见东方发白，二人也已精疲力竭了，小和尚才决定二人到山涧旁边，俯身喝点水，再吃点香肠、锅巴。谁知二人太困了，香肠还在口中咀嚼，人就昏昏地睡着了。

少奶奶变成"同志"

春兰的故事正说到这里，屋前的警卫送来了一个篮筐，里面是李场长派他去宾馆取来的林教授的内衣裤和一套藏青色的西服。李兰自拉门边歪着头，递给灶后的贵宾。

文孙洗完澡，穿得焕然一新，在灶后左右张望，他见身后一个石槽有孔通向墙外，因问李场长那石槽是不是倒污水用的。李场长很爽快地回答说："你出来吧。那不是倒水用的！"文孙乃风度翩翩地从灶后走了出来，一身轻松。这时李兰忽然放下工作，走到灶后，把木盆洗一洗，就在那石槽内把污水倒了，并把木盆在石槽内反靠在墙上，毛巾则晾在盆的边缘上，这使林教授在一旁站着，颇觉难为情。

"李场长，"文孙说，"你这样就不应该了！……"

"你这样西装革履的大教授，"李兰笑着说，"别把西服弄污了。我们吃饭吧！"说着李兰便叫文孙在厨房靠窗的一个矮饭桌边坐下。这桌上，她已预备了几样菜，和一小饭桶火腿蛋饭。原来这大灶之侧，还有个小灶，那是家中无客时他夫妇自炊自煮用的，现在主人就请贵宾吃"小灶"。

文孙原已有点饥饿，一看这几样家常菜饭，不禁更是馋涎欲滴——因为那蛋饭和那几碟小菜，都是他幼年时最欢喜吃的，三十多年未吃过了，如今忽然再度童年，怎能不欣喜万分呢!?不待主人奉请，文孙便拿起筷子不客气地吃起来。那种"家乡味"，足使文孙每夹一箸，便如返回故宅；儿时伙伴，均环绕身边——虽然他也知道，他那古老而辉煌的祖宅，如今已片瓦无存；青梅竹马的幼年玩友，如今也只剩个春兰，而春兰也已变成有垂垂老态的"李场长"了。再想想那肌肤似雪、两颊如花的少年情人，今日竟苍老若此，而且咫尺天涯。人生竟如此空虚，面对着几碟咸板鸭、臭豆腐，文孙也不禁悲从中来。

第三章 往事知多少

"李场长，"文孙又问，"小莹究竟在什么地方碰见你们的呢？"

"我们马上就见面了，你急什么呢？"春兰的故事，又继续下去。

李兰记得，那是三八年五月十五日清早，太阳刚出山头，四周的草木还露水直滴之时，她和小和尚便被人叫醒了，她睁眼一看，原来是几个穿便衣的我方游击队，在半山巡逻。他们衣冠不整，手里的武器——春兰曾听"三哥"他们讲解过——只是一支"马枪"、一支"套筒"、两支"湖北条子"、一支"汉阳造盒子炮"，领队的队长则手提一支"八响手枪"。

春兰对我方游击队的武器，忽然这样注意起来，原因是这些"枪"和她昨日所见日本兵所用的耀眼鲜明的武器，简直有霄壤之别。就以士兵体格而论，他们这七八个游击队，也敌不了那摔死杨师傅的一个日本兵。但是他们毕竟是自己人，春兰一见之下，心花怒放，可是这时小和尚却睡意正浓，死叫不醒，醒了也只是揉眼而不搭腔。

这七八个游击队员，原是驻在山上的"新四军"派下来的便衣队。他们在晨曦中发现路边睡着两个人，一个穿着军服，遍身血块。他们翻开这军服一看，那"徽章符号"上却写着"游击第九中队号兵何南仁"。他们终于把小"号兵"叫起，他原来只是个难童。这两个难童向他们报告了昨日日兵烧杀的情况之后，那领队乃用铅笔写着张小纸条，叫他二人拿着赶快上山；山上有座"昭觉寺"，是个"临时难民收容所"，那里会有人照顾他们。

游击队继续下山巡逻去了，春兰和小和尚乃向相反方向，继续爬山——去找那个"昭觉寺"。

这两个小鬼自从见到我方游击队之后，便有了十分安全感。二人爬了一段山坡之后，乃走上一个鸟语花香、细流涓涓的山涧之侧的大石块上坐下休息；并在涧中，相互洗涤一番。然后回到石上，在温暖的朝暾之下，吃了一顿丰富的锅巴香肠早餐。餐毕小和尚背起麻袋，携着春兰的手,穿修竹、越花丛,向上面继续前进——昨日的恐怖,似乎只是一场噩梦。

不久之后,二人翻过一个小山坡,"昭觉寺"似乎就遥遥在望——他俩看到前面高山之岭,像是有座大庙。庙门口的雪白的"八字墙",在朝阳照射下,正闪闪发光,这就使小和尚肯定那是"昭觉寺",因为他想起那汉奸所讲的话。这闪烁的八字墙,对"皇军"侦察机固然是个好的指路牌,它对这两个迷途的小难童,也有其极大的指导作用。这山路是崎岖复杂的,峰回路转,山庙也就时隐时现;但是小和尚和春兰,则认定这个闪烁的目标,觅路前进,终于找到了直通山门的宽阔的石级。这条一连千余级的石板路,对一般朝山进香的香客,虽是个诚心和体力的考验,但是对两个吃饱香肠锅巴的十来岁小情人,则是天造地设的鸳鸯大道——春兰和小和尚,携着手,欢天喜地地便跑入山门。

这座大庙,文孙幼年也去过,夏天且和父母在庙里避过暑呢!在夏天那儿真是个洞天福地。李兰说,他二人一进大庙,才知道又回到现实的世界里来了——这庙里满坑满谷,足足挤了几百个难民。老者呻吟,幼者哭叫。壮年男子也都形同槁木,面如死灰,人不像人。

小和尚和春兰拿出小纸条,穿过众人,想找一两位"官长",好把条子缴上去。他二人挤了半天才挤到"大雄宝殿"之上,这时他们看见几个女兵,正蹲在地上和一个生病的老太太谈话。她们正谈好话,起立转身要去时,春兰一下跑上去,抱住了其中的一个,"哇"的一声大哭起来,哭着把她直是摇——原来这女兵竟是"三少奶"!

四十年过去了。李场长想起她二人相会的一刹那时,一撮眼泪,仍然滴入桌上的鸡蛋饭内。她擦了一下眼泪说,小莹那时也被她愣住了,一面擦眼泪,一面问,究竟是怎么回事。这时小和尚也在一旁哭成一团,嘴内只是"少奶,少奶……"地讲不清楚。

不久自"大雄宝殿"之后,又来了一个女兵,春兰认得是"曹小姐曹文梅"。文梅把他们三人一齐拉到大殿前台阶上坐下,一询究竟,好奇的老幼难民也围拢来听。

春兰哭了许久,才颤颤抖抖地说:"少奶奶,少奶奶——鬼子把我们的人,全给杀死了——"

少奶奶大吃一惊,忙问:"哪些人?"

小和尚接嘴说:"杨师傅、张管家、怪三爹、盛裁缝、许朝奉、屎嘴张三、小鞑子……"

"他们全被杀了?"少奶眼泪也一泻而下。

"还有我爸和郑奶奶……"春兰又补充了一些名字。

"郑奶奶也被杀了!?"

"是的。"春兰和小和尚同时回答。

少奶听后,也"哇"的一声,哀哭起来。曹文梅乃把小莹搂入怀中。小莹恸哭,文梅也泪如雨下。这时围观的老幼难民——尤其是女难民们也随声哀哭。一是"一掬同情之泪",二是他们有些人也都认识郑奶奶、杨师傅他们。

三奶哭了许久,又抬起头来问二人:"三哥回家没有?"

"三哥不在家。"小和尚说。

"三哥不是跟你一道回县城去的吗?"春兰又反问少奶一句。

"我们被敌机冲散了。"少奶流泪不止。

"你们听到三少爷消息没有呢?"这时曹文梅插句话,问他二人。

"一点消息都没有,"春兰还在不断地擦鼻涕和眼泪,并说,"也不知道姚先生在哪里。"

这时他们四周的几十个围观的男女,少数人在陪着哭,而大多数人则议论纷纷。他们议论的主题除掉日本兵杀人之外,另一热门便是:"这位女兵原来是林家庄里的'三少奶奶'!"

这家"林放鹤堂"是本地有百多年历史的"官宦之家",是"拥有良田万顷"的大地主、大豪绅。这座香火鼎盛的"昭觉寺"，就是靠林家护法的，当地人甚至称它"林家庙"。这样一个显赫的大地主，他们——尤其是他们的管家、朝奉、卫士——是做了不少坏事，可说是个"恶霸"；但是他们广散金钱、修桥补路、设"义仓"、建"粥篷"、救溺婴等等，也做了些"善事"，也可说是个"善霸"。总之在当地诚朴的农民眼光里，他们是一种高不可攀的贵族。庄园内的小姐们、奶奶们，都是白衣大士样的金枝玉叶，乡人难得一见呢！谁又想到近几天在难民营内替人包伤口、洗臭脚、倒粪便、抱病孩的小女兵"叶同志"，竟是不折不扣的"林家庄三少奶奶"呢!?

听到这消息最激动的则是一位七十来岁的赵婆婆。她逃难时，右脚受了伤，两个孙子把她抬到收容所时，痛得直是哭叫。小莹替她拆了"裹脚布"，洗了脚，揉了半个钟头，又为她敷了药、绑了绷带，她才停止啼哭的。这时她知道这个消息，忙叫孙子架她前来，一看到小莹便哭跪于地，一手拍着小莹的腿，一面伤心地哭着说："三毛奶，我怎敢当呢？你不是'折'死我了吗？""三毛奶"见状连忙也跪了下去，并叫她孙子把婆婆扶起，坐在台阶上。

"三毛奶，"老婆婆又哭着说，"我家五代都种你的田；你家是我家人几代的'恩东'。我怎敢当呢？"她要孙子过来向"三奶"叩头，却被小莹和文梅阻止了。可是老婆婆坚持要有点表示。

"赵婆婆，"小莹也擦了擦眼泪，扶着她说，"你家种了我们几代的田，我们不也剥削了你家好几代了吗？老人家怎么想不开呢？"

"啊呀，三毛奶，"赵婆婆说，"没有恩东，我们那不一辈子就饿死了吗？"

"哪里话，"小莹说，"赵婆婆，你脚痛好点吗？"说着"三毛奶"又弯下身躯去揉一揉赵婆婆绑满绷带的小脚。

"折死我了！折死我了！我哪里敢当？"赵婆婆说着全身直是抖。

第三章　往事知多少

李兰说,这故事是那个"难民营"里最轰动的故事。大多数人都是亲自在场听到看到的。自此以后,无人不知"叶同志"是"林三少奶奶";也无人不喜欢、不敬佩"三毛奶"。小莹在一夕之间就变成全体难民营最爱戴的"领导同志"了。

"组织起来"

据李兰的回忆,她和小和尚是柳和集一带跑到"昭觉寺难民收容所"的第一批难民。他二人带来了日军烧杀的消息,弄得全所人心惶惶,因为先来的难民也有亲友住在柳和集。

时辰未及中午,第二批、第三批……难民乃接踵而至,天还未黑,昭觉寺内已无处容身了。儿啼女叫,哭声满山,凄楚至极。

这个"收容所"原是"临时"设立的。当日军占领县城时,连昭觉寺的住持严仁法师也跑了,只留下几个守庙的小和尚。庙内除了几十个泥菩萨之外一无所有。

最糟糕的,则是"临时"派来开办这个"临时难民收容所"的竟是几位二十上下的青年女同志——原来的"军委会政治部直辖第二政治宣传大队第三中队(话剧组)"里的几位话剧演员。每个人都长得体体面面、能啼善哭、人见人爱。但是一听枪响,便一个个地腿软、心跳,不能走路了。幸好她们都于演戏之暇,附带受过些"医护急救训练"。这点本事,对救护伤兵、服务难民,倒可大派用场。可是她们碰到这种难民如潮的"伟大场面",就手足无措了。

但是这种重要工作怎样弄到这几位美女身上去了呢!?林博士就有点奇怪了。

"阴错阳差嘛!"李兰说。

故事原来是这样的：

这个"政宣大队"原自上海、南京撤退下来驻于县城里的"文庙"之内，一面"宣传抗战"，一面"加紧训练"。在敌军迫近县城前夕，忽奉上级命令"迅速东撤"，"就地编入'新四军'，受'叶军长'指挥"。

全队仓促东撤之时，行军未到一日便碰到受强大敌军追击的"新四军"正在向西转进。双方"会师"之后，"政宣"又随"军"走回头路，向西转进，越过公路，与敌军且战且走，退入西山。这时原驻西山的国民党部队，奉命继续西撤，向武汉外围集中，剩下的营房、庙宇、祠堂、学校和部分给养，正好由"新四军"接收。

新四军的前身，原是一些"老红军"的残部——是一支政治意识极高、纪律甚严的"游击队"；现在虽由"军委会"补充了一些武器弹药和服装，毕竟杯水车薪，看来还不免是一支行起军来踢踢跶跶的"叫花军"。所幸叶军长是"老四军"的名将——强将底下无弱兵，他带了这支士气极高的"叫花军"，最初竟然打到南京城下，和敌人硬拼了几仗，打得彩声四起，也使北上津浦线的敌军，腹背受敌，发生牵制作用。这时驻节武汉的军委会"蒋委员长"也一再传令嘉奖——对"该军长及全军官兵"之英勇杀敌表示"嘉许"。可是当敌军决意溯江西进时，叶军这几支"湖北条子"就抵挡不住敌军崭新的"三八式"了。全军伤亡重大，屡败屡战，这时正碰上奉命东进、穿着军衣却不能打仗的"政宣大队"。叶军长得报之后，乃命令原是黄埔出身的"蒯大队长"及全部能持枪作战的官兵，一律发给武器，编入"战斗序列"；那些莺莺燕燕的女话剧演员，则编为"救护队"——承担"战地医院"和"难民收容所"内的工作。这时后方难民如潮，叶维莹、曹文梅和七八位能歌善舞也能啼善哭的姑娘，便被派到了昭觉寺！

"昭觉寺难民收容所"是当时七八个"收容所"之一，多半都是不能上战场的女同志和少数后勤人员所主持的。维莹等七八人受派而来之时，本没有什么职级和组织的规定，不过她们七八人为内政外交的方便起见乃自我组织一番，选叶维莹和曹文梅为正副"所长"。她们之所以公选小莹的最大原因便是"昭觉寺"原是"林家庙"，而小莹又是林家的"少奶奶"，有权调动她"婆家"所拥有的庞大的人力和物力，来支持这座一无所有的"临时难民收容所"。

这些姑娘组织的原意，只是要小莹担个"名义"，至于工作还是大家分担。谁知一旦工作繁重起来，对内对外一切重大的问题和责任，当"所长"的在其位，便有其责，面对一切就无法回避了——例如赵婆婆伤了脚，在"大雄宝殿"之内哭得连如来佛都摇头，别人无计可施，最后只有"所长"亲自出马，替她老人家"洗脚"、"涂药"了。有什么办法呢？

其他类似的问题，直逼得小莹走投无路，认真地哭了好几次，文梅和其他女孩子，除掉陪着哭之外，也无计可施，所以以后大家干脆也不哭了——理由很简单：哭掉和尚，哭不了寺。哭过之后，事还是要做的。

难民愈来愈多，大事重如泰山，小事多如牛毛，人手又不足，压得喘不过气来。几个女孩子忙得团团转，已经是两天两夜不眠不休了。所以小莹一看到春兰和小和尚，真是悲喜交集——他二人虽带来噩耗，他们也带来了"婆家"第一批的"人力支持"，虽然只是两个小文盲。所以当小和尚讲到那段汉奸的故事时，小莹立刻便想到他二人的用场了。

"小和尚，"维莹说，"你去找根扫把和春兰一道把那山门外的八字墙，用泥把白石灰涂掉。"

两个小鬼得令，便立刻行动，取了扫把和粪箕到池塘内搅了些稀泥，不一会便把两面白墙涂掉了——总算替叶所长多如牛毛的杂事中，拔掉一根小牛毛。当二人放下扫把、粪箕，再去问第二根牛毛时，他们看到几位姑娘正在厨房内灶前灶后团团转，忙着烧稀饭麦糊。

叶所长见他二人回来了，便告诉曹副所长说："梅姐，你们烧火吧，我带他二人到庙外去铲粪,四周太臭了,卫生不打扫,会发瘟疫的!"说着所长姑娘便领着二人,取了三把长锹,走出大庙的后门。

谁知不出门也罢,一出门外只见遍地便溺,偌大的后苑,简直无插足之地。地上苍蝇乱飞,挥之不去。最糟的却是,树边、草上,还有些壮汉和儿童,正在各行其方便呢。这不但使小莹和春兰望而却步,就连小和尚也不知如何是好。看情形不但他三人无法做好,众姑娘全体动员,问题也解决不了。叶所长为之进退维谷。

"少奶,"春兰忽然计上心头地说,"你为什么不叫我们村里的庄稼汉做呢?他们欢喜大粪啰!"

维莹一听此话有理,但是可怜的小莹,她虽然做过三天的"林三少奶奶",和四天的"叶所长",但是还是不习惯于使唤人,不知道找哪个"庄稼汉"来做才好。幸好春兰在李家村的熟人很多,她一眼看到村里的李七爹正坐在远处石阶上抽旱烟,她乃立刻跑了过去和李七爹讲了片刻,李七爹马上在石阶上敲去烟灰,挂起烟杆,自春兰手中取去长锹,立刻走向小莹说:"少奶,这些事,你随时招呼我们做嘛。"说着他也把少奶手中的长锹拿过去了。

"劳动你老人家了。"维莹感激地说。

"少奶怎讲这话呢?"李七爹说着,并大声吆喝,叫来了七八个后生,找了些农具,走出后门去了。只听他们在后门外,呼呼啦啦、嘶嘶嚓嚓,不到半个小时,那片不堪入目的肮脏的后苑,被铲得平整光滑像"操场"一般。众姑娘闻讯,齐集后苑观看,真觉得"人多好做活"古语之不虚。

众姑娘原是跳土风舞起家的,一时技痒,不觉由曹文梅领队,大家在操场上扭了一番,苦中作乐,使围观的老幼难民,尤其是孩子们,鼓掌欢笑——这也使文梅灵机一动,提议在夜晚月光下,举行个晚会,一则换换气氛、调剂身心,再来则做宣传抗战(她们的老本行),三则借机找些志愿工作者,来帮忙维持这收容所。文梅鬼主意一出,众姐妹齐声鼓掌说妙,高高兴兴地回到厨房。这厨房真是粥少僧多,灶内麦糊、稀饭,已颗粒无存。

诸位女士舞罢归来,只好空着肚子围桌而坐。实际问题又一件件地出现了。大家在称赞李七爹之余,也想对粪便的处理,找个一劳永逸的办法。一位姑娘忽然计上心头说,何不封李七爹做个"铲粪队队长",就把粪便问题"包"给他处理呢?

"铲粪队不好听,"叶所长说,"我们为何不叫他'卫生大队'呢?"众人一听,果然"所长"有见识,大家鼓掌称赞,并一致决议"聘请"李七爹为"昭觉寺临时难民收容所卫生大队大队长"。李七爹被请来了,他接受聘请,当起了"大队长"来。七爹怀才不遇,一辈子也未做过什么"长"。这时兴致很高,他并建议在后山下,用芦席分建两个男女公共厕所,每天由他"大队"里的"同志们"分班冲扫一次,把粪便冲入大粪池,加"青灰"掩盖,将来运下山做"肥料"。

"我们庄稼汉平时只捡点狗屎,"大队长说,"哪见过这许多粪肥!真是老菩萨送的。"

这一来粪便问题——最头痛的问题——是彻底解决了。

最重要的,据李兰说,它不只是"解决"了一项问题,而是提供了一项解决问题的"办法"——针对各项"问题",把群众"组织"起来!

这项"办法",李兰强调说,后来证明是"万应灵药",无往而不利,放诸四海而皆准。服此灵药,则中国之内,便没有解决不了的问题——虽然它以后也一再地被滥用了。据李兰回忆,这个灵药,至少在她所经历的"革命阵营"里,是从"铲大便"试验出来的。后来他们把国民党赶出大陆,用的也是这个"办法"。

八个美女，四大文盲

"要不'组织起来'，我们那时的情况真不堪设想；"李兰说，"想想看，一群没经验的小文工团员，管理一个有四百多人的难民收容所，所存不足三日之粮！"

那天晚间，"卫生清洁大队"的大队长和他的七八个队员，提了一面大锣，一面敲、一面叫，说"所长"今晚在后苑请大家看戏，并有重要报告。果然在月上东山之时，全部难友都集中于后苑，由李七爹把他们围成个圈圈，留一个缺口。忽然间一群穿花衣长裙的漂亮仙女自庙内一闪而出，她们一转，月光下便转出八朵莲花，众姑娘蹲地向小围观众低身来个"万福"。

庄稼汉、村奶奶，哪见过这种表演？大家拼命鼓掌。这时有两位仙女自两边回旋起立，拿着两支银色口琴，吹出了百鸟朝凤的音律；其他六位仙女，闻声赴节，既歌且舞地旋转起来，唱出"哪里来的骆驼客……呀……哎呀……有钱的老爷上面坐呀……"——好一出歌声婉转的"新疆土风舞"。

观众欢声四起，孩子们乱蹦乱跳，"月光晚会"的确只应天上有——他们简直忘记了已被倭寇入侵，弄得家破人亡，三天之后连"麦糊"也没得吃了。这时乐声忽停，众姑娘洒裙于地，再低身来个"万福"，观众还未来得及鼓掌，她们已整队跑入庙中去了。

当嘈杂的观众正等着看第二出时，李七爹搬了一张八仙桌，放在广场中心。这时叶所长穿着军服，率领了七八位女兵整队走到桌边。李七爹扶着她站到桌面上去，又把副所长曹文梅扶上去。曹副所长嗓门大，她开始发言，叫说："各位难友，我们所长有些重大的事情向各位报告，请大家安静一下。"

这时全场鸦雀无声，叶所长才细声细气地说，大意是，"本所已有难友四百余人,但是所中所存,还不及三日之粮"。她这一报告足使三分钟前的欢乐气氛顿时化为乌有。有的老年妇女已经开始哭了。但是叶所长又请大家放心,原因是山下的"大户存粮"还不下千余担,足够我们一年之食而有余,所中已分请他们捐献给难民食用。

这时那大嗓门的曹副所长忽然抢过去说:"山下大户的林家庄,一家便有存粮稻麦六百余担。我们的叶所长,便是林家的三少奶奶,她已决定,把这六百余担粮食,全部捐献……"

未等曹氏说毕,台下已人声鼎沸了。第一欢呼的是食粮有着;第二是对柳和集新来的难民来说,"所长"是"少奶",还是个天大新闻。

"三少奶,"一位白须老爹举起他的旱烟杆,向桌上大喊一声,说,"佛祖保佑你多子多孙,我们都要为你立生辰牌位。"

另一位穿着长袍马褂,戴着眼镜和瓜皮帽,似乎是位塾师的老人,也附和着向群众大声介绍说:"人家本是积善之家嘛!"接着他又向身边另一位老人说:"……不知是哪位哥儿的?你看这位毛少奶奶多体面!多体面!"

其外观众之内,更是一片称赞之声,弄得桌上的"少奶"直是揉眼角。

"各位难友,"曹副所长又大声喊叫说,"除掉米麦之外,所长还有别的要捐呢……"听众为之欢声雷动。其后她每提一项,大家就欢呼一次。计有:

腊肉、火腿、香肠数百斤;

咸菜数十坛;

各级茶叶十余箱;

皮蛋数坛;

皮丝旱烟两箱、大前门两箱;

……

最后令大家垂涎欲滴而又笑破肚皮的,则是:

各色陈年老酒（花雕、汾酒、双沟大曲、自吊烧酒、洋酒……）二十余坛。

在各人欢笑声中，却听到两位穿呢夹袍、似乎是深知林家的老人在叹息。一个说："这个丫头胡来了。这一下，不是把林家'抄家'了!?"

另一个接下去说："所以'屎嘴张三'说她是个'败家媳妇'呢！"接着他又叹口气："……不捐掉，还不是被鬼子和汉奸拿去了……哎！老绅士家是守不住了……"

这时人声嘈杂，孩子们也在月光下四处回旋。曹副所长叫大嗓门请大家安静。李七爹又取来大锣，敲了好几下，人声才小下去。

"光有这些东西在山下，不行呢，"叶所长又细声地说下去，"我们怎么能把六百担稻米搬上山呢？"

"我们去搬！"几位庄稼汉，不约而同地回答着。

"是的嘛，"叶所长说，"我们要组织一个'运输大队'下去搬。"

"我们马上就组织嘛。"几位青年随声附和。

"不行啦，"叶又说，"万一鬼子还在那儿怎么办？我们又没有武器。还有，鬼子杀了我们那么多人，天气热了，也得掩埋掩埋。所以我们也得组织个'侦缉大队'，先下山探听探听……"

听众都觉得有理，叶所长乃提出他们下午就拟好的通盘"组织计划"来。

这计划的大纲，大致如下：

全所难友四百余人，凡年在六十以下、十岁以上健康良好的难友，一律编入下列各大队，各凭志愿参加，否则就由正副所长酌量指定。

一、侦缉大队（侦察敌情、缉捕汉奸）。

二、运输大队（以运粮为主，并协助驻军运输、减少"拉夫"）。

三、炊洗涤大队（炊三餐，洗涤军服、工衣）。

四、卫生清洁大队（打扫卫生、维持厕所清洁，并提供医护服务）。

五、警卫文娱大队（维持内部纪律，办理识字班等教育文娱工作）。

章程既经颁布，乃由李大队长把众人分为五组报名，分别由五位女同志登记姓名（一人同时也可向两组报名）。最令所长奇怪的则是"运输大队"竟是个热门。不但有一百多人报名，其中还有十来位壮健的"大脚婆"。

"婆婆们，"小莹问她们，"你们也能挑米上山吗？"

"所长，"一位婆婆说，"俺家穷，挑点'三斗二升'给孩子们吃。"

"什么'三斗二升'呢？"小莹问文梅，文梅亦不得其解。春兰在一旁插嘴说："她们为林家'义仓'挑米，挑了三斗拿二升。"

后来小莹问李七爹，才知道林家原有挑米竹签，凭签领"三斗二升"的"脚米"。小莹的少奶奶才做了三天，所以就不知道了。

报名既定，乃由各队长提名，所长决定，选出各队的"大队长"来。第一大队大队长名张得标，三十开外，曾"当过兵"。第二大队长名李连发，有四十来岁，力能推车上山。第三大队长有姓无名，叫"朱三妈"。朱三妈五十上下，衣履整洁，能说会讲，虽然还有一双"改组派"的小脚。她是一家之主，有四男四媳，不幸"小媳妇"和"四儿子"，为保护幼孙为日兵所杀。

第四大队长仍是李明德李七爹。第五大队长则由曹副所长自兼。她部下有三十多位男士，全是读过书的——有几位还会"作诗"呢。可是除了这文明的第五大队之外，其他各队包括四位大队长，几乎全是一字不识的文盲。

组长既定，叶所长乃连夜召开紧急会议，商讨今后行动方针。谁知出人意料，在这会中发言最多、主意最好的"智囊"，竟全是那些不识字的人——尤其是朱三妈——文笔滔滔的姑娘们，包括最会说话的副所长，在此会中竟显得黯然无光。

朱三妈主张：林家万贯家财，树大招风，要运粮运货，事不宜迟。

她坚持"连夜行动";她主管厨房,寅时造饭,第一、二两大队当卯时下山,趁早"抢粮"。

李连发大队长也同意这一主张,他说应由张大队长首先领队下山,"前不停,后不歇",监视敌人,好让二大队"开仓抢米"。

李七爹则主张"名不正则言不顺",他们既然已有五个"大队长",就应该有个"总队长"或"司令"。一名小小的"所长"怎能指挥五个"大队长"呢?众人都说有理,乃公推叶维莹、曹文梅为正副"总队长"。什么"总队长"呢?李七爹又想出个响当当的名词来,叫做"西山东区抗日农民自卫队"。

他说出后,大家一致鼓掌叫好。

"三少奶,"七爹开玩笑地说,"现在咱们昭觉寺就是'穆柯寨'。你就做'穆桂英',三哥儿回来就做'杨宗保'!"他又回身向曹副所长和众姑娘说,"你们就做'杨八姐'、'杨九妹'——杨门女将!"他说得全场哈哈大笑,恨不得树起大旗,立刻扎寨称王。

经这几位不识字的农民"大队长"一推选,可怜的小莹,被逼上梁山,就真的做起穆桂英来了。

"狗司令"和老"看仓"

李兰记得,第二天天还未亮,她就被朱三妈摇醒,因为她属于"第三大队"。如今大队长要"寅时造饭",好让"侦缉队""卯时出发"!

当春兰自佛龛之后的稻草窝里爬起来之时,她看到朱三妈头梳得亮亮的,衣履整齐,卷起袖子,正在指挥众人做活,她那三个媳妇则蓬着头,一声不响地在灶前灶后烧饭。

朱三妈因第一、二大队今天要下山做"重活",所以决定让下山的人,

第三章　往事知多少

早晨吃"干饭"——先开"侦缉队"的饭，后开"运输队"的饭。先后进膳，依次下山。

这"侦缉队"在晨曦中蹲地用餐既毕，天已微明。张大队长在大雄宝殿之前，集合部队，排成"一字长蛇阵"，大队长临时教大家如何"稍息"，如何"立正"、"向右看齐"、"报数"。当他们"报"完二十七名时，小莹和众姐妹起床后刚自大雄宝殿中走出来参观。张大队长一见"总队长"走上台阶，立刻发口令"立正"，并跑步向前，自台阶下"敬礼"。张大队长这个"军礼"，本是大出小莹意料之外的，幸好她"舞台经验"丰富，如今假戏真做，也不慌不忙地举手答礼。礼毕之后，还略致训辞"希望同志们达成任务"，张大队长乃"向后转"，率着他的队伍踢踢跶跶地走出山门，下山去了。

这支"侦缉队"虽没有一支枪、一把刀，但是他们在庙里也找到了一些棍棍棒棒：火叉、梭镖、铁锤和向"门神"借来的木铜和银枪。他们二十八人中，最老的是"赵屠户"，五十二岁；最小的是"号兵"何南仁，十三岁。大家在饿了三四天之后，这次在"三碗干饭"和"半碟咸菜"的补充之后，顿时显得精神焕发、人强马壮。在张大队长率领之下，真有"直捣东瀛"之概。

"侦缉队"下山之后，朱三妈招呼为"运输大队""开饭"！还是"三碗干饭"、"半碟咸菜"。大家在风卷残云之后，也显得气魄非凡。这个大队之中，半数队员都有自备的扁担和箩筐。大家以李大队长扁担头是瞻，欢天喜地、叮叮咚咚地下山去了。

两个大队一去，庙里立刻显得空虚起来。朱三妈乃招呼为留守难友"开稀饭"。当朱三妈卷着袖子，在台阶上站着，督令众人顺序盛稀饭之时，只见大家循规蹈矩、低声小语、秩序井然。最奇怪的是一些最善于哭闹的幼儿，竟然一个个都"乖"得出奇，不敢哭叫一声——真是三岁小儿，不敢夜啼。

这时三大队中的春兰和另一位"秀英",则被派在"文殊殿"内的八仙桌上,摆好碗筷,和四碟"小菜",请"总副队长"上座和诸"女同志"进早餐,并由春兰、秀英一旁"侍候"。诸女同志一见这场面,都觉忸怩不安。

"朱三妈,"小莹不好意思地说,"我们不必另开饭,就同众难友一道吃嘛!"

"总队长,"朱三妈认真地说,"承你高看,把厨房交给我管,就听我的话吧。"说着她便招呼春兰、秀英:"替总队长、副总队长装稀饭!"命令之后,她便转身出门招呼别人去了。

正当朱三妈忙得团团转之时,东方已日上三竿,三步当两步走的"侦缉大队",下山如飞地于傍午时分,便到达山口松林坡地带,巍峨的"林家庄"已清晰在望。张大队长把队伍散开隐蔽于松林之内。此一地段,庄内庄外,只有小和尚最熟。他人又矮、目标小,张大队长乃交给他两支原自庙中"香火店"取来的"冲天炮",要他溜下山坡,去庄边侦察。如果小和尚发现庄内没有日兵,他就到庄外场地,放一发"冲天炮"。这冲天炮可飞升数十丈高,在松林内守望的侦缉队员,见此信号便可安心下山了。

小和尚左手拿了冲天炮,右手自袋内取出防身武器一把小铁铲,弯着腰溜出松林。他"有路不走、没路就走"地自矮树丛中溜到林家庄外壕埂之侧,再慢慢向前爬行。这时他听到点"呱呱"之声,似乎是有狗在啃骨头。他爬向埂边探头一看,原来是"大黄"正在啃一个人头。

大黄回头一看,见到小和尚,不免大喜,放开人头跑了过来,又摇尾巴又摇头,又跳,嘴中"呜呜"而鸣,真是老友重逢。

原来小和尚本是林家庄有名的"狗司令"。他的日常工作除掉替"张老管家"倒便壶之外,便是管"狗厨房"、烧"狗食"。二十多条狗队伍中,小和尚最喜欢大黄——因为它既"胖"又"傻"。因此大黄在它的队伍中成了个特权阶级，不时也吃点"人食"，所以它也最喜欢小和尚，心甘情愿地听小和尚指挥，做小和尚的走狗。如今三天不见了，老友重逢，所以特别亲昵。可是狗司令一见到这一人头，不免心酸皮跳，因为这个头看来像是"小鞑子"的头。

"大黄，你这个混账王八蛋，"小和尚向大黄怒骂起来，"你怎能吃小鞑子的头呢？"

大黄一见"司令"发怒，知道自己吃错了人。它伏在地上一丝不动，闭着眼，让小和尚用铁铲狠狠地打了一顿。打过之后，大黄知道既已受到体罚，"司令"就不咎既往了，高兴地爬起来，抖一抖身上的毛，又开始摇尾巴、跳了。

"小鞑子"比"小和尚"大两岁，原也是个无名无姓的逃荒孤儿，收养在林家。他是小和尚最要好的搭档。尤其是在元宵节，柳和集农民演唱"挑花灯"时，小和尚"男扮女装"，演"挑花大姐"；小鞑子则以原形出现，戴个假辫子，拿个"白纸扇"演"小鞑子哥哥"。二人对唱——据说这个民歌，还是六百年前元朝留下来的。"小鞑子哥哥"歌声琅琅，所以"小鞑子"就变成"小鞑子"了。

谁知小鞑子不幸，这时为鬼子所杀，而死后又被老朋友大黄吃掉呢？

小和尚一见小鞑子的头，乃一面放声痛哭，一面用铁铲在壕埂上挖个深洞，把小鞑子的头"葬"了。

埋了小鞑子之后，小和尚又爬在埂边窥伺十来分钟，只见林家庄大门敞开，不见一个人影，却见狗群进进出出，狗嘴内衔着的都是死人的断臂残肢和带着蓬松黑发的人头，有的狗则衔着串串的人的心肝肠胃在地上拖。小和尚曾听过"说书人"所讲的"阴曹地府"、"刀山油锅"，也没有这场面可怖。幸好风和日暖、天气晴明，又有大黄在侧，小和尚乃提起胆子，轰开狗群，溜进林家闸门内的长院，只见院内血肉模糊，十多条狗还在四处拖食人肉。狗腿、狗嘴、狗脚，都染得一片血腥。

小和尚不敢通过长院,乃自侧门溜入花园。这时大黄显然又参加狗群去了,小和尚乃轻手轻脚,自冬青树后,又溜进后一"水闸门",再自墙边溜到"大厨房"后面木栅下的砖墙之下,蹲地潜听室内有无动静。他听有人在厨房内说话。

"……哪里埋得了那许多?"似乎是个青年男人声音。

"我们埋几个算几个嘛。"这声音小和尚听来很熟悉,似乎是"看仓老涂"的声音。小和尚听出老涂的声音,本想站起来,走入厨房,但他又怕有鬼子在里面。伏地再听了半响,确知没有鬼子,他乃自地上站起来,谁知他这一站,竟把室内之人,吓得半死。厨房一老两少,正预备逃走时,却认明是小和尚,乃停住脚步喘气不停。

小和尚一向不喜欢"看仓老涂",因为老涂常使唤他,不称心,就给他一烟杆。可是这次看到老涂,小和尚竟哇的一声大哭起来,一下跑上前去,抱住"涂大爷",号啕大哭。

"小和尚,你怎么还活着呢?"涂大爷也泪如泉涌地抱着小和尚的"和尚头"。另外旁观的两个青年,也泪潸潸下。他二人原是庄内种菜园的"水伙计",和涂大爷一起躲在仓内谷堆之后才免于一死。

涂大爷问小和尚何以不死的奇迹,小和尚据实以对,并说是"少奶"叫他"下山探听"的。

"三哥儿在山上吗?"老涂问。

"三哥不在,三奶在……"小和尚说,并叙述他下山的任务。

"庄里有没有鬼子?"小和尚问老涂。三人都说,鬼子回城去了。

"没有鬼子,张大队长就叫我到庄前场子上去放'嗤花',打招呼。"

小和尚说了,同时又看到桌子上一些腊肉、香肠、咸菜、锅巴和热饭,他看了几眼,因而嘴和腿便发生了矛盾。老涂看他流连不忍去,乃说:"坐下,吃饱了,再去放'嗤花'!"他这句话,正是小和尚心中想讲的,乃遵命坐下大嚼起来;老涂还为他倒了一碗热茶。小和尚既吃且喝,最后还重行结了"裤带",又用袖子抹了好多次嘴,才站起来和三个大人走到"大闸门"。四人并找了四根木棒,把二十几条家狗野狗,赶到田野里去。狗去人闲,四人乃走到大闸门外的稻场上去放"冲天炮"。谁知小和尚有炮无火,放不出来。幸好老涂是抽旱烟的,有个"打火石"。老涂"打"了半天,终于"打"出火来,点燃了"冲天炮"。噼啪一声,那冲天炮带着一缕白烟冲向青天,足足飞了数十丈高。

这时在松林内潜伏的侦缉队员,早已等着不耐烦了。后面叮叮咚咚的运输大队,亦已陆续到达。忽见山下一缕青烟,直冲霄汉,大家不禁鼓掌欢呼,百多个板汉、十几位健妇,乃自黑松林中,一冲而下,不一刻工夫,他们便已齐集于庄门之外。

大家下山时本是一片兴高采烈,可是一看到这血肉模糊的场面,每人都愣住了。有十几条大汉,竟坐在架在箩筐的扁担上、树根上、石碌上、地上,放声大哭,惹得百余人,个个流泪。小和尚和老涂,不禁也追随众人,再度痛哭一阵。

此刻还是那位曾经替"吴大帅"守过贺胜桥、汀泗桥,也见过无数"阵亡兄弟"的张大队长比较镇静。他叫大家不要哭;他并且要在"路口"、"河边"放个"哨"以"监视敌人",否则一旦敌人来个"突袭",大家就来不及逃了。

李连发大队长督促"看仓老涂"先烧点"下仓饭",好让伙计们吃饱运粮上路。

"看仓老涂"则认为,人多好做活,乘众乡亲在此,好把死尸掩埋掩埋,将来请"斋公"念念经,超度超度"亡魂"。至于开仓量米,他说既然老管家死了,总得要"老爷写张条子"。

李连发有点不耐烦地说:"涂大爷,这年头还要说什么'老爷'呢?老爷早不知跑哪儿去了!"

"东西总归是他的嘛。"老涂慢吞吞地说。

"李大队长是三奶叫他来的啰！"小和尚在一旁插句嘴。

"三奶？"老涂皱皱眉头。

"是三哥吩咐三奶的！"小鬼分明说了一句谎。

"那么就量吧，"老涂说，"但是死尸总得埋一埋……我去拿'米签'去……你们找两个人帮忙烧下仓饭嘛！"说着老涂就弯着腰走了，但是口中还喃喃自语说："替他们林家看过三代仓，未少过一粒米……"

变了质的地主武装

老涂走后，两位大队长乃和众人商议出四项当务之急——"放哨"、"烧饭"、"埋尸"、"运米"。烧饭问题不大，一提出便有十来个有经验的男女自动地去做了。

当他们正在选人"放哨"时，小和尚插嘴说，不应在庄外放哨，应在"堂楼"上"把风"。原来林家这座四合院式的堂楼，位居全庄中心，高高在上，开窗远望，四面都可看到十里以上。放四个人在四个不同方向的窗口"把风"，每人给大锣一面，哪个方向有敌人出现，便在哪个方向"筛锣"，使全庄人知道敌人部位而有所戒备——这是当年"防白狼"、"防红军"的老办法，但此时这群人中，却只有个十三岁的小和尚一人知道。因为他虽然不是本庄的主人，但他却是在本庄长大的，穿堂入库、百无禁忌，他一直是小主人们尤其是三哥儿的"小尾巴"，所以他的本领全是"三哥儿"传授的，想不到此时此刻却大派了用场。

侦缉队队员们这时巡查全庄也有个重大发现——他们不但在厨房内找到了那被小和尚杀死的鬼子遗下的步枪，并且发现了两百多排（一千多发）日军遗留下来的子弹，而这些崭新的子弹，都藏在屋角、碗橱、香炉等隐蔽处所。（后来才知道日军行军时，士兵偷懒，为减轻负担，时常把子弹偷偷留下。）

张大队长接过枪来，打开枪栓，自枪口看看有螺纹的枪膛，寒光逼人，赞不绝口。"我们要多有几支这样的枪就好了，一支枪哪用得了那么多子弹。"

"大队长，"小和尚也看了看日兵子弹，忽然跳起来说，"这是'六五子弹'呢，'三八式'和'三十年式'都可以用呢。"

"是的呀！"大队长说，"我们哪里来'三八式'和'三十年式'？"

"庄子里有好多支呢，"小和尚急躁地说，"没子弹所以保安队都不要呢。"

据小和尚说，当林家的自卫队被编入"保安游击队"被调走时，保安大队长要收缴庄中所有武器，强迫张管家打开"子药房"，把所有的"好枪"和一尊"小开花炮"、两箱"木柄手榴弹"，统统都搬走了，只剩下些"癞枪"和"小和尚"，他们不要。小和尚想跟他们一道去，因为在原编制上他也是个"号兵"，但是保安大队长说他年龄太小，又不会吹号，所以铜号被"缴"去了，而小号兵却"斯人独憔悴"地被留了下来——几乎被鬼子宰掉。

张大队长忙问"子药房"在何处，小和尚乃率领他们一阵二十余人穿过"花厅"，走入"小花园"，再穿通"八角门"、"后花园"，走到"北更楼"，楼侧有三间矮屋锁着，那便是"子药房"。

这时正值暮春三月，百树生花、群莺乱飞之时，园内芬芳扑鼻。那芍药台边，老花匠的"花担"，和他那把神圣不可侵犯的银包宜兴茶壶，还原样未动地留在那儿。其外，凉亭、假山、荷池之美，真比图画还要好。这景色纵是十来位贫农出身的游击队员，也叹为人间仙境，流连不忍去。

张大队长来不及观赏景色，乃把门上尺把长的大铁锁扭掉，推开子药房门一看，同行数人不约而同地齐声一"啊"——原来这儿是个排列整齐的"军火库"。库中横排两行枪架，架上平排二十多支"快枪"，枪上敷着大块油布。张大队长掀去油布，小和尚所说的"大盖子三八式"和无盖子的"三十年式"，竟豁然在目。

张大队长忙自怀中取出一排日军子弹，又擎起一根"大盖子"试一试，真是凿枘相投，天衣无缝。大队长一数，"大盖子"竟有六根之多，"三十年式"也有四根。这十支日制步枪加上千发子弹，立刻便使他的"侦缉大队"从无变有，真成为一支火力强大的"农民抗日自卫大队"了——这一喜真非同小可。

张得标再看其他的枪，他认识的有两支"爬柄七九马枪"、四支"独响毛瑟"、两支"俄国造"——其他的枪他也叫不出名字，也不知用法了。可是小和尚却件件精通，支支会用。小和尚指出其他的枪叫"十三响"、"十七响"、"洋九响"，这些奇怪的东西，都没有枪栓。那些大得出奇的"锡头"子弹，则自枪边，或把枪拆开，自另一枪管中塞进去。

"想不到小和尚，小号兵，还是个军械专家呢。"张大队长笑着说，小号兵也得意非凡。大队长又说："以后就派你做'军械参谋'。"大队长这句虽是"戏言"，殊不知自此以后"小和尚"便逐渐变成"小参谋"，甚至"小参谋长"了。他还不足十六岁，在闻名世界的"皖南事变"中，"小参谋长"竟然也是国民党"三战区""通缉"的主要逃犯之一呢。

这时在"子药房"内，小和尚还向大队长讲解了一些"不开花"的"炮弹"、"洋药"、"火帽"和"无柄手榴弹"等等。大队长已没兴趣再听了。

"林家有没有'盒子炮'？"大队长又补问一句。

"二把盒子、三把盒子……一共十几支呢，"小和尚说，"但是都被'手枪队'带走了。"说着小和尚想了一想又说，"三哥留两支在他房内，不知缴去了没有……"

"带我们去看看，"大队长说，同时又向其他侦缉队员说，"你们在此各选一根。"其实这一命令已是多余的，他们早已"各选一根"了。

第三章　往事知多少

各选一根之后，这个庞大的地主"子药房"，便装备了"西山东区农民抗日自卫总队"的第一支武装队伍。

小和尚领着大队长一行，走上"堂楼东厢房"，"三哥的寝室"。这房未上锁。小和尚推门而入，一看不免失望，那原挂在衣架上的一支全新"二号驳壳"，连木盒和一圈子弹带（十条一百发），已经不见了。失望之余，小和尚知道三哥床上经常放一支"三号"。"三哥的寝室"原有两间，外一间是书房，内一间是卧室。小和尚推开卧室的门，走到床边，把枕头掀起，突然青光一闪，一支崭新的"三号驳壳"，精神十足地躺在那儿。

大家一见，不免欢呼跳跃起来。小和尚又自床下小柜内取一件特制带枪皮套和一条有两个皮盒、十条"四〇三"子弹的皮带来。张大队长迫不及待地把枪插入皮套，又箍起子弹带，高兴得直是拍胸脯跷拇指。

大家正高兴非凡时，只见小和尚戚容满面，原来他在为那"二把盒子"的失踪而伤心。

"二把比三把更好呢，"小和尚说，"二把可当做机关枪用呢。"

张大队长是"看"过盒子炮的，但是未"用"过。至于如何"拆"、如何"装"，他就一无所知了，而小和尚全会。大队长又把这枪交给他示范一次。

这支德制"盒子炮"呀，精巧无比。它全身有零件数十件，却没有一根螺丝钉。"装""拆"清理之时，如拼"七巧板"，程序稍错便无法复原，先前全林家庄的主人和卫士数十人之中，只有三数人有此本领，小和尚便是其中之一——这套绝技，也是他当"三哥尾巴"当出来的。所以这次当上"侦缉队"的"军械参谋"，那真是"胜任愉快"。

当李兰讲到这一段时，文孙不禁感慨地说，那时的大地主也太不像话儿。我们不但有好多架捷克造轻机枪，还有一尊三英寸的平射炮，和两架小迫击炮呢——"成什么体统呢!?"文孙叹口气。不过他对他那支"三号驳壳"倒十分留恋。

"当武器,二号比三号厉害,"文孙说,"当玩具则三号比二号好玩了。李场长,我记得你也放过我的三号驳壳的……"

"你硬要我放嘛,"李兰回忆说,"我闭着眼,双手抱着放的。"

想起童年往事,二人不禁相对大笑。这时文孙已吃完,而李兰一直在讲故事,因而碗内还有满碗的饭。

"三哥,"李兰说,"以前我不知道吃过你几百碗剩饭,今天你也吃点我的吧。"说着李场长便把碗中的饭,拣了一大半到文孙碗内。文孙说声"谢谢",举箸又吃起来——李兰的故事乃继续下去。

"三哥寝室"之内本有个"站柜",柜门上有两面大镜子。李大队长对着镜子照了照,不免有点遗憾,那崭新的"武装带"与"盒子炮",和他那满是补丁的"大襟"蓝布衫,太不相称了。小和尚也有这感觉,他告诉大队长说:"庄子里还有新军衣呢!"

"在哪里?"大队长迫不及待地问。

小和尚乃带他们到"大厅"东端的"账房",账房也未上锁。从账房又进入一内间,只见那木架上堆满三种尺码的灰布军服,有棉衣、有单衣,也有棉大衣和军帽,还有各式皮带、力士鞋、布鞋和整盒整盒空白的徽章符号。

大家乃各拣一套合身的军服、军帽和鞋子。张大队长也加选了一条看来更有权威的"武装带"和挂在盒子炮上的"红缨子"。弟兄们穿戴起来,焕然一新。只缺少一双袜子。

张大队长又拿了一盒空白的徽章符号。但是他们没有一个人能写自己的名字。大队长说没关系,将来各人可在符号上打个"自己的手印"。

穿戴完毕,大队长转身向大家说:"你们现在都当了'弟兄'了,不是'老百姓'了。以后大家要懂点规矩,讲话要像个'弟兄',看到官长要立正、敬礼!"

第三章　往事知多少

大队长训话完毕，乃率领了他的"队伍"，走出"大厅"，穿过"轿厅"，走出"大门"，到了长院。大队长"武装整齐"，盒子炮上红缨飘飘，好不威武。这时长院之中，李大队长正在指挥他的运输大队，用翻过来的竹制凉榻在运尸去花园埋葬。他本预备先吃饭、后埋尸，但是看仓老涂警告他："不先埋尸，休想吃'下仓饭'！"

看仓老涂也是这庄里的权威人物，在庄内有过"上仓"、"下仓"经验的农民对他都十分敬畏。老涂不但有支"双响洋手铳"，而那顿"上仓饭"或"下仓饭"，也是众乡亲一年难得吃到的好"酒食"之一，所以大家为等着这顿"下仓饭"，众乡亲在"李大队长"指挥之下也忙得十分起劲。今见一队金甲鲜明官兵忽然自庄内出现，大家都不免停工一愣，发出了惊羡的眼光。

"众弟兄们，"张大队长提高嗓门向弟兄们大呼一声，"运尸、埋尸是乡下'夫子'的工作，你们当弟兄的要持枪警卫！"

说毕，张大队长乃发出口令，叫："立正！散开！"

当他看到"众弟兄"既未"立正"，又未"散开"时，他乃前去把一个个"弟兄"推到墙边或院角，并叫他们把枪"横着拿"，担任"警卫"。众人站完之后，张大队长乃取出青光闪闪、红缨飘飘的盒子炮，右手持枪，左手叉着腰，挺着胸膛，站在"八字大门"前四方的石阶中间"石八卦"的正中央，威风凛凛地看着"乡下夫子"们在努力抬尸、埋尸。

李兰说到这里时，她和文孙二人都已酒醉饭饱，她也不想再说下去，因为"四十年的往事，哪能说得完呢"。可是文孙坚持要她讲下去，因为这些事连文孙的父母都不知道，更不谈文月和姐姐了。

文孙说他在抗战胜利之后曾回家住过几天，那时全庄是一片断瓦颓垣。父母则住在"老花园"下面的"老马房"之内。马房之后有个荒烟蔓草的高丘，"妈说那底下埋的全是日本鬼子杀的人"！至于日本人杀人的经过，他就不知其详了。李兰在四十年后所说的惊心动魄的故事，对文孙来说还是第一次听到的新闻。欲罢不能,文孙非要她说下去不可。

李兰泡了一壶"细茶",二人转移阵地回到客厅;李场长又取出些他们幼年最爱吃的"状元红"来,二人且吃且谈。

"这'状元红',三哥,"李兰笑着说,"现在叫'东方红'了。"

"万人坑"的里里外外

至于"埋尸",看仓老涂向李大队长建议说,最好在"大花园"和"菜园"之间的"坡坡上",挖个长方的"万人坑",把所有死尸都葬在一起,原因是这些尸体如今被狗群拖得残缺不全,断臂残肢,已无法查明谁是谁的了。

李连发一听此话有理,乃自他大队中找出数十位板汉,在坡坡上开一个宽一丈许、长七八丈的大坑,要大家"挖得愈深愈好"。另外他又找到七八个竹制凉榻,翻转过来用木杠扎成担架,组织了担架队,到四处去抬尸。果然不到个把时辰,一个硕大的"万人坑"便挖好了。张大队长要伙计们先在坑底铺好稻草,把运来的尸体,在草上"排起来",尸身不全的就"拼起来"。可是尸身愈来愈多,无法"拼""排",最后只好自担架上"倒下去"。原先抬尸、埋尸的人,个个都泪流满面,抬多了难免也就有说有笑了。

最后他们总算埋完了。埋了多少呢?众说不一。多的说是"七十人以上",少的则说"差不多四十余人"。但是有件事是肯定的,里面受害者都是日军屠杀的无辜,虽然其中也有个杀人的日本兵,和一个无耻的汉奸。为使"古人灵魂在九泉好好安息",李大队长又叫众人把"花台"上的软土,也加到坟上去。百余条板汉通力合作,不久,这个"万人坑"就变成个小山丘了。大队长又招呼众人用木杠、抬杆,把"演武厅"前

第三章 往事知多少

的"八百斤"、"五百斤"的"石志子",运了几个到坟前做"祭桌","万人冢"便大功告成。

众人拍去身上的泥土,擦去额上的汗,进庄去吃"下仓饭"时,这个"万人冢"——正如前去流泪叩头拜祭的"李大队长"所说的——就"万古长存"了。同时那闻名遐迩数十年、四季百花开放的"林家庄大花园",也就从此在地球上消失了。

当这个"万人冢"的工程正在紧张进行之际,那四围农村逃难归来的无家可归或亲人亡失的农民男女老幼,也纷纷赶到林家庄,络绎不绝。原因是这座已有三百年历史的"林家庄",本来就是动乱时期附近农民的避难所,和无家可归者的临时收容站。最近的回忆是他们"跑白狼(八郎)"、"跑南北洋(北伐)"、"跑白俄"、"跑股匪"、"跑溃兵"——各式各样的"跑反"——他们都扶老携幼,牵牛拖猪,逃入庄内躲避。壮年汉子,并分得刀枪,"站跳板","装土炮",协同庄主,齐心合力,把守庄园。

这次鬼子突击,很多家附近农民,显然循往日故事,赶来守庄避难,而自投罗网的;所以庄内庄外被鬼子杀得尸积如山、血流成河。当这座大坟还在完成阶段,四周已一遍哭声。尤其农村妇女,她们哭吊亲人,呼天抢地之外,口中还叫出"亡人"的苦处或"好处",声音凄烈。几十个妇女围坑而哭,真惨不忍闻。有的在坑边昏厥,由另一些亲人在灌救;有的跃入坑中殉节,被人救出时,也血肉模糊。冢成之时,四周哭声震野,匍匐抓耙。有的已经披麻戴孝,焚化纸箔——真是"纸灰化作白蝴蝶,血泪染成红杜鹃"。人间之惨事,无有逾于此者。想到日本鬼和我们的血海深仇,此仇不报,子孙何以为人?

可是在这极度悲惨的场合,有时也发生些喜剧,甚至产生些笑料。原因这次鬼子杀人杀得太残酷了,无数家农民在妻离子散之后,幸存者归来,每以为其亲人已被屠杀而葬入"万人坑"了,因之凭墓哀啼竟夕,忽然发现了被哭的人，却站在身后。更有夫妇、母女……各自伏在坟边对哭，都以为对方已被埋入冢内，而忽然发现"已故亲人"，亦在坟边哭祭自己而互相破涕为笑。这类故事，一夕数次。其中最惹人破涕一笑的，则是看仓老涂的婆娘的故事。

老涂也住在附近"李家村"，有屋三间，一妻一女，平时也算"小康"。因为老涂"看仓"，已三代"不下田"，所以他的"大脚婆娘"，在村中集体烤火、乘凉，在"纸牌桌上"，人家也尊称她为"涂师奶"。涂师奶既不太拖"赌债"，也不穷追"赌债"。她为人爽快，脚大、心大，背后搬弄是非，也不太离谱，所以村中人缘不差。老涂因长年"看仓"，不常回家，所以涂师奶只带着十二岁幼女涂小毛，单炊独煮。平时种点菜园，摸摸纸牌，也很天下太平。可是涂师奶心大胆小，最怕人家"造反"。幸好生着一双大脚，行动利落，一闻警报，她总立时开溜，绝不含糊。所以这次鬼子在柳和集上岸，李村妇女还在呼儿叫女之时，涂师奶已拖着小毛躲到山边"义地"中的"土地堂"中去了。

涂师奶在义地中躲了两天一夜，饥饿难忍，乃于第二天傍晚溜下山来，到林家庄闸门前一窥虚实。谁知不看犹可，一看真几乎晕倒，因为她所见的竟比小和尚所见更为惨绝人寰。原因是：小和尚看的是春日和煦的中午；涂师奶看到的则是阴风惨惨的夜晚。小和尚遇到的是一群饱狗、顺狗；涂师奶碰到的则是一群饿狗、凶狗——众狗认识"狗司令"，而不识"涂师奶"。它们群起含血獠牙，追逐涂师奶，几乎把师奶吃掉。但是最使她胆战心惊的，则因为她是个女人——她看到一个白发女血尸，下部还插了根手腕粗的"毛竹"。

这一看，涂师奶"义地"也不敢住了，拖着涂小毛一口气爬上山去，躲入一个岩穴之内，在半夜月光下，她又看到两只狼在洞前走过。第三天她又不敢在山岩中乱躲了，乃带着小毛在路边采些野菜充饥，才碰到一些下山的难民，知道鬼子已走了，不过"林家庄中人被杀得'鸡犬不

第三章 往事知多少

留'"。她心中因而十打九稳，老涂也在"鸡犬"之列了。

她和小毛偷偷摸回家中。李家村虽烧了一半，腥膻遍地，但是她这三间屋却毫毛未动；老涂似乎也未回来过，她认为老涂绝无疑问地死了。

她母女在家中想起"老头子"、"爸爸"的"好处"，顿时相抱痛哭，一面哭泣一面又用猪油、开水泡了些锅巴吃了，便哭哭啼啼赶到"庄"上。这时红日已坠，暮云重重，还有三两滴微雨。林家庄上坟工已竣，造坟的工人都已进庄吃"下仓饭"去了。可是林家花园之内却仍是人潮一片，哭声震天，有些男女简直在地下打滚哀号，偌大的"林家花园"，早已被踩成一片平地，虽然高枝矮丛，还剩下些败柳残花。

涂师奶母女随着啼哭的人群走向"万人冢"前，这儿她发现众多熟人，都在呼天抢地，尤其是"杨师奶"全家更哭得不成人形。杨师奶是大厨房"杨师傅"的老伴，也是涂师奶多年的"牌友"，这时蓬头散发、披麻戴孝，哭得死去活来，由两个泪流满面的儿子搀扶着，走向墓地。涂师奶拉住一位抱着三岁女孩"毛毛"的杨家妇女，哭问究竟。这时杨家全家在哭，只有毛毛在妈妈肩上睡意正浓。所以她妈才停下来和涂师奶谈了几句。原来杨师奶下午已来过一次，她在坑边的"尸堆"里找到了杨师傅残缺不全的血尸。杨师奶抱住血尸便昏了过去，由两个儿子"架"回家中"灌醒了"。醒后杨师奶坚持要披麻戴孝，全家去"祭坟"。儿子们乃撕了一床帐子，剪了几个"麻袋"，又捡些香烛纸箔之属，才又回到庄内来"祭坟"。涂师奶因问道："杨师奶见到我家老涂尸首没有呢？"那杨家少妇哭着说："他们都在一起嘛！"

听到杨家媳妇这句话，涂师奶觉得腿一软，便瘫倒地上昏了半天，终被女儿呼妈的哭声叫醒，母女乃又哭着绕大坟一周，在围坟啼哭的人环之中，最后总算找到个空隙，母女两人乃哭跪其中；女儿哭着只会叫："爸……爸……爸……"而涂师奶却前仰后合地哀号起来，反复哭着、叫着：

死鬼老涂呀……死鬼涂明礼呀……小毛的爹呀……

你死了，叫我们寡妇孤儿、孤儿寡妇，怎能活得下去呀……

看仓三代未少过一粒米呀……就落这个下场呀……

一辈子，舍不得吃，舍不得穿，就是为着个老婆和小毛呀……

你娶我十来年，多少大干大旱呀……我母女未受过一天饥、一天寒呀……

跑南北洋，跑老毛鬼，你叫我和小毛跟老爷太太上山呀……你一个人看仓呀……

跑日本鬼，你叫我和小毛"跑在人前，回在人后"呀……你单独看仓呀……

孙二娘赖我牌钱不还……死鬼呀，你为什么偷偷替我还钱给她呀……

你在庄子偷点肉，偷点皮蛋给小毛，自己舍不得吃一口呀……

死鬼老涂呀，一不拈花，二不惹草，只好喝两杯——我为什么打破你的酒瓶呀……

死鬼老涂呀，杨师奶披麻戴孝是她有儿有孙，你家里是单门独户呀……

死鬼呀，你埋在坟的哪一头，为什么不搭腔呀……

明天再来，我和小毛都披麻戴孝呀……

我要把你找个好女婿呀……有田有地的呀……

老死鬼，你死掉，我们孤儿寡妇、寡妇孤儿，怎活下去呀……

我要跟你一道去呀……你为什么不带我去呀……

……

涂师奶哭得死去活来，在坟上用手抓了个大洞，要钻进去找"死鬼老涂"，钻得泥土鼻涕眼泪满身满头，在洞前昏厥几次，都被女儿的哭声叫醒。醒了又哀恸，反复地哭叫不停，直至泪枯肠断，已哭不出声

第三章　往事知多少

音、哭不出眼泪。最后才跪起来磕了无数个头，"求求爹，保佑小毛"。

这时坟畔仍在哭祭的群众已稀稀落落。头上乌云飘忽，明月半残、时隐时现。小毛不时叫"饿"，涂师奶才拉着小毛从水闸门去到大厨房，想找点残羹剩肴吃吃。哪知庄内此时四处都睡着人，厨房之内连一滴水也没得可喝的了。

小毛饿了，要妈回家去。但是涂师奶想到老涂还有些床帐被褥，甚至皮蛋等遗物，好顺便带些回去。母女两人乃乘着昏暗的月光，蹒跚着走向"仓房"。这仓房甚大，前面有个大门。涂师奶去推一推，这门却闩住了。涂师奶和小毛都是此地常客，知道诀窍，她乃叫小毛自边墙墙角上一个"狗洞"中爬了进去，开了大门。这宽敞的仓房，出奇地竟杳无一人，阴森得可怕。母女两人乃相互依偎着，循着两旁仓房中间的石铺长院向另一端的"碾坊"走去，碾坊角落上有间小房，那便是看仓老涂住的。

母女两人走入阴森的碾坊，只见那角落小屋居然有点灯光，灯光中似乎有些慢慢移动的人影子。母女两人以为是鬼，不禁牙齿打抖作响，头发根根站起。

"小毛，"妈搂住女儿轻轻地说，"这屋里有鬼……"说着两人抱着直是颤抖。

"妈……"小毛自妈怀中向那鬼偷看了半晌才说，"妈，那鬼有点像爸哎！"

"别叫，别叫，"妈轻轻地说，"你爸爸的'亡魂'回来了，'血腥鬼'嘛。"

二人声音虽小，但是时在午夜，这鬼却听出人声，乃蹒跚着自房中走出来。鬼影之前还有两点"鬼火"。一个上下摇动，另一个则间歇明暗。母女见鬼走近了，益发缩成一团。

当鬼走近二人，只听"扑突"一声，"鬼火"变成了"真火"——

原来是老涂左手捧着个"水烟壶",右手拿着支"纸媒子"在抽水烟。原来他听到"人声",乃捧着水烟走了出来,走近了二人,乃"扑突"一声,把"纸媒子"吹燃了成一支小蜡烛,在烛光下,三人都认出彼此来了。

小毛看见是爸爸,惊惶了片刻,便一下扑过去,抱住"爸"又哭又笑地把头在"爸"的怀内攒动,不断地叫:"爸……爸……爸……"

涂师奶则站起来向老涂看了片刻,说:"老涂,你是人是鬼!?"

"你两个为什么半夜三更跑到这儿来了!?"

老涂答非所问,却反问了师奶一句。

师奶闻言不禁火性大发,乃自怀中取出她那片刻不离的白布"鞋底",不由分说地向老涂头上毒打起来,边打边骂:"老杂种,老屁精,老王八,老绝子绝孙的,千刀万剐的,鬼子为什么不把你杀掉,害得我寡妇孤儿哭了半天!"

说着她又"王八"、"屁精"地咬紧牙齿认真毒打老涂,把老涂的水烟壶打掉了,纸媒子也熄灭掉了。黑暗中目标不明,小毛也认真地挨了几下,痛得抱头直是叫。

奇怪的是老涂也用双手抱着头挨打,却和小和尚的"大黄"一样,一声不响。涂师奶狠命地打,认真地打了几十下,手酸了,才停了下来,口中气喘个不停,但是还在"杂种"、"王八"地骂个不停。老涂一声不响,最后她也只好不骂了。

"毛妈打好了吧?"老涂才说一句,毛妈又气起来,噼啪噼啪再揍了十几下。气消了,才笑着说:"老杂种,有没有吃的!?"

"有嘛。""老杂种"乃带她母女走进小房,扭亮了壁上的"小洋灯"。灯光之下有酒有肉,也有小毛爱吃的皮蛋,还有一小桶微温的白饭;茶焙子里面还有热茶。母女二人乃大吃起来,"老杂种"则继续吃他的鸭肫下烧酒。水烟壶被师奶打得漏水了,老涂则改抽旱烟,一家人又融融睦睦起来。小毛一口气吃了四个皮蛋;师奶也喝了些火炉上温的"热烧酒"。酒醉饭饱之后，师奶又带小毛到长院中"方便"了一下，母女两人便挤在老涂的床上睡了。老涂则取了一条厚棉被，睡在碾坊的"碾槽"里。

那夜小毛惊哭了好几次。每次都是老涂跑进房里把她自妈妈身边抱起来，在碾坊走了十来分钟，她才能继续睡下，而师奶则呼呼大睡到日上三竿，始被"下仓"的工人嘈杂之声惊醒。醒后不见老涂，她就径自取了一副箩筐和扁担，把一些食物装挑起来，领着小毛欢天喜地回村去了。

"看仓老涂，怕老婆是出名的。"文孙听后笑笑说。

"怕老婆？"李兰气愤地说，"他简直是个浑球。我要是她老婆，我也打他半死！"不过李兰又叹息地说，后来不幸老涂和涂师奶都"惨死"了，小毛只好跟田书记过活，由田书记把她取个名字叫"涂全胜"，也变成我们得力的地下工作同志呢。

"斗把子"和"老票"

说起这对欢喜冤家的老涂和涂师奶，文孙远比李场长熟悉，只是他不知道最后这段滑稽剧和惨剧。这涂明礼的爷爷，原是早年替林家做佣工的一个"斗把子"。

什么叫做"斗把子"呢？

斗把子原是专门替人家"量米"的一种技工。他用个藤制的"笆斗"，耙满了稻米，再倒入木制刻有"官家火印"的标准"量斗"中去；装满一斗，再由另一工人——当时叫做"斗架子"的——再倒入箩筐或麻袋中待运。

据说有一次一家大米商到林家仓房"收米"，手持笆斗的"斗把子"便是这位"老老涂"。一次在量运的中途，他不小心把肩上披的专为擦汗用的三尺多长的白布"大手巾",掉到"量斗"中去了。当"斗架子"正预备持斗倒米之时,被这位锱铢必较的商人看到了。他大叫说:"斗里有条大手巾。"

"老老涂"一声不响乃把斗里的米倒回空的笆斗,再由笆斗倒回量斗,重行量过。奇怪的事发生了——这量斗内不但还是满满的一斗米,那笆斗内还多出"几撮"来!

那个"重利轻别离"的家伙,看到此情此景,这一惊非同小可,额角上的汗,直是流,因为他已收购了一百多担了。

所以当"斗把子""量米",真像"孔老二"所说的"虽小道亦有可观者焉"。原来他可凭其好恶而对所"量"之米,有"虚斗""实斗"两种不同的量法。

"虚斗"也者,是他把笆斗之内的米,用均匀的速度倒入量斗之内,满了则把笆斗一旋,量斗看来装满,而斗口的米却凹了一块。

"实斗"就不同了。他用别人看不出的不同速度把米倒入量斗之内,当米快装满时,他在不知不觉之间,用笆斗向量斗轻轻一撞,斗内的米立刻下沉寸把深,米随后装满,再一旋,斗口的米略成凸出形,也是"监斗"的外行所看不出的。

据说虚实斗之别有"三合到半升"之多。一百担米量下来,其速度是惊人的;其差别也是惊人的——虚实大权则抓在"斗把子"的一念之间。

"老老涂"就凭这点绝技,由"斗架子"升任"斗把子",再由"斗把子"升任为"监斗",最后官拜"看仓",坐镇一方。他的子孙也就靠这"家传秘方",像做皇帝、做总统一样,代代相传。真是家有万两黄金,不如一身薄技。涂明礼虽怕老婆怕到顶,但他却能不靠后门、无须入党,也能当领导、当主管,而铁饭碗永保不破。没有他妈的日本鬼子捣蛋,涂大爷和涂师奶对他这个主管单位倒也心满意足呢。

可是这天早晨,当涂大爷还靠在石槽内抽旱烟时,他就被李连发的敲门声敲起来了。

他二人原是老友、老搭档,在职业上也可说是老对头,因为李连发是个"推车老票"。县上县下、城内城外大户人家的"仓房"和"看仓老几",他没有不熟的。他们由于职业的关系,时常在一起喝酒吃肉;但有时也因职业关系而互骂"婊子养的",有时甚至大打出手。老涂的武器则是一把"双响洋手铳",虽然他这把"手铳"之内并无"子药"也无"火帽",但是这手铳一可表示主管身份,二可吓唬推车老粗——虽然吓不了"老票"。

而"李老票"的武器,则是他那"鸡公车"的一个附件,车拴,他叫"千斤"——一条四尺来长、三寸见方的硬木块。这车拴停车时可以撑车;遇车行路上有"缺口"时,可以放下当桥。遇有不如意的人物时也可抽出来吓唬人,因为这硬木拴,舞起来,运斤成风,一下便可打死一条牛,真正要造反或起义,也可揭竿而起。

但是"老票"是哪一码子行道呢?

其实"老票"只是个出身贫下中农,推"鸡公车"的车夫。在农忙之时,他也是个农夫。秋收之后,和农闲季节,则推鸡公车为副业,替地主、米商或官府运粮食。

但推鸡公车也有些条件。第一你得有辆"车"。这车往往一传几代。第二你得力大如牛,一推几百斤。上坡要"推",下坡要"拖",都是人世间最重的活计——尤其是上坡,那就全凭两腿的肌肉。《聊斋志异》上便有个故事:一位大汉,推车上山,正在欲罢不能之时,一只狡猾的狼,竟然跑上去,在他腿上咬了一块最好吃的肘子肉,扬长而去。

只是有车有力,还是不够呀。你如何找雇主,雇主如何找你,总得有个中间人;这样就产生"老票"了。"老票"可以自己推,也可组织车队,领导别人一道推。这车队看雇主需要,由三五辆到百十辆不等。

既然能领导百十辆坦克,则"老票"自然就变成这一行的头头。做过头头的国共两党干部都知道,做头头并不简单——尤其像"老票"这样毫无"靠山"的独立头头。他上拜官府、地主、富商,下遇地痞、流氓、绿林好汉和自己弟兄,都得有一套内政外交的领导天才。尤其对付不听调度的自己兄弟,你还得有点擂台功,三拳两掌,打得他服服帖帖。

江湖上卖拳的好汉都知道,"拳不打'力',力不打'功'"。推鸡公车的庄稼汉,无一不是力大如牛的真家伙,驾驭他们,你还得有点耍"青龙偃月刀"的真本事,才能领袖群伦。据罗贯中说,那面红如火、忠肝义胆的关云长,原来就是个推车的"老票"。所以历来推鸡公车的"老票"们,都拜"关公"为"祖师爷"——虽然他们吃饭工具的"鸡公车",那个任重道远的"木牛流马"却是"军师孔明"发明的。

既然领导百十辆大车,吆喝过市,"老票"也得懂点"交通法规",万一出了"车祸",被捉将官里去,跪在大堂之上也得有个陈说。例如李连发大队长就知道他的车队如在清朝,实是所向无敌的,他们由官府认可的习惯法,便有"轻车不让重担,满载不让八抬"的传统。

轻车不让重担,固然不用说了。鸡公车队"满载"之后,和那些高坐"八人共抬"的"官轿"之内的"制台"、"臬台"、"藩台",狭路相逢,车队也不会向他们让路的。至于打"大红伞"坐"四人轿"的七品小官"县太爷",那就更不在话下了。

李连发这位"老票"虽不识字,但是对这些习惯法,却如数家珍,真的上得大堂去,说出来,那些知府、知县等老爷也无话可说。可是有一次他的"满载"的车队,却碰到一群陈调元的士兵。这些士兵正拉了夫,挑了一些"轻担"与车队"狭路相逢"。李老票根据大清法律,不愿让路,结果被那些民国的"革命军"揍得头破血流。五代相传的栗树鸡公车也被砸烂。自此以后,李老票的车队,不管如何"满载",他也逢兵必让,主要的原因:"民国不按规矩来,有什么好说的呢?"

第三章　往事知多少

所以这次李"老票"来找涂"看仓",二人三言两语,便发生了思想冲突,互骂"狗奍屁股"的了。

看仓老涂是尊重传统、主张"法治"的,一切要"按规矩来"。而李大队长则深深了解"革命"的——"老规矩早就行不通了。"但是老涂向他要"新规矩",老李则说,新规矩就是没有规矩。

"这话怎讲呢!?"看仓老涂气得七窍生烟,蹬脚直骂老票"狗奍屁股"。老涂最怕老婆,可是为着保存传统法制,他可不怕李老票,所以"就是不开仓"。最后张大队长也挂着盒子炮来了,小和尚也来了,说好说歹,最后总算保守文化派让步。老涂答应,拿钥匙、开仓。

老涂软化,倒不是传统文化对革命让步,其实他是个卫道到底的死硬派。他的让步,却是小和尚一语点破的结果。原来老涂坚持"论签发米",而小和尚也认为这个"老办法"行不通,因为"老爷、少爷跑了;老管家、老朝奉死了;三奶在山上生病——山下庄内,没一人认得字"。连米签上的号码都念不出来,那又如何记名发签呢?小和尚这一点破,革命派大乐,老涂这一老古董无辞以对,终于答应开仓。那些原先在仓门外已等得不耐烦的革命群众,乃一哄而入,革命不是请客,人多嘴杂,就把大梦方酣的涂师奶吵醒了。

李兰这一席动人的陈述,对本书作者、对本书读者,不用说都是个新鲜的故事,但是对那和她一块儿长大、见多识广的林家庄三哥儿,则只是儿时回忆和"旧事重提"罢了,在整篇故事中,他最关切的却是小和尚轻描淡写的一句话:"……三奶在山上生病!"

"生什么病呢!?"文孙急于想知道原委。

李兰说,田书记那时的病,只有四个人知道:她自己、曹文梅、李兰和小和尚。病的根源是三哥儿作的孽,而三哥儿却跑得无影无踪,一点都不知道——这对于女人,实在太不公平。

"三哥,"李兰又加重地说,"你开溜了!但是她怀了孕却开溜不掉,时时呕吐、想睡、疲倦、头晕……四肢无力。但是她是所长嘛,总司令嘛,又撑着要做事……"

"你们为什么不劝她休息休息呢?"

"我们劝她!?"李兰说,"我们简直强迫她休息。但是我们只能强迫她身体休息,不能强迫她心理休息——她有心病嘛!"

"什么心病呢?"

"她始终没有忘记屎嘴张三说她是'败家媳妇'……后来你家的仓给砸了,庄子被抢了,她听到之后,哭了一夜就'见红'了——把我和文梅都吓坏了。"

"仓,你不是说,有张大队长的武装兄弟警卫了吗?怎么被砸了呢?"

"哎哟,三哥,我的地主大少爷,"李兰说,"你家的仓不是被砸了几次了吗?——这只是最后的一次。"

"地主的谷仓被农民砸了,不是应该的吗!?"

"谁说不应该?"李兰说,"革命不就是靠砸仓起家的吗!?"

"那又心病什么呢?"

"哎哟,三哥,她心心念念想着她是个'败家媳妇'嘛。她爱死你了,说你个性最善良,她也爱你们的那一点小骨肉;她也想'孝敬公婆',但又怕公婆恨她是'败家媳妇'呢——矛盾死了……我那时心里也很矛盾呢……"李兰说着不觉也擦了擦眼角。文孙听了也很感动。

"老百姓发了性子"

林家庄这个仓房原无啥奇特,它只是个两千多年来自孟尝君而下,中国超级大地主的标准仓房,是深沟高垒的林家庄的庄中之庄、堡垒中的堡垒——它每被砸一次,重建起来,总比前一个模式更为扎实。

第三章　往事知多少

直至土改，被拆成木料和砖瓦，零星卖掉，才在历史上，一去不返！

林家这仓房建于正宅的东南侧，共分"高仓"、"低仓"两排，中隔两丈多宽的石铺长院。所谓高仓，则是这排谷仓，全部是"架空"的"板仓"，系厚长木板所构筑，架空通风，以防谷物霉烂。这种仓的"仓门"，则是一块块长木"仓板"自两边带槽的木柱上一块块地架向高空，最高一块则漆着"甲乙丙丁……"编号并装有铁锁。仓中谷米向上堆积，则门上仓板随之加高。因此所谓"上仓"者，则是把谷米一袋袋或一筐筐倒入仓内。垒积增高之后，则"上仓"搬夫，须缘特制木梯，扛着粮袋或粮筐，走入仓中。"上仓"既是一般农民的"重活"，也是地主"收仓"的"喜事"，所以一般大地主都杀猪、设酒，款待上仓劳动者。林家庄的"上仓饭"本是"流水席"，长日无限制供应的，后来农村经济衰缩，加以曾有饥饿的农民不幸"胀死"，其后才改为定量分配，每人限吃"四块、十二两"肥肉，"自吊烧酒半壶"。

下仓程序，则反其道而行。由于下仓活轻，"下仓饭"的酒肉分量亦酌减。

林家这十号"板仓"，满储可积粮千担。

高仓对面的低仓，则只是一排砖石或"洋灰"铺地的平瓦房，向内院有"半截墙"，上半截则是木栅。另一边则有墙无窗。这低仓之内则放满巨型"米缸"、"米柜"等容器。米柜事实上是一种椭圆形木柜，柜上有盖，可以撑起，满储量为"十担"，半储则可打开柜子旁的小门，从门中入内取米。超过十担的糙米、熟米、荞麦、豌豆之属，则用"篾缠"，这竹制的"篾缠"，宽二三尺、长十余丈。它可把堆在地上的米麦和豆类"缠"起渐次作螺旋形，利用储藏物本身的压力，向上旋起可直达屋梁。

这一连十来间矮瓦房，靠里面三间则用作"磨坊"——竹磨磨稻、石磨磨粉。

这长方形的"仓房"，北头则是"碾坊"，大石"碾"和小石"臼"

则专碾糙米为熟米；碾坊右角则是"看仓"住的小房子，左角则有门直通"大厨房"。仓房南头，亦有屋两间，是上仓、下仓时，朝奉的办事房，房后靠墙，坐北朝南设有财神香案。房前便是仓房大门，与本庄"大闸门"隔院相对，以俾进出人车，直线通行。

这一组长方形的仓房建筑群，前后两门，厚约四寸；上下均有铁条，前有门闸、后有门闩，另加"T"形"门杠"，所以前后两门一旦下闩、上杠，则形同堡垒，抢米暴徒休想"破门而入"。

这个刁斗森严的"堡垒"便是看仓老涂的权力根据地，大小钥匙一把抓，没有"管家"或"东家"点头，则闲杂人等，休想越雷池一步！

这次东家已逃、管家已死，形势比人强，老涂敌不过两位"大队长"和一位"小参谋"的压力，只好答应"开仓"。可是老涂一再警告两位大队长，尤其是"老票"，"不按规矩开仓，不是好玩的"！他涂家祖孙积"三代"、"五十年"之经验，一旦"黄金外溢"，则围观饥民会失去理性。

"老百姓要发了性子，"老涂警告两位大队长说，"可不是你们的一根盒子炮，挡得了的啊！"

李连发看看张得标，张得标自己也无此把握，因为他虽然挂着根盒子炮，但是还未放过一"发"子弹呢，虽然他的朋友的名字却叫"连发"。可是"老票"倒觉得没那么严重，因为他在当"老票"之前，也曾数度参加"扒粮"、"抢米"。虽然他所抢的只是米商船上的米，而不是地主仓中的米。他记得那次数百人在河上抢米，抢后人人笑逐颜开，妻既下织，嫂又为炊——一件极大的乐事。有什么"不好玩"的呢!?

李兰说他和老涂的思想冲突，是个"阶级斗争"，他两人虽是同一阶级出身，却从"不同阶级的观点，来观察事物"。

由于老票的坚持、"少奶奶"的口谕和百来个乡亲的鼓噪，老涂乃

第三章 往事知多少

把钥匙交出去了。可是他最后还是劝告两位大队长,只可开"半扇仓门",让"婆娘们"先挑。先放"熟米",再放"糙米",然后缓缓地开"高仓"放"稻"。

在两位大队长口头答应之后,十来位"婆娘"便被放入"低仓",先运"熟米"。

这几位"大娘"都是挑粮的老手。她们首先围住老涂等"米签",然后等"斗把子"量米,再向"朝奉"报米、记账。谁知这次这些官样手续一概豁免,反使她们感到不习惯;但也未多问,便各人尽其所能,挑几斗熟米上山去了。当她们抵达昭觉寺时,曾引起望米待炊的众难友的欢呼,自不在话下。谁知她们这一记"既无米签,又不记账"的自由挑米法,立刻便不胫而走。

远近乡亲们听到林家庄"开仓放赈"的消息,无不欢天喜地,匆匆忙忙,胡乱地挑着米箩、背着米袋、提着笆斗,蜂拥而来。不到半个时辰,林家仓房内外便挤得水泄不通。最初二位大队长、一个小参谋和二十来个持枪兄弟,还能推推搡搡,把众人排开,放出三五十个"运输大队"里自己的伙计,挑粮上山。渐渐地秩序便无法掌握,终于大乱——仓内的人出不来,仓外之人进不去,挤得人山人海,呼号惨叫,声震天地,地下已不知踩死多少人了。

这一下,正如老涂所预料的:老百姓发了性子了。群众由乱而怒,由怒而抛石头、挥扁担,喊打之声四起,有的且指名道姓要揍看仓老涂。老涂原在仓内,一看情势不对,乃拨开后门,想逃出仓外。谁知后门之外,已有数十名怒汉在乱闯,老涂一开门,碰个正着。当群众把他既推且打、东倒西歪之时,忽然一根扁担凌空而下,噼啪一声,把老涂的光头劈成两半,脑浆迸裂,飞溅四方。众人抹去脸上老涂的脑浆,跨过、踩过老涂的尸体,一哄进了仓房,与前门进出不得的群众混在一起团团转,如热锅上的蚂蚁。有的群众自仓内找到利斧,乃开始劈"高仓"的仓板，板破稻出，势如流水，有人被埋，有人逃避，呼号推搡，彼此践踏，情况更不可收拾。

这时小和尚也在仓房之内，他想自前门逃脱，反被挤倒在地，几乎被踩死，幸好他人小，乃自众人胯下，使尽力气，蛇行爬向墙边。这墙边有一狗洞，小和尚孩提之身，本可自洞中爬出，不幸他穿的大号军衣，衣裤均被踩在脚下，动弹不得。小和尚情急智生，乃狠命把军衣扯破，最后赤条条里外无牵挂，全身虽被踩得青一块、肿一块，额上也鲜血直流，幸无大碍，终于从狗洞爬出仓房。

爬出之后，小和尚乃拔腿飞跑，想到他和郑奶奶合住的卧房取条裤子。郑奶奶的卧房在正宅"最后一路"的"小堂屋"之侧，那原是林家女佣居住的，有侧门通"洗衣场"。小和尚飞奔穿过洗衣场绕过井栏进入小堂屋。可是这时小堂屋到处是人，所有家具、摆设已被搬运一空。香火柜上连香炉、蜡烛台，甚至铜磬和磬锤，都全部失踪，只剩个泥做的"文殊菩萨"孤零零地坐在那里。

小和尚自人群中钻入自己卧室，那里哪还有什么裤子呢？床帐被褥已被强掳一空。有几个老几还在四处低着头在地上找东西，小和尚不得已乃光着屁股跑入"大堂屋"；原来富丽堂皇的大堂屋这时也一空如洗，只剩两幅"老祖宗"的朝服"大像"还挂在那里，但是也被撕破了。小和尚穿过大堂屋，正预备跑上堂楼，去"三哥的房间"，因为他当务之急是找条裤子，在楼梯口，他却和张大队长碰个正着，他发现张大队长手提着盒子炮正在发愣、发抖。离他不远却有个庄稼汉躺在那儿手脚乱动，眉毛嘴唇也在动，显然痛苦不堪。

张大队长一看到小和尚忙说："这家伙要抢我盒子，我们一扭，枪忽然走了火，打了他的肚子……"

"他是干什么的？"小和尚惊恐地问。

"他可能是个土匪，他们有一伙！"

第三章 往事知多少

"我们的弟兄哪儿去了？"

"有两个已被打死——枪也被扭了……"

二人正说着，忽听正厅那边，霹雳一声巨响，显然是枪声。那枪弹射透屏门，击中堂屋下方，正门的石槽，打得石片横飞。

二人乃顾不得那地上死人，飞奔跑上堂楼东厢"三哥房间"。一进门二人心中才稍定，因为那原先派在此处瞭望、把风的两个小伙计连他二人的一支"十三响"、一支"俄国造"和一面"大锣"还在那儿。室内虽也遭掳掠，但床帐被褥还在，可能暴动群众，见到这屋中有两个枪兵，才望而却步。但是这两个原不会"放枪"的枪兵，这时也面无人色，哆嗦不止。可是见到大队长和小和尚，也大觉安慰——四个人在一起，多少可壮壮胆子。

这时忽听楼下杂沓的人声中，有两三个人在大叫："楼上的伙计，把枪甩下来——缴枪免死！缴枪免死！"接着便噼啪两枪，打得屋瓦乱飞。

四人一听枪声乃不由自主地卧倒地上。那两个青年，卧在地上直是颤抖。张大队长不习惯于放"盒子"，却会放"俄国造"，乃取过那支俄国造，开枪还击。俄国造口径大、枪管长，居高临下，响声尤为震动。

正宅之内忽然发生枪战，那数百名暴动群众乃夺路逃命，势如退潮。张大队长又向堂屋放了两枪，已不见回应，楼下已跑得空无一人。小和尚爬上窗子向庄前一看，见到惊恐群众数百人，正夺路向庄外窜逃——有的"满载"而去，有的则惊恐万状，无目的地四向流窜，而庄外壕埂之上，还有持扁担箩筐的群众数十人，听到庄内枪声，和见到逃窜群众，他们都停在那儿——进退维谷。

这一场小枪战经验，虽然不过十来分钟，但是四人显然已变成战场老兵。小和尚乃灵机一动，建议自窗口，"对天发空枪，并筛锣"！大队长更灵机一动，既然"筛锣"，何不干脆大叫"鬼子来了"呢!?

主意既定，四人乃行动起来。大队长又凭窗放了一排五响俄国造；小和尚闭着眼，把那支"十三响"内七八颗子弹，一口气给放掉了。大队长一时性发，乃又取出"盒子炮"，向窗外"扫了一条子"，打得正厅屋脊砖瓦横飞。这时另外两位小兵，则在另一窗口，拼命敲锣，并大叫"鬼子来了"！

　　"筛锣"是中国农村传统的紧急警报，已经够可怕了；再加上枪声和"鬼子"，则闻者无不落胆。四人一面放枪筛锣，一面凭窗远眺，只见四面暴动群众，兔脱狼奔，夺路而逃，足使四人有虎入羊群的豪气。他们俯瞰庄内已人影寥寥，四人乃持枪下楼，小和尚也在"站柜"之内找到三哥留下的短裤和汗衫，穿起来虽空空荡荡，连"小鸡"也时隐时现，但究比光屁股文雅多矣。

　　四人走出堂楼，只见四处一片凌乱，直如台风之后的一样可怕；而尸体狼藉也不在日兵屠杀之下，尤其是可怜的老涂，死状之惨，纵是小和尚前天在小孔中所见，也无此恐怖。

　　四人持着枪，提着锣，走到"大闸门"，还是眼红、手颤，气喘不已。

第四章

遍地黄花开

"封仓、关闸门、守庄子"

  他们四人喘息未定地在大闸门口张望些时,只见门外壕埂和谷场之上,扁担、箩筐、家赀杂物,遍地皆是,而当初暴动、抢掠的群众,却逃得人影全无。可是庄内未及逃走的零星群众,却渐次走到闸门来。手提肩挑,都是大大小小林家的杂物;但是也有深入宝山,空手而返的。
  张大队长所有的二十七名"弟兄",这时亦渐次回来十二三人,虽然携回的只剩七八支"癞枪"。兵员损失了一半,枪则丢掉三分之二以上。大家相对,惊险的故事是说不完的。张大队长把他们集合在闸门之内,也不知道如何收拾残局。
  此时聚集在闸门内外,原先的暴动群众也有十余人。看仓老涂可能就是他们"发性子"时打死的。但是性子发过了,这批农民却显得无比善良、诚朴。他们看到拿盒子炮的张大队长既然对他们毫无报复之心,大家也就聚在闸门内外,互道其惊人故事——彼此都是乡亲,不认识也面熟,所以谈得颇有劲头,很像龙卷风之后,大家齐来料理善后的心境。

"……我们应该怎么办呢？"张大队长坐在一张方桌上，半是自言自语，半是向乡亲发问。

"我看你应该封仓、关闸门、架跳板、装土雷、守庄子——恐怕还要开香堂、拜大香炉，才能'守'得住呢！"说这话的是一位坐在那"千斤大炮"的炮车上的中年人。他头上留着个蓬松的"分装头"，微有几根白发，脸上白得发青，一嘴黄里带黑的牙齿。他穿着件和他脸色相近——青得发白的蓝色大褂，补丁片片，足上穿一双破布鞋，看来不是个庄稼汉。

在炮车之上他还放着个包袱，里面除被褥枕头之外还有个搪瓷面盆，他脚底下地上则放着个青花白釉方口夜壶。这夜壶小和尚太熟悉了——那是张老管家的东西。倒这个夜壶也是小和尚每日工作的第一件要事。这个夜壶，他已经倒了四五年之久了。平时他恨死这夜壶，可是这天他对这夜壶倒颇有亲切之感。没有这个老朋友，他每日清晨的工作便失去重心，生命也没有意义了。

但是小和尚却不敢把它取回来，因为它显然已换了主人，属于"烟掸帚张三"了。小和尚不知道可以不可以，或应该不应该，把它拿回来，因为张老管家已经死了。

小和尚认识这位"烟掸帚"。他是这一带农村无人不知的七八个"张三"之一。他的工作是在附近的周家集内一个土膏店兼烟馆里当"烟掸帚"。

"烟掸帚"是吃哪行饭的呢？他是农村集镇上，鸦片烟馆里打杂的工人。他们多半是有"瘾"而无钱的"瘾君子"。无钱买"土膏"，只好在烟馆内打杂，分润点残羹剩肴的空气食粮。平时除"煮烟"、"烧烟"、"擦烟枪"、"换灯油"、"捶腿"、"敲背"等专业工作之外，他的经常工作和特有工具便是拿一根脱了毛的鸡毛帚，他们叫"掸帚"，在旧客才去、新客方来之时，"掸"去烟榻上的烟灰，好让新客躺下——这种"服务员"

第四章 遍地黄花开

（在那个"服务员"这一现代化的名词还未发明的年代），就暂以工具为名，叫做"烟掸帚"了。

这种"烟掸帚"在农村里可不是个平凡的人物。第一，他是属于穿长衫、着布鞋的阶层——毛主席在《湖南农民运动考察报告》上所说的"打烂伞的"、"穿破鞋的"革命人物，就是他们。第二，他们可能还有些"上等阶级"的阶级背景，甚至是公子哥儿出身的，多半识得几个字，甚至一笔滔滔，能说会讲。第三，他们因为职业关系，交游广阔、见多识广，对江湖、黑道，如数家珍。

据小和尚后来告诉春兰的故事：这位"烟掸帚张三"后来竟然变成张大队长的"军师"、"灵魂"、"诸葛亮"。张对他"言听计从"，很快地就变成"西山东区"，这块"三管、三不管"地带的"一霸"！

当烟掸帚和大队长还在闸门口对话之时，李连发大队长忽然带着二十来个伙计回来了。原来他们也是被"枪声"、"锣声"、"喊鬼子声"吓跑了的。在黑松林内躲了个把时辰，见山下并无"鬼子"动静，知道是一场虚惊，所以大家又回来了——沿途还拾回"整箩筐、整箩筐"的庄子里的杂物。

张大队长见到自家伙计增多，自信心也就大起来。他和李连发商议一阵之后，乃遵照"狗头军师张"的建议："封仓"、"关闸门"。

可是这时庄内还有被踩死、被打死的尸体十来具——包括看仓老涂和两个侦缉队里的弟兄，后者是被人"扭枪"时打死的。对于这些尸体的处理，两位大队长也接受了"狗头军师"的建议，把他们集体运到花园里的"草书房"，"锁将起来"，以免"被狗吃了"。至于如何安葬，那是他们"尸家"收尸时"自己的事"——因为这些死者包括涂明礼，都是"有名有姓、有家有室的人"。

这座"草书房"是林家庄主人原先建在花园内中央高坡上的一座"别墅"，它虽然是座竹篱茅舍，可是它的构造和陈设，却是经过一位法国留学的职业建筑师，文孙的"五姐丈"张三少，精心设计和监工改建的。为着春玩柳絮、夏赏莲花、秋闻丹桂、冬迎瑞雪，它的设计是兼采巴黎和姑苏亭苑之长，内厅外苑相隔相通的和谐之美，真是徜徉其中，四季皆宜。

这座别墅原有个乩仙"勾乙夫人"丹书的正式名字叫"知微草堂"。可是庄中上下，嫌这个正名太麻烦，所以大家都只叫它作"草书房"。如今两位大队长率领众弟兄把十来具死尸运入"草书房"，锁起来；想不到这"知微草堂"竟然也是个最理想的太平间。

当众兄弟运尸的工作甫定，原先被"喊鬼子"吓散了的群众——尤其是"尸家"和亲属都已渐次回到庄园四周。可是这时但见闸门紧闭，庄内沿墙已搭起跳板，守庄者在板上来回巡行，自墙上外窥庄外动静。林家这三间"大闸门"屋顶之上，和旁门之侧原附有"瞭望台"，自台上亦可与庄外群众对话。吃一堑，长一智，不管庄外群众如何叫嚣，两位大队长是绝不开门了。要求看尸的死者家属，也可自花园后长堤径去"草书房"，不必通过"大闸门"——因为林家的护庄壕沟，原只绕庄三面，花园之后，只有一条小水沟，越水沟之上小板桥，也可径入园内。但如进入庄内，则必须通过闸门。闸门下闩、上杠，则金城汤池，外人便无法闯入了。有事则墙外访客自可与墙头守庄人清晰对话。古人所谓"深沟高垒"、所谓"坚壁清野"、所谓"壁上观"等等的"垒"和"壁"，正是这个东西。

如今两位不识之无的"大队长"，和他们一伙的"狗头军师"、"小参谋"等等，在林家庄内，也就干起了中国传统内战上的"深沟高垒"、"坚壁清野"的勾当。庄外有警，他们也可逍遥于"跳板"之上，作"壁上观"了。

第四章　遍地黄花开

昨日的"旧坟"，今日的"新坟"

渐渐地只见草书房附近已人潮汹涌，哭声一片，草书房之下的万人冢的尸亲，昨日已哭断肝肠，今日披麻戴孝，仍在围冢哭祭，声闻远近，而草书房内死人的尸亲，则更呼号哭叫，惨不忍闻。最惨则是有些农民的家庭，昨日之尸未寒，今日又尸上加尸，一家之内两遭浩劫，情何以堪？有些衰亲嫠妇，禁不起这打击，已有几位，在草书房的角落里，悬梁而去。

惨家之一则是涂师奶。不过短短三数小时之前，她还带着小毛，挑着满筐粳米、腊肉、皮蛋、香肠，欢天喜地地回到家中。吃完丰盛的"早中饭"之后，正和隔壁的孙二娘谈"牌经"呢，忽然有乡亲来告诉她"老涂被人打死了"。涂师奶闻报，笑不可仰。孙二娘也笑；小毛也笑。

涂家母女原是本村丰衣足食之家，常言道"一家饱暖千家怨"，村中人对涂师奶，原就习惯于报忧不报喜的，更何况涂师奶和小毛，昨天在万人冢上已空哭一场呢。谁知噩耗却一个接着一个而来，涂师奶总是不信，并怂恿孙二娘去找"牌搭子"。可是消息显得太逼真了，不由得你不信，还是孙二娘好意，要她叫小毛再去"庄里"看看。小毛也不想去，最后还是妈妈给了她两块"状元红"，才把她哄去了。

小毛去了大约个把钟头，当涂、孙两婆婆还在一面扎鞋底、一面谈"牌经"之时，小毛惨叫着回来了。一见到妈，便扑到妈怀中大哭，说爸爸只剩"半个头"。这一下晴空霹雳，涂师奶身子向后一仰，连人带椅子、带小毛翻倒地上，口角内唾出一堆堆白沫，两眼张着像死鱼的眼一样。孙二娘着了慌，赶忙拉起小毛，又和小毛一起把涂师奶抬上凉榻；孙二娘又用大碗大碗的温茶，灌向涂师奶嘴中，只见涂师奶嘴腮颤动，茶流入腹中，突突作响，忽然间，涂师奶把茶喷出，大叫一声："怎么得了呀！"接着便手脚飞舞，大哭大叫。

涂师奶这一下可疯了。她站起来便大哭大叫着向"庄子"跑去。孙二娘和小毛则紧跟在后面，涂师奶自花园后小道直跑到"万人冢"，再由小毛领着她自人丛中挤入"草书房"，她认识老涂的布鞋和袜子，她揭开老涂尸身上盖着的芦席，只见一摊血块，血块之上，老涂的半个头上还挂着一个眼球。涂师奶一下扑到血尸身上，张口惨叫，两手乱拍。孙二娘和小毛站在她身后，不知如何是好。

这时在嘈杂哭叫的人声中，忽然听到有人大叫："快浇水！快浇水！"顿时浓烟一片，不瞬间，只听"扑通"一声，接着"噼啪"不断，一根火苗，冲天而上，走廊的天花板，亦随之着火，一时秩序大乱。

起火的原因，是有些尸亲在草书房走廊边焚化香烛纸箔，微风一卷，把几张着了火的"纸钱"，卷到靠在墙边的十多张夏日遮阳、冬日防风的芦席上去。不到几秒钟，这个干芦席便惹起了冲天大火，不可收拾。加以林家这座"知微草堂"，全是杉木、松板和茅草所建，上下无一片砖瓦。地板高出地面二三尺，上下通风，一旦着火，则瞬息便有燎原之势。

在火焰四射之时，哭叫的尸亲则四向奔逃，涂师奶自老涂尸身上爬起，由孙二娘和小毛架着，匆忙逃下台阶。这时风卷火升，烧势甚猛，炽热难熬。孙二娘和小毛，正拉着涂师奶跑离火场，涂师奶则回头大叫："老涂呀！"这时她忽然转过身去，挣脱二人的手，一下冲入火场，说时迟、那时快，只见火焰一卷，涂师奶已被烧成个光头，倒入烈火之中。"妈呀——"小毛惨叫一声，追了上去，却被孙二娘一把抓住，拖了回来。小毛的头发已被烧了一部分，和孙二娘跌倒地上在惨叫。

这时火势正猛，那茅草屋顶块块地塌下。农村俗语说，"火要烧得凶，柴要架得空"，这座林家的草书房，下有架空干柴，上有久晒茅草，一旦着火，则火引风生、风卷火烈，这场干柴烈火，真烧得十里可见，日色无光。据事后传闻，那时投火自焚的除涂师奶之外，还有数人。一位

第四章　遍地黄花开

鳏居老爹，膝下唯有一孙；火起之时，他老人家在孙子尸边，正襟危坐，不数分钟，他便与孙子俱化了。传闻中其他故事之惨绝人寰，就无法多叙了。

这场火一直烧了一天一夜，火焰始熄，然余烬犹在，时在初夏，炽热难当，臭味四溢，不能接近。死人亲属，只在四周围绕哭祭。数日之后，众人始能拨灰寻尸——小毛和舅舅也持着农具去拨灰找爹娘尸体，不用说灰内涂家夫妇骨肉全无，甚至连牙齿也很难找到几颗。

当文孙听到他祖宅中的"知微草堂"（后被文孙爸爸改回老名字又叫"芦坡草堂"）如此结局时，不禁深深叹息，因为这座草房子却是它的原始划则师、文孙的三表哥、五姐丈，一生最得意，也是他一生学历中唯一的一件艺术结晶。

五姐丈张叔雅原是个才子，琴棋书画，无一不精，中、法文基础均是第一流。他在法国留学时，学的便是"庭园设计"。他的一则艺兼中西的庭园设计，曾在巴黎得过首奖。北伐完成之后，他怀着满腔热血，赶回祖国，满希望为新中国的公园、私宅的改进，一展所长；谁知国内内战连年，党棍官僚又俗不可耐，无处足容真才实学之士。他失望之余，乃凭一块"留学生"的招牌，在一所大学教了两年课，虽深受学生爱戴，终嫌纸上谈兵，抑郁之下乃得了肺疾，还乡住在岳家的花园之内养病。他嫌这花园"太俗"，刚好岳家亦有意改建，他乃借养疴之暇，挖空心思、尽展所学，以最低建筑费用为林家设计了这座别墅——真是大材小用，杀鸡焉用牛刀。但是叔雅却认为这是他一生唯一的一件精心得意的"庭园设计"。

遗贤在野，国家政制不上轨道，像张某这样的建筑师是彻底地糟蹋了。对他的岳家而言，也只是花点钱，满足"姑爷"的一点心意而已。老实说，这件高雅、精美的艺术品，对他们林家上下"老爷""奶奶们"来说，也只是对牛弹琴而已——阳春白雪、曲高和寡。尤其是在一个落后的社会里,它是彻底地浪费了,浪费成一个人民自相残杀的火葬场!

"五姐夫妇地下有知,不知对此作何感想?"文孙叹息着说出他个人的感慨。

"你五姐他们已过去了吗?"李兰惊奇地发问。

文孙说张叔雅以后弃学从商,做颜料进出口。这生意又被抗战弄破了产,在上海潦倒不堪。抗战末年,他深恐美军大举轰炸上海,乃挈眷属返乡暂避,谁知在通过敌军关卡、走向自由区时被日本宪兵逮捕了。未经任何问话,日兵便把他推入"狗栏"。五姐站在狗栏铁丝网之外,亲眼看着自己的丈夫和另一群无辜难民四五人,在惨叫声中,被几条日本狼狗活活咬死了。五姐折返上海之后,从此胡言乱语,精神失常,在抗战胜利的爆竹声中,她也就与世长辞了。

在林家的"草书房"被焚之后的第三天,实在因为天热,奇臭难当。林家庄内张、李二大队长,乃开了通花园的水闸门,发动庄内庄外的乡亲伙计数十人在花园内四处挖土堆到火葬场上去,终于在原有的"万人冢"之外,另堆了一座群葬的大坟。这两座大冢,相距咫尺。一个是昨天才建的"旧坟",一个则是今日增筑的"新坟"——"旧坟"里埋的是日寇屠杀的烈士;"新坟"内所埋的则是国人自相残杀的"冤魂"。两两相对,同垂千古!

烟榻上的"隆中对策"

可是这时自我闭关在林家庄中的张、李二大队长,又意欲何为呢?林文孙对他这个"老家"的兴亡,还有着浓厚的兴趣。李兰说,根据小和尚的观察,这两位大队长已成了"切了头的苍蝇",完全没有主张了,其后"馊主意"则出自烟掸帚一人,而烟掸帚最早和最主要的兴趣,则

第四章　遍地黄花开

不在"守庄子"——他的注意力则集中于"云土"之上。烟掸帚知道林家庄中，藏有本县最好的"云土"；那云土比他所服务的"土膏店"中最好的"土膏"，还要好上十倍！他何以知道得如此清楚呢？原来这是他的专业知识，他是有第一手资料的。本年年初，林家庄庄主招待了一位贵宾向老师，而这贵宾精于吞云吐雾。林家虽有此好"土"，但林家主仆上下却没个抽"大烟"的专业人才，不知如何"烧烟"、"煮烟"、"熬烟"，所以便把他请来帮忙。烟掸帚帮忙之余，当然也可顺手牵点羊了。

这位贵宾的全名叫向恺然，著有《江湖奇侠传》十来本，笔名"平江不肖生"，是个大大的名人，至少是林家庄附近妇孺皆知的。他原在国民党军队某部荣任"少将参议"。但是军中只许拿"快枪"；拿"烟枪"多少有点不便。他早闻林家之名，羡其"上料云土"，才托名察访"风水"、精研"命理"，来投府拜望的。林家自逊清末叶便有接待江湖的传统，何况是大名鼎鼎的"平江不肖生"呢？所以向参议在林府一住逾月，迟迟不忍离去。

向参议本有"剑侠"之风，一向是疏财仗义的。可是他对"云土"却分厘不让，锱铢必较。林家送几两几钱几分几厘，他都用天秤戥过才交张三去熬；而熬烟时，向参议也是寸步不离的，张三很难下手。

但是最令张三痛恨入骨的,则是另一个与他同名同姓的"张三"——"屎嘴张三"。这个屎嘴张三，原与"烟掸帚张三"属于一个阶级在林家同吃"下客饭"的。可是这次向老师来了，"烟掸帚"还在继续吃其"下客饭"，而"屎嘴"却升吃"上客饭"了。向老师最恭敬"屎嘴"——有几次主人不在，向还请他坐"首座"呢。

最令"烟掸帚"既妒又羡的则是在向老师推荐之下，"屎嘴"竟然和"五姑爷"张崇直（叔雅）同席，猜拳、吃酒。其实张崇直也是个"张三"，只是他的"张三"之下，多了个"少"字，就不与"烟掸帚"和"屎嘴"同列了。

烟掸帚最恨"屎嘴张三",恨他既不抽烟,却日夜和向老师躺"对榻",两眼瞅着烟掸帚如猫看耗子一样。不特此也,烟掸帚如稍有动静,他那张"屎嘴",马上会直言无隐地当众说出,连个小"烟泡"也不放过。终使烟掸帚在林府辛勤逾月,还是无法"过瘾",嘴内淡出鸟来。这次听说林家"开仓放赈",他便飞奔而来,其志不在老涂之"仓房",他首先搜寻的却是张老管家的卧室——他原先追随向老师"领云土"的地方。可是上穷碧落下黄泉,最后只搞到一把夜壶和少许杂物,那"用斗量、论斤秤"的"黑金",则半两也未找到。

谁知时来运转,这次说动张、李二大队长,闭关自守,自己也被关在花果山内,居然当起军师诸葛亮来了,但是在提供"锦囊妙计"之前,找"云土"实是第一要务,否则一切均属空谈了。

烟掸帚知道小和尚知其所在,小和尚也直言无隐,他二人乃结伴走上林家书房背后的小佛堂,在观音大士之侧一个装佛经的书柜之内,不但找出二十多斤价值千元的"云土"来,书柜之内还有"金镶玉刻"的全套行头,枪灯俱全——这套行头,向老师还无福享受呢!

张三取了一整包云土、全套烟具,另加煮烟"铜锅",和小和尚便在书房之后的"小厨房"内煮起鸦片来。如何煮得恰到好处,那就凭经验、靠本领了。张三爷心胸宽大,有技必传,绝不像江湖卖技的,遇事"留两手",他把全套本领都毫无保留地"传"给小和尚了。自此以后,不用说"烟掸帚张三",升等为"张三爷",小和尚也变成张三爷的烟掸帚了。

当晚张三爷便在花厅之内,炕床之上,铺回虎皮,搬掉炕几,一灯明灭地吞云吐雾起来。张三爷告诉小和尚说,"三爷有'翘胯瘾'"。他叫小烟掸帚把地下的两个"搭脚凳",重叠起来,放在他烟榻之上,他"翘"起"胯"子来,架于凳子之上,腿高头低,然后吞吐起来,才能大过其瘾。

不用说张三爷今晚是大过其瘾了,其过瘾之乐,实非我辈无"瘾"

第四章 遍地黄花开

的作者、读者这般俗人所能想象于万一。张三爷一辈子没有过过这样的瘾，过足了，张三得意忘形，并叫小和尚来唱个"过瘾"歌。他左手执烟枪、右手拿茶壶，唱道：

一口烟，吃下肚，还不怎样啊；
二口烟，吃下肚，肚子里，
　　叽叽咕咕地响！
三口烟，吃下肚，好比、好比
　　观音老母，站在云头上啊——
……

从张三这支小调里，人们就可想象出瘾君子们，瘾过足了，正如观音大士"站在云头上"飘飘然之乐也。

张三爷飘飘然之后，问小和尚有什么可吃的。小和尚告以厨房之内尚有些残羹剩肴，是大队长们吃剩了的。对一个鸦片鬼，"吃"是没什么重要的。他赶去胡乱吃了些酒肉，但是却忠告二位大队长以后应在"花厅"里吃——厨房之内只是一些"不三不四"的人吃的。大队长吃饭要自知"身份"。他这席话，二位"领导"也颇觉有理。

饭后，两位大队长和小和尚都一齐到花厅在张三的烟榻之侧坐下"闲谈"——大家要想出点今后怎么办的主意来。在这场非正式的会议之中，主讲人就只有张三爷一人了。

张三爷一榻横陈，左手持"枪"、右手持"签"，胯子架得比头高，谦虚地说："俺张三只能做军师，非主帅之材。"现在他们二张一李应该是"桃园三结义"同生共死。张得标既然当过兵，现在又是"大队长"，又"富于春秋"，就应该"扎寨称王"，当"主帅"。张得标惶恐地说，他不能当"主帅"，因为昭觉寺山上还有林三奶是"总队长"呢。

"哼！林三奶，"三爷冷笑，说，"这些丫头，只能做做'压寨夫人'吧！哼，总队长……"

李连发接着说："她们是蒋委员长派的呢！"

"二弟，我告诉你，"军师用那根细长的铁"烟签"指指李连发的鼻子说，"你搞了人，搞了枪，坐镇一方，蒋委员长招了安，放你做总司令呢！哼，总队长……"他又补充说："听说那里有七八个美女。咱们弟兄伙将来搞大了，各讨一个做'堂客'！"

军师这番话虽近乎痴人说梦，但是这"梦话"倒真的打动了两位草莽英雄——真的，梁山上一百单八条好汉，哪一个是"蒋委员长派的"呢？所以大家愈谈愈投机。

"但是这林家庄，总是我们少奶的家嘛！"小和尚听着有点不平，因为他毕竟是"少奶"和"三哥"的心腹、"小尾巴"也。

"小屁精，你懂得什么？替我烧壶茶去！"烟掸帚骂了小和尚一句，又继续说，"三百年来这个庄子，换过几姓了？他们林家那些王八老祖宗，还不是当年'遍地黄花开'，娘的，'下江苏''招安'来的……以后这林家庄，应当换个名字叫'张家寨'了……"

军师这席话，说得那有心当"寨主"的人，直是点头。他也催促小和尚到大厨房去替大家泡壶茶——小和尚虽然小，将来长大了，"大家见财有份"。

把"总队长"掳来做"堂客"

张三骂小和尚的话，小和尚那时并未听懂。至于他们三人商谈的内容，他也只一知半解。不过小和尚是林家内宅里长大的，对林家有深厚的感情，听到张三骂林家"那些王八蛋老祖宗"，他觉得很刺耳。但

第四章　遍地黄花开

他从未听人说过这种话，所以同时也觉得很新鲜。现在看到这两位大队长对"烟掸帚"都如此信服，小和尚对张三也不敢抗命。

他去烧了开水，又自账房内找出些"银针"、"雀舌"一类的"细"茶，又摸出一听"大前门"和一些桃酥、烘糕、状元红等果点，用红盘子，捧入花厅。众人一见大喜，把"小参谋"大人夸奖一番，然后抽名烟、喝细茶、品美点、谈女人——这些都是这三位乡下哥哥一辈子都未尝有过的享受，若非"遍地黄花开"，这种高级享受，哪里轮到他们呢？所以三人喜上眉梢，干脆谈他个通宵。

这次通宵之谈的重心，还是以落实张三的意见为主。张三认为这是个"改朝换代"、"三不管"、"遍地黄花开"的"年头"。谁有枪、有人，谁就是"一方之王"、"一国之尊"。

张三举例说：当年俺凤阳府朱洪武起兵打鞑子时，有位军师朱升便劝他"广积粮，高筑墙，缓称王"。现在俺三人结义，"三廷齐备"。仓中有粮数百担；有林家庄的高墙，日本鬼子也打不下；我们又不要称王，只想搞"个把总司令"——这样发展下去，将来张得标不愁不做个"张洪武"。只是时代不同了，朱军师那九个字似嫌不够，所以他要再加六个字："要有人，要有枪"。但是这六个字在张三看来真是举手之劳。第一，现在正是"青黄不接"之时，遍处是饥民，正是"招兵"最好的时候。第二，国民党军队新败之后，遗枪遍野，带枪的散兵游勇，也遍地都是。以米换枪、以枪招兵，组织三两百人，只是旦夕间事。现在西山东区的草莽英雄，无不在找枪找人，在三不管地带，割地称王。

"你看那个狗禽的'烟猴子张三'，"军师张三把白玉雕花的烟枪一挥说，"他烟也不刨了，带了十来支枪，也当起他妈的'支队长'了。前两天还在嚷着要收他妈的'田亩捐'呢！笑话不笑话！？"

"烟猴子张三"是他们四个人都认识的。他在周家集的杂货店内"刨旱烟"。这种刨旱烟的"烟猴子"是中国旧社会里唯一有"罢工"能力的一种有组织的技工。他们上至宜昌、下至吴淞,长江各口,同业同行,一气相连。如果"资方"不识大体,开罪了他们,帮主一声令下,则长江流域、千里沃壤中的千万烟民,脸上倒挂的两烟囱,都无烟可冒。一旦官府追查是非,纵是督抚司道,也得让他三分;小雇主、小商人,更是吃不了、兜着走。可是在非罢工状态下,这种"烟猴子"只是社会最下层的"贱民"。如今"遍地黄花开",连"他妈的烟猴子张三"也当起"支队长"来,并且要"征收田亩捐",岂不是"他妈的笑话"!?

"可是'烟猴子张三',在帮、在理啊!"小和尚听着插了一句嘴。

"哎!这小家伙倒还懂点江湖呢!"张三惊讶地说。其实小和尚懂个屁"江湖"。他更不懂啥叫"在帮在礼"或"在帮在理",他只是听别人说的罢了。

"烟猴子张三不但在帮在理,他辈分还不低呢。"张三继续说下去。

"他是'延'字辈。"李连发也淡淡地说了一句。

"你是'庆'字辈,是不是?"张三用烟签点一点李的胸脯,李点点头。

"你是什么辈呢?"张大队长听得有点茫然,因而也向张三问了个茫然的问题。

"抽大烟不能在理哎!"小和尚接一句。

"小家伙讲对了。"张三尴尬地笑一笑。

根据烟掸寻张三在土膏店中搞了十来年"口述历史"所知,他们西山区这一帮,自祖师爷"宁王"以后,已有十五辈之多。这前后十六辈的辈分是:"洪荒载福、武德滋彰、天锡纯嘏、延庆开祥"。祖师爷自己虽忠孝双全,但是死于非命,所以是"荒"字辈。当今西山东区和大江两岸,是"延"字辈"当浪"。现在"遍地黄花开"的,除散兵游勇、土豪劣绅之外,就是他们"延"字辈弟兄了。但是按帮规,兄弟有手足之情,阋于墙而外御其侮,"不作兴大鱼吃小鱼"。大家应平等团结、抗日锄奸。

第四章　遍地黄花开

但据张三的观察，像"烟猴子"那些"延"字辈弟兄"单搞"，也搞不大。"聚众不能称王，招安、受编也当不了连长。"何以故呢？张三说，他们虽有"人"、有"枪"，但是没"粮"、没"墙"。

现在他们这二张一李的"三结义"，有"粮"、有"墙"，便不愁没"人"、没"枪"。他们所需要的只是个"高辈分""嘏字辈"。有此便可在西山一带，"大鱼吃小鱼"，把"延字辈"的小鱼统统吃掉，然后占"山头"、"扎寨称王"。称王之后，进可以"打江山"、"当皇帝"；退可受"招安"，当"总司令"。

张三这一说，把"三弟"张得标说得心花怒放，他忙问怎样能搞个"嘏"字辈当当呢。

"那你得'拜'个'纯'字辈的'大香炉'做'老头子'呢！"张三说。

根据张三在土膏店中调查研究的结果，西山区只有一个"纯字辈"，姓王；他祖先原是"镖师"，所以"辈分"特别高。这姓王的近在七十里外的梅溪镇当屠户。他因为辈分太高，收徒弟可能搅乱"大局"，所以他平时不收徒弟，但是现在"遍地黄花开"、"乱草出蛇"，他今日如收徒弟，或可有稳定"大局"之功。他为此而破例"开山"，也未可知。大家不妨先去磕头烧香，万一"王屠户"答应开山门，那就"大局定矣"了。

他们弟兄三人商量了一夜，最后决定由张得标备"猪头三牲"暨锦帐被褥、鸡鸭鹅鱼等厚礼去亲谒"王屠户"，如蒙"大香炉"恩准收为"弟子"，他们就可以首先把"延字辈"弟兄们的武装"一网打尽"。然后"布告天下"，招收所有散兵游勇、土豪劣绅，"纳入帐下"。其后便以昭觉寺为"聚义堂"，设寨把关——这样便进可以攻，退可以守了。

"那你把那些蒋委员长派的姑娘，放哪里去呢？"李大队长不免忧心地问一声。

"咱们弟兄三人分一分嘛。"张三说。

"我们帮规,'犯奸犯淫'是首恶啊!"

"操你屁股,什么首恶?"张三喷向老李一头的大烟,使老李咳嗽不止,然后又说,"老票,你讨过老婆没有?"老票说他未讨过。

"咱们三个王老五,讨几个女学生做老婆睡觉,犯什么奸?犯什么淫?"说着他自烟榻上坐起,面对面问老票,同时把铁烟签挥舞不停,使老票直是退让。

"大哥说的话也有道理,"张得标说,"我们就命中注定讨大脚婆子吗?"说了这句话之后,张得标便想起昭觉寺里那八朵莲花,那八只天鹅。现经张三爷提醒了,"天鹅肉也并不是吃不得的"。张大队长也为之飘飘然。

"操屁股的老票,"张三又骂了老票一句,问道,"今晚把娇滴滴的三奶送到你怀里,你不操!?你不操!?"

烟掸帚张三是看过全面打扮、绫罗绸缎、花枝招展、"娇滴滴""三少奶奶"的——那才是个把月前的事。当"三哥儿"带了"新三奶"回庄探望,这位手握"中馈"大权的新主妇,曾经招呼"许朝奉"和"杨师傅"备"四海六盏",开"整坛花雕"慰劳全庄"水旱伙计"。烟掸帚是这一带消息最灵通、最有名的"张赶上"——凡林家庄有喜庆丧葬的酒食,他总会实时"赶上",百不缺一。

那次当盛装的新主妇在郑奶奶、曹小姐、杨师奶和春兰簇拥之下,手持金杯,含笑向众人劝酒时,她那副美艳仪容、芬芳气息,直使这个王老五、鸦片鬼的张三,把大半杯花雕倒入自己的领子里去了——那也是这个馋人,贪酒食而"不知肉味"的第一遭。晚间回家之后,在破床之上,正不知下流地"自戕"了多少次。今晚他不是在骂老票,而是他自己在想入非非。

当他们三人烟雾横飞,谈得兴高采烈之时,小和尚实在困得要死,但他没有打盹,因为他们三人讨论的问题太有刺激性了。在十来年后,小和尚自苏联留学归来，他还和爱人提起这一晚的经验，说他们三人在讨论发动个小型的"西安事变"，要把"主帅"、"总队长"掳回来做"堂客"呢！

文孙听后为之大笑，把嘴内的"东方红"都吐出来了。

第五章

那个老三角

"我抢了他的女朋友"

话说这三位野心家商量了一夜之后，第二天准备了一天。在林家的剩余物资中，选了些"上等金华腿"、"毛尖细茶"、"特产舒席"等等名贵礼品，当天午夜两位大队长便带了两个伙计，在众人不知不觉之中，开了水闸门，溜出庄外向梅溪镇去了。行前他俩嘱咐几位心腹伙计，紧闭庄门，在他俩人回来之前，"省主席来了也不许开门"！万一鬼子再下乡时，向"军师"讨"锦囊妙计"。

小和尚告诉李兰说，他们一去三天，究竟如何见了"王屠户"，如何拜"老头子"，他就一无所知了，因为他没有随行。据说"拜老头子"是在帮者最神秘的事，当事人按严厉帮规终身守口如瓶。外人不知内情，一切传闻，均属于"瞎猜"。小和尚后来回忆说，他只知道张得标拜过山门，回来之后，态度严谨、寡言少语，简直"换了个人"。

最奇怪的，李兰说，是他二人回来时却带了一个名叫"阿七哥"的青年神秘客——据说是个"小屠户"。阿七并自称是"林家三奶的'师兄'"，是"三哥儿的'把兄弟'"。所以他到林家庄的第一件事，便是到"大堂屋"里去"上香"、"拜大像"。

阿七磕了头之后,张、李二兄弟也磕了;军师烟掸帚,当然更跪拜如仪——自此以后,他们三人再也不敢说那"大像"上的老头子、老太婆,是什么"林家王八蛋的老祖宗"了。至于昭觉寺里那"娇滴滴的"八位仙女、八只天鹅,他们也就不敢再乱打主意——箭在弦上的一场"西安事变",乃消灭于无形。

"哎呀!"文孙听到这故事,真有点大惊失色之概,说,"阿七哥真到过我家嘛?"

"到过了,"李兰说,"那小屠户还吹是你的'把兄弟'呢。"据李兰回忆,两位大队长后来曾陪他上过山,他要去当面向"师妹"报告,"妈妈在鬼子来时是怎样'过去的';师父把'她老人家'怎样安葬的"。

小屠户上昭觉寺时,正值三奶病重,朱三妈怕她受刺激,不许他见"总队长",所以他就下山回去了。

"他下山之前,还托朱三妈转告'师妹',并拜候'文弟'你呢!——牛皮大得很!"李兰笑着说。

"不是牛皮!"文孙叹口长气,说,"他的确是我的'把兄',虽然我们并没有磕过头!"

"什么?三哥!"李兰简直觉得是个晴天霹雳,惊奇地说,"你也加入过帮会!?"

"你知道的,"文孙十分自信地说,"我怎会加入'帮会'呢!?"

"我就是说!"李兰稍感轻松。

"那是我和阿七的事,与帮会毫无关系。"

"你这个金镶玉琢的地主大少爷,"李兰说,"和一个文盲小屠户'拜把'?"

"我很尊敬阿七,"文孙说,"我也抢了他的'女朋友'。"

"三哥,别胡说八道了,"李兰不信,但又惊奇地说,"你说小屠户曾经是小莹的'男朋友'!?——别胡说八道了！"

"小莹没有告诉过你!?"

"四十年来，她说的零零碎碎、古古怪怪的小故事多着呢，哪记得那许多。"

"我知道小莹的身世，比你们多得多嘛！"

"那自然嘛，"李说，"你们原是恩爱夫妻嘛。"

"阿七那时爱小莹，爱到要寻死的程度，"文孙说，"小莹也说他'九全十美'，她真有意要嫁他呢——我抢过来了。"

"别胡说八道了，"李兰苦笑着说，"你抢过来，那你是'十全十美'了。"

"我也是'九全十美'，"文孙很郑重地说，"我们两个'情敌'，势均力敌。"

"别胡说八道了，"李兰已说了七八个"胡说八道"了，而文孙还在继续其胡说八道。李兰又说："一个知识女青年，会爱上一个文盲、无产阶级的小屠户——尤其在你们那个封建时代!?"

"那时我们都很年轻，"林说，"青年人罗曼蒂克嘛！"

"再罗曼蒂克，在你们那时代都不可能！"李兰斩钉截铁地说，"纵使在我们解放后的'四个轮子、一把刀'的时代，都不大可能，我决不信……"

"什么'四个轮子、一把刀'呢？"文孙不解其意，请李场长解释。

李场长解释说，解放后有四大行业，为农村女孩子"选择对象"时所喜爱。那四项行业是：医生、军人、司机和屠户。所以有首顺口溜，叫做：

　　白衣大士，红旗飘，
　　四个轮子，一把刀。

第五章　那个老三角

文孙听后大笑，说李兰她们这个"把鬼变成人的新社会"，搞的是"唯物主义"；在他那个"把人变成鬼的旧社会"，搞的是"唯心主义"。所以小莹那个心头充满"罗曼蒂克"思想的女知青，真考虑过嫁给那位"九全十美"的文盲、小屠户。

"别胡说八道了！"李兰又重复一次。

"不信你有机会去问问小莹，"文孙说，"将来有机会，我们也可'三曹对案'。"

"怎么会有这回事呢？"李兰还是不信，但口气已放松多了。

"那个吃人的旧社会！"文孙说了，又叹了一口有真诚感慨的气，说，"李场长，在那个环境里，你如是小莹，你也会作如是想的。"

"究竟是怎么回事嘛？"李兰似乎是被说服了，他要文孙说点"大纲节目"来。

"九全十美"的"一把刀"

文孙说，小莹祖籍是梅溪镇，但她却出生于大都市。抗战开始那年她父亲死了，随寡母返梅溪逃难。那年小莹十八岁，长得如花似玉。因而她寡母孤雏一回到梅溪，就变成当地流氓、地痞、小官僚、小军官、乡镇干部、小地主、小恶霸等等"猎艳"的对象。有的企图恃财诱奸，有的竟白昼横加污辱，有的则午夜逾窗登床行强。当地下流的士绅，则试图介绍小莹为有钱有势的做"侧室"、做"偏房"、做"姘头"或"姨太太"。最不堪的则是当地因过军频繁而生意兴隆的妓院，亦派人前来招揽，饵以重利，要小莹进"堂子"。

小莹母女单门独户，身无余财，承受不了饥寒和搅不完的性骚扰；而流氓、地痞、乡镇干部，又一气相通，小莹纵使当街受辱，亦投诉无门。而最令小莹伤心的，则是一向视她为掌珠的亲生母亲，受不了饥寒交迫，竟然也时动鬻女疗饥的邪念——一个十八岁的美艳少女，被迫浮沉于这样一个罪恶的人海之内，真是永无翻身之日，想到"洪洞县内没有一个好人"！

因此在回到父母之乡不到六个月的时光，小莹精神承担不了，竟至三度自杀未遂。当她第二度自杀被救之时，她是决心不再活下去了，可是与她同街坊的"杀猪王屠户"，实在看不下去，他乃带了两个徒弟，真的拔刀相助，总算把一些流氓、地痞、色狼和政府社会中的一批衣冠禽兽的邪气，压了一压，使小莹鼓起勇气再活下去。"阿七哥"便是当时王屠户的两个徒弟之一。小莹母女感激王师傅仗义相助之恩，乃由小莹叩头，经王屠户收为"义女"；王屠户的两个徒弟，自然也就是小莹的"师兄"了。

阿七那时才二十岁，长得一表人才，跟师父练得一身"武当派"好武艺。为人诚实善良，不烟不酒。心田忠厚，溢于言表。跟当地那些什么"干训团"出身的"乡镇干部"、胡作非为的流氓地痞和一些寡廉鲜耻的军政商学各界里的衣冠禽兽相比，简直是垃圾堆里的一颗明珠。

小莹认为阿七基本上是个"十全十美"的农村青年，不幸他生在一个贫农之家，上不起学，父亲只好把他找个师父，学点"一把刀"的手艺，好自食其力。他未读过一天书，二十岁了，还是个彻头彻尾的文盲，所以小莹说他"九全十美"。

自从认识这位十八岁的"师妹"之后，这位二十岁的青年对小莹也真的是视如"掌上明珠"——吹也舍不得吹一下，抹也舍不得抹一下。他对她的"宠"和"爱"——最真诚的宠和爱，处处流露无遗——本来嘛，谈过"你死我做和尚"的恋爱的看官们，应该都有此经验：真正的爱情，本不需要写"妹妹我爱你"的情书，更不需要"跪在石榴裙下"。

阿七那默默无言的真情实意，竟然深深地打动了这位寂寞少女的

第五章　那个老三角

芳心，使她自己意志里，发生无限的矛盾。她自问："爱情"是有"条件"的吗？"知识"、"教育"、"了解"难道都是"爱情"的"条件"吗？那么"金钱"、"地位"、"名利"等等，是不是"条件"呢？这位竟然三度企图自杀、她朋友所说的"外柔内刚"的少女，内心中终于否定了爱情上附带的一切条件——她那寂寞的冰心，终于被那无言而炽热的爱火所融化了。但是可怜那怜爱之心太切而自卑之感过重的阿七哥，哪里知道姑娘心事呢？——他始终不敢造次，做一点露骨的表示。也是上苍以万物为刍狗罢，小莹的爱他，也就爱在他那纯真诚挚的脉脉无言。

最后，当小莹女扮男装于月黑风高的深夜，偷偷离开梅溪镇时，"干爹"叫武艺高强的阿七，怀利刃相送。等到天亮，小莹已安全了，保镖要回去复命，阿七始对师妹说出一个衷心的要求——唯一的一次"要求"，最初的一次，也是最后的一次——他要她叫他"死"。

小莹着了慌，她抱住阿七的腰，把头埋在阿七哥怀内，恸哭一阵，把阿七的破衣哭湿一大片，然后向阿七哀求着说："七哥，何必呢？我们都还年轻，天长地久嘛……你死了，今后哪个保护我呢……"小莹哭得很伤心。阿七没有哭，但也擦擦鼻涕和眼角，就回去了。

后来文孙和小莹订婚时，小莹把这故事，说给文孙听。文孙深为阿七的纯真所感动。他着人把阿七请来，并为他做了一件"花缎丝棉袍"，在订婚喜筵上，以小莹的堂哥身份，作为女方家长代表之一。

筵后，文孙和小莹携手送阿七哥到城外相别，互道珍重之时，阿七向他二人所说的还是那句老话——他嘱咐"文弟和莹妹"，他是个乡下人，不能替他二人做多少事，但是以后他二人如需要，要有人去"死"的事，就请告诉他。他这番临别祝词，说得小莹泣不成声；文孙也为之眼泪汪汪。

文孙相信阿七这话是真诚的。他告诉李兰说："中国古代历史上，有所谓'死士'，真不是司马迁在'胡扯'！"

所以文孙对他这位诚挚的"把兄",十分敬重,数十年不忘。

阿七哥的话,不是在"吹牛"!

另一个"九全十美"的三角

"为什么小莹也说你是'九全十美'呢?"李兰说,"我看她对你真是'死而后已',痴情痴得四十年如一日……"说着李兰又深深叹口气,"……存亡不知,四十年如一日,结果还是什么'九全十美'!……"李兰浩叹不置。

文孙说,就因为他缺少了这"一全",才注定了他二人"四十年的悲剧"!

"我看你那时是'十全十美'了——人品、容貌、财钱、学问……你缺哪'一全'呢?"李兰说着笑一笑。

文孙叹口气,摇摇头,又苦笑一下说:"她说我'没有阶级意识'……她那时笃信'马列'、迷信'马列'嘛!"

"这倒也是真的,"李兰也叹口气,说,"四十年来我也未看到对'主义'的信仰,笃信到像田军那样的。你那时也的确是不知'民间疾苦'、没有'阶级意识'呢。"

"我对小莹说,马列书籍我可以看,主义我也可以信仰,阶级意识我也可以培养嘛……"文孙回忆出四十年前他对女友,为爱情而迁就的一片诚心。但是他说,小莹认为"阶级意识"是出于"实际生活的体验",不是"为赋新词强说愁"式的可以矫揉造作"培养出来"的。没有"阶级意识","马列经典"是看不懂的,所以我在寻求真理的"革命道路上",是生了先天性的无可医治的"绝症"——所以搞了四十年,还是个"九全十美"。

第五章　那个老三角

"这倒也是真的。"李兰又叹口气。

文孙又回忆说，他那时也曾劝过小莹，要她转学到"临中"来，手续都弄好了，而小莹不肯。她说她原很羡慕同学们有钱进"临中"；她失学了，进"政宣"演话剧。但是既进"政宣"之后，她思想就完全转变了，她认为"临中"同学，都是不知道真理的"糊涂虫"。只有她们上过政宣政治大课的才见到了"光明"，认识了"真理"。她要为真理奋斗到底，"救国之外，还要救民——救民比救国更重要"。

"她那时既然怀孕了，你们为什么不正式结婚呢？双宿双飞，二人一道逃难一切问题不都解决了吗！"

"我们是预备三八年夏季在我家结婚，爸妈和她妈都预备回来主婚……否则她也不会怀孕的——结婚后，如果小孩子早出来了一两个月，我和小莹都会赖皮说'孩子不足月'……"文孙厚着脸皮说出他二人四十年前不可告人的鬼胎子。其实李场长知道他二人的底细，不过不愿重提使博士难堪罢了。

文孙又说，他们那时都"眼皮太浅了"，自己骗自己，说什么"台儿庄大捷已带来'最后胜利'"！

抗战既然已经"胜利"了，文孙就劝小莹脱离"政宣"——此后不升学便回庄子做"少奶奶"。小莹"外柔内刚"，她不干嘛。她说抗战胜利只是"民族革命"胜利了。"阶级革命"如果不彻底，"民族革命"就失去意义，所以台儿庄之后，她还要留在"政宣"之内，继续为"阶级革命"之胜利而努力。

文孙觉得她女友的话，确实有点道理，所以也未勉强她退出"政宣"——去为"爱情"牺牲"真理"、停止"革命"。但是文孙说来似乎也有点悔恨。那时小莹对他的爱情，也是她无法牺牲的。文孙要另作坚持，小莹也就不那么倔强到底的。但是文孙太爱她了，也太宠她了，同时也被她的"真理"说服了——一念之差，便决定了他二人四十年的悲剧和终身的命运。

文孙说,他那时曾把小莹这番话告诉了好友姚大余。大余说:"去她的活见鬼!"

文孙那时觉得大余太粗、太鄙、太俗……没有他女友卓越的见识、可爱的人性和悲天悯人的传教士的情操!

后来在美国安静的三十年中,他时常一灯独坐,读些祖国来的报章杂志,和一些有关祖国的中外书籍,他迷惘了——"国家大事"、"真理"、"革命"等等又岂是一个十八岁的小文工团员所能掌握的呢?虽然在四十年后李场长还一再夸奖田军当年对"革命理论"的研究颇有"火候"。

"田军那时才十八岁,"李兰惊诧地说,"她对革命理论的了解,倒真深奥呢!哪里学到的呢?"她不禁问了一句。

"我另外还有个'九全十美'的情敌嘛,"文孙苦笑着说,"小莹的那番大道理,全是他传授的。"

"你又有个情敌了,三哥!"李兰又说他"胡说八道了"。

"她的'政宣队'里,那时有个'政治指导员'叫张叔伦,"文孙回忆说,"也是个'张三'!我们林家跟'张三'真有缘!"文孙说着也苦笑一下。

"张叔伦?……"李兰为之一愣!她正要说下去,文孙未等她开口,又继续说下去了。

"这个张三也爱小莹,爱到要死的程度,"文孙说,"但他也只是个'九全十美'的家伙,对小莹有自卑感,把爱情憋在肚子里,不敢讲出来——所以我的情人,他也抢不去。"文孙叙述了"张三",自己也自觉好笑。

"张叔伦以后也改了名字,你知道不知道?"

"你也认识张叔伦!?"文孙诧异地说,"他后来改了个什么名字?"

"领导同志嘛!"李兰说,"不说了吧。"

"……"文孙看着李兰,话到嘴边,又收回去了。回到祖国之后,

第五章 那个老三角

两三个星期的经验告诉他，你和"共产党"打交道，他们不想向你说的事，你千万别问，问了，就有"探听"之嫌，所以文孙就不问了。其实张叔伦的为人处世、道德文章，都是文孙极其佩服的。他三十八年前和小莹订婚喜筵的"祝词"，便是文孙恭请他说的，说得文孙极其心折。现在他倒很想知道这位老友的下落呢。

文孙虽不便问李兰，而李兰却追问了文孙一句。她问："张叔伦为什么也是个'九全十美'呢!？"

"叔伦那时已三十六岁了嘛。比小莹年龄大一倍。"

"相差十六岁，也没什么太了不起！"

"你五六十岁这么说，"文孙说，"你十八岁看法就不一样了。"

"我看张叔伦和田军之间，年龄恐怕不是唯一的问题。"

"当然叔伦在早先的感情生活上，还有很大的创伤，"文孙说，"他在青年期曾和一位教会学堂的校花解了约——他说那当校花的未婚妻只是个'衣架子'。解约后他又爱上一个不识字的渔家女，但是那少女最后跳海自杀了——叔伦伤心得要死，便立志要推翻那'万恶的旧社会'……"

"我看不全是这些问题在作梗！"李兰说。

"小莹曾经告诉过我，"文孙回忆着说，"她也热'爱'着叔伦——但是那个'爱'，只是一个少女对舅舅的爱、对叔叔的爱。所以她对我的爱，始终未动摇过……我和叔伦之间，没有什么'三角''几何'！"

"但是张叔伦对小莹的爱，则一生未动摇过呢！"李兰说。李兰似乎还有很多话，要说未说。

"你在哪里认识张叔伦的？"

"在昭觉寺嘛。"

"张叔伦也到过昭觉寺吗？"文孙问，"怎么去的呢？"

"还不是为着我们的那个'祸水'嘛！"李兰无可奈何地笑着说，"他是我们昭觉寺时代的'上级领导'呢。"

"他是'政治部'派去的？"

"他和项军长项英是好朋友，"李兰说，"请调过去的——公私兼顾。"

"这些事我都毫无影子呢。"文孙感慨地说。

"阿七到昭觉寺时，张叔伦也在那里，"李兰说，"你们这三位'情敌'，就缺少你一位，没有狭路相逢！"

"在这场我们三人的'阶级斗争'中，"文孙开玩笑地说，"我是唯一的'胜利者'呢。想不到小莹病得那么严重，我竟对她一点帮助都没有——真是内疚不堪。"

"这个世界上，男女是太不平等了，"李兰说，"男子闯了祸，可以跑掉；女人就跑不掉！"

"小莹那时病情怎样呢？"文孙补问一句。

"还要问吗？"李兰说，"我们的'总队长'、'总司令'，那时真是惨不忍言啊！"

朱三妈的"心肝"

本来在小莹被派到"昭觉寺"之初，她已自己肯定有孕了。她最初对怀孕的心理反应，是一则以喜、一则以惧的。喜的是感情：她怀中已有一个可爱的小宝宝，恨不得早日和他（她）见面——抱在怀内多可爱！而惧的则是理智：在这兵荒马乱的岁月，在这深山古庙之中，寡亲少友、无医无药，怎能生产呢!? 生下个孩子，又如何抚养呢？一念及此，又五内同摧！因此在无人的场合，她有时向自己微胀的腰围微笑，默默叫声"小玉"；有时则又泣不可仰，泪湿衣衾——这时的心情是无比地孤单和矛盾。这本是个大喜事。在正常条件之下，丈夫、公婆、爹娘、

第五章 那个老三角

姐妹,对个十九岁的孕妇,该是多么疼爱。如今他们都在何处呢?所见的只是月黑风高、青灯古佛。有时一人摸索暗室,凄楚之情,岂言可宣?

小莹毕竟才十九岁,一年之前尚是一头小羊,咿唔于爹妈膝下;上月明月未缺之时,也还是男友怀中撒娇撒赖的小情人。怎知一年未周、两月未竟,就孤苦零丁若此呢?她面皮又弱,纵在结拜姐妹之前,亦从未透露丝毫隐私;而在难友同事之间,则又苦撑病体,任劳任怨,工作无间。她唯一阿Q式的自我安慰,则是偶于午夜之后,腰酸心跳难以入睡之时,偷偷披衣离床,摸到观音殿内大士神像之前,默默祈祷一番。祈求观音大士,慈悲为怀,保佑她腹中幼儿平安出世;保佑她不知去向的丈夫情人,未遭凶险;保佑她孀居慈母,安全无恙……保佑她娘婆二家,安渡浩劫;保佑祖国复兴;保佑抗战胜利……

小莹自诩是个"唯物主义者",认为"宗教是鸦片烟";她更不信轮回邪说、祈福妄念。但是夜半不能入睡的时候,她倒觉匍匐于这个莫须有的"观音大士"之前,有其乱里求安的疗效;所以夜半的私行,已成为她个人对失眠症的心理治疗。

一次她正在轻微地喃喃自语之时,忽觉身后有呜咽之声。她忙回头一看,竟然是文梅也跪在身后,并掩面而泣。小莹一见到文梅,便一下扑过去,搂着文梅,也呜咽起来,嘴内"梅姐、梅姐……"地轻微地哭叫不停。

"莹啊,"梅姐也轻微地怪着她,说,"这种事,你为什么不告诉我!?除了我之外,你还有什么更亲的人?……"

原来文梅和小莹是同睡一个草窝。这次文梅醒来,却见小莹不在身边,为着好奇,她也披衣而起,终于在"观音殿"里,发现小莹跪在那儿。她本拟轻手轻脚地走过去,想在小莹身后"吹"她一下,吓她一跳。谁知她发现小莹在做"祷告",喃喃自语,不时还擦擦眼泪。这一下文梅不"吹"她了,乃跪在她身后,听她"祷告"些什么,终于听出了全盘机密。文梅想想小莹和自己的身世，不禁也悲从中来，用双手掩了脸，呜咽起来。

自此以后文梅就变成小莹怀孕期中的第一位助产士。后来春兰来了，小莹受了刺激，健康日颓。所幸春兰原是服侍她的"丫头"，后来三人又结拜姐妹，这次朱大队长又特地选出她和秀英来侍候"总副队长"，春兰就更感觉到名正言顺。所以她发现秘密之后，也就加入了"副队长"的行列。二人联合来服侍孕妇——有时小莹不接受她二人的服务（如打洗脸水、洗澡水、洗内衣内裤等等），她二人就骂她，甚至打她"手心"，要她接受，使秀英在一旁瞠目不得其解。但是在她二人强迫服务之下，小莹也得了无限安慰，而精神渐次好起来。

可是当林家庄被砸、被抢的噩耗——尤其是看仓老涂夫妇惨死的消息——传到山上之时，小莹认为她这个"败家媳妇"是这个不幸事件的"祸首"，当天一哭一急一气，当晚就"见红"了。

李兰说那天她以为小和尚也被打死了，她陪着"少奶奶"，哭了一整天，哭得"六魂无主"。这一下把个"曹副所长"哭慌了。她在手足无措的情况之下，乃把隐情偷偷地告诉了"朱大队长"朱三妈。朱三妈一听也慌了起来，幸好她是有经验的，以后抢救"妈妈"、抢救"孩子"，就靠朱三妈一人了。

"小莹那时吃了好多苦，没有朱三妈就糟了。"李兰四十年后回忆起来，还很紧张。"三哥，都是你作的孽！"李兰又补充一句。

"……都是我作的孽……"文孙说着叹口气，"……我对不起田副书记……"他长叹不置。真是"对不起"又有何用呢？

李兰说朱三妈听到消息之后，立刻带了她和文梅，赶到佛龛后墙角的"草窝"，见小莹已双目无光，半死地躺在草窝里，身上盖条布被。

"总队长，"朱三妈坐在小莹身边慈祥地说，"你要好好歇歇，但不要怕；第一胎总是比较难产的。"

第五章 那个老三角

"三妈,"小莹流下泪来,微弱地说,"我要保留这个孩子——我自己可以死——"

"心肝,"三妈问道,"你家三少爷呢?"

"消息全无,"这时小莹泪流得更多了,"他可能跟学校到后方去了;也可能被鬼子炸死了。"

"你的公公婆婆呢?"

"我未见过嘛。"小莹悲惨地说。

"他们到哪里去了呢?"三妈又问。

"先前住在山里,现在也可能到后方去了,没有消息。"

"你娘家还有人吗?"三妈又追问一句。

"父亲去年死了,"小莹流泪回答道,"只有个寡母在梅溪,最近鬼子洗劫梅溪,恐怕也凶多吉少——音讯全无……妈!……"小莹眼泪一涌而下,放声地呜咽起来,但是她用力忍住。

朱三妈这时坐过去,把小莹抱到自己怀内,让她在怀中尽情抽搐哀哭。

"我的心肝,"三妈抚摸着小莹的乌云,又自言自语道,"娘婆二家一个亲人也没有,就剩你这一个小孤寡,在这古庙里生孩子呀!……啊呀……啊呀……好可怜啊……"说着那似乎是铁石心肠的朱大队长,也流下泪来。

"三妈,"小莹忍住泪抬起头来说,"……我大不了一死……但是……三……妈……"她又咽住了许久再说,"我希望能救救孩子……"

"姓李的丫头,"三妈转过来招呼春兰,说,"你到厨房去熬点热稀饭,拣点小菜送来!"

春兰哪敢怠慢,便到厨房去了。三妈又转向曹文梅说:"曹小姐,请坐下!"文梅遵命坐在被上,三妈告诉她说,"今后你不能和三少奶同床哎!"

"……"文梅未来得及搭腔,三妈又说,"你看你这样富泰,万一踢了胎,如何是好!?"

"今晚我就搬开。"文梅说。

"你不用搬开,"三妈说,"这儿太阴湿,孕妇也不能睡。"这时小莹已坐起。但是更"富泰"的三妈,仍把她紧紧地搂住,使小莹看来就像一只小鸡,倚在母鸡的膀子底下一样。

"心肝,别担心,"说着三妈又香香小莹的面颊——这枝娇滴滴的带雨梨花,三妈虽是位老太太,搂在怀中也心疼无比(作者注:况烟掸帚张三乎!)。

三妈又安慰小莹说:"心肝,你知道我自己生了十胎,又忙着四个媳妇'坐月子'、'添孙子',服侍孕妇,我老道呢……"

这时春兰已熬来了一碗稀饭、一碟小菜。三妈叫文梅过去,面墙而坐,要小莹靠在文梅背上。三妈接过稀饭,用汤匙喂小莹吃稀饭,又用筷子拣小菜给她吃——不许小莹多动,以免"动了胎气"。饭后她要小莹躺下,不要"多翻身"。

"林家这样大富大贵的人家,"三妈看着小莹的惨相叹口气,说,"想不到轮到这位媳妇、这个孙子,这样可怜!"

"三妈,"小莹说,"他们说我是林家最后一个'败家媳妇'。我对公公婆婆招呼都未打一下,就把他们六百担粮食捐了……把仓也砸了、庄子也抢了……"说着小莹又泪潸潸下。文梅伏下去替她擦眼泪,小莹又说:"三妈,我至少得把我先生留个孩子,公公婆婆,留个孙子嘛……"说着她又咽住了,泪流不止,"……三……妈……我死无所谓……"小莹又哀哀地哭起来。

"哎呀,我的心肝,"三妈安慰小莹,并且笑着说,"你不是林府的'败家媳妇',你替你林家积了'阴功'呢。再说吧,你不捐掉,老爷太太还能保得住吗?——不给鬼子和汉奸拿去,也给'吃大户'的吃掉了。"

第五章　那个老三角

这时久未发言的曹副所长,也插入一句,她面向小莹说:"我的三少奶奶,该不是我一个人说的吧——朱三妈也这么说,你怎么老是这么迷信,说你自己是'败家媳妇'呢!?"

"梅姐,"小莹仍是心有不释地说,"看仓老涂和涂师奶死得多惨——他们是多么好的人!"

"三少奶奶,我的心肝宝贝,你好好躺躺、安歇安歇吧,"三妈笑着说,"黄巢杀人八百万,在劫者难逃。好人碰到'劫数',有什么办法呢。"

三妈看小莹精神好了些,也就放心了。小莹既做了"朱三妈的心肝",孤独之感也减少了。文梅和春兰看到朱三妈挑起大梁,渡此难关,心头也轻松多了。三妈临去时,又安慰小莹说:"心肝,你替你们林家做了这么多善事,观音菩萨一定会保佑你生个白白胖胖的大公子。"说着她扯扯自己的衣服,又转身向文梅说,"曹小姐你和那姓李的丫头要听我的话服侍孕妇;三奶要听你二人的话——半句不听,我是不依的。"

三妈又去做别的任务去了。她看到一些老幼难友,站在远处看着,想知道点究竟,尤其是原先伤脚的那位"赵婆婆"。她听说"三毛奶"病了,曾在观音大士前磕了十来个头。现在也来问朱三妈,有关所长的病况。

"我们所长,害点重伤风,明天就会好的。"朱大队长高声告诉那些围拢来探听消息或看热闹的难友,不许他们走近,大家也就散了。

两位单恋客的公私要务

据李兰回忆,朱三妈出去之后,第一桩事便是找到了看庙的两个小和尚——真的"小和尚",不是李兰的"小和尚"。要他俩打开"小佛阁",说"林家三奶"、"总队长"要用小佛阁为"总队部"。两个和尚哪敢怠慢,不多时便把小佛阁打扫得窗明几净。

这小佛阁学名"净土真园",以前几乎是林家朝山或避暑时专用的,所以李兰一提到,文孙脑海中便有个小佛阁全图。

这座"净土真园"位于昭觉寺东北角的悬崖之上,有净室斋房共六间,三间朝南、三间向东,围成个曲尺形。朝东三间,中间是个"小佛堂",供着有玻璃框的"金佛";右一间是老方丈的"净室",文孙还记得那门上有副俗不可耐的对联:"僧房无内外,人格有高低";左一间,则是普通施主用的客房。那曲尺的朝南三间,则是大护法林放鹤堂朝山女士所专用。中间是客室,两边是卧房。房侧则是一涧清泉,长年流水淙淙。

这曲尺之中,则是由石栏围起、石块铺地的小苑,苑中有一棵两人合抱的虬龙古松。松下有些盆景和一座假山,假山边还刻着"山里有山"四个隶字。石栏之外,则是个悬岩,岩上长满岩松和杂树。杂树丛中,有一块突出的巨石,上面刻着擘窠大字,草书"迎雁"二字。据说春秋两季在此凭栏"低头看雁",原是"山中八景"之一。石栏西南端则有一条石阶盘旋通往坡下厨房。

这个平台虽小,然从远处山径,仰首看来,真恍如天上,所以当地人也叫它做"天台"。所以在朝暾初上,或月色清明之时,方丈老僧或朝山仕女,徜徉乎天台之上,自远处看来,他们不是云上佛陀,也是九天玄女。

选这块幽静的山房,作为"三少奶"待产之地,李兰说,也可见朱三妈见识非凡。她不待"总队长"同意与否,就把她请入佛阁,"坐关"起来。三妈要她解了"皮带"、松下"绑腿",在阁中休息。

"绑腿、皮带,对胎儿最坏,"三妈斩钉截铁地说,"生孩子之前,绝不许再用。"

以后如果肚子大了,军衣穿不下,朱三妈就吩咐她穿以前跳舞用的"舞衣"。

第五章 那个老三角

这时三妈也对小莹日常起居作了规定，最重要的是不许见客，也不许客人来见。三妈并请了个"师爷"在两门之侧贴上"闲杂人等，不许入内"的告示。小莹每日饮食也由三妈亲手烹调；"当归鸡汁"，每日两盅，不多不少。少则胎儿血气不足，多则孕妇体胖身肥，二者都不好。三妈虽不识字，却是个好的"妇科郎中"，现代化的"产科护士长"，一切调护无不恰到好处。

后来回山复命的运输队李大队长又把"三奶闺房"中一切床帐、被褥、绣花枕头等，大部分都找回来了，甚至连"金漆百子桶"都全部搬上山来，由春兰布置得和山下一模一样。小莹居处其中，心极不安，但是三妈之命难违——加以她本来就性喜恬静，又有沉疴在身，幼儿且不时蠕动，所以就索性蛰居不出。好在众姐妹，以及"所"中、"队"中，上上下下对三妈无不信服，乃让朱三妈大小事一把抓，由她和曹副所长一切代拆代行。

李兰记得莹姐常说，她参加革命数十年，唯有这三个月她感到最闲散，生命也最有意义。那时强敌入侵，国共两党释嫌修好，和衷合作，携手抗日。我方士气之高昂、民心之敌忾同仇，史所未有。敌人虽万般强悍，终感一筹莫展。他们白日虽偶尔向某处突击，然当夜若无据点可守，便得连夜赶回城内逃避反击。昭觉寺距县城太远，敌人鞭长莫及，盛夏之时凉风习习，简直是世外桃源。难民所内虽因敌人不时出城，迫得四郊避难农民来去无常，但在朱三妈日夜操劳之下，也井然有条。

就在小莹被三妈所逼，"闭关自守"不久之后，张、李两大队长便带着阿七哥和小和尚上山来了。但是四位大队长和曹副所长商议之后，都认为阿七不应晋见"总队长"，因为他来自梅溪，一旦与小莹见面，她势必问起生母下落，则局面就很尴尬了。阿七也认为众人所见甚是，住了一宿，便怏怏地回梅溪去了。但是当两位大队长也公毕下山要带小和尚同去时，春兰则泪眼汪汪地私下请"三奶"把小和尚留在山上。小莹亦早有此心，未便出口，经春兰一说，真是正中下怀。正副队长商议之后，认为小和尚是个"失学儿童"，应留在山上进"识字班"。当春兰欢天喜地地把这消息告诉小和尚时，谁知小和尚早已自己决定要留在山上了。他说他在庄子里太孤单。他喜欢留在山上和春兰一起"玩耍"。他并偷偷地送了春兰一大包"状元红"。小和尚说，在山下他最"恨"的是烟掸帚还叫他"倒夜壶"。

阿七哥等一行下山不久，张叔伦便被"上级"派来了。他是受现在已迁武汉办公的"军事委员会政治部"——部长陈诚、副部长周恩来——直接领导的，顶头上司则是"第三厅厅长"郭沫若。但是他在前线的工作单位则是"新四军政治部"。

叔伦的现职是"少校政治指导员"，穿一套很挺的少校制服，挂"两杠、一星、红底"的少校领章；左上方衣袋插了一支"别克水笔"，水笔和徽章之上，还佩一个"洋钱"大的"蒋委员长"的像章。他军帽上的"青天白日"帽徽亦闪闪发光，使他显得格外英俊。

从张少校这套戎装打扮看来，他原是个百分之百的国民党军队里的中级军官；但是——据李兰和文孙所知——他那时已是有十二年"党龄"的老共产党员。最初在上海介绍他"入党"的，竟是文坛巨星、名震中外的瞿秋白。秋白于一九三五年被害时，叔伦也是个"漏网之鱼"，虽然他未去过"苏区"。事过境迁之后，这次为着全民族的生死存亡，两党释嫌修好，同生共死，并肩抗战。倭寇虽万般凶残，而我全国军民，则以血肉之躯，与敌军飞机大炮，拼搏到底，绝无丝毫畏缩悲观心态。叔伦在上海前线，曾受轻微枪伤。伤口未痊，他便迫不及待地归队，为抗战继续效力。叔伦认为自民国成立后，内战二十余年，黑白不分、是非不清——如今只有这个"抗战"是个黑白鲜明、是非之间丝毫不爽的神圣战争——他自誓要在"抗战"中，为祖国献出他的生命。叔伦常对李兰、小莹，乃至文孙说："人生自古谁无死；但是哪一样死法，有为

第五章　那个老三角

抗战而死，死得那样心安理得!?"——四十年过去了，老友叔伦那一番披肝沥胆之言，文孙想来还如在昨日呢——叔伦是个温文儒雅的"血性汉子"！

不过叔伦究竟是个文人，他被编入"战斗序列"不过几个星期，便被项副军长调入军部干文职，后来西山东区情况紧急，急需领导干部，叔伦便半受派、半请调，到了昭觉寺来了。来时公务之外，还有点私情——这八位小演员，原都是他一手训练出来的。对她们，尤其是小莹，他有着情难自已的私人情感，虽然小莹已罗敷有夫了。但是单相思，原是男女恋爱最美的一面，单恋客是不惜为她"化作春泥"的，何况还有更重要的抗日重任呢？

叔伦此来所负的"公务"，大致有三项：

第一，他奉命要把那些"三不管"地区，"遍地黄花开"的地方游击武装，统一领导起来。为此叔伦在山上山下，终日奔跑。但据他观察，这项工作十分艰巨而危险。因为各路英雄，"梁山思想"都很重——他们需要有耐性的、长期的"思想教育"。再者这些英雄好汉对现代战争的知识毫无所知——他们的"打法"，还是少不了老办法的"摇旗呐喊"、"安营扎寨"。一次他们一个"支队"三十余人，竟被"三个鬼子"打得落花流水，被歼几尽。原因便是"摇旗呐喊"弄糟的。原来他们结队在残破的公路边巡逻时，碰到三个日兵，领着一队中国民夫在搬运辎重。队长欺侮日兵人少，乃下令全队取包围形势，摇旗呐喊，冲向前去。中国民夫一哄而散，遗留辎重，遍地都是，而押队日兵，竟未发一枪，似乎已随民夫逃散。当我方游击队，冲至距辎重不及十码之地，始见三个日兵，伏于辎重之后。他们正要掉头离去时，而日兵机枪齐发，直如秋风之扫落叶，不数分钟，我方原有三十名队伍，有二十七八名都变成枪下之鬼——真是全军覆没，而三名敌军竟毫毛未伤，辎重半担未损，便被敌方援军抬回去了。

叔伦尤其担心的,是坐镇林家庄抽"云土"的那位"军师"。他认为"鬼子没有炮",所以"关闸门、架跳板、守庄子",深沟高垒,鬼子便一筹莫展。

叔伦以上级指导员身份劝告他们,说蒋委员长的"中央军",多的是飞机大炮,都不能阻住鬼子,如今靠"关闸门、架跳板"是不行的——叔伦要他们不要树立"目标"。《三国演义》上,关云长不是说颜良、文丑是"插标卖首"吗?插标卖首就是自己树立目标,让敌人来杀你。跟日军作战要打"游击战"。要白日躲藏,夜间出动;白日种地,夜间杀敌。敌进我退,敌退我进;敌停我扰,敌疲我打。我军进退,要有路不走,无路就走。不打情况不明的瞎战;也不打没有把握的糊涂战……

但是"狗头军师张"和两位大队长,以及新加入阵营的支队长"烟猴子张三"等一批"将领",都认为"张指导员"是不了解敌情。其实他们"帮内"弟兄,有好几个都在鬼子"营盘"里当杂役,未见到鬼子有一架小炮。他们驻在县城之内不过三五十人,平时喝酒喝得"歪歪倒倒的","烟猴子"曾亲自进城看过,他也认为"那几个狗鸡巴操的东洋鬼,你给我两把库刀,我就可把他们统统'通'掉了……"

李连发也说,上次鬼子下乡,我们被杀了那么多人,"实在死得太冤枉"!

张得标把脯子一拍说:"下次那些狗娘养的,再来?——我们揍他!奶奶的。"

总之,这批英雄好汉没一个把那个"戴眼镜指导员"的话当真。吃酒席时,大家都恭请他"上座",背下却说他是"败兵之将"、"惊弓之鸟"……"害了怕鬼子病"!

这时叔伦细察他们的队伍,居然有百多条长枪,还有架"大轮盘手提"(机关枪),和一架崭新的"捷克式"(轻机枪)……弟兄们个个都会拍脯子、跷大拇指——士气极旺。连东洋鬼子也不放在眼内,哪会

第五章 那个老三角

听一个"戴眼镜指导员"的话呢？

所以叔伦在详细观察之后，心理也和小莹怀孕一般，"一则以喜，一则以惧"地回山了。

叔伦的第二项任务是"整理"难民收容所、后方医院这一类为群众服务的机构。在他的权力管辖之下，有六个难民收容所和一座小型后方医院，但是都因陋就简、就地取材，破烂不堪。还以昭觉寺这个单位，较有格局——因为在阿七访问之后，两位大队长原先预备扣留的粮食、衣被等物，又继续派夫送上山来——林家庄内所有的"剩余物资"似乎还足够让这位"败家媳妇"，挥霍一阵呢。

也因为这个，虽然山下已无鬼子踪影，青壮年男人包括李七爹，都回庄种田去了（这正是农忙季节嘛），一些老弱妇孺，还在山上流连忘返——他们不是留在山上避暑或跑鬼子，而是值此"青黄不接"之时，"难民收容所"内还有不要钱的稀饭可喝也。为此，张少校为着保证供应，也为他们做了妥善的安排。

既然所中还有学龄难童数十人，张指导员乃策动八位姑娘和十多位认得字的难友联合起来，进一步办一个"初级小学"——"西山东区农民抗日自卫小学"和一个"成人识字班"。

李兰还记得在"开学典礼"时，由所长讲话，她在从她婆家家塾内搬来的黑板上写了个"田"字要大家猜。坐在前排的小和尚（李兰的"小和尚"），居然一口猜出。其实同时猜出的也不只小和尚一人，春兰也几乎猜出了。猜对了，大家鼓掌好高兴。

由这个"田"字开始，春兰和小和尚就"开蒙"了——今日的李场长、当年的春兰开蒙时已经十五岁了；今日的人民空军的高级首长、当年的小和尚，也已经十三岁了。

"我们大家都是种'田'的，"叶所长笑着说，"认识个'田'字，也不难嘛！"她说得全场欢声雷动。小莹也为这欢声而颇感得意。所以到后来国共两党，由"摩擦"而动武，搞出个"皖南事变"来，组织上面要同志们改名换姓，以防"国特"时，小莹就改个男人的名字叫"田军"了。

"我们那时十多个孩子在一起，好用功啊。"李场长回忆说，"秀英一次开夜车，开得太困了，几乎把草窝都给烧掉了。涂全胜一面烧锅，一面拿着书不放呢……"

文孙问道："涂全胜，就是看仓老涂的女儿？"

"是嘛。"李兰说，"田书记把她接上山的嘛。"

"你们哪里来的教科书呢？"

"都是三毛哥、四毛姐、小七老爷……读过的嘛。"李场长说得唧唧地笑个不停；她又说，"我们把你的家抄了嘛。"

"那些小学教科书还在吗？"

"你那个'败家媳妇'叫小和尚下山去搜来的……"李兰说着又把舌头一伸，说，"见到田书记，千万别提这事儿！小莹最恨死'败家媳妇'这四个字。"

"她做得完全正确嘛，"文孙说，"有什么不能提的呢？"

"她是个'假死人'、'活寡妇'嘛。她想到你，想到'公婆'，心里矛盾得很呢！"李兰又叹口气说，"小莹真是个情感深厚、可爱的人——我要是你、我要是张叔伦，我也爱死了她！"

"哎……"文孙也眼泪汪汪地长叹一声，"我实在对不起小莹……"

"你'哎'什么呢？"李说，"又不是你的错。"李兰又说："你们那几本破书呀，对我们那时失学的青年，真是天大的宝贝啊……我现在看到一些孩子，天天有书读，就是不读书，我真恨不得把他们揍死！"李场长说得咬牙切齿的！

第六章

为中国农村耙耙底

革命者的学术副业

叔伦来此的第三件要务，便是发展"基层组织"——把农民组织起来，组成"农会"、"贫农团"、"妇女会"、"儿童团"、"小鬼队"等等。组织就是力量，农民组织起来了，那蛰居城市，苦守"点"、"线"的敌军，就被真正地孤立起来而陷入泥沼。

在工作之初，叔伦只是全心全意，为着抗日救亡而工作的，丝毫未想到"抗日救亡"还有党派之争，虽然他自己却是一位已有十二年党龄的共产党员，国民党特务对他也曾几度企图捕杀而漏网。他认为这些都是"历史的错误"。现在全民族在敌人的铁骑之下呻吟，叔伦对国共两党已一视同仁，愿在"蒋委员长"和"毛主席"双重领导之下而洒其最后一滴血。所以当他在敌伪区域和三不管地带，出生入死之时，他也早已有了心理准备——万一不幸被日军捕获，他会面向重庆，大叫一声"中华民族万岁"，然后让敌人"砍头"或枪毙的。

张叔伦是比较幸运的一位抗日志士，敌人和汉奸始终没有抓到他。他在三十年后是死于"红卫兵"之手，因为他曾经说过一句"反动言论"——他说毛主席著的《湖南农民运动考察报告》,"不是学术性的著作"。

但是在抗战期间,和张叔伦有同样心理准备而惨遭日军屠杀的爱国志士,正不知有几百十万人。当年参加抗战,视死如归的热血青年,幸存者,今日也都垂垂老矣。但是我们要严重告诫我们那些专爱"丰田汽车"和"日立音响"的后辈子侄,和十代八代以后的子孙——那一项血海深仇,你们可以不加报复,但千万不可忘记!

......

张叔伦抗战前在南京读大学时,读的是当时全国最好的"农业经济系",他是系中的高材生。曾追随中外专家在长江流域和若干华北农村,做过实际研究,写成"学术报告",极受国际学界之注意。他本有机会去美国康乃尔大学深造,并已取得奖学金和入学许可证,但不幸由于婚姻纠纷、女友自溺和思想左倾,一连串事故,而没有成行。

这次由于公务,他在林家庄住了些时。在无意中他看到林家"账房"之内,存有装订精良,全庄百余年来,大小收支罗列无余的账簿数百本;还有林氏族谱、支谱、阴阳谱、鸳鸯谱等文件数十种。这对一个学"农业经济"的学者,那真是天作之合。他决定要把这个资料齐备的地主大庄园,来解剖一番。叔伦认为这项研究将有助于国共两党对将来中国的农村建设,和土地改革。

后来他又找到一个为林家看管"县城仓房"的刘朝奉和一位塾师朱先生当助手。又把小和尚,这个深知林家生活细节的"小管家"带在身边作咨询。其后他在林家竟一住逾月——指导基层组织之外,他最大的兴趣就是清查林家庄的"百年老账",不觉大有所获——这项研究,使他对传统中国农村,尤其是"转变期中国农村"的经济结构,都有更深一层的了解。这项学术性的真知灼见,有时也使他骨鲠在喉,偶尔吐露。终为此而遭不测之祸,也是时代对一个诚实的中国知识分子的处罚吧!这是后话。

第六章 为中国农村耙耙底

张叔伦那时是这个西山东区、"三不管地带"，提着脑壳在搞所谓"基层组织"的一个高级知识分子，也是日夜操劳的一位。落于敌伪之手，不用说脑袋搬家，就是他的手表、钢笔，甚至那一副别人不能戴的"金丝眼镜"，都可能是杀身的媒介。几经危险之后，张君终于换穿农民装，把手表、钢笔，甚至眼镜都藏而不露。但他没有因这些不可知而稍存畏缩之心。他在盛夏积劳之余，最大的享受和他最欣赏的"歇脚之地"，便是在昭觉寺的小佛阁之内小住数宵——那儿不但凉风习习，窗明几净，淡斋素食……还有那几位他一手栽培的红颜知己。她们对"张指导员"固敬如神明，而叔伦对她们也爱如掌珠。这几位姑娘原都是他亲自遴选的明眸皓齿、能歌善舞的才女；而叔伦自己虽是个"经济"长才，但是本质上却是个江南才子型人物。爱唱昆曲，中西乐器也都着手成声；制谱、度曲、导演、扮演，对新旧舞台都有实际经验；而吟诗、填词、绘画、木刻等等，更是少年时代即已养成的嗜好。至于英语更是他的专长——他是在教会大学里英语演讲竞赛的前茅；也是法文大小仲马、《茶花女》的原文读者。因此叔伦与这几位姑娘相处，真是如鱼得水，她们对他竟由由衷的敬爱，而至于默默地单恋。因此他们偶尔相聚，月明对坐、松下盘桓，也颇能使他暂时忘记为抗战奔波和为人民服务的辛劳。

但是叔伦的不幸——终身的不幸——是他该爱而不爱地和一个娇艳如花的表妹未婚妻"解约"，弄得秦晋失和、父母厌弃、留学不成；他更不该爱而爱地，和一个不识字的渔家少女"私订终身"，终于弄得第二个未婚妻受不了社会的压力和邻里的讥笑，而投海自尽。现在他在情感生活上，弄得每下愈况，竟然在众香围绕中，偏偏又不该爱而爱地，钟情于一个"罗敷有夫"的小莹。他虽不敢表示，更无法启齿，但他那一种不可得已之情，却是众姐妹中公开的秘密。小莹自己也完全体会得出；也深深"了解"何以如此——这一点就是众姐妹所不能"了解"的了。她爱惜他这份由了解而产生的爱情，但是她却不能接受他这份爱，而小莹愈不能接受，也正是叔伦非爱不可的动力和能源。这个爱性循环，就注定这勾、股、弦的永恒悲剧了。

悲剧式的单恋本是最美的，所以张君一有机缘过境，总有诸少女相陪，在阶前月下作竟夕之谈。这项谈话虽只是单行车道的知识交往，而叔伦颇喜诸姑娘皆聪颖绝伦，举一反三，使他有吾情吾道不孤之感。

这一次他在林家庄一住逾月，查账归来，在"净土真园"之内，三杯两盏淡酒，他就和众姐妹，尤其是"林三毛少奶奶"，闲聊起他们林家的掌故来——并为"林三奶"清查清查家当。

少奶奶的家

张叔伦原想查一查，林家这个超级大地主，豪华大庄园，建于何时。可是故老无闻，文献亦无征。但是从林家附近丘陵田地中十数口枯井来推测，这一带以前可能是个不小的市镇。再从山边松林坡下看那万亩脉脉水田，他猜想此地以前似乎是一片淤积的湖泊。当年的港湾码头在地势上也隐约可见，当地老人也确有些沧海桑田的传说。比较科学的推测，那便是湖泊逐渐淤积，湖边小镇，失去商业价值便渐次萎缩而终于消失。这个林家庄以前可能是一座千年古庙。市镇消失，僧侣四散，便逐渐变成私人住宅了。

据叔伦翻开林氏"宗谱"所载，他们林家原是客户、"外省人"，于明末逃避张献忠造反，才"举族迁来"的。他们本是一队贫农，漂流不定，后来看到此地有千顷荒田、百年老屋，而渺无人烟，乃定居下来。当他们迁入这"老屋"时，曾见腐尸犹在，蛆虫盈户。他们鹊巢鸠占之后，一住住到康熙初年，始终未见原庄主回来，乃正式向官府备案"领契"，把老屋和"标田"（插"标"为记的无主之"田"），正式据为己有了。

另据林氏"支谱"所载,这座不知起源的千年老屋,由林族中的一支独占,而加以"翻修"则始于光绪初年。"正厅""上梁"的正确日期,则是光绪四年戊寅(一八七八年),"三月初吉"。

这座合族公用的"老屋",为什么被一支独占了呢?原来这族客户老农,人丁兴旺、聚族而居,习于"械斗"、精于武术。平时打打架,挨挨官司,并无太大变化,可是一到天下大乱,官员逃走,四方无主"遍地黄花开"之时,他们就称王称霸了。

据说在道光年间,一位相士路过本乡,便喟然叹曰:"天下将大乱矣!"别人问他为什么呢?他说本地这些乡下哥哥,一个个都生得"公侯之相",天下不乱,大家三考出身、进士及第,他们哪有这福分呢!?

远在大唐时代,杜甫诗人在杨玉环死后,不也喟然兴叹说"王侯第宅皆新主,文武衣冠异昔时"吗?天下不乱,这批乡下哥哥,怎能当得了高干呢?(看官注意:这"高干"二字是作者加上去的,与杜诗人无关呀!)

果不其然,道光爷死后不久,洪秀全就带了好多万两广贫农,打到了长江流域。这时那在东亚大陆上横行二百余年的"八旗"、"绿营",都抵挡不住。眼看着神州大陆,又面临改朝换代的时候了。北京城内的接班人没了主意,最后只好重用汉族儒生,听从他们的诡计,发动长江流域的贫下中农,去和那自两广北上的贫下中农,自相厮杀。南方说北佬是"妖魔";北方则说南方蛮子是"长毛匪"。不幸南方那些江山已打了一半的"长毛"的头头,不能共安乐,自相残杀,便被北方的"妖魔"打败了。

林家的老祖宗们,在咸丰年间也停止了"械斗",参加"打长毛"。长毛打掉了,林家勇于械斗的人口也大减。剩下的林"六郎"、林"宗保",就戴起"红顶花翎",当起"呼登巴图鲁"来了。林文孙的曾祖,便是当时当地二十多个"红顶子"之一。他们从长毛的"忠王府"内运回整船整船的银子、整船整船的古董宝物,拖回整尊整尊的长江炮船上的大炮,也抬回整轿整轿的苏杭美女。他们替"曾文正公"保卫了"儒家道统";他们也替他们后代子孙安排了高干子弟应有的享受。父是英雄儿好汉,从"红顶子"到林文孙已经四五代了。他们还是祖荫不衰,连个十九岁的小媳妇,都做了"穆桂英"呢。这座林家庄便是这位老"红顶子"出钱把贫户迁出,他再行翻修改建的。

"指导员呀,"一位姑娘插嘴说,"我们'穆桂英'的父亲,也是一位'督军'呢……"

"阿英,"文梅打断她,说,"别听人乱说。"说着文梅把正在切的西瓜,递给她一块。

这个大而"红到边"的西瓜,事实上也是林家"红顶子"的余荫——那是山下林家的佃户送上山来"孝敬三奶"的。诸姑娘晚饭后,乘凉吃西瓜,听张指导员讲天南地北,也是她们战时生活的最大享受之一。阿英接了西瓜,还要和文梅继续争辩时,她的话便被小莹的问题打断了。

"张指导员,"小莹问道,"我怎么未听见文孙说过这些故事呢?"

"文孙这个'三哥儿',哪里知道呢?"张说,"他既未看过他家的'族谱',也未见过同治皇帝的'诰封'。"

据叔伦说,这件"诰封",原是用金漆盒子装着,悬在林家庄"大堂屋"正梁之上。上次那汉奸带着鬼子来找宝时,以为那是个"宝物",便取了下来。那日本老头,只"瞟"一眼,就丢掉了。张叔伦捡到之后,倒把它当做"宝",仔细地看了一遍,它不是"宝",却是件珍贵的社会史料。

"他们林家可复杂呢。"小莹也告诉众姐妹说,"文孙也讲不清楚——他说他二婶是德国的'蓝血贵族',七婶是'上海中西的皇后';三叔曾在德国'克鲁伯厂'实习,现在在兵工署当中将……又有位三姨在巴黎开'豆腐店'……我真搞糊涂了……"

"他们林家的家族亲戚朋友世交关系才复杂呢。小莹,我可把你们林家画个家族世系表。"张指导员说着又告诉文梅她们,"光谈人事关系,他们林家比《红楼梦》上贾家的荣宁二府的人事关系还要复杂。他们的住宅,我也前前后后看过,似乎也不比'荣国府'小——就是少个'省亲别墅',和一个贾元妃……这种超级大地主,也真够气派,简直是个小土皇帝!"

"小莹,"另一个姐妹说,"你家不是也有'贵族',也有'皇后'吗?"说得大家都笑起来。

"我们小莹就是大观园内的林黛玉。"文梅放下西瓜,把小莹搂在怀里,这是文梅的习惯。

众姐妹对小莹难免都有点羡慕的眼光。小莹也微笑,难免也有点掩不住的得意的神情。但是丝微得意的神情之中,也掩饰不了"三奶"的悲伤——眼前的现实,她只是怀孕在身,娘婆二家都无一人在侧的小女兵、小难民。

"指导员,"小莹伤感地说,"那个死掉的'屎嘴张三'说他们林家,要'败'在我手里。天啦,我哪有这本事来把他们林家弄败了呢。"

"他们这种大地主的家庭生活也很有趣,"叔伦说,"他们家里养了许多怪人——武师、地仙、阴阳家、碑帖家、画师——一养多少代。屎嘴张三便是其中之一;他是直隶(河北省)人,专门算命看地,在他们林家已住了四十多年,批了林家最主要的'阴宅'(祖坟)和'阳宅'(住房),他还'批'了林家四代的'命相',都完整地保存下来,极其有趣——这些虽然都是迷信,但是迷信之中却蕴藏了极重要的社会经济史料,是经济学者和社会学者的无价之宝。"

"屎嘴张三有没有替我'三少爷'和'三少奶'批过命相呢?"文梅笑着发问。

"他当然批了,"小莹沮丧地说,"不然他怎么会骂我是'败家媳妇'呢?"

"林家那些什么《阴阳宅地理图解》、《鸳鸯命谱》、《子孙谱》等等,我都看了,"张说,"那些'甲子'、'乙丑'我看不懂,不过那些红字的'批语',有些也倒可以理解的——文字古雅、小楷清秀,都不可小视。他们倒真是有学问的人呢。"

"你说'屎嘴张三',也'文字古雅、小楷清秀'?"小莹奇怪地问。

"古文字,第一流!"叔伦说。

"那他们为什么叫他'屎嘴张三'呢?"文梅有点奇怪。

"他自称'铁喙道人'呢,"张说,"铁喙就是'铁嘴'。铁嘴便是好的也说,坏的也说……"

"说好的,人们视为当然;说坏的,人们就不高兴。"小莹说。

"正是这样嘛,"指导员说,"人家听不进他说的'坏话',所以叫他'屎嘴'。他说的一切'好话',都完全白讲了——在任何社会里,讲老实话都是很难啊!"叔伦说得无限感慨。这位忠实的共产党员,社会主义学者,中华人民共和国开国的无名功臣,在一九三八年发此感慨时,他怎会想到三十年后,他也因"屎嘴"关系而把老命搞掉呢!?

"屎嘴张三在他们林家毫无地位呢,"小莹说,"吃的永远是'下客饭',一点点咸鱼、豆腐、青菜……没酒没肉的。"

"他原是投奔你家祖宗'红顶子'的十来个'清客'之一,吃'上客饭'呢……"叔伦说着又问诸姑娘,"你们知道什么叫'清客'吗?"大家说知道。叔伦又说:"屎嘴张三原先可能是个'白莲教',甚或是个'义和拳'——一个亡命之徒,被洋人或官府赶着没处逃生,才逃入一将军的幕府中,躲避自存。初来时他也和其他清客一样,有鱼有肉地吃'上客饭'。后来其他武师、画师、阴阳师……死的死了、走的走了,只剩下他和园师老桂,无家可归,才一直留在林家——林家的下一代欧美留学生,讨厌他们'阴阳怪气'的,恨他'屎嘴',专讲坏话,又瞧不起他'迷信'。这样才江河日下,吃起'青菜豆腐'来了。"

第六章 为中国农村耙耙底

"指导员,"小莹好奇地问道,"你说哪个'园师老桂'呢?"

"你们不是叫他'桂三爹'吗?"

"你说那老花匠,'怪三爹'?"

"什么'怪三爹'、'鬼三爹',"叔伦说,"人家是'桂三爹'呢!"

"我们不知道他姓什么,"小莹说,"只因为他阴阳怪气的,才叫他怪三爹、鬼三爹……"

"人家初来时,是吃'上客饭'的'桂老师'、'桂三爹'、'桂渭叔',来头大呢!"

"你说那老妖怪,来头大!?"文梅问。

"人家是朝鲜'闵妃'宫里的御用花匠,"叔伦郑重地说,"后来闵妃死了,国亡了,他不愿做日本人的亡国奴,才逃到中国、投奔林家的——人家是抗日报国的志士呢!什么'老妖怪'?"

"小莹啊,这点你都不知道。"文梅诧异地责问小莹。

"文孙也不知道哎!"小莹感叹地说,"他们实在不应该在我们家吃'下客饭'……"

"他们命不好嘛,早死了,"文梅也感叹地说,"否则等到我们'三奶'来管'大厨房',他们不是又可吃大鱼大肉了吗?……"

"他们林家养了那些清客干嘛呢?"一位姑娘好奇地问。

"有钱没处花,"叔伦说,"也是表示地主、员外们的风雅、清闲,有有文化的客人,经常陪着有闲的地主阶级谈文化——不过话说回头,我国三千年的地主阶级的文化,也是这样保存和发展下来的……希腊人不是说过,文化出于闲暇吗?终日操劳的工农阶级,哪有闲空动脑筋、创造文化呢……"

"时代变了,地主阶级,是不愿再来供养清客了。"文梅说。

"也不一定,"叔伦说,"去年冬季,文孙的爸爸就花数十两云土,招待过平江不肖生向恺然呢。向老师就是林家最后的一位清客。"

"我公公找他来谈《江湖奇侠传》吗？"小莹问。

"不谈《江湖奇侠传》，"叔伦说，"向恺然不只是写小说，他是个'地理先生'、'地仙'。"

"我公公找他来看风水的吗？"

"他自己闻名来访的，也是为着点好烟土。"叔伦说，"你公公看到他和'屎嘴张三'谈得很投机，所以你公公叫他顺便批批庄子的风水，因为'屎嘴张三'说你们庄子，今年是'大劫'之年！"

"被他讲到了。"小莹有感慨。

"我看过他两人'批'的《林放鹤堂阴阳地理图解》，极为有趣……"

叔伦说他首先发现这个"精装抄本"，以为它是本有关地理的书，一翻才知道是一本谈风水的书。他讨厌那些"甲子"、"乙丑"的迷信，本来也就丢了，但是他却被"平江不肖生"之名，和那字迹秀丽的朱批吸引了，所以才看了看；谁知其中大有文章，看后大感兴趣，乃把类似的抄本，也都找出来看看，竟发现屎嘴张三，对文孙、维莹这对小情人的命批——这是屎嘴张三秘不告人的私批，有趣极了。

小莹闻言真是迫不及待地要求张指导员讲下去。

迷信的眼泪

叔伦说他对这些迷信的阴阳书上那些干支的组合是一窍不通的。不过他对那些批语的文字，倒很容易看懂。他记得屎嘴在民国元年壬子（一九一二年）对林家风水所写的第一"批"是这样的：

有靠无抱，单涧双流。阴阳易位，旺气难收。
熊腰虎背，獐鼠弥留。须眉贲张，翻腾不休。

属青龙搏球格。主男防女。

宜官衙寺庙，不宜家室。

壬子重九铁喙道士邯郸张叔平批

抗战开始之后，屎嘴于是年冬季，南京失守之后，又加了个第二"批"，曰：

龙虎相争，逢寅必煞，重寅乃大煞。

人贵宅凶，主安客危，慎之慎之。

丁丑嘉平铁喙增批

这两则"批语"，张指导员是看得懂的。他说林宅的地形像条青龙在玩球，"翻腾不休"。这情况再碰到个老虎来争球，那就更要天翻地覆了。"寅"年属"虎"，所以有"逢寅必煞"的批语。至于"重寅乃大煞"的解释，则是林家庄重建于光绪四年（一八七八年），这一年是"戊寅"年。六十年后一九三八年，抗战第二年也是"戊寅"年，是谓之"重寅"。重寅对林家庄来说，必有大劫。"主安客危"，屎嘴张三自知是"客"不是"主"，所以下书"慎之慎之"。

在张三这两条批语之下，叔伦也发现一条"平江不肖生"的"签注"。注文说：

离心沙水，子孙四溢。人贵宅凶，逢寅必煞。

甚是，甚是。高明，高明。慎之，慎之。

戊寅正月初吉书附叔平仁兄批末
不肖生弟平江向恺然签

据说在向老师离去之后,屎嘴张三,常时惶惶不能终日。当文孙的爸爸决定举家迁入山中"猫耳尖"避难时,屎嘴曾恳求同行,为林家以地方太狭而婉却。后来他又力劝张老管家同往昭觉寺作狡兔三窟之计,而张老管家则贪恋庄中安乐,不听他话,并笑屎嘴迷信。谁知"主安客危",二人均同罹"大劫"呢!?

张叔伦讲过这段故事之后也叹息说:"我们笑他们搞迷信,事后回头看看,这些迷信有时也有些不可思议的玄秘呢!"

叔伦又听庄中人说,在张老管家拒绝屎嘴建议之后,屎嘴曾一再叹息,说:"在劫者难逃!"并作了些"身后"的安排。

"我也认识屎嘴张三呢,"文梅说,"我懊悔那时未叫他替我算算命。"

"有什么好算的呢?梅姐呀,"小莹说,"他不是替我算过的吗?"

"指导员,"文梅问张说,"他替小莹怎么算的?"

"他排那些八字,我也看不懂哎,"叔伦说,"我只能看他的'批'。"

"他对我怎么批的呢?"小莹也问一句。

"你和文孙是那本《鸳鸯谱》上,最后的一对'鸳鸯',"叔伦说,"文孙属'羊',你属'猴',是吧?"

"他怎么批的呢?"

"让我想想。"叔伦想起,大致是这样的:

> 坤造
> 浪急滩高,猢狲缘木。
> 既不能守,守之何益?
> 铁喙批:平平,雪里红梅,孤芳寒艳

"坤造就是指我,是吧?"小莹问。

"乾就是男,坤就是女嘛。"文梅代答。

"他不说我是'败家媳妇'吗？"

"他并没有说你是'败家媳妇'，"叔伦说，"他只说你，'既不能守，守之何益？'"

"他曾亲口告诉姚大余，说我是'败家媳妇'呢。"

"这四个字，也看你怎样断句；看你把'败'字用成个'动词'或'形容词'。"叔伦说，"用成动词，那么林家就被你'败'了；用成个形容词，那你就是个'衰落了家庭里的媳妇'罢了。"

"那么不管用哪个词，都不好嘛。"

"莹啦，"文梅说，"这年头哪有好词呢？有好词，你还会在这深山古庙中待产呢？"

文梅这话把小莹眼眶说得红红的。

"梅姐，"小莹又问，"'守'是什么意思呢？"

"守庄子、守财奴、守南京、守汉口……"文梅数了一大堆。

"还有，"小莹接着说，"守孝、守节、守墓……"说着她心一酸，眼泪夺眶而下。文梅站起来把她抱住。

"不要专向那坏处想嘛，"叔伦也安慰她一句，说，"你看平剧上的《别窑》，薛平贵不是说，'守得住来将我守，守不住来将我丢'吗？王宝钏'守'了十八年，还不是'守'出个正宫娘娘来了。"

叔伦说得众姐妹大笑，小莹也笑了。

"我们的王宝钏才'守'了三个月，就等不及做正宫娘娘了。"文梅说毕，大家又大笑，气氛轻松多了。

"指导员，"小莹又问，"屎嘴张三怎样替文孙算的呢？"

"我也有点记得，"叔伦说，"但是你要不迷信，我才能告诉你。"

"革命家迷信什么呢？"文梅替她代答了。叔伦再看看小莹，小莹也点点头。叔伦乃背出那"乾造"的批语是：

水火相冲，难测祸福；

泽蛇山虎，羊无皮骨！

铁喙批：下下，难测、难测，大凶，宜远避

小莹听了这"命批"，不觉眼泪一泻而下。她想忍住哭声，但是心忍嘴不忍。她不觉伏在桌上痛哭起来。众人连忙来劝。小莹抬起头来望着文梅说："文孙恐怕不在了！"说着又泪如泉涌，她用力忍住，并用手帕自擦眼泪，但是愈擦愈多，总是止不了，终于把文梅和阿英的手帕，都擦得赤湿。

"维莹啊，"张指导员说，"你不说不迷信吗？"

"我——不……迷信。"小莹说了又哭。

"纵是迷信也没关系，"叔伦安慰她说，"那批上不是说'宜远避'吗？如果他这次还留在庄子里，那真是'难测，难测'。远避了，不就逢凶化吉了吗？……"

大家也帮着苦劝一阵；小莹也用坚强的意志，忍住了她的哀伤——因为她知道她腹内还有个宝宝呢。

众人等小莹完全恢复了镇静，张指导员看看手表，已是夜半三时了。大家才沉默地散去。

一窠可怜的女人

听了上述的一大堆四十年前的历史故事，文孙不禁含笑问李场长，说："他们在小佛阁内搞'群芳开夜宴'，你在不在场？"

"我怎么不在？"李反问一句，又说，"我那时也是众'芳'之一嘛！端茶送水，每分钟都在。"

"你很少提到你自己嘛。"

"现在我是大'场长',能说会讲了。开会作报告,一讲两三个小时,口若悬河!"李兰说着高兴地笑起来,"可是那时还是个羞答答的小村姑,一天到晚都在搞'人手足、刀尺,山水田、狗牛羊,一身二手,大山小石',还搞不清楚呢!……"她说着文孙也笑个不止。

李兰说她那时比诸姐妹只小四五岁,但是她们所讲的话她"一大半听不懂——是个可怜的小文盲嘛"。不过日月推移,她后来就渐渐懂得了。据李兰说,张叔伦后来在如皋,对搞土改的同志们作报告,曾讲了好两天"林家庄经验",那时李兰就差不多"全懂了"。后来小莹又时时私下和她谈林家的事,她思想才逐渐"搞通"。

"三哥,"李兰骄傲地说,"我现在所知道有关你们林家的事,肯定比你还多呢。"

"当然啰,"林说,"我小的时候,对我家的家事毫无兴趣,长大离开了,就更不知道了。"

"三哥,"李问文孙,"你知道你父亲为什么比你母亲大十多岁?还有,你生母以前的那位母亲,怎么死的?"

"我父亲的'原配'——我母亲以前的那个母亲余夫人,是生我七姐时,'血崩'死的。"

"才不是呢!"李兰很自然地放小声音,叽咕着说,"她是怀抱着婴儿,用丝带在大床上,上吊死的。"

"……真的!?"文孙张大了眼睛。

"小莹常时向我说,"李兰叹息着回忆道,"做'女人'总归是可怜的——纵使你们林家做个少奶奶,也凄惨无比……"

李兰和小莹的感叹是有根据的:

他们林家,根据张叔伦有关土改的学习报告,那位"遍身刀疤、满头麻花"(头部被土炮的"铁砂仔"打成个麻花)的红顶子,只生一个儿子——后来的"大老爷"林盛臣（字治平）。大老爷幼年时"文武兼资"：既参加"文场"，又参加"武考"。文场因插笔不慎，黑墨水滴到卷子上，"污了卷"，考秀才就落第了。武场，他三支箭均未达到箭靶，就掉到地上了；搬个一百斤的"石志子"，也几乎把腿打断，所以武秀才也当不成了。文武科场都失意，红顶子乃送他去日本进"法政学堂"。谁知在日本时，他竟然剪了辫子，当起"革命党"来。一次回家"省亲"磕头时，不经意把"假辫子"掉落地上，把"红顶子"气个半死。后来他被迫放弃"革命"，参加"保皇"，跟康有为厮混了一些时。可是不论革命或保皇，他都未搞出个什么名堂来，反而是文学名著《官场现形记》，倒叙述了他一段，也算是名垂千古了。

"大老爷"十六岁时娶同邑张翰林之女为妻，生而存者，有二男四女。长男便是文孙的爸爸林经世（字伯章）。次男济世（字仲才），比长兄小四岁。后来"大老爷"又偷偷和一个婢女，生了个儿子，便是文孙的"五叔"匡世（字叔通）；他又和一个苏州唱小曲子的，私生了一个，那就是文孙的"七叔"，有名的"小七老爷"，名元世（字季成）。元世在"清华学校"读书时，美国老师又把他取个洋名叫"麦克"。

所以他们林家，自"红顶子"开始，"单传"两代之后，到文孙爸爸这一代，"红顶子"就有四个孙男、四个孙女——人丁兴旺起来，"红顶子"每一提起孙男孙女，总是笑逐颜开。

文孙的爸，原娶的是同邑大户，余家的千金。林、余两家相去三十里，据说完婚之日，两家争摆场面——"送亲"和"迎亲"的仪仗行列各占十五里，把两家之间搭了个"人桥"。不用说那些被日本鬼子烧掉的什么"金瓜"、"钺斧"、"朝天盾"等等，都在这人桥之上，大亮其相了。

花烛之后，两家姻亲所热烈期待的，不用说便是"长房长孙"的"弥月酒"了。孰知这位余小姐却连胎生女。当她生出第三个女儿时，文孙的二叔竟和一个婢女私生了一个男孩。

这一下可把"红顶子"气坏了——他怎能容忍这个"官宦世家"的"长重孙"竟是个婢女的私生子呢？一怒之下他把原先留给"长孙"的"长孙田"、"传家宝"等等全给取消了。这对他的长孙媳余氏自然是个沉重的打击。

"红顶子"也把次孙罚跪，认真地抽了几十皮鞭，便把他送到德国留学去了。有谁知道这位二公子林仲才传宗有道，在德意志帝国，竟恋上了一位德国的远支"皇族"的女儿，她为他又生了个"混血"儿子——"红顶子"的"杂种"重孙。所以到文孙出世时就变成"红顶子"的第三个重孙，做"三哥儿"了。

林二公子在家乡原已定了亲——一个门当户对的阀阅世家的小姐。可怜这位小姐尚未过门，她已经有了两个继儿，第二个且是个混血杂种。二公子惮于"红顶子"的威严，不敢回家，借口大战方酣，归国不易，乃请至亲好友，偷禀双亲，转禀祖父试与女家解约退亲。女家倒答应了，但是小姐不肯，并曾两度吞金自杀，都给排泄出来，第三次她就改取"悬梁"方式而香消玉殒了。

姑娘一旦自尽，她就变成林家的"节妇"了。"大皇帝"虽已垮台；"大总统"仍可"旌表"。女方既取得大总统的"旌表"，男家就得全家带白，为贤媳节妇、迎灵归葬。

这一悲剧震动了这一带所有的阀阅世家，因为他们彼此之间，都是"姻联秦晋"的，子女儿孙之间，互有婚约。一旦彼此"退亲"、"自杀"起来，岂不天下大乱？因此大家约定俗成——订婚和结婚有同等约束力，一旦父母有命、媒妁传言，则不论生死，女的都是"婆家的人"。所以这一带以后的公子、哥儿们，不论进的是"清华"、"北大"，不论"留"的是欧洲、美洲，他们都变成了重婚犯——乡下有"旧夫人"，城里有"新夫人、洋夫人"。他们也乐此不疲。小莹和文孙事实上也在这成例下订婚的。一旦订婚，她就是林府权主中馈，百分之百的"三少奶奶"了。

弟媳"殉节"之后，可怜的林家余氏长媳，这时也在生死边缘。她已连生六胎，六胎皆女。她生一次、哭一次，已哭了六次。六次之后，她也早萌自尽之念，所幸七度怀孕。她深盼七索之后，终获麟儿。这也是"红顶子"以下，全家最后的希望。谁知临盆之日，呱呱坠地的竟然是第七个女婴。

最惨的却是烟榻上，年逾八旬的"红顶子"闻报，一口烟尚未喷出，就不省人事了。节妇慈亲，丧上加丧，一门显赫的"林放鹤堂"，竟被笼罩于愁云惨雾之中。那个第七胎的长媳产妇，在全家赶办双重丧事之际，也就少有人过问了。谁知次日清晨，林家丧事又重上加重，佣妇乳媪发现少奶奶，怀抱女婴，用丝带自尽于一张"柏梓桐椿"（百子同春）四木合制的硕大牙床的床架之上。家人不敢声张，乃向余家谎报为"产妇血崩"而死！这桩疑案，沉埋二十余年，始由当年佣工向张少校说出而真相大白。

丧妻之后三年，文孙的父亲便和文孙的生母卢夫人结婚了。父亲比母亲大十多岁。这在当时是很不平常的。原因是文孙的外公卢进士，少年科第、思想进步，以故所生三男四女，幼年时父母都没有替他们代订婚约；一是进士公有新思想；二是怕对儿女作不了主，将来"退亲"麻烦。谁知岁月蹉跎，等到儿女渐次长大，婚姻都发生了问题。在那个年代，父母之命、媒妁之言，大户人家儿女都早有婚约，卢进士的成年儿女——尤其是女儿——要找个"门当户对"的配偶，就很难了。有之，那就只有找丧偶的鳏夫了。所幸那时医护卫生落后，孕妇死亡率甚高。因此有些士绅遭鼓盆之痛时，却正是卢家所期待的希望。

文孙的生母，能诗能画的卢小姐，还算幸运，终于嫁了一位比她才大十来岁，而已有七个女儿的丈夫。文孙的三位姨妈，有的竟嫁给跟父亲一样年纪的老人，在家中受尽丈夫前妻所生成年儿女的闲气。他的三姨不愿受此窝囊气，乃临时学了点法文，便独自前往巴黎留学，宁愿

第六章　为中国农村耙耙底

在那儿开豆腐店，也不愿回国了。后来才和另一位留法不归的前"勤工俭学"的留学生结了婚，年已三十开外了，才算有个幸福的家庭。

　　文孙的四个姑母、五个姐姐，也都是转变期中旧社会的牺牲者。大姑母比较幸运，嫁了个抽鸦片表哥，自己也染上烟毒。二人总算白头偕老，一直到抗战开始，还能在上海靠出卖古董字画过日子。

　　二姑母就惨了。她考上"北洋女师"，但是她"婆家"以秋瑾为鉴，却坚持不许他们未来的媳妇进"洋学堂"，而为"红顶子"祖父勒令退学。等到她"庚款留学"的未婚夫自美国归来，又嫌她是"旧式婚姻"、"没有新知识"而单方解约。二姑妈自杀了。

　　三姑妈就更惨不忍言！她也在相同情况之下，做了一位"英国留学生"的"乡下大太太"。一次丈夫回家"祭祖"，她为要求丈夫"带她出去"不成，而一怒跑回娘家。在县城之内，单独雇了"轿行"里的一顶"青布小轿"，赶回林家庄。谁知由于她年轻漂亮多金，而引起两位轿夫的邪念——他二人把她抬到一偏僻处所，企图绑票，甚或强行非礼。幸好这位"花票"究竟出身名家，气度逼人。她亮出身份来——"林家庄的三姑太"——并说自己有"烟瘾"。她要二人替她去附近土膏店买"四五两烟泡"。等到烟瘾过足了，他们"要人有人、要钱有钱，并且秘不告人"。两个匪徒信以为真，乃遵命买了来。她又要他二人在门外略等，让她便溺一下，二人也信以为真。这时她看这草房之中，一张床铺之外，只有个无油的油灯，和一个满装的溺桶。她把心一横，乃用油灯装满自己的小便，把五两烟泡，灌入自己肚子里去。随着她又把满装粪便的溺桶扳倒，使粪便满沾衣裤，臭不可当，这时她也已全身发青，腹痛如绞，滚地呻吟。两个匪徒闻声乃破门而入，见状大恐。二人商量了许久，无计可施，乃决定把她这半死的尸体抬起，乘着黑夜，抬到林家大门前的竹园内，弃尸而去。等到林家发现"三小姐"的尸体，已被野狗抢吃了一半以上！

受了三位姐姐身世的刺激，这位仪容绝代、能诗能画，又弹得一手韵味非凡的"巴赫"、"摩莎"钢琴的林四小姐，就决定"不再上当"了。以死相胁，她终于解除了幼年的婚约，在绘画和音乐的课堂上，与青年学子为伴，而"自梳"了一生。在她孤独的一生之中，冷默默的倾慕者和滚热热的追求者，岂是一辆街头的"巴士"所能载得了!?

上帝就是这样地作弄人：四小姐的未婚夫，一位秉性淳厚的大家公子、好好先生，不忍心解约，宁愿"高挂东南枝"，也不愿"与四妹仳离"。数十年来，他总在同一地区、相同的学校，遥为监护，偶有机缘，也偷看她两眼——越看越舍不得离开她。结果一个是铁石心肠，另一个则痴情到底。总希望以真情感动她，盼"四妹心回意转"——化作春泥、化作蝴蝶、化作杜鹃，究有何益!?写来令人掷笔三叹。文孙五个姐姐的凄凉身世，作者也就不忍多叙了。

七姐之死

张叔伦对他们林家的"调查研究"，可说是纯学术性的——他可根据手头的社会资料，在美国康乃尔大学写一篇第一流的"硕士论文"甚或"博士论文"——这种社会调查是不掺杂个人情感成分的。

他所述的生动故事，对曹文梅和其他女同志来说，也只是一些颇为感人的"故事"。故事毕竟是"耳边风"，风吹过之后，一池春水，自会恢复平静。可是张君这些故事，对有切身感受的林宅中人来说，则是触动心房跳动的微波。只有心房停止跳动，这电子微波，才会消逝。

在她们这一群十多个"同志"之中，只有小莹一人，感到这些故事，不是"故事"，而是"情感"上的"死结"。

小莹是"林老师"最宠爱的学生，而"林老师"便是这故事里的"林四小姐"——那两位惨死的林家姑娘的"幺妹"。这"幺妹"又最宠爱文孙，也是文孙最爱最亲的"四姑"。而小莹和文孙的结合，则是通过四姑，无意或有意的安排——在小莹心意中，四姑则是为她有意作筏的"媒人"。她对"林老师"之爱，和文孙对四姑之爱一样，都是自襁褓时期便开始的。

文孙是个软心肠的小"糊涂公子"，他每次提到他几位姑妈、姥姥（方言，指姑姑）或姐姐们的身世，都热泪盈眶，他痛恨那个"吃人的社会"，认为那对他的几位姥姥和姐姐，太不公平了。谁知小莹比文孙心肠更软，每次当文孙说得眼泪汪汪之时，小莹伏在他怀内，常时弄得泣不成声，尤其是对文孙个人情感上感受最深的"七姐之死"。

文孙的七姐文君，可说是他林家最不幸的女孩。她生下尚未满一天便被母亲僵冷的尸体冻得呱呱啼哭，惊醒女佣，才被抱起的。在她生下的第一周，家中便停了三具棺木，载着两女一男的死尸——男的气死，女的吊颈。庄内主人千不怪万不怪，却把一切凶事，怪在这不幸女婴的身上——他们认为，林家庄内一切惨事，都是这不祥之物带来的。这要在一个普通农民的家庭，那她肯定是被"溺婴""溺"掉了。在一个大地主的家庭，她能侥幸地活下去，可是活着比死掉更惨。

不幸中的不幸，则是她生于"寅年"，寅年属"虎"。这头雌虎，一来林宅，便"吃"掉了三位主人，包括她自己的母亲。将来可能还会"吃"掉其他的兄弟姐妹。他们为防备这头雌虎作邪，乃把她取个恶名叫"文君"。"文君"是个寡妇的名字，取此恶名，好让它"两恶相冲"，老虎就不会伤害别人了。

因此，这个丧母失宠的孤女，一生下地，便由家人交给一个奶妈专管。这位奶妈脾气既坏，人又势利，她看到林宅中人也恨不得这女婴早夭，她便把她自己的男婴，带来林家，反客为主，帮着虐待这个失母的孤雏。当她啼哭时，奶妈便"扭"她、"切"她，甚至"囚"她、"饿"

她，竟使这个可怜的孤儿，三四岁时就知道看人脸色，就知道避着人，偷点食物充饥。她原是个聪明秀丽的小女孩，可是在众人尤其在她奶奶虐待之下，却变成个黄瘦、孤僻、不哭不笑的小怪物。论她在林家的身份，她正是名正言顺、不折不扣的"七毛姐"；可是怕雌虎的迷信，和重男轻女的传统，却使她变成自己家里"大厨房"内的"小叫花"，连家中男女仆人，和仆人的子女都叫她"小寡妇"；新来的仆人和访客，简直真以为她是个"小叫花"。

"小寡妇"、"小叫花"在众人折磨之下，就更变成个不讨人喜欢、形容枯槁、生性乖僻的失宠孤儿。除了偶尔归宁的姑母、来访的姨妈，或许会抱着她滴一两滴眼泪之外，她在自己的豪华的庄园之内，似乎已不存在了。

"小寡妇"五岁的时候，她的生命上又添了个继母——她第一次可以叫"妈"的女人。这位"晚娘"还知书识礼。她对这个可怜小孤女倒十分同情，替她做了"绸袍子"，并煮"牛奶粉"喂她。不幸的是她已孤僻成性，她对晚娘反而亲近不了，而使晚娘流泪伤心。一年之后，林家家运大转——这位晚娘生了个"儿子"。"大少奶"不用说地位陡增。纵使公公婆婆不时都来嘘寒问暖，家中男仆女仆，自更不敢怠慢丝毫。一夕之间她就变成林家庄，最能一呼百应的主妇了。

渐渐地她把"七毛姐"换了个奶妈，又添了衣服。"小叫花"已不再是个小叫花了，但是，"小寡妇"孤僻、自卑的习性已成，不是"晚娘的爱"可以改变得了的了。加以文孙幼年又长得白白胖胖、聪明活泼，祖父母视如"龙蛋"，家中无人不爱，也无人不捧，他更是占了母亲百分之九十九的精力，在他身边和他一起玩耍的"七姐"，自然也是他呼来使去的婢女之一，不如意时，甚至还要打她几下。打过之后，"七姐"甚至连哭都不敢哭一下。但是纵使如此，"七姐"还是最喜欢"弟弟"——"弟弟"事实上也是"七姐"短短的生命史上，最爱的甚至唯一她"爱"

第六章　为中国农村耙耙底

过的人类；而"七姐"也是"弟弟"生命中所最爱的亲人之一。年纪长大了，智慧开了，他才开始"可怜"七姐，为七姐的幼年遭遇感到不平，使自己也生了无限"悔恨"和"犯罪感"。等到他遇到另一个爱他的而与七姐同样可爱可怜的女人叶维莹，他那赎罪的心情，就变成他爱情烈火上的汽油，爱屋及乌，乃一发不可收拾。而他这股油烟，竟也变成一道藩篱，把他所爱的人，重重围困，使她内在的情感冲不出去，外来的爱情也渗透不入，而酿成了连环悲剧。

"七姐"还有桩使上两代痛恨的事，那原是他们自取其咎的——她的"寡妇"之名，和雌"虎"之属，使她订不了亲。最后总算找到一个"富孀独子"的家庭。这位独子属"鼠"。老鼠是不怕老虎的，所以就"门当户对"地订下了。谁知这位"纨绔子"、"惯宝宝"，被妈妈宠坏了——他无心"举业"，学校里读不下去，初中才毕业，妈妈就要替他"完婚"了。但是"七姐"却是她自己初中"毕业班"上高材生，希望读高中、升大学的。不幸他们林家和其他一些"缙绅之家"，都是被"婚变"吓破了胆的。祖、父两代都坚持不可。为此文孙竟至怒不可遏，他对父祖讲不了话，乃向母亲为七姐哭诉：

"妈呀！"文孙伏在妈身上啼哭着说，"您忍心让七姐跳火坑吗？"

"宝贝，"妈也流泪地说，"七姐要是我亲生的，我才好向祖父说嘛……"

文孙不得已，乃去找正在暗中啜泣的七姐，劝她"逃婚"，"逃出这罪恶的家庭"！但是七姐自卑成性，她虽属"虎"，事实上却是一条软绵绵的小"羔羊"。她怎敢向猛虎吭气。她驯服了、结婚了，并生了两个聪明活泼的孩子。

但是七姐婚后生活是痛苦的。她常时劝不事家人生产的丈夫，和她一道去"升学"。"时代不同了，不能专靠'粗米'和'瓦片'过日子。"可是丈夫不但不听，有时脾气发了，且倒持鸡毛帚，把老婆打得遍体鳞伤。而七姐竟是这样一头羔羊，她被打之后，擦擦眼泪，还是去替丈夫"煮洋参"，服侍他喝。

有次七姐被打得连婆婆也看不过去了。她老人家去"拉架"，在混战中，她自己也挨了儿子两棍，打得左臂多少天也动弹不了。

后来孩子渐渐"断奶"了。丈夫又经常在外面混小差事而成年不归，七姐乃说动丈夫和婆婆，让她到本城"鼓楼医院"的"护士学校"去当"实习护士"。不幸，她又被分入肺痨科病房，竟然被传染了肺病。医院不能容纳她了，七姐回到自己家中，又怕把肺病传给了两个孩子，她乃把两个宝贝送到外婆家寄养。在自己家中，她就只能和一位衰老的婆婆相依为命。

婆婆是个没有知识的好人，对七姐不错，也是七姐短暂的生命中，最后阶段中唯一的亲人。她病体支离，不能没有婆婆；婆婆衰迈，也不能没有媳妇。一次婆婆也病危了，七姐带着三期肺病之身去服侍衰亲，也不知如何能挽救婆婆。七姐本是迷信的牺牲者，现在她却想以迷信来抢救婆婆的生命——她偷偷地从自己瘦削的膀子上，割下一块肉，放在药罐子里面作"药引子"，煮熟了给婆婆吞下，做出一桩愚昧的"割股疗亲"的蠢事。也是婆婆命不该死吧，她吃下了媳妇的"股肉"，不久果然病就好了；而七姐的剪伤，却继续溃烂，终至不可收拾——她把自己的肌肉喂给了婆婆，也喂饱了细菌。七姐终于不支，在一盏黯淡的煤油灯下，她拉着婆婆的手，嘴唇动了几下，便走入另一世界去了。她心中记挂着孩子、婆婆、弟弟、丈夫……还有些什么人呢？她的眼睛始终看着这个对她太残酷的世界而不肯闭下去，她死在她二十五岁的生日。

当七姐病危时，文孙和母亲连夜赶了去。当他母子赶到七姐病榻之侧时，七姐已死了三个钟头了。当文孙自七姐脸上揭去那张蒙面的草纸时，他看到七姐的两眼还瞪着他，眼角上的两条眼泪，似乎还在继续流动。

文孙一见此情便身不由己地摔倒地上,号啕大哭起来,被床腿、柜角把头上碰出好几块青紫的肉瘤。

"七姐之死"对文孙的刺激实在太大了。他每次想到爱他的七姐,想到疼他的姑妈,再想到那些自杀的"烈女"、"节妇",和一些"坐冷板"、"守活寡"的"活寡妇",他内心竟被激出一股宗教精神来——他发奋要拯救这批"可怜的女人",至少不使这种残酷的现象在他自己的圈圈里出现。

他这股宗教性的狂热的救人的心情,也是他对那有"三度自杀经验"的女友,爱情的出发点之一;这也是他女友热爱他的源泉。小莹常常想:"天下哪有像文孙本性这样好的人呢?"所以她爱他,也更敬重他。和他在一起,使小莹初次感到幸福,感到安全,感到美满——有谁知她的幸福、她的安全、她的美满,竟被日本鬼子的侵略而粉碎了呢?

但是自从她与文孙的数月交往之后,她才开始相信,这个人世本是美好的。罪恶是坏人制造出来的。把这些坏人(包括日本鬼子)镇压了,世界就会恢复美好的。

不过就她自己来说,遇着文孙之后,她认为苦尽甘来,她已是这个世界上最幸福的女人了。不幸二人被战火冲散之后,除非情人重聚,她在情感上,不会有安宁之日。她不愿伤害这一段幸福的回忆,所以在情感上,不可能另起炉灶;因而在人类这个社会中,她在精神上、体质上,都虐待了自己。她也虐待一些苦恋着她的同志,尤其是张叔伦这位"高干"。

第七章

"三八式"的形形色色

"三八式"的理论与实际

在一九三八年的盛夏,在昭觉寺的小佛阁之中,当小莹对张叔伦所做的地主家庭的"调查研究"提出以上的补充时,叔伦也对她的"补充",提出理论性的"补充",足使众姐妹大为折服——虽然据李兰的回忆,那时李兰、朱三妈、涂全胜、王秀英她们和李七爹,对"张书记的话",一句也未听懂。

"张书记那时是我们山上山下的最高领导,"李兰说,"也是最忙的人。"叔伦认为山下那个"自卫大队"只是"乌合之众","迟早要出大纰漏"。那时秋收季节已近,当地原先解体了的国民党政权,已恢复了"乡镇建制"。日本人也搞出个伪政权,使原来的"三不管"的地区,渐渐地变成了"三管地区",而三方面的目标都是在争取"秋收"。等到他们由"三管"而"竞争"、而"摩擦"、而"冲突"、而"刀枪相见",则地方农民就更要遭殃了。

所以张叔伦认为他工作的当务之急,第一便是对"自卫队"那批乌合之众,加强"思想教育";第二便是根据共产党的"苏区经验",抓"基层组织"，因为国民党"干训团"训练出来的一些"乡镇干部"已逐渐形成一种新官僚体系、新地主阶层——他们不但与当地农民脱了节，与老地主（如林放鹤堂）也有尖锐的矛盾。这种新官僚、新地主，可能比旧官僚、旧地主更为可怕。

"最倒霉的还是胼手胝足的贫苦农民，"叔伦告诉诸姑娘，"我们要把农民组织起来，来保护他们自己的利益。"

抓基层组织，根据叔伦的指示，最好以林家原有的"佃农"为基础。叔伦在他们林家账房内，已找出他们全部名单和账目。这些"佃户"，不但与林家有"东佃"关系可以善加利用，有的甚至与林家有深厚感情——像赵婆婆的一家——他们可以林家名义去"减租减息"，充实义仓，争取"秋收"。不要像国民党乡镇干部，那种"竭泽而渔"式地贪污自肥胡搞一泡。

"维莹啦，"叔伦特自告诉小莹，"这个世界不是个单纯的'好人'和'坏人'对立的问题。那是个'政治经济制度的问题'，是个'不同阶级对立的问题'啊。"

叔伦认为林文孙这位"公子哥儿"是位有情感、有正义感和有血性的"好人"。他所看到的社会上的不平和罪恶——例如男人欺侮女人的问题，富人压迫穷人的问题——都只限于他耳闻目睹的小圈圈，是片面的，没有看到全局，也没看到彻底解决的方法。

其实所谓"好人"、"坏人"都是相对的。如果不牵涉"本身的利益"，社会上人，绝大多数都是"公正"的——虽然"公正"的观念和范畴，亦有其严重的阶级性。

叔伦强调说，一桩事如牵涉当事人"本身的利益"，则绝大多数人（包括你与我）都是"自私"的——只是各人"自私"的程度，颇有不同罢了。有绝顶的自私自利——所谓"人不为己，天诛地灭"，也有轻微的自私自利。有心黑皮厚的自私自利，也有时感脸红心跳的自私自利。二者的分野，就是"坏人"和"好人"相对的定义了。

至于制度，那分别就大了。一个好人如不幸卷入了坏的制度里去（例如传统的封建制度），那你最多只能做个"清官"——清官事实上干的也是一些"助纣为虐"的事，做坏制度的帮凶。例如目前那些腐化贪污的国民党"乡镇干部"，有很多都是有血性有正义感的青年。但是你一旦"身在庐山中"，视而不见，就跟着贪权好利的腐化了——人总是"人"嘛。大权独揽、金钱在握、美女在抱，连孔老夫子、耶稣，恐怕都心慌意乱了，何况我辈凡夫俗子呢!?

但是，据叔伦说，一切"制度"都是"阶级"的产品。人类对自然事物自从发生了"私有观念"之后，就产生了不同的"社会阶级"。上面的阶级便统治下面的阶级。"统治阶级"便压迫"被统治阶级"。压迫的方式很多，最巧妙的方式便是把这"方式"化成"制度"——例如"封建制"、"地主制"、"资本主义制"、"宗法制"等等——和与这些"制度"有血缘关系的"风俗习惯"，例如君尊臣卑、男尊女卑等等风俗。

所以要解决社会上一些不平的现象，不是单纯的镇压、消灭坏人的问题，必须搜根，必须彻底解决。彻底解决之道，则是要变换这个现有"制度"；要变换这个现有"制度"，则必须消灭这个"制度"的"现有统治阶级"。要消灭现有统治阶级，则必须发动现前的"被统治阶级"，向现前的"统治阶级"作"阶级斗争"，争取"解放"。

因此"抗日战争"只是一种对抗国际"资本主义"侵略的"民族解放战争"。民族解放了而阶级没有解放，则抗日战争对占中国人口百分之八十以上的贫苦农民，便失去意义。所以为着中国人民的彻底解放，叔伦指示诸同志应以组织西山东区的贫农"地下网"为当务之急。只有这以贫农为主体的"地下网"，才是真正革命阵营里经得起任何大风大浪的礁石，任何反革命势力都消灭不了的革命基础和原动力。但是要组织好这个地下网，他们要有个颠扑不破的"革命指导力量"。

第七章 "三八式"的形形色色

叔伦这位已有十二年党龄的共产党员，这次是自动请调，衔命而来的。武的任务是发展游击武装；文的任务则是发展地下党的组织。他是本地区的"书记"。凡经他亲自遴选训练的前"政宣队"老同志叶维莹、曹文梅等七八人，今次都经过"张地委"介绍正式入党；朱三妈、李七爹都志愿列入"预备党员"；李兰、小和尚、王秀英、涂全胜等则加入"青年团"；张得标、李连发则由"新四军军部"加派"游击队正副队长"军衔为"外围"。张书记认为"烟掸帚张三"的"问题比较严重"，暂不加委，借口是"先戒烟瘾再说"。

新四军政治部张叔伦少校直辖之下原有六个"临时难民收容所"、一所"医院"，随张少校而来的地下组织，因而也有一个"书记"和七个"副书记"。昭觉寺这一支部，由张书记提名叶维莹为"副书记"，小莹因身怀六甲，不任繁巨，坚辞不就，并改推朱三妈或曹文梅担任。但是张书记不许。他认为朱三妈是个最理想的工作干部，但目前不能当领导干部——她还需要有耐性的"思想教育"来改造。文梅的才能甚强，张书记则认为维莹的"社会关系"，在目前比才能更重要，劝小莹勉为其难。

至于"社会关系"，文梅和维莹都知道，只有一半是真实的，另一半则是书记的借口而已。叔伦知道文梅的工作能力远非维莹能比，但是主要的还是"思想问题"——小莹思想搞通了，而文梅则没有切身的体验，思想没有深入她的灵魂，而当革命干部，在叔伦看来，"思想战线"，还是比重最高的。

有了这个坚强的领导班子，张书记如臂使指地运用起来，西山东区的农村，就逐渐变红而永不褪色了。

"你又不是替美国 CIA 工作"

林文孙博士听到老友李兰场长所叙述的，一九三八年（民国二十七年，也是抗战第二年）共产党在他家乡搞地下组织的情形，不禁豁然而悟。

他告诉李场长说，当他于一九四六年（抗战胜利后第二年）从印度回国返乡时，只见家乡一片糜烂，荒田处处，民生痛苦达于极点。那时他父母便告诉他，家乡到处都是共产党。连最忠厚老实的赵全财和他的老婆（赵婆婆）的三个孙子，有两个都当了共产党。他另外在上海做工人的两个孙子，也在搞罢工、搞工运。

"连这个'小茅匠'都是个共产党！"一次爸爸指着小茅匠告诉文孙。那时爸爸要在"老马房"之后，添盖一间茅草"披厦"，好让带伤归来的儿子有一榻之地，所以找小茅匠来帮忙建造。

这个"老茅匠"的儿子"小茅匠"是文孙儿时一起穿"开裆裤"的玩友，亲如兄弟；这时正爬在屋上铺茅草，忙得一身汗。

"小茅匠呀，"文孙仰起头来，笑着问他，"你也当了共产党了吗？"

"三哥……"小茅匠抹一抹头上的汗，傻笑了一下，又去铺茅草了。

"小茅匠那时的直接领导，就是你的老婆呢！"李兰说着笑成一团（这原是桩十分滑稽的故事嘛）。李又说："田军是我们那个地区的副书记呢。"

"小莹那时在什么地方？"文孙问。

"我们那时都在苏北，"李兰说，"国民党把你的老婆孩子，和我们整个基层干部，在'皖南事变'之后，都赶到苏北去了。"李兰唧唧地笑得好开心。她又说："国民党说我们是'匪'，我们这群男女'共匪'——包括你那八岁的儿子'小共匪'，都在苏北、鲁南一带'流窜'！"

"你们那时如果私下通知我，"文孙认真地说，"我可前去加入你们，带着老婆孩子，和你们一道'流窜'。"

"哪有那么容易！"李兰也认真地说，"那时国民党坚持要肃清苏北鲁南——内战，解放战争正在最高潮，你纵使来了，组织上肯定信不了你……"

"你们和小莹应该可以信任我嘛。"

"那时内战正在疯狂地进行中，大家组织性再坚强不过，"李兰说，"我想那时连小莹也不会信任你！"李又补充一句说，"那时连你那八岁的儿子，也不会信任你——三哥，我现在对你很信任，但是那时你如来了，小莹和我都会建议把你抓起来……"

"打起内战来，"文孙深沉地叹口气，"情人、同胞，就那样六亲不认!?……"

"革命嘛！解放嘛！"李兰也叹口气，"没那种精神，解放战争怎能胜利……"李兰说着叹了又叹。

"你说那时小莹是小茅匠的'直接领导'，"文孙又问李兰，"你们在苏北，相去数百里，如何'领导'呢？"

"这儿是我们的'根'，"李兰说，"国民党可以破坏我们的组织，但是国民党挖不了我们的'根'。像小茅匠这样的同志，国民党抓又抓不得、杀又杀不得——'野火烧不尽，春风吹又生'！国民党对我们毫无办法。"

"那你们和小茅匠有无往还？"

"我们的地下管道，消息灵通得很呢！"李兰说，"不然我们怎么知道你到美国留学去了呢？"

"你们怎么通消息呢？"

"三哥，"李兰说，"你又不是替美国CIA工作，你问这些事干嘛呢？"

"……"文孙经李兰这一反问，不免一怔。他立刻体会到坐在对面的那位精明强干的女人，已不再是四十年前耳鬓厮磨的童年玩友，她是个"共产党"！是个中级"共干"，领导数十人，威震一场的"李场长"——这一怔，对文孙真非同小可。

但是那心直口快的李场长倒未体会出教授的戒心，她说他们自"皖南事变"之后，整个组织是被赶到苏北去了。但是他们领导干部们，尤其是小和尚，却常时回到县城来，指导柳和集一带基层群众（像小茅匠那样的同志），展开工作。小和尚那时才十三四岁，长得一年一个样子，县城中人没人认识他，可是在柳和集，恐怕就有人认出了。

"但是小和尚回到县城，住在哪里呢？"文孙还是忍不住地问了一声。

"他住在邢小龙同志家，说是小龙爱人的表弟。"

"邢小龙!？"文孙不免又一怔，"那个在'春江大酒店'当打杂的'小聋子'也是你们的同志？我们是老朋友嘛——你们共产党真无孔不入……"

"你老婆、三少奶奶'动员'他加入革命的嘛！"李兰站起来走过来拍拍文孙的肩膀，笑不可仰，说，"三哥，你对革命大有功劳呢！"

"……"文孙长叹口气，问道，"小聋子现在在什么地方？"

"三哥，"李兰笑着把三哥抱住，说，"你在招待所的伙食，就是他供应的嘛——你吃的招待所里的饭很合口味罢！"

"太好了！太好了！都是我三十年来，日夜所怀念的，"文孙说，"最初我以为只是'家乡口味'呢。"

"不只是'家乡口味'呢，"李兰调侃地说，"是林放鹤堂，林三少爷的口味呢！——好吃吧？"

"……"文孙愣了半晌，感到尴尬，也有点犯罪感。

"小和尚和我以前吃你的剩菜吃得太多了，也吃出你的口味来，"李兰说，"这次小龙同志做一份'冬鳝'给你吃，也送何任一份。"这时李兰放低声音，轻轻地说，"——几乎惹批评呢。"

"我当时便问服务同志：'哪里来的这种名贵的东西？'他们说是

第七章 "三八式"的形形色色

乡下'生产大队'送来的。"

"你知道哪个'生产大队'吗？"李兰瞅着文孙开玩笑般地问。接着她又说："就是胡小茅匠的生产大队。小茅匠听说你回来了，特地挖着送给小龙同志的。"

"儿时伙伴，穿开裆裤的朋友嘛……"文孙说来不觉两泪一溜而下，"……老朋友们，都还记得我呢……"文孙深受感动。

"我们这儿'三八式'老同志，哪个不知道你？哪个和你没有朋友关系？"

"我是'黑五类'，五毒俱全，应该遭受清算的。"

"以前搞土改时，清算过你的——现在你是中央指示要受'热情招待'的'贵宾'了。吃点'冬鳝'算什么！"

"他们知道不知道我和田书记的私人关系呢？"

"'三八式'老同志全知道！后加入革命的，全不知道！"

"年轻点的同志，也未听人说过？"

"他们捕风捉影——谁知道林文孙博士是田军书记以前的爱人——没人知道。"

"'三八式'老同志没人露口风？"

"海外关系、美蒋特务——谁敢惹火上身？像我这样大嘴巴，我也不讲；他们要我和田军'划清界限'，我也不划。去他娘，像我这样农村中贫农家庭、烈士家庭出身的'自来红'，他们一些后加入革命的小'市平'，能把我怎么样？但是我不同他们打架——不像朱三妈，她打人'头头'的嘴巴，被人把老腿打断，气得去'投井'……"

"……"文孙叹口长气。

"三哥，我们'三八式'老同志对你都不错呢！"

"小茅匠不是还有个弟弟吗？"文孙问。

"三年自然大灾害中，都饿死了唉！"李兰说。

"饿死！……"这对文孙又是个晴空霹雳。

"他们照例不应该死，"李兰说，"军属嘛，那时小茅匠参军在西藏。"

"饿死？……"文孙心里在想而口不敢言，乃换了个题目，问李兰说，"邢小龙现在在本城吗？我们快四十年不见了。"

"他今早在看你的电影呢，"李兰说，"田军介绍他是'邢主任'，你未注意。"

"今早我以为在座的全是生人，谁知道有这么多老朋友呢？"

"小龙还是老样儿，就是老一点，"李兰说，"他还保存了一张他和你夫妇一起拍的照片，预备今晚还给你……"

"你说邢同志入党是小莹介绍的，"文孙不经意又问了一句似乎不应该问的话，说，"他那时留在县城做什么工作呢？"

"三哥，"李兰笑着说，"关于我们的'党'和'军'，官样文章，都没什么可谈的。还是你们林家事有趣些，我们还是集中谈你们林家和你老婆孩子的事吧——那些故事真谈不完呢……"

"你说得完全正确。"文孙若有所悟地接下去——二人还是谈私事比较妥当；文孙说："你知道我家，比我清楚得太多嘛。一切都不存在了。我倒很想多听听你的故事。将来我也可转述给我的美国儿子们听。"

农村泥土中的"根"

根据张叔伦的数据，李兰说，你们林家这个"超级大地主"，完全是个"空架子"。按"转变期中经济成长规律"的发展，它会自然消灭的。纵使不通过"抗战"、"解放"、"土改"这五关六将，它也是生存不下去的。

张叔伦这位美国专家所训练出来的中国农业经济的调查员，所收集的数据，便说明得很清楚。

第七章 "三八式"的形形色色

"维莹呀,"叔伦告诉小莹说,"你这位林三少奶奶的家当也很有限呢。"

"我有什么家当呢?我是个真正赤贫的无产阶级,"小莹微笑着说,"我只嫁了个'大地主的儿子'就是了。"

"文孙这位'大地主的儿子'的家当也很有限,"叔伦说,"还抵不上战前一位中学教员呢。"

"指导员,"小莹说,"我看不止哎!"小莹毕竟做过三天的"少奶奶",她深知林家的底细呢。

"少奶奶,"叔伦开玩笑地说,"我们研究农业经济的,结论要根据统计数据嘛。"

以下便是张叔伦在林家"账房",和"林放鹤堂家庭图书馆"中收集的"数据":

林放鹤堂,根据当地传统通用土地单位,拥有良田八百担。每"担"合四市"亩"计,这家"超级大地主"有耕地三千二百亩。六华亩抵一英亩,则林家是个有耕地约五百三十英亩的稻作"农场"。

一个五百英亩的农场,在北美洲(包括美国和加拿大)、澳洲,南美的巴西、阿根廷,乃至中、西欧,都只算是个"中级农场"。在这种农庄中操作的全时自耕农和雇农,大致不会超过十几个成年农民——农忙时临时工除外。

以一个五百英亩的农场收获所得,来供给场主的营业利润和十来个全工和半工的工资,则其利润不会太小,工资也不会太低。所以在那工商业相当发达的欧美国度里,城乡之间的经济差距,不会太大。

但是在中国可就不一样了。且看这同样面积的中国稻作农庄,养活多少人:

林家的主人便有四个已婚的兄弟和一位未婚的妹妹。按林氏堂规,未嫁或残废女子,在家庭"析产"时,应分得男子应得财产之一半。林家在"七七事变"时,四兄弟已生子女十余人——包括文孙在内的堂兄弟七人，而文孙的三位婶母（和一些不知名的二叔的情妇），甚至文孙的母亲，都还在继续"生产"之年。

三十年代中期某一农历新年，他们四兄弟均回庄过年、祭祖。四人乃做个"析产"而不"分家"的"试分"——把全家田地房产，试分为五份。四兄弟各"一份"；未婚四妹"半份"；另留"半份"为庄园"维修费"。这样一分，则四兄弟每人仅有水旱田六百四十市亩，或一百六十"担"，约合一百零六"英亩"，而一百零六英亩，在欧美就只算个中农或小农了。

这个中国"超级大地主"，四兄弟的个别土地生财，按欧美标准，既然只是四个"中小农"，那他们的下一代"文"字辈十余人，按欧美标准，那就在"清寒线"之下了。

就拿当时的中国标准来说罢。那时长江流域各城镇，中学教员的薪金，平均每月银元一百块，年薪一千二百元。但是他们林家"文"字辈（文孙是"文"字辈的老三），如坐吃山空，靠地租过日子，他们每年所得，不可能超过一个普通的"中学教员"。

所以张叔伦这位农业经济专家，说小莹这位少奶奶和她丈夫的家当，抵不上一个中学教员。他们林家到再下辈——"明"字辈——如靠"祖业"吃饭，那就是"无产"阶级了。

叔伦认为中国的"大地主"与欧美的大地主不一样。中国的大地主几乎全是"官僚地主"——做官的人，以贪赃枉法方式所得来的金钱，向农村土地投资，谋求利润。所以"土地"，则是传统"官僚"的"储蓄银行"。现代储蓄银行中所发的"利息"，其性质便是传统中国地主所收的"地租"。

但是传统中国，没有传统欧洲的"长子继承制"——中国的家庭财产或"祖业"，例由诸子"均分"；而中国又是个"多妻制"的国家，愈有钱，则老婆愈多、儿子愈多。儿子一多，则偌大"祖业"，来个"诸子均分",则各人就所得无几了。老头子做了一辈子的官,贪得万贯家财,"三代"以后的子孙,也就是一窠穷光蛋了。所以传统中国有句谚语,叫"一代做官,三代打砖",指的就是这个现象。

中国没有"长子继承制",据张叔伦这位受过西方现代经济学训练的专家看来,也是"资本"和"土地"不能过分"集中"的主要原因之一,也是"资本主义"在中国迟迟起不来的原因之一。

"土地和资本不能过分集中,"叔伦说,"这是我们祖先维持社会安定的最聪明的发明。"孔子说"不患寡而患不均"。中国的传统农业经济思想家,就是按照这条孔子思想路线来安排其经济制度的。这种制度不算太坏。相反的,它还有维护淳朴的农业社会的许多优点,美国的民主大师杰弗逊,和十六七世纪来华传教的耶稣会教士,都曾对中国的农业制度,赞不绝口呢!——虽然这一制度也妨害了中国工商业的发展。

中古乃至近代欧洲的农业经济时期,亦有其官僚地主(封建王公)和教会地主(各地的教堂),但是这些土地生财,在个人家庭则通行"独子继承制",在教会则是教堂单线承继,所以既集中的财产不会分散。等到"重商主义"一起来,继之以"工业革命",这些既已集中的财产,便很容易地转化为工商业资本,而产生实业家、金融家、富商大贾和现代化自耕农庄——这些都是近代欧美"中产阶级"的骨干。中产阶级兴起之后,在政治上架空了封建贵族和教会内的神职霸主,就变成今日西欧北美的中产阶级专政的局面了。中产阶级的头头之间,为着共同的繁荣安定,乃不得不约法三章,相互妥协,这样就产生了中产阶级所自吹自擂的民主法治了。

中国的超级大地主的数目,实在很有限;有之——像"林放鹤堂"那样的地主——也不能直接转化为"工商业资本",因为主人太多,资本分散。愈分愈小,就必然消灭无疑。

"张指导员，"小莹插嘴说，"我看他们林家不是'愈分愈小'，而是'愈滚愈大'呢！"

"小莹呀！"文梅调侃她说，"你到现在还说什么'他们林家'——你这'少奶奶'都白做了，你应该说'我们林家'……"

"……"小莹未搭腔，只是微笑一下，但神情之中，多少也认为文梅所说甚是。

"维莹啦，"张指导员接着说，"你们林家如果没有'抗战'，你们的确'愈滚愈大'，但不是在'土地'上打滚——'转变期'一过，有钱人的资本，就不会再在'土地'上投资了。乡下佃农多么穷困，你能榨出、压迫出他们身上多少油水来!？"

根据张叔伦的调查，这个林家庄内真正的超级大地主，只有一位——其他都早已"转化"了。这位超级大地主便是小莹的公公林伯章。伯章在日本法政毕业后，做了短期的"革命党"。民国成立后，做了两任"京议员"，成为"北洋军阀的余孽"。北伐之后，就退休在家中做"员外"做"地主"了。

但是他家究竟有多少"田地"、"世房"、"钱钞"、"古董"……他也不太清楚——一切都得去问张老管家。张老管家是"红顶子"时代留下的遗老。平时除掉林家在"修桥补路"、"义仓"、"义渡"、寺庙"香钱"、"红十字会"等庞大开支，他如数家珍之外，他也未对任何人"清"过什么"账"。他自己薪金多少，也没人知道。只是讨厌他的"郑奶奶"，有时揭他的底，说他大儿子是"头号米商"；两个小儿子都是美国"麻子电工"毕业的，抗战前已在上海做资本家。

文孙的二叔林仲才，则是"庚款留美"，回国后一直在"上海开厂"，有职工千人。北伐后南京地产涨价，他在南京"炒"了一阵地皮，蔚成巨富。三叔叔通，同济大学毕业后留德，曾在克鲁伯厂任实习工程师。三十年代由大学教授转业兵工，入"军委会"递升为兵工署陆军中将。

第七章 "三八式"的形形色色

林家庄内一批新式武器，尤其是德制"驳壳枪"二十余支，便是林中将以对抗"红军"为借口，取得军委员执照运回的。

文孙的七叔、"小七老爷"或"大七少"林季成，清华毕业后入美国哈佛深造。回国后在交大兼过短期课程便改行做"进出口"。大七精通英语、法语、沪语、粤语，兼以为人倜傥，舞艺超群，驭车跑马，均属第一流，加以生意兴隆、腰缠万贯，是战前春申江上、交际场中，有名的小开佳公子。但他毕生以"清华毕业"这一科名，最感自豪。所以在家中花园一角，请五侄婿老同学张崇直设计，建一水畔凉亭，自题其额曰"水木清华"。他并自美国携回一盒上等"重荫草籽"，在亭畔辟一美式草坪，自己设计一"水枪"为草地浇水。因此小和尚当年在林家庄落难时，除掉替张老管家"倒夜壶"之外，便是替小七老爷的"草皮""打水枪"。小和尚讨厌夜壶，却热爱水枪。

总之，照张叔伦的调查，林家这四兄弟，只有老大（文孙的爸爸）才靠收租过活。其他三兄弟皆"都市化"了。这点"乡下地租"已不在他们计算之列了。正如大七说得好："那几筐稻，还不够七爷'别克'一年的汽油钱！"

兄弟们不靠地租过日子，"析产"也就犯不着认真了。那点烂田土，就让大哥去管管，做做"土财主"，充充"大老爷"算了，逢年过节，大家自都市归来，脱去西装、穿上土棉袍，磕头、祭祖，正如上海"中西"毕业的"大七太"所说的，"真够别致"呢！

"林家庄"是个什么东西？它像一棵已经移植到都市的果树，还有点腐烂了的"根"，留在农村的泥土中就是了。日子久了，"根"烂完了，姓林的和农村也就脱离关系了。向恺然老师替林家庄看"风水"，说它是"离心沙水，子孙四溢"，倒颇有点科学根据呢。

跟二爷去上海

听完张指导员对林家经济的分析,那位对林家情况一窍不通的"林三奶",却补充说,"他们林家"不只是自农村移植到都市去,也是从农村移向另外的农村。因为"大七少"在苏州乡下还有个农场。

"七叔的'娘',还住在那儿。"小莹说。

"那个苏州农场,不是个真正的农场呢,"叔伦说,"那只是一座上海资本家建在苏州的别墅!"

这时文梅插嘴说她上次陪小莹去林家庄,也在庄内住过三天。文梅的印象是,他们林家的生活"太阔气"了;而他们的佃农如一个叫"霍大盆"的,实在是"太贫困"了——孩子们连裤子都没得穿。

"指导员,"文梅建议说,"我们实在要帮政府搞'二五减租'。他们地主对佃农的剥削实在太厉害了。"

"我以前在金大和洋人一起搞'农村调查'时,也是这么想,"叔伦说,"现在看过林家账房里完整的资料,我的看法,也有改变。"

"'二五减租',甚至干脆搞'耕者有其田',实在非实行不可哎。"小莹加重语气说。

"你们知道什么叫'二五减租'吗?"叔伦问一窠看来聪明、实是糊涂的姑娘们。

"实在不知道内容。"文梅笑得很难为情。

"'二五减租'就是把地主原订租额,减掉百分之二十五!"一位姑娘说。

"不止呢,"小莹说,"听说是减掉百分之三十七点五?……"

张指导员指出她们都说错了。

"二五减租"根据张叔伦的解释,又叫"三七五减租",那原是国民党订的减租办法——并未经过详细调查研究的很空洞的办法。

第七章 "三八式"的形形色色

"二五减租"的理论根据,是一个在美国南部和欧洲农村也通行的"假设"。这假设便是"地主和佃农对出租土地上农作物的收获,各分一半"。国民党的留学生,留学归来,便把外国这一套,也套到中国农业经济上去。

什么是"二五减租"?"二五减租"便是把地主出租的土地上,农作物的总收获量提出百分之二十五给佃农。剩下的百分之七十五,再由东佃双方平分——这样则农民可分到百分之六十二点五,地主得百分之三十七点五,所以"二五减租"也叫"三七五减租",二者是同一回事。

不过这项减租额,只适合于"小地主"。他们有些是百分之五十对五十,东佃对分的。林家这一超级大地主则不然。叔伦在林家百多年租账上,竟没有找到一庄田的租额是高到百分之三十七点五的,普通田庄租额,都远低于此数。就以林家第一等的佃田,所谓"辅庄田"为例吧。它们在丰收之年,每"担"田(四亩),可能实产稻谷二十"担"。但对这些田,林家最高额只收所谓"七租"——每二十担收七担,低额则收"四租",每二十担只收四担,远低于百分之三十七点五。而这所谓"七租""四租",在每年夏初,所谓"嘴新"之时,东佃双方讨价还价,还可酌减。

所以国民党这种"二五减租",对传统大地主不发生作用;财产有限的小地主,则抗不执行,而小地主则是国民党乡镇干部出身的阶级背景,执法者抗法,所以无法普遍施行。

再者像林家这种大地主,东佃的关系是根据传统帝王时代的习惯法——所谓"东顶东,客顶客"。换言之,地主只享有土地"所有权";"所有权"可以买卖方式易手。佃户则享有"使用权";"使用权"也可以买卖方式易手。东佃双方可各行其是,互不干涉。

据说林家的第一代大地主"红顶子",原是佃农出身,他深知佃农疾苦。一旦身为官僚地主,他并根据大清的风俗习惯,订了很多"肥田不如肥佃"、"薄租多收"的"规矩"。他对佃户的身家安全、生活状况,都颇为关心。加以那时是洪杨大乱之后,农村田多人少,农民勤劳终年,不难温饱,所以"红顶子"竟被许多佃农,忠实地看成"恩东",至少是极少有阶级斗争的仇恨之心。双方相处甚得。

可是日月推移,林府人丁兴旺,财产相形减少,加以朝奉、管家又上下其手,精打细算,佃东关系乃远不如前。

最严重的还是佃户亦人丁兴旺,耕地依旧而食用浩繁。加以"洋布"入侵,副业减少,渐渐地便弄得民不聊生。所幸"林二爷"自美国归来,在上海设厂有职工千余,他竟替他本家的佃农搞出个意想不到的大出路——舍农从工,"跟二爷到上海厂里当工人"。

首受其惠的则是赵全财一家。全财已是林家的第三代佃户。他祖父是个独子,种七租田十担,不但温饱,甚至可说是丰衣足食。可是至第二代三子四女,十担田就嫌不足了。全财虽是他家大房的独子,他自己却生了两个儿子、五个孙子。他这一房仅分得佃田三担(十二亩),养十口之家就很苦了。孙子们有力无田,徒唤奈何,这样他们就变成贫、雇农了。

一次东家林二爷自上海返乡过年,赵婆婆带了两只"凤鸡"和两个幼孙到庄中向二爷拜年。林二爷见赵婆婆两个幼孙眉目清秀、行动灵活,乃带他们去上海厂内当学徒。谁知二爷这一无心之举,竟改变了赵家一家的生活方式。两个孩子在厂中进了补习学校,很快就(如赵婆婆所说的)"一笔滔滔了"。后来二人都做了"领班",按月寄钱回来养家。二人每月所寄的数目,竟超过三个不识字的哥哥全年劳动所得的总和而有余——两个青年工人竟变成一个贫农家庭的"摇钱树"。

后来二人遵祖母之命返乡过年、祭祖,并"定亲",这一衣锦还乡的盛举,真使全乡轰动。在柳和集乘民船上岸时,他二人皆西装、革履、呢帽、呢大衣,老五还戴了副"金丝眼镜",二人皆手提皮箱,步履端庄,微笑点头……真不知羡煞多少乡亲。托媒讲"亲"的更不计其数——赵

第七章 "三八式"的形形色色

婆婆更日夜笑口常开，带着两个孙子四处拜访亲友。到林家拜年时，张老管家也破例为他们开了"中客饭"，并要赵婆婆陪着吃。不用说他二人在家中的睡房，也都挂了青布门帘，使兄嫂都跟着分享风光。

后来林二爷的上海厂中，由于共产党搞工运，闹起"工潮"来，厂长被揍伤，赵婆婆闻讯，乃带"口信"告诉两个孙子，他们如果也跟人胡闹，恩将仇报和"二爷"为难，她便要开赵家祠堂门，把他二人"活埋"掉。

所以赵婆婆的家人被林家大地主剥削了五代之久，她还对林家那样忠心耿耿，甚至对一个十九岁的"三毛奶"也下跪，实在不是没有原因的。

"这种传统大地主，现在虽已风烛残年了，但是居然生存了两千多年，实在也是有其生存之道的。"张叔伦感叹地说，"在一个靠人力、兽力耕作的传统落后的农业社会里，一个'劳力单位'的生产量，最多只能养活五六口闲人。所以在传统社会里，百分之八十的人口，都是胼手胝足的农民。这种社会不能豢养百分之二十以上脱离劳动的闲人。我国传统知识分子所谓'读书人'，都是'脱离劳动'，肩不挑、手不提的'闲人'，靠农民豢养。因此在传统农业社会里，受教育的知识分子，不可能超过百分之二十——这是经济条件限制的结果。一个国家，工商业落后，靠农业过活，则其文盲人数，必然在百分之八十左右——中国如此、印度如此，中古欧洲、近古俄罗斯，都是一样……社会经济问题，真是不单纯啰！"叔伦说着感慨万千，而诸姑娘对张指导员的话，则似懂非懂。

"只有地主才能受教育，做知识分子，"文梅气愤地说，"农民养活他们做知识分子，知识分子又回头剥削农民，这种罪恶社会，不打倒，抗战胜利也是枉然。"

"指导员不是也说过嘛。"小莹补充了一下。

"话要分两面讲，"叔伦说，"文梅的话，固然很对，但是推动中国进步、创造传统中国文化,也都是知识分子干的。"

叔伦对小莹说,他们林家最受人诟病的便是"二爷"林仲才。他私德不修,到处玩女人。但是最能解决柳和集一带农民基本问题的,还是林二爷的办法——他如能带三五百个柳和集一带的贫农子弟,到上海厂里去当工人,则柳和集一带的"农村问题",便可以彻底地解决了。

张指导员又感叹地回忆起来说,当年把"林二爷"揍伤,把他的厂关了一个多月的工潮,他那时也是"地下指挥员"之———那时他还年轻。想不到十多年后,他竟然访问了工人的祖母赵婆婆。赵婆婆如知道张某曾教唆她的孙子"揍"林二爷,赵婆婆不也要把张某"活埋"掉吗?

"林仲才在上海是个'剥削工人'的资本家,"张某心中感到十分矛盾地说,"但是在柳和集,他却被当地贫农看成救人出狱的'观世音菩萨'——我们对林仲才又如何评价呢?"张某也想不通。

"指导员,"小莹替他解释说,"在上海办实业,吸收贫农当工人,国民党政府为什么不做,偏要让资本家去做——赚钱玩女人呢?"

"就是这话呀,"张指导员说,"国民党的混账就在此呀!它能做的事太多了,但是它不做,却拼命开倒车——你看我们此地什么'省干训团'训练出来的一窠小混蛋,一个个做了土皇帝,一个个做了小地主,把你们的传统大地主挤垮——他们买田买地、逃捐逃税、重利盘剥,把捐税军粮,全套在大地主头上。大地主垮了,他们也出不了个林二爷,把无地农民带到上海去……"

叔伦说,林家有佃农九十余户。他访问过十来户。他们对林家的恶感不大;同时还存着靠林家,送儿子到上海去的幻想。但是他们对小地主和乡镇干部,却深恶痛绝——他们最怕的是林家把田地卖给乡镇干部或暴发户小地主。所以他们有句话叫:"不怕水旱荒年,只怕林家卖田。"

"国民党是代表地主利益的,"叔伦说,"但是它在农村搞垮它原有的政治基础,却训练出一批小地主、小贪官、小恶霸,它会自食其果的!"

第八章

饱暖思淫欲

"盥漱室"里的草莽英雄

张少校在小佛阁住了数宵之后,乃冒着九十余度的盛夏溽暑,和不可测的敌、伪和土匪的危险,带着小和尚和另一个二十来岁、替他挑着简单的草席和行囊的小"勤务兵",自己怀着一根小布朗宁,收起眼镜、手表,改装成个小商人,在山上众人还在梦乡之中时,三人乃悄悄地在残月微风之中,下山去了。他连续视察了另外几个收容所和一个病院,又回到他认为"关系重大"而"问题严重"的"游击总部"林家庄来了。

他离开总部不过两个多月,一旦归来才知情势已大变。庄外已树立了一棵大旗杆,大幅国旗,随风飘舞。庄门口,刁斗森严,已站了"双岗",盘查访客,吆喝声声。幸好这些卫士大都认识小和尚,所以三人得进入闸门。

他们走到大厅时,更不免一怔——这正厅上方挂了幅粗陋而硕大的"太上老君"画像。像前有两张方桌摆成的"香案"。蜡烛台和铜香炉之后,则有三张分别铺着虎皮、豹皮和羊皮的"宝座椅"。最不伦不类的,则是厅中黑漆大柱上,还钉了一个蓝底白字的搪瓷牌子,上印"盥漱室"三个大字——这牌子原是自林家自办的小学,所谓"洋私塾"的厕所门边墙上取下来钉上的。

当他三人走到"花厅"时,张、李两大队长和烟掸帚张三都已得报,自厅后花园内迎了出来。最使叔伦感到震惊的,是三人均穿了整齐的军服、皮鞋和武装带。领口上分别挂着金光闪闪的"上校"(张得标)、"中校"(烟掸帚;他黄色符号上写的是"参谋长张三延")和"少校"(李连发)。

张指导员每次来视察时,总是住在小花园的书房里,可是这次这书房入口处则贴一张大红纸条,写着"内眷住宅,非请莫入"。叔伦一见也就止步了。但是小和尚不识字,乃冒昧地跑进去了——小和尚是在林家长大的,他是没有哪一间屋(包括以前"大太太"和"三少奶"的闺房)他不能进去的。

小和尚进去不久,当指导员和张、李等人还在花厅谈话时,小和尚便出来了,手里捧着个朱漆八角"果盒"装满了精致的点心;他自己的衣袋内当然装得满满的。小和尚说,那都是花园书房内"奶奶们、师娘们、小姐们"给的。"果盒"则是她们要他捧出敬客的。

"花园内这些妇女,都是些什么人?"张指导员不免要问。

"我们三人都四十来岁了嘛!指导员。"张三延代大家回答了这问题,他又恳求地说:"总得接个人、成个家呢。"

"指导员,"李连发也补充一句,"我们都暂时住在这里,将来找个'孤庄独村',就都搬出去。"

"那我还没有向你们道喜呢!"

"指导员,"张三延又说,"我们都未敢住正宅堂楼;正宅还留着给你和娘子来住呢!"

"……"叔伦愣了半晌又问道,"你们这些'上校'、'中校'领章谁叫你们佩戴的呢?"

第八章 饱暖思淫欲

"报告指导员,"张三延说,"我们部队发展很快哎——现在柳和集、周家集、西南馆……远至三叉河,都是我们的地盘。溃兵来投靠的,有'蓝边的'(尉级),也有'黄边的'(校级),逃难的难民之中,还有'大学生',我们没个'上校'、'中校',压不住阵脚呢!"

"那你们就自己封官了!"

"先斩后奏嘛,"张三延"中校"尴尬地说,"等我们编妥了,人多枪多,再请'军部'或'委员长'追认嘛!"

"那你们现在发展了多少人?多少枪呢?"

"人'招'不完——现在是'青黄不接'嘛,"三延说,"枪更'收'不完——到处都是!"

据张"中校"说,原先他们"买枪"——订价是"支枪斗米",现在已降到"升米"。前天有位贫农"通风报信"。他们给他五升米,便在一个水塘内,"起"了两根"捷克式"和四根"二把"!

"那你们人枪总数有多少呢?"叔伦问。

"大致三四百吧,"三延说,"刘军需记有'流水账'。""刘军需"原来是帮过叔伦查账的林家"县城仓房"里的刘朝奉,现在被"委任"做了"上尉军需"。

"那你们又钉个厕所的牌子,又摆了香案干嘛呢?"

"我们的'独立总队部',总得有个'办公室'嘛,"三延说,"我本想叫刘军需用红纸写一张贴着。后来我们三人一商议,还是挂这搪瓷牌子,气派些……"

"为什么呢?"

"啊,我们摆了香案!"三延说。他又转述刘朝奉的话:"'盥漱'就是'洗脸漱口'的意思。摆香案,再洗脸漱口,不就是'斋戒沐浴'吗?"

"摆香案又是哪门子事呢?"

"指导员有所不知,"三延说,"此地现在要枪杆子的'小把戏',

都是帮里的'庆字辈',不开香堂,哪能'压'得住他们?"

据叔伦后来的调查,张三延也拜了张得标做"老头子",自己做了"延字辈"。他本有个谱名,但是向来未用过也就忘了。所以取个新名字叫"张延三"。后来他又改称"张三延","张三延"与"张三爷"声音相近,"徒弟叫起来气派多了"!

自从"张三爷"入了"帮"之后,所有"庆字辈"——包括李连发——不叫他"师父",也称他"师叔"——他可"通吃"。"开香堂"虎皮椅原是"嘏字辈"张"老头子"坐的。但是"嘏字辈"太高了,不能收徒弟,收了,"庆字辈"不服,会天下大乱的。

再者按他们"帮规",弟兄伙"做官",文的要做到"戴斗笠"(高级"简任官"),武的要做到"红边边"(少将以上的"将级"高官——将级的徽章是"红边"的),照例"老头子"要送回"门生帖子"的——以后不再"师徒相称",而以"兄弟手足"相称了。据张三爷说,"孙总理"、"蒋委员长",红军里的"朱总司令"、"刘总司令"、"贺总司令"……以前都"在帮","官"做大了,都"出帮"了——张得标如今已官拜上校,"再爬一级",王屠户就要"退门生帖子"了。现在"香堂"由延字辈的张三爷主持,是帮规使然,倒不是他要"架空"张上校。

至于抽大烟的不能"在帮",那是"老规矩",抗战是新阶段,新规矩就不讲这些了,何况张"老头子",正在戒烟呢!?

"那你们三四百人的粮饷,哪里来的呢?"

"我们还没动林家的'高仓'啊,指导员,"三延得意地说,"我们收'田亩捐'、'铺面捐'——有人有枪,还怕没钱没粮!?我们在'西南馆'开了个'拘留所'——还有哪个王八羔子敢抗税、抗捐?"

"你们不是招收了一些'蓝边的'、'黄边的'吗?做什么用呢?"

"大有大用,小有小用,"三延说,"那个黄边的什么他妈的'营附'不服气,赶他妈的娘!给他三十块钱,赶他到武汉去找老上司去了……"

第八章 饱暖思淫欲

"你们这里,真有大学生吗?"

"有两个,"三延说,"我留他二人当上尉参议,并请他们入帮……"

这时三延甚忙,传达员进进出出,川流不息。他并大声招呼大厨房备酒席,并打扫"正房堂楼";而且要找个"好姨娘",晚上陪指导员"过夜",郑重其事的。

叔伦要把那两个"大学生"找来见见面。不久三延果然领他二人来了。一个叫张志文,二十三岁,原在北平"燕京大学"历史系三年级;另一个同年的叫祖作青,北平"辅仁大学"外文系四年级——两个标准北方爱国大学生,这次逃出"敌区",进入"游击区",想去武汉参加抗日阵营。柳和集是他们脱离"敌伪区"的第一站,他们听说张得标是个"游击队司令",所以到林家庄来拜访、投效,就被"张参谋长"留下了——他二人和"新四军"的张叔伦少校,真一见如故,有好多共同语言好谈。

不久酒席开出了。入席之前,叔伦去小便处小便,祖作青也跟着来"小便"。在便桶边二人并肩而立时,作青忽然轻声向叔伦说句英文,问他:"Do you speak English major?"叔伦说:"Yes, I do."作青乃低声用英语说:"此地对你很危险!愈早离开愈好。我和志文和你一道走!"

叔伦闻言大惊,点头会意,二人心照不宣。叔伦本人亦早有此感觉。

这场酒席,非常丰盛。叔伦也认真地欣赏了林家所藏的"百年汾酒",喝得半醉。稍作休息之后,叔伦乃佯称另有战地医院要视察,并回"军部"作汇报,好使叶军长对他三人"加委实衔",免得做"黑头上校"……叔伦并说军部有军用卡车,每周开往武汉领军火。张、祖二青年如想到"后方"投考军事学校,也可搭"便车"。两青年闻言大喜,便准备与张少校同行——好在他二人通过敌区关卡时,行囊尽失,现在身无长物,说走就走。

可是"张司令"和"张老参",却诚意苦留,劝指导员在"堂楼"留宿一宵,稍舒劳困——三延说他已"捡了个很体面的'姨娘'陪睡,保证满意"……

张老参这番话倒语出至诚，不过叔伦终以要务在身而谢绝了。最后老参又招呼"军需"，对二位青年各送盘缠银洋二十元，叔伦也劝二人接受了——叔伦等五人一行，乃辞别登程。三位上、中、少校和刘军需，送了好一段路，才依依不舍而别。

"指导员，我们到哪里去呢？"那个鬼灵精小和尚，已看出端倪，在送行人离去后，难免发问。

"我看我们先去梅溪镇，找刘专员商量商量再说。"张指导员似乎已胸有成竹。这时叔伦乃转身问两位青年，近月来在庄中的情况。作青说他二人最初进入"自由区"时，看到国旗都恨不得下跪。当两张"接见"他们时，他二人那时都激动得泪流满面。后来一看，全不是那回事，他们是一群无知无识的草莽英雄，尤其是那位略识之无的"老参"，"徒弟"满门，吃喝嫖赌，欺人打人，无恶不作。最近更从县城之内搞来一批"扬帮妓女"，在花园内简直"白昼宣淫"。

"他那些小徒子、徒孙，都爬在花厅的百叶窗上看他表演，他也全不在乎。真是不堪入目！"张志文说得气愤填膺。

"你看过没有呢？"小和尚情不自禁地问。

"祖作青和我，都爬在窗子上看过……他才不在乎呢！"志文告诉叔伦说。

"他还无耻地告诉我，说那是'老头子'在练功，'采阴补阳'，寿活三百呢！"作青说。

"那小子可也真行！"志文打个京腔调调儿说，"他没昼、没夜的，房里、房外的。不管是大太阳、大月亮，一来几个钟头……"

"那些妓女吃他不消，往往还半途换班呢……"作青也苦笑着接下去。

"他哪里找来那些妓女？"叔伦问。

"汉奸、日本人供给的！"二人齐声回答。

第八章　饱暖思淫欲

"你说他们通敌!?"叔伦脸色大变。

"他们只知道吃喝嫖赌，管得了什么通敌不通敌……"志文说。

"但是县城汉奸常来拜见他，一起抽烟、搞女人——他们也常进城。张三延还吹牛说'日本姑娘'，功夫好呢！"作青说。

"这不是通敌、汉奸是什么!?"叔伦气愤地说，"让我去和刘专员商量商量看——这问题严重！这问题要立刻解决！"

在怒不可遏的情绪下，叔伦乃率领一行五人，星夜赶去梅溪镇去。

"官"、"钱"和"女人"

张叔伦等一行五人，由小和尚领路首先找到了辞官不做、返乡务农的原"卫生清洁大队"大队长李七爹。李七爹留他们四人在谷场凉榻上睡了一宵。从李七爹口中，叔伦才取得有关张"三爷"的第一手情报。

李七爹是个有家有室的富农，长孙已十岁了。这次是李连发自县城"嫖妓"归来，觉得"过瘾"，二李是数十年老朋友，如今二人都"当了官"——做了"大队长"——为念旧情，所以李连发曾劝李七爹"讨个小"。谁知事机不密，给李七婶知道了，七婶是个大脚婆，能挑百斤重担，一家三代无人不怕她。七婶听了孙子的通风报信，便指着厨房的菜刀，警告七爹说，他如果去和"烟掸帚那狗崽子胡来"，她就要把七爹的生殖器"割掉"。七爹一家和睦，又值今年丰收，加以老伴正直、粗野，他也就饱暖不思淫欲，没有接受李连发"讨小"的劝告——不过他二人是"一起穿开裆裤长大的"，所以李七爹对他们近两月的情况，完全清楚，经张指导员一问，他们在谷场乘凉时，就几乎谈了个通宵。七爹原来只是说些"脏话"——这些"脏话"却是张叔伦少校的第一手情报，根据这些情报，他再考虑对策。

原来"烟掸帚"既找到了"云土",他相信林家一定还有埋藏的"金银财宝"。他乃秘密与张得标、李连发约定,三人一起去"挖窖"。他们三人往往彻夜行动,把可疑的地方都挖了,却没有丝毫发现,可是后来在账房无梯的暗楼上,终于找到了一个笨重的"楠木夹柜",扭开铜锁、打开一看,三人简直目瞪口呆。烟掸帚一时兴奋,竟把"马灯"打翻,几乎惹起火灾。

在乌黑的夹柜内,他们发现了平生未见那么多银光闪闪的"龙洋"。这些"龙洋"(包括"袁大头"、"孙小头"、"鹰洋"、"龙洋"……),百元一组,都整整齐齐地放在有半圆"钱槽"的木盘子上。

三人克服了震惊,在夹柜旁坐了二十来分钟,才决定把"龙洋""点点数"——他们发现有"七十五零半槽"——合计银元七千五百五十元有奇。

在这楠木夹柜之侧,他们又发现一个未上锁的盛"铜元"的木柜。"十文"、"二十文"的铜元,也整齐地放在木盘之上,足足装满百多个上下两格的盘子——那时的物价是一个"十文"铜币可以买一根"油条"。一个"袁大头"可换四百个"十文"铜币,也就是四百根油条。用银元购糙米,则每担三块半钱。换言之,他们三人在这楠木夹柜内,找到了一千担糙米或三百万根油条——这个"金银岛"的发现,真弄得这三位贫农出身的好汉,不知何所措其手足。

三人在暗楼上足足默坐了两个多小时,流了数十两的冷汗,最后,各取数十元自用之外,只做了个"绝不告人"的决定,才偷偷溜下楼来。

如今三人都是有钱有势的大官大富翁了。有"官"、有"钱",另外跟着来的欲望就是"色"了。

讲到"性经验",第一那就推"张老参"了。烟掸帚以前讨过老婆,还生过孩子。后来因烟债、赌债太多,才把老婆"卖掉",孩子也不知去向。他做烟掸帚时,曾"姘"了个土娼。一次这土娼在床头向他要一幅"鞋

第八章 饱暖思淫欲

面布",张三拿不出钱,被这土娟从床上推了下去。自此以后这张床他再也上不去,就变成带发修行的和尚了。

张得标在当兵时,也曾因赌牌九赢了钱,"逛"过两次"窑子"。第一次他"性子太急了",没有成功,"白花了钱"。第二次是"成功"了。但那也是他唯一的一次性经验,以后再没钱逛窑子。他曾希望在行军的混乱中,"抓"个女人来试试,但始终没这机会。后来吴大帅打败仗,他退伍了,就更没机会了。

最惨的要算是李老票了。推了二十多年鸡公车,想积点钱"接个女人",但是钱始终未积够,女人也就始终"接"不到。如今四十打几,还是个"童男之身"呢。

现在好了。三人都有官、有钱、有势。张三延曾把那土娟"叫"了回来,"睡过两次"。张老参嫌她太粗太臭,像个"烂树根"。老参现在的目标是找个像"三奶"一样的"女学生"。他也劝张得标和李连发作如是想,虽然他二人并没有这样大的奢望。

一次一个叫张三延"师公"的小辈,在烟榻上替他"捏烟"时告诉他一个"好消息"——现在县城内的日本人不杀人了。城里又热闹起来。日本人和"维持会"里的汉奸交往很好,并且还开了两个妓院。专供日本人用的叫"皇军慰安所",里面有一大批高等妓女。专供华人用的,则叫"绅商俱乐部",里面的"扬帮婊子",也都是"花枝招展"的。

按规矩,华民是不能够接触日本妓女的。但是"钱出够了",日妓也会"偷偷地来",支那顺民也可"开开洋荤",云云。

这一消息把既富且贵的"张老参"说得食指大动。

据说把思想化为行动,也并不困难,因为在这些"慰安所"、"俱乐部"内工作人员,有好几个就是他的"徒侄"、"徒孙"。最使张老参有安全感的却是那个有实力的伪军头子鲁营长。鲁是本地人,而且是帮里的"庆"字辈。最近和他的上司余司令发生了矛盾,鲁乃通过帮里的兄弟，和自由区内的国民党军队游击队联络，引为暗中奥援。

这位余司令原是在日本学陆军的，曾在奉军杨宇霆之下任参谋，后来在天津赋闲。"七七事变"之后，日本人才把他罗致了，介绍给北平的伪政府，被派南下组织伪军。这次他带了一百多个华北籍的伪军进驻县城。下车伊始，他就看中了敌伪区和自由区贸易的闸口市（当地人简称之为"江口"）。这本是当地伪军的防地，但是余司令会说日本话，又会奉承上司，所以和一些日本的少佐、大尉等混得很熟。有日本人撑腰，土伪军就吃瘪了，所以鲁营长和余司令弄得势成水火。在和自由区国民党军队联络时，鲁营长送礼甚厚，执礼也甚恭。他在暗中和张得标通"口信"时，竟称张得标为"师公"、张三延为"师叔"。他并劝张得标晋升"上校团长"，也把他的部队编成一个营，好使他一脚踏两条船，暗中也做国民党军队的营长，"得机报国"。

张三延原对鲁营长无好感，因为鲁曾一度想依赖敌军的支持，打过林家"高仓"的主意，并且动过收编他三人入伪军的念头。张老参在林家庄升起大国旗，并加派"双岗"的目的，便是想对鲁部伪军起"吓阻"作用。如今鲁营长既然反其道而行，想来加入抗战行列，降级相从，并送来卡其军服和上、中、少校的领章，老参也就不咎既往，"口信"往返就更密切了。后又听到新到"扬帮"的"好消息"，乃希图进城一试。伪军鲁营长也保证"绝对安全"，因为县城仍是他的"防区"。城内日军不过数十人——这时敌军正加紧围攻武汉，精锐均调上前线，后方几乎全靠伪军维持，而贪财若渴的余部"客籍"伪军，则多半驻在靠江的闸口，无力顾及县城防务，所以鲁营长能保证他们三位有意寻芳客的"绝对安全"。不过为防"老汉奸余司令"向日军打小报告，鲁营长劝他三人化装进城、微服嫖赌，他派"便衣队"在暗中保护。

古语云，"色胆包天"。这样一来，两张一李，禁不起诱惑，乃真的乔装打扮，溜入县城去嫖赌一番，并"开开洋荤"了。

第八章　饱暖思淫欲

阿宝的俱乐部

　　根据鲁营长口信的指示，他们两张一李要进县城去寻欢取乐，先得乔装农民，走到西门外"二里铺"一家小茶馆内，再改扮作商人，与暗中领导他们的伪军传令兵接头，一齐进西门。再通过日军岗哨就"绝对安全"了。

　　三人遵命乃在林家翻箱倒柜，找出了两件"官纱"大褂，和一件夏布长衫，两顶"瓜皮小帽"，一顶"板鼓草帽"和三双布鞋。一日清晨三人各带银元一百枚，又选了两个开字辈担任"勤务兵"，偷偷地溜到二里铺，找到鲁营长的"传令兵"。三人换上"大褂"、"布鞋"，乃暗随这小传令兵，进入西门。驻防西门的伪军会意放行。可是第二道岗，却是个短粗的日兵。他横持着上刺刀的长枪，站在西门大街的进口处的正中央，横眉张目，一动也不动，像个钟馗，也像个门神，只见过往的华民客商，打他身边经过，都得停下，脱帽向他作九十度的鞠躬礼，然后才敢继续前行。

　　这是两张一李，平生第一次看到的日本兵，自觉有点气促腿软。但还是随传令兵之后，行礼如仪，可是当他三人戴帽离去时，那日本兵把枪一摆，"哼"了一声。三人为之魂飞天外。经传令兵的指示，原来只是件"失礼"的小事——戴中式瓜皮帽者，鞠躬时不许脱帽。三人补了礼之后，未见日兵反应，乃恭敬地通过这岗哨，走上西门大街。三伏天气，三人都淌了一身冷汗。

　　传令兵又带领三人穿过长满黑刺的一条小巷子，转到南门后街。只见后街也是遍地黑刺，而渺无人烟，只有接近南门那一段黑刺较少，有几匹日本马和日本兵，在那座"张公祠"内进进出出。

　　这种"黑刺"，据渊博的张叔伦说，就是中国古书上所常常提到的所谓"荆棘"。荆棘是一种古怪的植物，它只有在兵燹之后人烟绝迹的城市街道上，才会生长。古文上的"铜驼荆棘"，指的正是这种东西。

那座张公祠，原先是为纪念张家一个内战有功的"红顶子"，由光绪皇帝下诏建造的，十分宽敞雄伟。现在却被日军霸占，改为妓院，就是那有名的"皇军慰安所"。

张公祠的隔壁，是个规模较小的祠堂叫"涂氏支祠"。日军为羁縻当地"顺民"，也把它改成个妓院，叫"华民绅商俱乐部"。日本人并从苏杭一带，运进一批妓女，以安抚占领区的"绅商"。

在"俱乐部"的对面，则是当地伪军经日本顾问建议设立的"军民招待站"——这三个原是三个级别不同的妓院。"日本妓女"是举世有名的。建设妓院也是日本人，尤其是日本浪人和皇军的拿手好戏。

那小传令兵自南门后街把二张一李一下便带到"军民招待站"，那也是他最熟的地方。进招待站之后，果然见到一些涂脂抹粉的女人。俗语说："当了三年兵，看到个母猪，都是眉清目秀的！"二张一李一见到这些漂亮女人，顿时心花怒放，觉得"好消息"果不虚传。

当他们一行踏入"招待站"时，只见一个"烟掸帚"形的人物，走向前来，问三人说："你们是要'打炮'？还是要'过夜'？"张老参未待与众人商量，便回答说："又打炮！又过夜！"

那人挥挥手，叫他们到对面"俱乐部"去。

二张一李一行，乃穿街走入"涂氏支祠"。他们一进门，便听到有人在叫："有客！"接着便有个穿蓝纺绸裈裤，手里拿着一把画着花草的细蒲扇的女人，自二进走出来。她看来四十上下，面色红润，脂粉唇膏，涂得十分均匀，光亮的"粑粑头"上夹了金发夹，头上簪了一朵大红花，在乡下人看来，真是雍容华贵。

她轻摇蒲扇，对二张一李上下打量一番。在她有经验的眼光里，觉得这三位客人有点古怪。第一，他们三人不像"商人"，因为三人似乎都是第一次穿"官纱大褂"，显得不调和。第二，他们更不像"官"；

第八章　饱暖思淫欲

那股土劲，在"官"身上是找不到的。三人也不像军人，因为她的主要的顾客便是伪军军官。军队里哪有这样的货色呢？她猜不透，但也不敢怠慢，还是请到厅上坐。

这前厅的布置还是用原张公祠的老家具——宝座椅、八仙桌。这婆娘招呼向客人进茶，便有两个十三四岁，穿白竹布衫裤、头带红花的少女双手捧上茶来。二张一李都用"单手"接了。这点他们早作了"心理准备"。张老参在当烟掸帚时代，便听"老嫖客"说过，妓女进茶，嫖客不能用"双手"去接。

"三位贵客光临，"那婆娘轻摇蒲扇，用带有上海口音的普通话，含笑问道，"是'吃酒'呢？还是'进房'呢？"

"我们又吃酒，又进房。"张老参还是以发言人姿态，直截了当地回答了。

"三位贵客，贵姓氏！？"

"我们二人姓张，"三延说着指一指张得标，又指一指李连发说，"他姓李，我们是结拜兄弟，大爷、二爷、三爷……"说着他自己指指鼻子，又指指另外二人。

"三位喜欢吃什么样的酒席呢？"

"你把姑娘和酒席的价码都拿来看看嘛……"三延正要说，"我们都要最上等的。"但是话未说完，便被那婆娘打断。

"我们姑娘没价码，"她微笑着说，"贵宾喜欢嘛，多赏点……酒席倒有等级的。"

"上等酒席多少钱？"三延问。

"燕窝、海参加翅帽，最上等，三二十元吧。"其实这"俱乐部"内并无酒席。酒席是从刚复业的"春江大酒楼"叫来的，最贵的一席只要十二元，这婆娘是狮子大开口，随便要一下罢了。

"我们常吃，"三延说，"不算贵！"其实张老参并未吃过这种"酒席"，也不知道"价码"。

这婆娘用力按住震惊，将信将疑又说："现在是战时，珍贵物品不易买到。贵宾如能交点'订洋'，才能保证搜购。"

"用不着'订'什么了，先付给你不就算了……"说着三延掀起官纱大褂，自腰间绣花的"板袋"中，取出了雪亮亮的数十枚"袁大头"来——这是现钱现货，硬邦邦、雪花花的银子。比起当时的伪币、法币，实值要高过一倍以上。

面对这雪花花的银子，这婆娘傻眼了。纵是出入烟花二十年，也掩不住她脸上惊奇的眼色。她忙叫替贵宾打"热毛巾"，并收拾"西花厅"，"叫姑娘们换衣服、上妆……"忙得不亦乐乎。老爷们的两个小"听差"则被送往"招待站"安顿去了。

这边三延数了五十元大洋交给这婆娘。她多少年来还未拿过这样多的沉甸甸的硬币呢，手一软，把银子掉得遍地乱滚。众人帮着追逐大洋，捡起来交给她，她数一数，连声道谢，说："张老爷，我名叫阿宝……"

"阿宝，"张老爷说，"你把这点钱收下去买东西……"阿宝连连弯身行礼。大爷又加重语气说："少补！多不退！"

"张老爷，"阿宝又建议说，"我看您老就把'西花厅'包下来吧。"

"包下来，包下来！"老爷点点头。

"把西花厅清出来！"阿宝向围在身后的一些姑娘、婆娘和杂役发出了她的命令；一面又亲自扭了热毛巾递给三位老爷，请老爷们进西花厅吃茶，自己跟在张老爷身后，拼命地替张三延扇风扇个不停。这西花厅之内本有一桌麻将，正在叮咚作响。但是众赌客一听阿宝口气，便知新客是有来头的，大家不声不响就把赌场让开了。

这西花厅的格局有点像林家的"外花厅"，只是开间较小，家具较粗糙。厅后也有个小花园。比起林家的也只是弹丸之地。这西花厅之侧没有像林家女宾用的"内花厅"，而是一排曲尺形的平瓦房，大约有

第八章 饱暖思淫欲

四五间，每间门上都挂着花布门帘，那是"姑娘们的房"，专为接客用的。这四五间房，加上西花厅、后花园，构成一个单元。所谓"包下来"，就是不许这一单元内再有其他嫖客往来。在"俱乐部"开张之后，两个多月内，这一单元一共只"包"过两次。一次是当地"绅商"大汉奸，回请一位日军少佐；另一次，则是伪军鲁营长替伪军余司令"接风"。但是上两次的"包"用，俱乐部都亏了本，姑娘们也几天行动困难，因为接客太多。这次贵宾只有三位，而银子一大把，看样子，俱乐部要大赚其钱了，所以阿宝忙得分外起劲。

这一开三间的西花厅，和林家的一样，靠左一间有张八仙桌加圆台面，是吃酒席用的。另外两间则放了些藤制、竹制的假沙发、靠背椅和茶几。屋上悬了三幅帆布制的土风扇，由粗壮的大脚娘姨在一端拉动。三扇可单独拉动；三扇互钩，则一拉也可三扇齐动，使整厅清风习习。

阿宝请三位"老爷"在藤椅上坐下，捧上细茶、名点和深井冰凉的西瓜。头上清风习习、腹内凉瓜片片，一时暑意全消。这时姑娘们都已"上妆"，围拢来的足足有七八人之多，燕瘦环肥、花枝招展、粉香扑鼻。阿宝招呼她们每人都在每位老爷怀中轮流各坐片刻，让老爷们细细观赏选择。三延是首先动手动脚的"老爷"。每个姑娘他都细看细摸了一次，虽觉还没有"三奶"那样细腻，但也是天仙一般了，而她们对张得标、李连发来说，那就更是九天玄女下凡，飘飘然已无法自持，几乎不相信眼前这个世界中是真有此事。

"我们还要多少时候吃饭？"三延问阿宝。

"恐怕还要个把钟头哎，"阿宝说，"排翅酒席嘛。"

"那我们先进房玩玩嘛。"三延说。

"张老爷看中哪两位呢？"阿宝问。

"都不错，"张老爷说，"但是我要个功夫好的呢——加浅干香紧嫩……"

"她们个个都嫩都香，"阿宝笑着说，"论功夫还是我阿宝——她们的姿式都是我教的呢。"

"谁要你这个老×？"三延说得哈哈大笑。

"你不要我这老×？"阿宝笑着跑过去，一下坐在三延的腿上，抱住他的头，乱吻一阵；左手则在张老爷腿上乱抓，然后说，"我偏爱你的老×"！说得满堂大笑。李老票原来很紧张，现在也笑了，轻松多了。

"阿厶呀，"阿宝回头去招呼一个看来比较黝黑的姑娘说，"吃饭还有会儿。你不错，带小七一道去陪张老爷耍耍。"

"谁要那个老头子!？"阿厶撒娇地说。

"就是你吧。"张老爷站起来，笑着牵了阿厶的手。

"老头子，"阿厶警告他，说，"我艺高价高啊！"三延未搭腔，二人互搂着走出花厅。一个叫做小七的雏妓则羞涩地跟在后面。

"张、李二姑爷，"阿宝又转身向留下的张、李二人说，"吃饭早着呢，您二位也进房去休息会吧。"

张得标尴尬地站起来。阿宝也替他选了两个美女，"进房"去了。这时李连发也想站起来，但是官纱大褂太薄，他脸皮又嫩，屡站不起。

"小九子呀，"阿宝招呼另外两个妓女说，"你去替李老爷捶捶背；阿香，你也去替李老爷舒舒筋骨。"

二人走向前去。小九子倒还老实，认真地替李老票捶起背来。而阿香就不规矩了。她轻轻地坐入老票怀中，抱着老票的颈子，把舌头就伸到老票嘴里去了。不特此也，她另一只手则伸到老票的官纱大褂内，随意抚摸。李老票这位老童男，本已紧张要死，经阿香这一来，就天崩地裂了。阿香赶快站起来，小九也停止了捶背，站在李老爷身后，捏着嘴在暗笑。老票也自觉尴尬无比，无地自容，深悔不该上"烟掸帚"的当，到此来嫖妓、丢人。

这一尴尬场面，幸好被阿宝在窗外看到，她乃走进来向阿香、小

第八章 饱暖思淫欲

九二人很严肃地说："李老爷是新来乍到的，下次便好了。"她乃招呼阿香带"姑爷"到房里"净净身子"，"歇一会儿"！

阿香和小九乃把"姑爷"扶起，由小九把老票湿了一块的大褂前襟提高。阿香挽着臂，缓缓走向阿香房里去。

阿香的卧室陈设很简单：一床、一梳妆台、一衣架和一张藤躺椅、两把小竹椅。另外便是一个装三只高脚的小木盆。阿香等三人回房之后，娘姨打来洗脸水，分一半于木盆之内便出去了。阿香和小九乃把李老爷脱个精光，随后自己也卸去罗衫，只留个水红洋绉肚兜和三角裤。她二人肌肤白嫩丰满、曲线玲珑。老票痴生四十余年，做梦也未想到，天下有这等美女。

阿香二人用一条有红边的毛巾，在木盆内淘水，把老票糜糊的下体，拭得干干净净；又用蓝边毛巾，在面盆内淘水，把老票面部、颈部和上身，拭得清净，并泼上些"三花香粉"，使老票感到清爽无比。随后阿香又用纤纤小手在老票身上，四处按摩；有时又用口唇和舌头在老票重要部位吸吮和亲吻，使老票全身发麻，酥痒得直是扭动，并发出控制不住的嬉笑。

"男人四十一条龙"，这位四十刚出头的鸡公车夫，长得本来就像一头牛，扎实无比。他在阿香的挑逗之下，很快就恢复了活力，争回了主动权。这是他平生第一次的性经验，也是他心田中第一次滋长出来的爱苗。今晚竟然变成他的"洞房花烛夜"，而这洞房之内竟然有两个天仙一般的"一妻一妾"。老票对她二人之"爱"之"怜"，真是从心坎里发出的——他简直感觉到要为她二人而生，也为她二人而死。他恨不得向她二人跪下，并烧香磕头。在这青天之下，在这世界之上，在老票的生命之中，是再没有第三个人了。

人是有情感的动物，阿香和小九虽然只是两副供人泄欲的机器，在她们心目中，向她们执行泄欲工作的，也只是长了两条腿和一个生殖器官的机器。她二人虽然都还不到二十岁,但已阅"机器"多矣,可是今晚她二人在生命中,却第一次发现了个"人",虽然这个"人"在年龄上可以做她们的爸爸。

当妓女的姑娘们,出身都是凄凉的,遭遇都是冷酷的,而这两颗久冷之心,今日却在一个四十岁的老童男身上,发现了人性、发现了温暖——今晚是老贫农李连发的洞房花烛夜;谁又想到这一晚竟然也是两个小妓女的花烛洞房呢!她二人有时被粗野的男人,蹂躏得卧床不起、举步维艰,性经验是丰富了。但是今晚,却使她二人,尤其是阿香,生命中第一次有做新娘的感觉。她的性器官不是一件供人买卖的商品;相反的那是一件接受真诚异性爱情的灵穴。阿香之对老票,也居然滋生了似乎一生也未尝过的实意真情。

窑子里的醋劲和真情

当老票和阿香正缱绻得难舍难分之时,忽然门帘一飘,阿宝进来了。她对这不平凡的场面视若无睹,只说:"李老爷,快上席了呀,洗洗脸吧。"

三人下了床。阿香和小九又把"姑爷"洗刷干净,并另取一套白洋布短褂裤给姑爷穿好。她二人也略微"上妆"一番,便扶着李老爷回到西花厅。

在花厅内只见张老参一面用热茶在吞烟泡,一面还在和姑娘们打情骂俏,而另一边却见张得标闭着眼睛在假寐,有两位美女坐在两边替他轻轻地"打扇子"。

厅的那一边红色的布上正摆好了全桌酒席。阿宝恭请"姑爷们"入席。入席的方式仍是两女夹一男,阿宝则坐在下方,敬酒。这时大家都很饿,面对如此佳肴美酒,便狼吞虎咽起来。只有张得标似乎食欲不太好，虽然他是三个男人中最年轻的一位。

"阿珊呀，"阿宝提醒得标身畔那位美女说，"你姑爷还有点倦，你渡渡他，乐乐……"

阿珊提起酒杯自己喝了一口酒，又含了一口酒起身坐到姑爷腿上，把酒"渡"到他嘴里去。张得标咽下去，脸部显出苦笑。

"姑爷呀，"阿宝又说，"您也喂喂阿珊嘛。"

得标在阿珊杯里也吸了一口酒，反"喂"给阿珊。阿珊一笑，把酒全喷到得标颈子里去了，引起全桌大笑。张大队长精神似乎也振作了不少。

阿宝斜着眼瞟一瞟李老票那一对，只见阿香已坐在老票怀内，像只乳羊躺在母羊怀内一样——老票是如此硕大壮健，阿香却如彼娇小玲珑。二人你"渡"我"喂"，边吃边谈，情话融融，似乎这屋内只有他二人似的。

阿宝未便惊动这对热恋情人，乃把目光转向张老参。这时三延已吃得八分饱，喝得七分醉。在他怀中"渡"过、"喂"过的美女，已有三四人之多，包括身后替他摇扇子年方十三的"小宝"。

"大爷，"阿宝说，"我替您选的阿厶，不错吧？"

"你问阿厶，"说着大爷把阿厶搂过来，问道，"阿厶，你告诉阿宝——你行？我行？"

"三个好后生，抵不上一个鸦片鬼，"阿厶强辩说，"要我也吞一缸烟泡，哼——你这个鸦片鬼，吹个卵？"

"问良心，阿厶不错，"鸦片鬼说，"要没那东洋婆子来换换班，她撒胯了。"

阿宝闻言脸色一变，狠命地使眼色，不许他说下去。原来他所说的"东洋婆子"，是隔壁"皇军慰安所"内一个"营妓"。日本营妓都是"功夫"最好的——一以当十。但是"皇军"需要"慰安"时，一切都是免费供应。有时她们想赚点"外快",乃和阿宝暗中勾结,偷偷过来与"华民""俱乐"一番。华民为向日本天皇泄愤、雪耻,也不惜做阿Q、"开洋荤"、出重价。这次张老参足足花了三十块银元,终能在一个日本女人身上"抗日救国"了一番。

如今众人都酒醉饭饱,嘴可以闲下来吹牛皮了。主讲人自然还是张老参。他批评这桌酒席"价钱中等,珍馐上等"。并大谈燕窝要如何"炖",海参要如何"发",排翅要如何"煮",头头是道——这些都是他在"土膏店"烧烟时,听别的鸦片客说的。烟掸帚有记忆力,现在都能倒背如流,并加油加醋,使阿宝和众姑娘都称羡不置。

"老败子呀,"阿幺撒娇地问道,"你一辈子挥金如土,吃喝嫖赌——你是干哪行买卖的呢?"

"你看你姑爷是干买卖的?奸商?生意人!?"三延有点不平之感。

"那你究竟干哪行的呢?"阿珊插句嘴。

"当官的!"三延骄傲地说。

"当官的……"阿香也在老票怀内,轻轻地重复一句。

"他们当官的和我们当婊子的干的是一样的事。"阿宝接下去说得唧唧地笑。

"我们跟你们婊子干一样的事!?"三延有点气愤。

"干一样的活,"阿宝哈哈大笑说,"我们卖下头两片皮;你们卖上头两片皮!"

阿宝的"两片皮"引起哄堂大笑。当官的李连发老爷笑得把嘴内的糖莲子都吐到阿香身上去了。

"你这个骚×,臭婊子。"三延反驳说,"也要和当官的老爷们比?"

"阿宝的×才不骚不臭呢,"好强的阿幺接下去说,"你们当官的嘴,吹牛拍马,才骚才臭呢——婊子的×,比当官的嘴——香!?"

"阿幺,我的心肝,别说了,别说了,"当官的张老参,把小婊子

第八章 饱暖思淫欲

阿乙抱得更紧,笑着说,"你的×,又香又嫩;我的嘴,又骚又臭!"

"不信,你闻闻看!比比看!"阿乙又撒了句娇,加重语气说,"婊子的×,比当官的嘴——香!?"

这时大家酒喝多了。天气有点闷热。张老参建议大家都把衣服脱光,畅快畅快!说着他自己就脱得精光,露出三根筋和黑瘦的屁股来。三延要阿乙脱,阿乙痛快,也就脱了,肌肤虽然并不白,倒是挺嫩、挺润滑的。

三延要阿七和小宝也"脱"。小宝唧唧地笑着逃走了;阿七则遵命地脱了。阿珊只答应脱一半,其他的姑娘有脱有不脱的。张老参嫌她们不痛快,要阿宝领头全脱,却为阿宝峻拒——阿宝胖嘟嘟的一块肉,脱下来一定像个刮了毛的死肥猪,所以她抵死不脱。张得标也只答应"打赤膊"。阿香抱着老票的颈子,叽叽咕咕地请示,老票不许她脱,自己也只脱了上衣,打个"赤膊"——所以张老参最后只能搞个"半脱"的派对。

大家谈得高兴了,老参又建议"行酒令",猜拳。但猜拳不计输赢。每猜完一拳全桌都干一杯,然后女动男不动,大家车轮般打转,换位一次。这一车轮战,他们初来时,阿宝已指挥过一次,这次老参要再来一次。可是老参这一建议,众姑娘未置可否,张得标却摇摇头,李连发则彻底反对——他再也不能容忍看阿香坐到别的男人怀里去。

这时大家都有七八分醉。酒和色原是分不开的。性心理学家说得好,愈是得不到的东西,愈有诱惑力。在这一婊子行内,张大爷对每个姑娘都未遇阻力,只有阿香躲在老票怀中,他没主意儿。最后他起身走向前去,要把阿香自老票身上拉下来。阿香抱着老票的颈子,死不下来。老票也要把烟掸帚推开去。二人三言两语便吵起来了。三延便动硬功。

"他妈的老票,"三延出口伤人说,"她是个婊子,又不是你娘、你老婆,你这么把着干吗?"

"妈的，狗肏的烟掸帚，"老票愤怒地回嘴说，"你这婊子养的，阿香就是我老婆，就不让你碰。"

三延喝得晕晕倒倒的，还是来拉，老票铁臂一挥，烟掸帚便被摔出丈把远，横躺在地砖上。众人慌了，忙去把张老参扶起。

"狗肏的老票，你造反了？"三延又走过来要打老票。老票站起身来，左手挟着阿香，像一只小鸡，右手抓住三延的膀子，提起来一下便把赤裸裸的张老参丢到天井里去。

这一下天下大乱了。张得标以半醉之身来劝架也不管用。三延被摔得半死，但还是"师叔""师叔"什么的，叫个不停。

"妈的巴子，师叔、师叔，"老票挟着阿香，跳入天井，一脚踩在老参胸脯上，骂道，"我一脚踩死你这通敌卖国的，他妈的汉奸！"说着他脚一用力，只见老参舌头直是伸。

"二弟……"三延哭了，哀求着说，"你不念桃园结义，手足之情？"

"屌的桃园结义，"老参还是怒不可遏地骂道，"奶奶的，俺过五关斩六将，你倒可调戏弟媳妇!?——哼！"

这时大家都围拢来劝，张得标口口声声的"二哥、二哥"地叫着，要把老票拉开。阿香也自老票的铁一般的左膀子下面，恢复自由之身。她泪流满面地抱住老票的腰，用她原有的苏州土调，也哀求着说："大爷没调戏哩呢，侬……侬……息息气，好不啦……"她一面摇着老票，一面泪涕交流地吻着老票的颈子和胸膛，老票才松了腿。众人乃把三延扶起来，坐在藤椅上喘气。

当他们三位"老爷"在此开其半脱的派对时，西花厅本是个外门紧闭的禁区，除莺莺燕燕、宫娥彩女之外，其他男人是不许进去的。烧锅的小二、炒菜的大厨，只能躲在门外窃听。那屋内的酒香、粉香，不断外溢，加上男人的浪语、女人的淫声，正不知惹动多少厨房内老汉和后生，勃勃欲试——但是除在门缝窗缝偷看之外，他们对嫖客老爷们，

第八章　饱暖思淫欲

只有羡慕的份儿。

可是这次天下大乱，"遍地黄花开"，穷人翻身了。三四位老几，乃至厨房推门而入，一窥究竟，以便救火。孰知他们一进来，把大乱的天下，更弄得天翻地覆。脱光的姑娘们，这时不觉尖叫乱跑，四处找衣服。找不到衣服的，或躲在竹椅背后，或弯着腰，双手掩住自己的私处，窘迫不堪。

同时闯关的四五个英雄之一，便是原在"春江大酒楼"打杂的"小聋子"。"小聋子"原也是在柳和集一带长大的，他和"烟掸帚张三"不但熟悉，而且时常在一起到林家去吃剩饭，也一起赌过牌九，甚至打过架。

小聋子一看到烟掸帚，赤条条倒在地下，不免大吃一惊说："张老三，你怎么在这儿!?"那躺在地上的"张老爷"却装着不认识他，不搭腔。幸好阿宝是外地人，不知当地门坎，在混乱中也未听到这句话。她乃运用她平时当女宪兵的姿式，张开两手，把小龙等四五条好汉，堵回厨房里去，才解救了"张老爷"的一场难堪。

但是这消息很快地便传回"春江"。春江大酒楼一向是本镇地下消息的神经中枢。第二天一早，这消息便是热闹的"前大街"的头条新闻——据本城原来的老消息，则是："连个烟掸帚张三那样的'混子'，现在都做了抗日游击队的'司令'了。"又有谁知道，这"司令"，竟赤条条地在"婊子行"中被小聋子发现了。小聋子也是"春江大酒楼"中，无人不知的名人啰！

小龙等几位闯关人被赶出去之后，西花厅又渐次恢复了平静。在张得标、阿宝和诸姑娘调解之下，二人都渐渐息了气，认为只是一场"闹酒"而已。

夜已深了，阿宝招呼诸姑娘，扶着各自的"姑爷"回房安歇去。

相逢何必曾相识

李连发牵着阿香的小手，慢慢走回他二人原先的洞房。小九也跟在后面。在房门口，连发告诉小九说，床太小、蚊虫又多，容不了三个人，小九自己回房去睡吧。小九依依不舍地去了。

老票走进房，在藤躺椅上坐下，把阿香拉到怀里。他觉得阿香这位苏州姑娘，软玉温香、千娇百媚。他莽夫何幸，能得此天仙，一生已足，再不要其他任何女性了。

想不到阿香之对老票，也有相同的感觉。在饭前那一段经验里，她只觉这位老童男，诚朴可爱。她自己虽年未双十，然已久历风尘，是个败柳残花，人见人贱的"婊子"；而老票虽年逾不惑，却是个一触即发的童贞少年，一切从零开始。在一场"闹酒"之后，她尤其觉得老票是个雄姿英发的周瑜，她自己是个小乔，内心感到无比的骄傲。她不再是个时时任嫖客打耳光的婊子。她是个被保护于英雄膀子之下的佳丽明珠，因此她对老票，也滋长出一生未尝有过的爱苗，和未尝有过的情欲。

今晚是他二人英雄美女的花烛之夕，那种干柴烈火之情，岂是西式恋爱、文明结婚的伴侣所可想象。老票今夕是乍得甜头，不死不休。姑娘今晚也真做新娘，曲意奉承——他二人鱼水之欢，哪是文人一支原子笔、摄影师一个镜头，所能传其万一！

老票虽是"一条龙"，但是纵是一条蛟龙，兴云泼雨，无止无休，不死也会僵的。二人疲惫之余，血肉相连、心心相印，难免要互道曲衷。

"阿香，心肝呀，"老票向枕在他左膀之上的心肝发问，"你这样一位天仙美女，怎会搞到这婊子行里来了呢？"

"……"阿香把她那娇嫩玲珑的胴体，翻伏在老票那一团坚实的肌肉上，紧紧抱住他，没有回答他的问题。

"心肝，"老票又说，"我真想不通哎。"

第八章　饱暖思淫欲

"……"阿香还是没有回答。

老票翻过身来,抱紧了她,抚摩了很久,也未再问。渐渐地他发现他胁下,热热的、湿湿的——那是一大片阿香的眼泪,并且越流越多。但是阿香没有呜咽,可是眼泪却不断地流。老票心头极度不忍。但也不想问,让她眼泪尽情地流。流多了,老票乃自床头取了那白竹布裤子,替她擦泪,直至整条裤子都湿透了。

阿香哭够了,才慢吞吞道出身世来。

阿香也姓李,原名李香莲,初小毕业后,便在上海闸北一家日本纱厂跟妈妈一道当女工。爸爸和哥哥则在码头上工作。"八一三"之前,上海风声鹤唳了,爸妈乃把她送回苏州伯父家避难。在上海北站上车时,那是她和爹娘的最后一面,以后就消息全无了。

一九三七年初冬,我军从上海败退,日军占领了苏州,她和伯父一家随着一群难民下乡避难,行到半途便被日军截获了。伯父被日军一刺刀扎死,弃尸河内,她和伯母和一个十二岁的堂妹,便被日军掳入一家私人花园。那儿有百多个日兵,和十几个老幼中国妇女,她们三人就在无限恐怖和无限痛苦之下被日军轮奸了。这群日军简直是一大群野兽,轮奸妇女是没昼没夜、没止没尽的。阿香十二岁的堂妹,被十来个粗壮的日军轮奸之后,早已死了;但是日军还没止没尽地对她作尸奸,并用她的耳鼻和口腔作烟灰缸,插满了烟蒂。

有些五六十以上的老妇,日军嫌她们下体不够坚实,不能满足他们的兽欲,乃用枪托和皮带痛打她们的阴户,使其肿胀之后,再继续轮奸。那些妇女惨叫呻吟之声,使阿香回想起来,"真比阴曹地府还可怕呢"。阿香五十来岁的伯母,就是这样被鬼子活活打死的。阿香本人在被十来个鬼子强奸之后,也就失去知觉了。

后来鬼子在这批死尸之中,捡了几个尚未全死,而身体美好的,又把她们救活了,再继续奸淫。阿香便是这几个幸存者之一,被三个日本兵,锁在一间空房之内,日夜轮奸,饿了日兵便丢给她一个"便当"或几块中国烧饼,维持不死。

后来日军走了。阿香和另外几个姐妹就被一队北方调来的伪军接收了。伪军向日军学习,组织了随军"营妓院",阿香等被编入其中,又变成汉奸们轮奸的对象,每日接客在十人以上。

最近日军占领区扩大,伪军增多,阿香和一群姐妹才被运到本县城伪军主办的"军民招待站",这个站在伪军里的俗名叫做"炮房"。任何伪军或与伪军有关的汉奸或"顺民",只需花三五角伪币或法币,便可随时进去"打炮"。"炮房"内的妓女,只许穿一件花布长外套,里面是不穿裤子的,所以能随时行动、速战速决。

后来阿宝主持的"俱乐部"生意兴隆,姑娘不够,就到"炮房"去选几个体面的,调过去补充。阿香中选了,就被调到"俱乐部"去服务了。

"你调过来之后,接客是不是少些呢?"老票关心地问阿香。

"那从地狱升到天堂了。"阿香说。在俱乐部则每天最多只接一两位。有时整星期都闲着。客人也不像"炮房"里的,那样穷凶极恶。他们有的吃吃酒"玩玩"就算了。也有过夜而不接触的,姑娘们尽情"挑逗"也没用。他们喝得醉醺醺的,姐妹替他们"搓搓、揉揉",他们也就"满足"了。当然也有"通宵达旦"的。姑娘们不换班,就"吃勿消哎"!

老票又问阿香,客人少时她们做什么呢?

"阿宝要我们受训嘛!"阿香说。

"受什么训?"老票奇怪地问,接着他又感叹地说,"这年头,连当婊子都要受训!?"

"我们受训的项目可多呢!阿宝很严格啊!"

"什么训?训练床上功夫?"老票问。

"床上功夫是最后的一项呢。"

第八章　饱暖思淫欲

阿香说阿宝并不要每个姐妹都练真功夫。她只选几个体质强、个人又有兴趣的，去认真训练——像阿厶就是一个，她可陪"性子强的客人，几个钟头不下床。别的姐妹吃勿消哎"。

"那你们还有什么别样的训练呢？"

"客人千奇百怪嘛。"据阿香说，她们姐妹们所接的客人，"上床"最多都是三两分钟的事——一百个客人，有九十个都是这样的。但是他们"脾气"则是千奇百怪的。很少有两个人是有同样脾气的，所以对付每个客人都要随机应变的。应变得好，往往钞票一大把，下次可能变为"常客"。那是姐妹们所最希望的。应付得不好，往往被打得遍体鳞伤。成绩最差的，很可能被调回"炮房"，那就下地狱了。所以姐妹们接客，真是兢兢业业、曲意奉承，不敢有丝毫慢客行为。

"你们这里还有这种客人，可以乱打姑娘们？"老票更觉奇怪了。

"怎么不打，"阿香说，"我就被打过好多次耳光，一次被打成重伤——被打过，还得向客人赔不是呢。"

据阿香说千奇百怪的客人，也有千奇百怪的背景。他们之中有"有钱有势的"，有"有钱无势的"，也有"有势无钱的"；有"粗暴的"，有"文明的"；有"耐久的"，也有"一触即发的"；有"好的"，有"坏的"，有"极普通的"，也有"最古怪的"。

"什么叫做最古怪的呢？"老票有点好奇。

"你们三位就是三位古怪的，"阿香说着又破涕为笑，"大爷，阿厶说他是个'死硬派'；你是个初入茅庐的'童男子'；三爷，阿珊说他是'见花谢'。姐妹们都好羡慕我呢。"

"……"二爷是"初入茅庐"，不免尴尬地笑一笑。

"怪的说不尽呢！"阿香又举出了好多性变态的例子来。什么前后不分、上下颠倒，现在都不算"怪"的了。姐妹们最怕的"怪"是性虐待——有些客人要虐待女方，非把女方打成遍体鳞伤，他不能满足。犯这种虐待狂的,鬼子嫖客最普遍,伪军中的"将校"也有。他们要到"俱乐部"来"打婊子",谁敢拒绝呢?所以她们姐妹只好排好班次,每人轮流挨打。

阿香说还有一种反虐待,那就可笑了。有些日本兵不知杀了多少中国人,但是他们却欢喜要中国"花姑娘"打他,打得他遍体鳞伤,他才过瘾。但是这种"打鬼子"的玩意,也很危险,一次一位姐妹用皮带打得不够狠,那醉鬼火了,乃拿起切西瓜的刀,就戳她一刀,使她在日本陆军医院住了好几个月。

最可笑的一种"怪"行为,是她们姐妹叫做"脏客"的。他不是来"嫖"妓女,而是来讨好妓女的。这种"脏客"往往都是性无能,不能人道的。他们根本不上床,而偏好跪在婊子面前,用他的口唇舌头胡子来满足对方,而且对方愈脏愈臭,尤其是有月事,那就最好。所以姐妹们叫这种人做"脏客"。现在经常来"俱乐部"的脏客便是汉奸"维持会"的李副会长。

这老汉奸五十多岁了,满脸花白胡须,却偏欢喜这一套。一次正值阿香经期,这老头看上她了,阿香嫌他嘴脏,老大不愿意,但是阿宝逼着她接受,她并为此"受训"一番。在老头行动时,阿香还要用各种假声音、假动作,表示冲动。这样那老汉奸,才会感到满足而付出大把钞票。

阿香曾假做媚态问老汉奸,为什么专门欢喜这种脏调调儿。老汉奸说,他年轻时嫖妓专门喜欢"冲红"。年老"冲"不动了,所以就搞搞"红冲",他说得满足之至。他并说他家里还讨了两个十八岁的姨太太。这两个姨太太都是他佃户的女儿,现在都还是"处女"——他讨了两个姨太太,是专为吃"阴枣"搞"红冲"用的。

"年老血气衰了,"老汉奸说,"要进点真补呢!"

事后阿香向阿宝骂那老汉奸"无耻、无聊",因为那一次经验"恶

第八章 饱暖思淫欲

心得不得了"!

"香啊，"阿宝拍拍她说，"我们当婊子的，要'嫁鸡随鸡，嫁狗随狗'，只要人家满意肯拿钞票就是了，管他是鸡是狗。"

"嫁鸡随鸡，嫁狗随狗。"这句话是阿宝"训练"姑娘们的口头禅。她说鸡和狗交配的时间长短便是两个极端。鸡交配只要一秒钟；狗交配要个把钟头。做婊子的接客，管他客人是鸡是狗呢，只要鸡狗满意肯拿钞票就是了。所以阿宝说，她教导婊子们接客也有其"广田三原则"：第一，客人越满意越好；第二，"挤"客人的钱，"挤"得越多越好；第三，花的时间越少越好，因为有许多"老油条"往往赖着不走。

可是在这三原则之下，各位姑娘对不同客人，要因人而异，随机应变；运用之妙，存乎一心。要捞银子，死教条主义，是行不通的。所以当阿宝把阿香指定给老票时，老票一时心慌意乱，出了事，有训练、有经验的阿香，便知道"李老爷"是何等样人，而变换了接触的方式。

阿香说，阿宝的教条中有一项所谓"大忌"，姑娘们千万不可犯——这一大忌便是和客人发生"真感情"。阿香做妓女做了一年多了，她始终觉得嫖客男人，只是一些野兽，她是给这些野兽单方面泄欲的工具。她自被日兵强奸开始，对性交始终看成是男人寻欢的事，女方除痛苦之外，别无欢乐之可言。可是她今晚却在一个"老处男"身上，发现了快乐和情欲，使她犯了阿宝所警告的"大忌"——她对老票发生了"真感情"——她爱上老票，希望老票能救她出火坑。

"你们这里的姑娘，全是混账的汉奸伪军掳来的吗？"老票问。

"也不全是，"阿香说，"阿ㄥ就是自动来的。据说她在当小学生时，就和她堂兄或亲叔叔胡来，被她爸爸毒打了数次，她就找到阿宝，来当婊子了。"

"她预备将来也吃阿宝这行饭。"

"不，"阿香说，"她说她要把当婊子的瘾过足了，她就出家做尼姑去。"

"别的姑娘怎么来的呢？"

"来路各有不同，"阿香说，"有的来自难民营，也有掳来的、买来的——小宝就是阿宝去年用十二块钱买来的。她妈快饿死了嘛。"

"阿宝这个千刀万剐的老鸨子！"

"二爷，"阿香说，"阿宝是上海长三堂子出来的，经验丰富；但是阿宝不坏哎——姐妹们都很喜欢她。没有她我们会更苦哎。"

阿香回想起她见到阿宝以前的那段恐怖的日子，不觉又流下泪来。她说她那时多么羡慕那些在街上替人洗衣服的婆婆，和那些挑着菜篮到街上来卖菜的乡下姑娘啊——她甚至羡慕那些在"炮房"窗口飞出飞进的苍蝇。

"阿香呀，"老票问她说，"你那时为什么不逃到我们游击区去呢？我们有枪，可以保护你。"

"我一步也逃不了，人生地不熟……"说着阿香又流泪了，但她不敢哭。

"……这也是真情实况！"老票叹口气。

"二爷，你在哪儿'当官'呢？"阿香把小嘴凑到老票颈子边去，轻轻地哀求着说，"能不能救救我，带我一道去呢？"

她这一问，正是老票早就在考虑的问题——怎样把阿香带回去？但是老票心中也有沉重的自卑感，想想自己只是个鸡公车夫，一字不识的大老粗。"当官罢"，也是那不要脸的烟掸帚自己封的。"钱嘛"，倒用不完，但却是向烟掸帚一道偷来的。老票是老实人。他知道不识字也就当不了官，所以他平生最大的愿望——他家五代都无法实现的最大愿望——便是拥有个"孤庄独村"，种十担水旱无忧的良田，娶妻生子，养猪养鸭，做个不愁衣食的自耕农。看样子这个愿望，可以达成，但是纵使如此，他配不配娶一个像阿香这样娇滴滴的"堂客"呢？——人家知书识礼，能看文章、能写信呢。老票心中忐忑不安，真不知如何处理

第八章　饱暖思淫欲

这问题。但有件事,他心中是肯定的——李连发要娶阿香为妻,那是生死不渝的。

老票搂住阿香,先从他的结论讲起——他二人这一生一定要结为夫妇,白头偕老。阿香被感动再度泪流不止。老票也诚实地告诉她"当官"的经过、推车的背景和可以实现的祖宗三代的愿望。阿香听后不但不失望,而且热情地爬到老票身上去,拼命地吻着良人,一再声明这是她做梦也想不到的理想归宿,她希望她还能生孩子,将来为老票生几个小把戏,一家住个"孤庄独村",只羡鸳鸯不羡仙,那真是神仙的生活——一夜恩爱,私订终身,二人搂紧了又云雨一番,真是说不尽的恩情,想不完的美好远景……

孰知二人一夕无眠,正在情话绵绵之际,忽然门帘一卷,张三延带来了一身穿伪军服的矮子军官走了进来,三延介绍那是"鲁营长"。原来他们昨夜闹酒,暴露了身份,奸细报告了驻节闸口的"余司令",余司令怕有阴谋,乃密报日军"特务机关",自己也星夜赶回县城坐镇,现在已在回县途中,日本宪兵似乎也在待命出动。

这一来大家慌了。鲁营长乃亲自跑来,找到正在宿娼的三位游击英雄,乘东方未白,赶快缒城脱险。现在县城未开门,但前些时日军攻城时把东南城墙,炸出一缺口,一直未修复,三人可乘黑夜自缺口"滑"出城去。

李连发匆忙穿衣起床,阿香也披衣起身抱住老票流泪。

"只要我不死……"连发向阿香说,但是话未说完,他已被鲁营长牵了出去。二张一李在黑暗中又找到了两个自"炮房"出来、睡眼惺忪的小"勤务"。在鲁营长和卫兵领导之下,回答了两道"口令",五人乃自缺口"滑"到城外,溜回林家庄老巢去了,总算有惊无险,平安抵达。

其实他们这场虚惊,原是一件"乌龙"。他们闹酒暴露身份,余司令得报,兼程赶回县城,都是实情,以下便是虚报了。余某听说国民党军队方面游击司令进城，他也想见面联络一番——一则想脚踏两条船，减轻"汉奸"身份，再则也为闸口市两边贸易多结点线索，他并没有把消息透露给日本"特务机关"。后面这一段则完全出自鲁营长的虚构。

鲁的虚构也有两层原因：第一，他的确怕余司令向日军密报邀功、牺牲自己；第二，他也不愿把自己和国民党军队私通的桥梁，让另一汉奸来分享，所以就虚发警报，把三位游击英雄黑夜送回林家庄去了。

但是虚构的警报，总会被拆穿。拆穿了，则三人食指又动，他们借口想会会余司令，其实念念不忘的还是阿香和阿厶。鲁营长也极其灵活，看透这点，为防止三人和余司令见面，他乃强迫阿宝以每人十元一天的高价，把阿厶、阿珊、阿香和另三个雏妓"租"给了这三位英雄，以断其去城之念。三人求之不得，鲁营长乃把六个妓女，三人一组地送到林家庄来了。他们行乐正欢，就被张叔伦指导员专程视察时发现了。

第九章

烈士和汉奸

阿宝是个"蓝衣社"!

张指导员既获得了紧急情报之后,翌晨天尚未亮乃率一行五人匆匆赶往梅溪,去和刘专员商量对策,因为这是燃眉之急,他无暇回军部乞援了。他们循山区小径,走了一整天。这时盛夏虽成尾声,而秋老虎的热威犹在,五人抵达梅溪时,已红日衔山,大家均已疲惫不堪。叔伦原打算从梅溪的闸门,直趋暂设"静土庵"的"专员公署临时办公处"。孰知当他们走近闸门时,闸门已不存在,一片断瓦颓垣之后,却看到刘专员穿着短裤背心,遍身是汗,正在指挥保安队和民夫,拆除那座三层石建的碉堡,忙得不亦乐乎。

叔伦走向前去,在刘专员背上轻轻一拍,并笑着叫声"专座"!刘专员回头一看是叔伦,老友重逢,不禁大乐,二人热烈握手。

"叔伦,你怎么来了?"刘专员惊奇地问道,"我正要派人去找你呢!"

"你怎么在此自毁长城?"叔伦笑着问他。

"王八蛋鬼子,又调来一联队,"刘专员说,"听说又要来山区清乡,配合包围武汉，我先把乡清了，等他们来！"

"人家都在加强防预工事，"叔伦笑着说，"你却在拆炮台……"

"我要有二十门的大炮，我就不拆了嘛，"刘专员也笑笑说，"我那几杆破枪，还能守碉楼、打鬼子!？"

"那么鬼子来了怎么办呢？"

"跑！带老百姓一道跑，"刘说，"来他个'空室清野'——反清乡。太阳一落，我们就来他个'四面埋伏'、'四面反攻'，至少弄得他不能睡觉，让他占得了梅溪，也守不了！"

"你哪里学来这套孙子兵法？"叔伦说着不禁大笑，并把同行诸人一一向刘专员介绍。

"你们先到我专员公署去洗个脚。"刘说着，便带他们一队访客，走向静土庵。"我想叶剑英的话，大有道理……"刘边走边说。

"叶剑英说什么呢？"叔伦好奇地问。

"老叶说，打游击战，凡是敌人所可能利用的工事，都得把它毁掉！你看……"刘向那半毁的石碉堡一指，又说，"敌人如放两挺重机枪在里面，你们叶军长派一团人来，打下打不下？"那石碉堡原是当年防"红军"时建立的。

"叶剑英什么时候向你说的呢？"

"我从美国回来到武汉去，"刘说，"路过衡山便在'衡山游击训练班'，教了一个时间的课——我教'列强概况'，叶剑英在教'游击战术'，所以弄得很熟……"

"你为什么不到重庆去，却跑到这穷乡僻壤来了呢？"

"章乃器打的电报嘛，"刘专员说，"老章打电报说，你们留学生，回国参加抗战，不应当专去后方，应该到前线来——我就来了嘛。"刘专员说着也笑起来。

这时大家已走到静土庵，刘专员招呼勤务兵打水给五人洗脸，并

第九章 烈士和汉奸

破了个大西瓜。众人且吃且谈。专员又招呼副官为客人设床铺,并预备晚饭。

"哎,专座,"叔伦忽又想起专座的话,乃换个话题,问道,"你刚才不是说,正要找我吗——有何指教?"

"叔伦——我的游击司令,你那几杆破枪靠不住呢!"

"我知道,"叔伦说,"我正为此事来找你商量!"

"你知道张三延那些东西,通敌!还要逮捕你向敌人邀功!?"刘说。

"他们不但通敌,"叔伦说,"并且横征暴敛,私设班房,压榨乡民;还吃喝嫖赌,无恶不作。"

"他们还预备把你'绑'起来呢!"

"我知道!"叔伦说。同时他也把张、祖二青年,及李七爹所说的故事也约略说了一遍。张、祖二人也把所见所闻,向刘专员报告了一些,并强调张三延在林家花园内"白昼宣淫"。

"张三延这小子,扁担长的'一'字,认不得几个,"刘专员说,"但是纵横捭阖、诡计多端,倒真有一套呢。你看他把妓女接到他部队里去胡搞,他就不敢再到城里去嫖!他再去,准给日本人宰了。"

刘专员这句话,说得五位访客都如坠五里雾中。张三延不是"通敌"了吗?日本人为什么又要"宰"他呢?

"阿宝那个婊子行,也出事了嘛。"刘专员半笑地说。

"专座,你也听说过'阿宝'?"叔伦颇感惊异地问。

"你以为进城去嫖的,只有你们的张三延,"专员说,"我的部下去嫖的多着呢!"说着刘专员自己也笑起来。不过为着"阿宝"的事,刘专员却颇感哀婉。

据刘专员的情报,阿宝已被日寇逮捕惨杀。据说日军特务机关自上海获得线索,那个"华民绅商俱乐部"里的"老鸨子"阿宝,却原来是我方的一个"蓝衣社",潜伏在敌伪阵营里,做情报和反间工作。

"敌人最恨我们的'蓝衣社'和你们的'共产党',"刘专员告诉张叔伦说,"他们捉一个杀一个。"

据刘专员的情报说,敌人最恨阿宝的是,她训练了一批"江北娘姨",专门冒充日本"营妓",去勾引那批欢喜"开洋荤"的伪军将校,逼他们替她供应情报和反间,因为日本驻华占领军曾有明令规定,凡与日本妇女发生过关系的伪军官兵,一经发觉一律处死。——不过刘专员说,敌军是否有此规定,颇有可疑;但是一般伪军官兵皆信以为真。因此凡是通过阿宝"开过洋荤"的伪军将校,都在阿宝威胁利诱之下,变成了阿宝的情报员。上次敌军循津浦路,北犯徐州,连遭挫折,据说便与阿宝的情报有关。

刘专员说到这里,张、祖二青年不禁笑不可仰——原来张三延曾向两位大学生吹过牛皮,说他曾为"民族报仇",在阿宝那里"操过日本女人"!并绘影绘声地说过"日本营妓"的妙处所在,原来这些"营妓"却是一些"江北娘姨"冒充的。

但是刘专员说,阿宝的功劳还不止此呢。阿宝是苏州人,原来淫荡的日本人,在卢沟桥事变爆发之前,便早已对"苏州"垂涎,认为"苏州姑娘"是世界上"最美"的和"最性感"的,远非日本艺妓所能及,所以一旦把苏州占领,便遍处搜寻"苏州姑娘"。阿宝原在上海卖淫时,就认识许多日本浪人、商人和军官,并会说一点日本话。后来年老色衰,她便和一些日本浪人勾结,自己做老鸨子,专门替日本人拉皮条,与日人鬼鬼祟祟,往返极密。日本人为她的酒、色和黄金所迷,有的有心,有的无意,竟替中国做起情报来。有的日本高级人员,还在家中偷设为我方供应情报的电台,而电台的收发报员,就是他日夜迷恋的苏州情妇。

春初日军台儿庄之败,便由于日军行军和作战计划,几乎为我全部掌握的结果。日本特务机关乃怀疑其谍报系统中有华方潜伏分子。严密搜查之后,阿宝这一系,终被破获。那主办缉捕阿宝的日军特务机关

第九章 烈士和汉奸

长,在捕获阿宝后,立即处死;但对上级,却诳报为格斗自杀。他们生怕将阿宝拘捕严讯,会牵连更大,所以一杀了之。

"像阿宝这样的下等妓女,居然能如此惨烈地为国捐躯,也真的很难得……"刘专员说得慨叹不尽。

刘专员又说,他最初"关"了好几个他手下去县城偷嫖的军官。他恨死了这个"汉奸婊子",以为她受敌伪之命,来勾引我方官兵做汉奸,谁知故事发展得这样曲折离奇!

"阿宝应该进'忠烈祠',"刘专员叹了又叹,说,"她是中华民族的好儿女,我们的好同志。"

"她是位风尘女侠。"叔伦也感叹不尽。说着,他又转身向张、祖二青年说:"我们知识分子如果对抗日救国存丝毫私心假意,那我们真连个婊子都不如。"他说得两位青年也眼泪汪汪。

"阿宝被发现时,为什么不逃走呢?"青年张志文不免问一声,他又说,"敌人在城内盘查并不严密呢。"

"阿宝得到同志密报,是逃掉了哎。"刘专员说。日本特务机关借口招待新到上级人员,叫了好多桌酒席,把整个妓院"包"下来。谁知酒未开樽,阿宝已不见了。日本特务乃调来骑兵,带了猎狗,搜了阿宝的衣物,让狗闻闻气味,日本特务乃骑着马,追了出去。

"猎狗的嗅觉功能,超过人的嗅觉功能五百倍以上,"刘专员说,"他们掌握了阿宝的衣物,阿宝跑到哪里,狗会追到哪里……"

阿宝和她的同志对此也颇有所知,所以他们在逃跑时,先在城内大街小巷乱躲一次,然后越城下乡,在乡间也迂回乱藏一阵,可是最后,还是被一群日本军用猎犬在西门外一个农村的稻草堆里寻获了。日本宪兵杀了些村民,把全村付之一炬。阿宝被捕后,日本人并未加以审讯,乃把阿宝脱光衣服,带至"慰安所"后苑,由两个日本摔跤的大力士,拉着阿宝的两腿,用力向两边拉——一声吆喝,可怜的阿宝便被活活地

"撕"成两片而死。

刘专员说到此处,不禁既感叹又愤恨。并说此仇不报,我们中国人,何以为人?众人听了这故事,黯然之余,对鬼子杀人的残暴也愤懑至极。

"你怎么知道这么清楚呢?"叔伦沉默半天才问出一句。

"亲眼看到的人,向我报告的嘛。"

"谁能亲眼看到呢?"叔伦又问。

"在那日本妓院打杂的工人告诉我的。"刘说,"鬼子自认是上等统治者。挑大粪、倒马桶,还得要中国人去做——有中国人在里面,就有人会看见……"

"这些打杂工人,都是你派去的'情报员'?!"叔伦问。

"我哪有钱来训练情报员,只是他们自动报出的。"刘说。

"他们向你直接汇报?……"

"他们不向我汇报,除非我主动去找他们——他们都'在帮'嘛。他们报告他们的'老头子','老头子'便告诉我……情报很准确。"

"你这儿的'老头子'是谁呢?"叔伦问。

"这儿有个'老头子'姓王,"专员说,"是个杀猪的。别人告诉我,他在江湖上,颇有点名望;后来他没猪可杀了,我就给他个'准尉'名义,叫他利用他在江湖上的老关系,替我跑跑情报——噢,想不到,倒很灵。"

"你说是'梅溪镇的王屠户'?……"叔伦不免一怔。

"他是我们张大队长的'师父'啊。"小和尚忍不住插句嘴。

"是啊,"刘专员微笑着说,"他也是张三延的'师公'——何南仁。"刘专员慈祥地拍拍小和尚的头,问他说:"你叫'小和尚',也是个'小参谋',还有个小女朋友,是不是?……"

专员说着大家都笑起来。小和尚脸也被他说红了。

"我不在帮,不在理啊。"小和尚挤了半天,才回出一句话来。

"你还小呢,急什么——小家伙……"专员又拍拍他的头。

第九章 烈士和汉奸

"你说，日本人杀阿宝，也是他们帮会里人看到的？"叔伦不免惊奇地问一句。

"那个在日本妓院挑大粪的'小杂种'不但亲眼看到的，阿宝的尸，还是日本人叫他埋的！"

"这些都是帮会里人向你报告的？"叔伦问。

"我叫人把'小杂种'从城里找来，问了他好半天——不然我怎么知道得这么清楚？"

"他们帮会里人替你做情报，"叔伦有点诧异地问道，"日本人不杀他们？"

"日本人怎么杀？"专员反问一句，"他们把'小杂种'也杀掉，谁替他们倒马桶？"

"……"叔伦惊奇不置。

刘专员又说，日本人如连帮会也杀，那么陷区内的"顺民"就要被杀了一半。那大汉奸李耀南、伪军营长鲁某，都要被杀了。刘又强调说，日本人只能杀"国民党"、"共产党"；对"帮会"，日本人只能"安抚"，因为他们"水银泻地，无孔不入"！

"那他们不也可以替敌伪做我们的情报吗？"

"这点倒不严重，"刘说，"民族大义嘛！你们有'马列主义'，我们有'三民主义'，帮会的'老头子'们，也有他们的'义气'——'身在曹营，心在汉'！"

"李耀南这些东西，甚至张三延，不都想当汉奸吗？"

"利之所在！"刘说，"运用得好，他们也脚踏两条船——你们的张三延把'抗日游击大队'里的'抗日'二字取消了，改成'独立大队'是李耀南的主意，李叫他们不要'插标卖首'、'自己讨打'，但是真当汉奸，卖身投靠，连张三延也不是心甘意愿的——日本人也不会相信他们……"

刘专员很健谈，张指导员也爱听。可是他们的谈话都被一个勤务兵打断了——他请大家吃晚饭。其实饥肠辘辘的小和尚，早已等不及了。

抓汉奸的悲喜剧

当张指导员率张、祖二青年和刘专员一道吃饭时——小和尚和小勤务则和"专署"的传令兵一起吃——刘专员的传达也进进出出，耳语频频，弄得专员"一饭三吐哺"。

原来这时专署的"情报科"已得报，日军久经计划的"清乡"，现已开始行动。他们的干法是拉一派、打一派——主要的目标便是"梅溪专署"。至于柳和集一带，他们已与张三延有"默契"，甚至有"配合行动"计划。伪维持会的副会长李耀南已奉命前往柳和集一带"劳军"，他由伪军护送至离县城十八里的"接官亭"；接官亭以后，则由张三延派游击队负责保护——一旦梅溪专署被敌伪消灭，李耀南便建立伪"专员公署"，自任"专员"兼伪"少将保安司令"。如果张三延的"独立自卫大队""配合得好"，三延便接任伪"县长"，兼伪"保安大队""上校大队长"；同时把张得标"调"个"闲差"，把李连发拘禁或枪毙。

这一紧急情报，逼得刘专员食不甘味。他匆匆吃了几口饭，便约张叔伦到他办公室密谈。叔伦得报，不觉汗如雨下。他要求刘专员供给他一支"二号驳壳"，让他连夜赶回林家庄总部，"一枪把张三延打死"；不成，他就"一死报国"！叔伦说他绝不能活着看自己的部队投降敌伪。

"这种'匹夫之勇'，并不能解决问题哎，叔伦！"刘专员究竟比张指导员镇静。

"有死的决心，就可解决问题。"叔伦说着泪潸潸下。他说他可出其不意地把张三延枪决。等到他和张三延同归于尽时，刘专员便可以派

第九章 烈士和汉奸

部队把林家庄包围,把他剩下的部队"改编",并入刘专员的"保安大队"。叔伦深信,他部下存心当汉奸的只张三延一人。张一死,问题便可解决。只是张三延十分狡猾。叔伦认为只有他自己去"出其不意拔枪一拼",才能打死张三延。

"有必死的决心是应该的,你我二人都应有此决心,"刘专员说,"日本人在南京一下便屠杀我军民三十万。再加上我两个也不算太多。但是'死',得死得其所,我死则国生,那我们就不惜一死——我看这次我二人皆在死亡边缘,没有死的决心,此地必是敌伪的天下——我们就死在这里,但是要死一个有目标、有计划的死……"刘专员咬紧牙根,眼睛在煤油灯光下,显得亮晶晶,而张叔伦则泪流满面——他二人一个是国民党,一个是共产党,但是二人却彻夜策划"如何配合着'死'在一起"。

刘、张二人彻夜未眠,终于计划出一条决策来:这计划分为两面。第一,由刘专员亲率便衣队四十人潜往接官亭堵截李耀南。堵截到,便把他"就地正法"。李如有日伪军保护,则连"日伪一锅煮"!第二,由刘专员选"敢死队"十余人,冒称新四军军部视察团,随张指导员一同去林家庄视察,并就近"加委"张三延等"实衔"。如查出张三延等确已通敌,并有所行动,则由这十来位"敢死队员",把他"解决"。刘专员认为张指导员究系"文人",文人拔枪而起,是否管用实大有问题,而他所选的"敢死队员",则都是百战之兵。以百战之兵去对付张三延的乌合之众,则或许可手到擒来。

刘专员乃从抽屉内取出"花名册",试圈了十来位他认为十分勇猛的官兵,并圈出一位叫熊承发的区队长,做敢死队长。承发勇猛善战,尤其痛恨汉奸,所以刘专员认为他志气可用。

熊承发原是"省保安大队"里的一名"弹药兵"。去岁"八一三"沪战爆发后,我方伤亡重大,急需援军,省保安队乃改编成一"旅",由蔡旅长率领向上海大场增援。当全旅自京沪路下车跑步前进时,前线已一片火海！我军每小时的牺牲均在千人以上，情势岌岌可危。蔡旅长奉命进入阵地：当全军方抵"交通壕"时，前方敌人正在冲锋，我方则苦守待援，一遍喊杀之声，与炮火交炽，惨烈无比。蔡旅长正挥军前进时，只见一片火花，蔡少将便满脸鲜血。卫兵见旅长"挂彩"，乃把他拖到地下，正预备用担架抬他去后方时，蔡旅长忽然站起，一脚把担架踢开，捡起手枪，继续喊叫，挥全军前进。他刚走不到五十码，只见火光一闪把旅长和两个卫兵全部淹没，再不见他三人站起了。

这时整个战场已入疯狂状态，众人顾不得旅长阵亡，乃纷自交通壕涌向前线，各自为战。这时我方反坦克炮，几已全部被毁。敌军坦克车冲向前来。敌军步兵，则躲在坦克之后，弯着腰随坦克冲锋。熊承发的机枪手，则对准敌军猛烈射击，只见敌军坦克被打得火花四射，车后敌军亦纷纷倒地翻滚，但无法阻止敌军冲锋。当我方机枪还在继续射击时，这坦克竟越壕而过，把机枪手压入泥中。随后敌军，则弯着腰，踩着我军尸体，疯狂地冲壕而过。熊承发的前额也给日军皮靴踩得皮肤破裂，血流如注。

敌军冲过之后，承发环顾四周，见机枪手虽死，而机枪无恙。承发自泥土中拖出机枪，掉转枪头，向敌军背后猛射。他从自己脸上的血中看去，只见敌军坦克，和日军屁股，乃至天空、战场，都一片鲜红。他乃握住那"捷克式"，对着敌人的红屁股，"一梭一梭"地猛射，打得红屁股乱翻；刹那间，只见敌军和坦克，已冲出百米以外。承发挺着机枪，用力自战壕向上爬，猛拟自敌后追向前去，但他屡爬不上，回头一看，只见自己的"草鞋尖"，转向身后——他的小腿已被敌军坦克碾断，他心头一怔……以后他就不复记忆了。

熊承发醒来之后，发现自己睡在一架大帐篷之内，四周全是呻吟惨叫的伤兵和难民——这儿是座临时医院。

原来那场血战，敌我两军在战场上遗尸数千具。我方尸体自然十

第九章 烈士和汉奸

倍于敌军。那天夜晚,我军已败退远撤,敌方担架队,和"万国红十字会"乃分别进入战场"掩埋尸体",见有未全死的乃抬入租界一带,死马当活马医治一番。承发那时才二十四岁,生命力强,居然活了过来。不久我军地下人员又把他偷运入租界养伤,一养数月,他居然大半复原,只是一场血战,打得他眇一目、跛一足。

承发复原后,还时常在梦中看到那红色坦克之后十来个日兵的"红屁股"。他自恨腿断了,他时常想,那时他腿如未断,让他爬出战壕,他可把那十来个"红屁股",打得一个不留。

后来伤好了,承发乃和几个复原的老战友,离开上海,化装难民,拟偷返故乡,回归建制,继续与日寇作战。谁知在江阴渡江时,却被一队伪军,搜查民船时截获了。那伪军排长自命不凡,对承发吆喝了一阵,说他是"伤兵"、"蒋军",和他刁难。承发光火了,想起他自己九死一生,为着抗日,而这些无耻家伙却在心甘情愿地当汉奸,还要盘查抗战将士。因此当那汉奸再次向他吆喝时,承发心一横,乃一把揪住那汉奸的领子,另一手抓着他的武装带,啐了那汉奸一脸唾沫说:"老子就是抗日伤兵,你这王八汉奸,要把我怎样?"那汉奸尚未及回话,老熊一下便把他摔入长江急流中去了。老熊心想,那岸上十来个伪军,一定会乱枪把他打死。谁知他们并未开枪。那站在堤上的一个大个子,却出乎意料地向他摆摆手,叫他开船。船开了,大家也就算了。

这段小经验,足使老熊恨死汉奸;但是也使他想到汉奸伙伴中,也不一定个个都心甘情愿地当汉奸——汉奸群中,多的是摆手之人。所以这次刘专员叫他帮助张指导员去铲除汉奸,他真觉得"杀鸡焉用牛刀",便信心十足地接受了这项锄奸抗日的新任务!

经过彻夜的筹划,东方初白,鸡声正此起彼落时,他们便开始行动了。

熊承发穿上刘专员兼保安大队长的卡其上校军服,冒充是新四军叶军长派来接管的高级司令，由张指导员陪同前去林家庄接收并改编部队。张三延等如拒绝交代，则由熊承发立刻把他打死。残局再慢慢收拾。

承发戴上上海养伤时当地慰劳队赠送的硕大的"墨晶眼镜"，选了一支他使用最熟的五十发、大轮盘手提机关枪。他把腰间所挂的四枚木柄手榴弹的盖子揭开，把四根引线结在一起，以便事急时一拉引线，四弹齐爆，则敌我同归于尽。一切准备齐全。承发穿上耀眼发光的马靴，跨上刘专员自用的枣红骏马，真是威风凛凛，看来不是关云长，也是赵子龙。

这时叔伦也穿了他的少校军服，挂了一根二号带连发机驳壳枪，骑了一匹白马紧跟在后面。十余敢死队员则配两根自动步枪，和十来根"中正式"步骑枪——这是"卡宾"在中国出现前，我军最精良的步枪。这批枪原也是林五爷自南京军委会领来的，后又被刘专员"征用"。现在又被用去打张三延割据的林家庄。世事之变化莫测，也真令人叹息。

小和尚也挂了张指导员的"布朗宁"，挑行李小勤务也配到一支马枪，同去林家庄。但是张、祖两位大学生，则被刘专员留下，劝他们不必去做"无谓的牺牲"。

叔伦等一行十余人早晨五时，兼程进发，午后便已逼近林家庄。小和尚原抱奋勇，要单身先入庄内一探虚实。叔伦同意了。但是熊承发认为不应打草惊蛇。他主张"出其不意，一拥而入"，乱枪把张三延打死之后，要其他官兵，"听将令"，"接受改编"！

大家接受了熊的命令。全队枪支装上刺刀，扭开"保险机"，自林家门前竹林边，熊司令一声令下，全队跑步齐进，直冲大闸门。谁知这时庄内亦如平时，毫无动静。两位站岗哨兵，虽有点惊奇，但他们看到张指导员，还是举手敬礼。

"把两个哨兵的枪缴了！"熊承发自马上发出命令。两个哨兵把枪交出。承发下马命令"布岗"。自己则横持冲锋枪,目眦皆裂地,大踏步,

第九章　烈士和汉奸

冲入大闸门。其他人等则跑步相随。这时庄内官兵，闻声也纷纷向闸门走来，在长院中，与承发碰个正着。

"把枪放下，不干你们事！"承发边走边说，把大轮盘直是左右摆动。庄内官兵带枪的皆遵命投枪于地，个个瞠目结舌，不知何事。

承发刚抵大厅前苑，便看到张三延穿着套"军便服"，自花厅匆忙赶出来。他一见叔伦，忙问："指导员，什么事？什么事？"

"他是不是张三延？"承发把大轮盘一摇，向叔伦发问。

"他是张三延！"叔伦说。

"跪下！"承发大吼一声，屋瓦都为之震动。

三延闻声战栗，但是还问："指导员，什么事？什么事？"

"跪下！"承发再吼一声！

三延颤抖地跪下了。这时张得标也刚自花厅后走出来。

"你是谁？"承发再大叫一声。

"张得标。"得标恭顺地说。

"跪下！"

张得标也就在张三延之后跪下了，但也是向叔伦发问："指导员，什么事？什么事？……"

"先把他二人铐起来……"叔伦招呼小和尚和其他敢死队员。乃有二人走向前去取出铁手铐，便把二张铐起了。这时三延颤抖着已说不出话来，地下砖上，小便已流了一大块。

"请你二位暂时委屈一下，再慢慢说。"叔伦说。同时叫小和尚把二人拉起来，坐在椅子上，只见三延颤抖着，泪流满面。得标则呆若木鸡。

这时叔伦请承发到正厅坐下，集合全庄现有官兵，包括厨房内的"大锅头"和所有武装和非武装同志，百余人，在厅前训话。大意是说：军部得报，张三延、张得标，通敌有据，现在一律拘捕、停职察看。并由军部特派熊照明上校，前来接管，希望大家今后服从熊司令的命令，一致抗日救国。张三延、张得标今后如改过自新，仍可重用。望大家安心工作。"

训话完毕。叔伦又介绍了新司令熊照明上校。熊司令也说了几句话。他说他和同志们、弟兄们都还不认识，以后认识了，大家在一起好好搞。他又说他自己是个只会打仗的"大老粗"，一切事还得听张指导员的话——指导员大学毕业，是他的老师，马上会升"黄板一星星"的。

"大家今后服从我，我服从张指导员。"熊作结论说，"现在还不认得大家，认得了，大家一齐搞——杀敌致果。完了。"

这时叔伦在人丛里看到"刘军需"，乃问刘军需李连发哪儿去了。刘说，李为阿香又和张三延打架，他后来把李安排个"孤庄独村"，李高兴得不得了，要辞官不做回家种田。现在正是秋收之后，犁田，忙得不亦乐乎。叔伦又问阿香情况。刘军需说，阿香虽然是个"婊子"，人倒很"安分"，两人看样子，真要"告老还乡"了。叔伦要刘军需派人把李连发找来谈谈。

当听训官兵默默散队之后，叔伦和熊回到花厅。看两囚徒还"铐"在那儿，由两个枪兵看守着。三延一见到叔伦，便又流泪哀求，自诉无罪，请求"指导员'开恩'"。

叔伦叫小和尚把二人的手铐开了，坐下来问话。

"张三延，"叔伦说，"你通敌投奸，犯了国法，有罪当斩！"

"杀敌当汉奸的，一个个要剥皮抽筋！"熊司令在旁，咬牙切齿地也说了一句。

"张指导员，熊司令，"三延又向二人分别解释说，"两位大人在上，明镜高悬，小人当龟头、屁精，也不能当汉奸。"

"两位长官在上，"张得标也拿出他在吴大帅军营中的规矩禀告两位官长说，"我们当弟兄的军人，要抗日报国，怎能通敌投奸！——通敌投奸，关王、岳王也不饶，上阵时一枪打死。"

第九章　烈士和汉奸

"你们和大汉奸李耀南、伪军余司令、鲁营长勾结，人证物证俱在，还有脸皮抵赖！？"叔伦严厉地说。

"指导员在上，"三延说，"我和张得标、李连发都商议过。我们的部队粮弹两缺，弟兄们又未上过阵，对伪军和鬼子都惹不得——想保存实力——指导员在上，倒是有的。"

"为保存实力，就勾结汉奸！"熊司令也怒斥一句。

"长官，"三延解释说，"我们没有勾结汉奸；是汉奸要勾结我们。他们要送钱、送烟、送洋货、送女人，我们都收下——并且预备向指导员报告的。"

"今天汉奸李耀南又要来策动你们叛变，是不是？"叔伦说。

"不瞒指导员，"三延说，"他来已不只一次了。"

"你们进城去嫖过！"叔伦训斥地说。

"……"三延脸红了，支吾其词，但是张得标却接过去说："指导员在上，这点部下是不对，干犯'军法'，该打五百军棍——请长官执法如山。"说着得标也流下眼泪来。但他却坚决不承认通敌。

"报告指导员，"三延说，"我们三个都是单身，无家无眷的，平时军书旁午，也得搞点女人，安慰安慰神经……"

"……"三延这"军书旁午"四字，说得叔伦不觉笑起来。这个花厅之内，除掉叔伦之外，其他官兵（包括掉这句文的张三延），都不知道这四个字的意思，所以叔伦笑起来。他这一笑，却把两堂会审的严肃气氛弄得轻松了。

"指导员，"三延又说，"我们三个人都是寡汉子，成个家，就不拈花惹草了。"

"指导员，"张得标又补上一句说，"李连发要讨那个苏州婊子阿香做老婆，文明结婚，还想请你老人家证婚呢。"

"现在熊司令也在这里，"三延补充一句说，"就请两位长官一齐证婚做大媒,不更好吗?……"三延又说:"城里那个婊子行,听说是蒋委员长派'蓝衣社'去开的,专门刺探鬼子行动,那老鸨子'阿宝',穿的就是蓝纺绸裌裤。"

他们正一问一答时,忽见李连发真的带着那个"苏州小婊子"阿香来了。阿香虽然穿着一袭粗布衣服,村姑打扮,但是明眸皓齿,美艳如花,真是乱头粗服不掩国色。她顿时成为全场精神集中之处,连张指导员都为她的美丽震慑得透不过气来。熊司令对她居然也有"我见犹怜"的表情。

老票和阿香这时还不知二张一李"通敌投奸"出了事。他二人却是预备"圆房",拜天地,"文明结婚",来请张指导员"证婚"的。

张指导员一见李连发,便说:"李连发,听说你们三人通敌投奸,要把我绑架送交敌伪,有无此事?"

李连发闻言,大惊失色,说:"指导员这话哪里讲起——我们千可做、万可做,怎能昧良心、当汉奸,绑架长官?"

"那可能他二人密谋,"说着叔伦指一指二张,"你可能还不知道!张三延可能也要把你枪毙呢!"

李连发看一看张三延,见他那狼狈相,裤子上全是小便,便知道事态严重。

"你真不知道吗?"熊司令再加重一句。张指导员也对他狠狠地看着。

李连发一时汗如雨下,忽然扑通一声,他跪下了。阿香看他跪下,也跟着跪在男友身边,眼泪直流,足使熊司令、张指导员乃至全场观众,都感动不忍,想把她拉起来安慰一番。

"指导员,"李连发诚恳地说,"张三和我为着阿香打架是真的——张三不会杀我的。说他想谋害指导员,是黑天冤枉。"

"起来,起来,"指导员把他二人都叫起来,又说,"专署情报科,找到人证物证啊!"

第九章　烈士和汉奸

"绝无此事！绝无此事！指导员，"李说，"我以身家性命担保。"

"你知道张三延诡计多端！你替他以性命作担保？"

"指导员高看着他了，"连发说，"张三延只好吃喝嫖赌，鬼计是没有。张三人不'鬼'。"

"专署情报科，对张三通敌，情报累累啊！"指导员说。

"专署情报都是'阿七哥'在城里找来的，"李说，"阿七哥并未听说嘛！"

"你认识'阿七哥'？"指导员问。

"阿七现在住在我们家嘛！"阿香插句嘴。

"怎么会呢？"指导员不免一愣。

"'老头子'叫阿七来警告张三，"李连发说，"'老头子'说张三近来声名很不好，嫉妒他的人向专员告他是'汉奸'——张三只会吃喝嫖赌，哪会当汉奸？阿七哥消息最准，张三也不敢当汉奸。"

"阿七怎么住在你家？"

"他很喜欢阿香！"

"我也很喜欢阿香。"指导员笑笑说。

"他们男人都喜欢哩呢！"阿香嫣然一笑，笑得满室生春——大家都高兴起来。两堂会审，也以喜剧方式结束了。

淫棍老汉奸的下场

经过这个游击总队上上下下官兵一再保证之后，张指导员对二张虽疑窦渐失，但是他还是认为这群乌合之众，问题重重，何不乘机"痛加整顿"？可是叔伦的个性究竟是个文人、艺人、书生和君子，他也想不出个"大刀阔斧"的办法来。还是张三延精明，他体会出指导员的重重心事，他知道他和张得标二人联合"请长假"（辞职），指导员也收拾不了这烂摊子，非挽留他不可。他也知道熊照明上校，原名熊承发，是和他一样的老粗。熊当上"司令"，"参谋长"一职还是非他当不可，所以三延的主意又来了。

"指导员，"三延说，"我和张得标、李连发都犯了军法，理应打军棍、坐禁闭的……"

"按军法是应该如此的。"叔伦说。

"能不能请指导员，青天在上，饶饶我们三人，恩准我们三人'请长假'呢？"三延诚恳地说。

"你们三人不干了，总得有批接手的人。"叔伦是个没心计的好人，他这句回答，正是张三延替他起稿的。

"就请熊官长把部队接受过去嘛！"三延说。

"……"叔伦沉默半晌才说，"熊官长一个人也接不下去……总要有个过渡期……"

这时叔伦一面吞吐作答，一面心中也在想：第一，熊承发也是个大老粗，要接也接不下去；第二，让熊承发接下去，那他的部队，就被刘专员的国民党的保安队"收编"了，自己对上级也不好交代——所以叔伦拿不出主意来。

"指导员，"张三延早看出长官的心事，乃乘机劝道，"我们三人还可不带职位、名义，替熊长官帮忙嘛。"

"这样也好，"叔伦说，"你们四位，包括熊照明上校，都用'代'的名义……"叔伦说至此也豁然有悟，乃继续说，"让熊上校'代'大队长；张得标、李连发'代'副大队长；你还'代'你的参谋长……"听候叶军长改编加委。

这时叔伦心中感激刘专员前晚的忠告——刘说："你去找叶挺，要一批'黄埔生'，来把你的烂部队，彻底改组，正规化。"叔伦那时心中很犹豫,因为"上级"的指示是反对正规化,但是今天他却想到,他所不能解决的问题,还是向上级报告,让"军部"去解决。

"我们连什么'代'的名义都不用了。"张三延知道长官的心思,也看出自己实际的需要,他能有权、有职,名义总是空的。

"还是你们暂时'代'一下,'代'一下。"叔伦说。

"指导员和熊长官,都饿了吧?"三延恭敬地问。同时又回身招呼"副官"和"刘军需",叫"大厨房"预备酒席为指导员和熊长官"接风"。

叔伦等又休息了片刻,大厨房果然就开出丰盛的酒席来。张指导员心事重重,茶饭无心,而熊代大队长则是"斗米十斤"的海量,和一些新部下大吃大喝起来,并谈起今后"升旗"、"出操"、"上讲堂"等等整顿部队的计划。

大家谈兴方浓,忽然闸门口卫兵,引进一位刘专员送来的"专差",带来密函。张指导员拆阅,信中说:"木子案,完满解决。弟即率部前来支援吾兄。绩之三时十五分手上。"大家一听刘专员将来庄视察,不觉又忙了起来——这样乱糟糟局面,怎能让"朝廷的正印官"视察呢?张指导员只要大家打扫打扫,而张代参谋长则招呼上下动员,并为专员整顿卧室、办公房、花厅——忙得不亦乐乎。

"木子案"究竟是怎样解决的呢?

原来刘专员一早率部去接官亭时,便在这小镇五里之外一个大村庄停下了。由三个轿夫抬了一顶带有玻璃窗的灰呢轿子,和四个持枪卫士护送往接官亭。

接官亭原是只有十几家商户的小镇。经伪军占领之后,就设了一个伪"镇长",带了二十几个枪兵,住在一座尼姑庵内,收捐、收税。今早这位王伪镇长正在办公之时,门口卫兵入报,说有游击队张参谋长派轿子和卫兵,来接"县城内商会李副会长,到乡下劳军"。王说"副会长尚未到",叫轿夫们进来喝茶、等候。

三位轿夫和四位枪兵进来了。王镇长刚自办公室走出来，忽见在厨房里烧锅的涂师傅，拿了把"柴刀"，走到身边；王还未及问话，涂师傅就说："报告镇长，奉梅溪镇刘专员密令，今天要请镇长委屈一下，我们要杀汉奸！"

"……"王镇长张目结舌，未及搭腔，只见一位轿夫，自轿内取出一挺大轮盘手提机关枪，另两个轿夫也自怀内取出盒子炮。盒子炮都"张着嘴"，一触即发。同时四个枪兵已把门岗的枪缴了。

"我不是汉奸，我是刘专员的部下，"王镇长慌张地说，"请弟兄们不要动武……"

这时院中所有卫兵都已被迫高举双手，不敢移动。

那个持大轮盘的轿夫乃命令王镇长吹哨子，把所有的伪军都徒手集合到院中排队，听候训话。

队排好了。这位大轮盘轿夫说，他是刘专员的警卫队涂中队长，今天奉命来制裁汉奸。请大家不要惊慌，委屈半天，就可恢复自由。这时这位王镇长已汗如雨下，全身发抖，他瘫痪地跪下了。

"镇长，起来！"涂师傅用刀背敲敲他，说，"与你也没关系。"

"我不是汉奸，我是刘专员的部下。"这汉奸反复地说着，牙齿打得辄辄作响。

"你也得委屈半天！"涂中队长说。说毕，涂乃叫口令，全队"向右转"，"提步走"。全队二十余人，乃走向尼姑庵的后进。那儿有间"禁闭室"，是王镇长平时"拘留"欠税商民用的。现在他自己颤抖地进去了。房间太小，其他徒手伪军则被罚令坐在院中地上，由枪兵看守，那在一旁发呆的老尼姑，则拼命念"阿弥陀佛"。涂队长也叫她守护观音，不许出来。

涂师傅则在厨房内，照样烧饭，一方面以食嘉宾，一方面还是照样供给囚徒。这时四个枪兵有两个也换了伪军军服，在门前站岗，一切

第九章　烈士和汉奸

照旧。有时有一二商民来访,卫兵则说王镇长伤风不办公,请明日再来。

他们一伙六人,在尼姑庵门口,轮流站岗等候。时方过午,果见伪维持会副会长李耀南,坐在一辆鸡公车上,正由一壮汉大汗淋漓地推其上坡;鸡公车的另一边,则是一条绑起的肥羊。车后则跟随着四个壮汉,抬着两个三层装、满载礼品的红色"抬盒"。另外则是两个挂了盒子炮的卫兵。

李耀南头发灰白,满嘴胡须,中等身材,穿了一件灰布长衫加黑马甲。鸡公车尚未到站,他就下车了,一见有人在等他,李耀南大为高兴,并大叫说:"你们参谋长派轿子来接我没有?"

"有,有……"这边回答着。

"哎呀!我被这活猪把我簸死了!"他笑着指指那遍身大汗的鸡公车夫,又说,"他们皇军也太过分,不许我们华民坐轿子……我们读书人,又不能走路……坐这种车,真被这活猪簸死了,哎呀……"

说着李乃大踏步走进"镇公所"。

"你们王镇长哪里去了?"

"在后面,在后面,有点伤风。"

李耀南也毫不怀疑地走进尼姑庵正殿一头的桌子边坐下,对着一个枪兵叫道:"伙计,先打盆水来洗洗脸!"

这时那两个卫兵、车夫和抬盒工人,也都走了进来。大家正坐下休息之时,忽然门口那位拿着冲锋枪的弟兄,自门外走进大门。横持着机枪,指向那挂着盒子炮的伪军,说:"弟兄们,把手举起!"

这两个卫兵,一时惊慌失措,便把双手举起,他二人的盒子炮就被人解除了。

"什么事?什么事?"李耀南一下站起来,惊诧万状,无目标地乱问。

"没什么事,"涂中队长把大轮盘一摇,说,"奉刘专员和张参谋之命,来枪毙你这个汉奸。"

"我不是汉奸！我不是汉奸！"李耀南说着汗泪俱下，颤抖不已。他正要瘫下去时，两个枪兵乃走向前去，自两边把他拉起，并骂道："你不是汉奸，还有谁是汉奸？"

说着两人乃把他架着，推向侧门。

"你要我到哪里去？哪里去？"李耀南汗泪交流，气喘唏嘘地问。

"你到菜园去！"

"到菜园去干什么呢？……"李哇地大哭起来，瘫着不肯走，但他哪有瘫着的自由呢？

"老王八！"一个枪兵说，"你有种当汉奸，就要有种上法场！"

"哇……哇……你们要枪毙我吗？"李大哭大叫。

"谁叫你卖国当汉奸！"

"我……我……能不能……见见你们的……参……参……谋长……"李哀求着说。

"枪毙之后你再去见吧！"

李还在哭叫时，他已被推到菜园的白菜畦上去。

"跪下！"一个枪兵，向老汉奸发下最后的命令，但是李耀南两腿，已变成两条橡皮条了，两边架他的人，只好拉着他的两臂，只听噼啪一声，李耀南后脑壳顿时鲜血直涌，伏在白菜之上，抽搐不停。涂队长乃叫另一枪兵，用长枪在李的身上又补了两枪，李的尸身就不动了，只是鲜血却不断涌出——老汉奸死了。

老汉奸死后，涂队长自庵内找了几件锹锄等农具，拿给那鸡公车夫，和另外几个工人，说："有劳你们几位，挖个坑，把他埋一埋！"

那几位伙计，手直是抖，一时无法使力。可是那鸡公车夫，却接过一把锄子；他把锄子，翻过来举起，一锄头便把李耀南的尸头，打得脑浆迸裂。

"不然我都没那么恨他，"车夫对涂队长说，"我推了他十八里，他

第九章 烈士和汉奸

一步都未下来走过——连上坡也不下来，还骂我'活猪'，簸了他！"说着他就带头把一畦白菜拔掉，和另外几个工人，便在菜畦上挖起坑来。

老汉奸被正法后不到一刻钟，刘专员骑着马，就带着三十多名保安队赶来了。当他看到老汉奸伏尸菜畦上，便对几位正在劳动的工友说："辛苦你们几位了！"

工友们乃暂时停工，站在菜畦上也说："刘专员辛苦了！"

"他是不是汉奸李耀南？"专员又问诸工友，"我们没有枪毙错人吧？"

诸工友齐说，李耀南城乡两地人都认识他，没有错。

"那就把他埋了吧，"刘专员说，"以后再通知他家属……他也罪有应得……"专员又叹口气。同时自衣袋内取出一元法币，交给在一旁站立的老尼姑，算是偿还她白菜的损失。老尼姑念了无数声"阿弥陀佛"，又取个小香炉和香，放在李耀南坟前，并烧了些纸箔。

刘专员走回庵内，叫涂队长把伪王镇长叫来。王某一见专员便汗泪交流地跪下了，乞求"专员开恩"。专员叫他起来、坐下，并给他一盅热茶压压惊。

"王守财，"专员告诉他，"我来就是告诉你，汉奸是做不得的，你看看李耀南！"

"专员在上，"伪王镇长恭敬地说，"我一直听专员命令，一直是专员的部下——部下怎么敢当汉奸？我就跟专员到梅溪去。"

"你也用不着跟我到梅溪去，"专员说，"你还是在此地当你的汉奸镇长——不过要听我的命令就是了。"

"部下怎敢不听专员的命令？"

"你在这里也用不着打鬼子，"专员说，"维持治安也用不着那些好枪。好枪我都带走了。留几支'套筒'和'湖北条子'，给你用足够了——你可不能为非作歹啊！你要鱼肉乡民，你下次就和李耀南睡在一起！"

王守财一听，忙又跪下了，连说"不敢"。

刘专员叫他起来，把他的队伍集合起来，在前院听训话。

王把队伍集合了，刘专员对他们又训了一些话，要他们维持地方治安，为非作歹的，一律枪毙。

专员又说："你们之中，哪个好，哪个坏，我全知道！'大锅头'涂同志，是我们涂中队长的堂兄，他都一五一十告诉过我——你们以后的行动我也全知道。当军人的职务是保护人民、打鬼子，不是像李耀南那样，当汉奸、欺压良民。希望你们以后好好地听王守财的命令，王守财听我的命令——有功必赏！有过必罚！"

刘专员训话完毕，王镇长叫立正、敬礼。队伍解散之后，涂师傅已煮好简单的中饭。王守财在下座恭敬地陪着。

"王守财，"专员且吃且说，"你进城看到你们的鲁守义鲁营长，告诉他以后什么洋烟、洋酒都不要送我了。我'在理'，既不抽烟，也不喝酒……"专员开句玩笑，"以后倒希望他送我们一两箱'四〇三'子弹。有日制或德制掷弹筒，送我们一两支也好。"

"专员的命令，"王守财恭敬地回答说，"鲁守义怎敢不送？"

刘专员吃了饭，乃写张简单的字条，叫一个骑术好的卫兵，快马加鞭地赶往林家庄去。他自己则骑着马，率领了全体枪兵缓缓跟进。

大锅头涂志安也随刘专员一道出发。那几位原随李耀南的工友，刘则招呼王守财慎重处理。王主张每人给两毛小洋放他们回去，并密报鲁营长，绝对守密；刘也同意。至于李耀南所带的礼物，刘则嘱王暂时保管。他自己就决定去林家庄和张指导员会师了。

林家庄夜话

刘专员离开接官亭不久便得报说，林家庄方面平安无事，张指导

第九章 烈士和汉奸

员的厨房正大办酒席呢。诸事放心，刘君乃按辔徐行。当他已快到林家庄时，四围乡民已得消息，知道"专员出巡"——长白胡子的老乡民，则说"知府驾到"。乡民携幼扶老，抢看知府大人。有的还在路边摆了"香案"、果酒，等候着。最古怪的还有"喊冤"、"叫屈"的。有个全白头发的老农妇，伏在路边，拼命地敲着个铜面盆，她在"告路状"——告"儿子不孝"。还有乡中老辈，穿长袍马褂，向专员"作揖"，欲言又止。刘专员叫他们个别前来，低声密谈，原来是告"张三延强奸民女"，也有暗告"游击队"横征暴敛、私刑拷打良民的，也有夫妇互告对方奸情的——形形色色，不一而足。

刘专员是清华毕业，在美国威斯康星大学学"比较政府"的硕士，在他的毕业论文上，他对中国传统的"小小衙门朝南开，没有银钱莫进来"的专制政府，真诋毁得不遗余力。谁知就凭这一纸自我诽谤的硕士文凭，他回国之后，就搞进个"小小衙门"，做起"太守"来了。

在古老的中国，循吏清官实在太少了，但刘某倒是个"血性青年"出身。北伐之前在清华校园之内就是个秘密的"国民党"。其后化装南下，参加过北伐，年方二十五六，就已出任过两任县长——是个有名的"草鞋县太爷"。他在短期的服务中，弄清了好多传统政府的积弊，使他对传统深恶痛绝。后来刘氏又因政绩卓越，被中央党部遴选，参加"党员留学考试"，往美国升学钻研民主政治。刚读完硕士，便因抗战开始奉召返国服务，即干起"知府"来了。他这次出巡使他感受到古代名士如苏东坡、欧阳修等所干过那些地方官的味儿。

在这个传统制度里，一个"官"的关系多大啊！刘绩之硕士常时这样想。一个"好官"，真能使"万家生佛"。一个"坏官"，也能搞成饿殍载道。三十来岁的刘绩之，和他自己所属的那三十年代的"党"，还是有理想、有朝气的。抗日救国的重担之外，绩之是个足使"万家生佛"的"太守"。"人民眼睛是雪亮的"，好官、坏官，自有公评。绩之这位亲民之官,显然政声不错,所以沿途才有如许的流连。

绩之接受了所有的"告诉",能解决的当场解决——例如那个"儿子不孝"案,绩之在美国大学"民主政治"的经典中,便找不到判例,那就只好自出心裁了。至于夫妇互讼,绩之问他(她)二人为什么不离婚呢?二人的理由多着呢,包括"舍不得孩子"。刘硕士的硕士论文,在这儿也不管用了,诸如此类,太守只好叫秘书记下,以便慢慢解决——一直到太阳入山甚久,大家摸索前进时,他骑的那匹白马,才被人在林家庄"堂楼"上,"三哥房间"内的德国望远镜里发现了——全总部上下官兵百余人,已演习数次"接官"仪式了。一看到白马出现,全体官兵乃在庄前谷场排好队伍。专员一到,洋号吹起、洋鼓打起;熊代大队长叫"立正、敬礼"口令——张指导员站在熊后,也举手敬礼——军威颇盛,真像回事儿呢!谁说不能打鬼子?

刘专员答礼后,立即下马与张指导员握手,在"火把"照耀下一同检阅了部队。叔伦也为他介绍了熊队长以下的一些部下。二人稍让了一下,刘专员便领头走进了闸门。

林家庄对刘绩之专员并不陌生。他曾在春初来过两次。林家的"圩勇"就是他改编的。后来的枪支,也是他亲自来庄向"老管家"缴去的。

当刘、张二人自大闸门通过长院走向大门时,刘专员看一看围墙,又仰首看看高耸的"堂楼",乃向张指导员说:"叔伦呀,这些东西都得拆掉哎!"

"太可惜了!"叔伦叹口气。

"叔伦啦,"专员也叹口气,说,"锦绣河山,何处不可惜呢!?强敌压境,有什么办法呢?"

刘专员的卧室原由张代参谋长安排于林家庄"正宅"大堂楼之上。张指导员则叫他改在他原先住过的书房。在专家小和尚指导之下,由十几个老几,通力合作数小时,全书房焕然一新。原已失修的"洋马桶"

第九章 烈士和汉奸

和"瓷澡堂",均已恢复使用。张三延把他们的"眷属"全部搬到堂楼之后的小堂屋两侧那原是林家女佣用的卧室去了。他搞"白昼宣淫"的脏事,一点都看不出痕迹来。如今专员被请进书房休息,真是"宾至如归"。

刘专员略事盥洗之后,叔伦便向他解释了先后经过情形,刘氏也认为满意。便由张指导员陪同往"花厅"入席。一桌翅帽酒席,加上"百年汾酒",使刘专员大感浪费。然既来之,则安之,刘也就不客气地坐入"上座",但是三延等只在一旁侍立,不敢陪坐。经专员一再招呼,张指导员力劝,熊、张等才恭敬地入座,然也只坐了半个屁股——中国人对"朝廷命官"的奉承,那真是世界少有啊。

大家向专员敬酒之后,专员也回敬。回敬时,专员问张三延说:"张三延,你读过书吗?"

"读过半年私塾。"三延恭敬地说。

"还记得点吗?"

"记得:上大人、孔乙己、化三千、七十四……"

"记得这几个字,"专员说,"居然也能做了了不起的坏事和好事,也不容易。"

"……"三延表情尴尬,未敢作答。

"能读点书吗?"专员又问。

"读过一本《王三姐破肚记》。"

"地方上有人告你呢!"专员说。

"专员青天在上,"三延惶恐地说,"那些都是诬告。"

"你吃喝嫖赌——什么诬告!?"专员微笑一笑,又转向张得标,说,"代副大队长,你曾在吴佩孚底下当过兵!"

"是的,在吴大帅底下。"得标恭敬地回答。

"认得几个字吗?"

"不认得。"

"冯玉祥也认不了几个字！"专员说着笑了，大家也跟着笑一阵。

"熊代大队长，"专员又举杯回敬熊照明，说，"今天辛苦你了。"

"承专员福星高照！"熊说。

"这批人都是梁山英雄呢！"说着专员和指导员也浮一大白，说，"好好领导，都是栋梁之材。"

刘专员和张指导员近几天也太紧张、太累了，也难得有这席好酒席，使精神轻松轻松呢。

饭后小和尚又服侍刘、张二长官，在那日式可容四人共浴的瓷砖砌的澡堂洗个澡。二人回到书房，小和尚又捧来细茶、果点和大前门，二人便坐在那硕大的漆皮沙发上聊天。张叔伦不吸烟，而刘绩之则偶尔抽两支，瘾也不大。小和尚是服侍客人的小听差、老行家，偶尔进来走走，问三问四，听候差遣。

"叔伦啦，"刘专员喷口烟问道，"听说林家还有个女儿，在你们四军中当共产党，搞组织，是不是？"

"不是女儿，是他们一位媳妇，"叔伦说，"也不是共产党员，她是在政治部演话剧的。"

"你们老马克思搞错了呢，"绩之硕士说了也笑起来，"我们以前在北平搞学运，搞左派的全是有钱人家的子女，能歌善舞；搞国民党、复兴社，好多都是清寒子弟——奇怪不奇怪？"绩之又说："那时宋哲元好为难。抓共产党，抓的全是有钱有势人家的子女。"

"战前你在北平吗？"叔伦问。

"出国前，我在北平市党部，所以知道得很清楚。"

"在京沪一带，可能情形不同。"

"一样的，"刘说，"你本人还不是富家子弟，思想左倾；这位林家小媳妇，还不是如此？愈有钱，愈罗曼蒂克、理想化。马克思说什么'阶级意识'，才要打屁股呢。美国前些年大不景气，知识分子思想左倾，

第九章　烈士和汉奸

也是如此。美国共产党员都是知识分子——共产党打不进工会，奇怪不奇怪？"

"老一辈情况，似乎很不同的。"

"正是这话，"绩之说，"老一辈的就可能当汉奸，我那时来缴林家的枪，就是怕林伯章当汉奸——他是留日的，和李耀南同时，又和北洋军阀有关系，立场不稳。"

"我想不会当汉奸吧！"叔伦说，又问，"林伯章现在在哪里？"

"林伯章还算不错，"刘说，"他躲在山里猫耳尖，自建的堡垒里。李耀南派人找他，他立刻就派人向我报告情况……"

"那立场还算好。"叔伦说。

"不错，不错！"刘又说，他得到林氏报告后乃立刻到猫耳尖去找他，并说，伯老，为保护你，免惹汉奸觊觎，我要把你的枪缴了，另派兵保护你。伯老说，他家早被鬼子抄了，地租也收不到，身无余财，带来的几个"圩勇"，也养不起了，专员能带他们到保安队去，真是阿弥陀佛。

绩之说，为着林伯章的安全和名望，他也向战区当局推荐给他个参议的名义。伯章久离宦场，心存魏阙，现在搞个小官做做，人家参议长、参议短地叫着，他也很高兴。听说现在和省府人士搞得不错，他要搬到省府招待处去住了。

林家的故事之外，他二人又谈到国共合作的前途，和本地区政府，和新四军游击队发展的情形。

"现在国共合作，共产党也为实行三民主义而努力嘛！"叔伦说。

"什么三民主义？"刘说，"一民主义嘛。我们抗战全靠个'民族主义'。"

"我们也得想想战后的情况嘛！"

"防微杜渐，"刘说，"国民党上下，太自尊自大，同时'上下交征利'，始终无法遏阻。前线前仆后继，血流成河；后方贪污腐化，吃喝嫖赌，也讲不过去。"

"这点共产党要好得多了。"叔伦说。

"共产党比较好些。在野嘛,没有宦官外戚。"刘说,"不过你们也心眼太小,好权好枪,不识大体!"

"国共两党的合作,国民党高官都能像刘绩之专员,我保证'抗战必胜,建国必成'。"张叔伦倒不是拍马屁,这原是他的诚心诚意对刘专员的推许。

"共产党的干部和领袖们,都有你的气度,叔伦啦,那真是'国共合作万岁'!"

他二人惺惺相惜,都是发自内心的由衷之言啊!

熊上校之死

刘专员和张指导员二人自林家庄分手之后,刘乃赶回梅溪,预备动员民众总撤退,因为专署得报,敌人来梅溪"清乡",已箭在弦上。张则赶回新四军军部,希望叶军长能调拨一批"黄埔生"和下级军官来代替他那批乌合之众的草莽英雄。

果然刘专员回梅溪不久,敌伪便来梅溪清乡,刘则于前一晚率领精壮,退入山区。敌伪未发一弹,便占领梅溪。但是梅溪是个空镇,敌人放了一位伪镇长,贴了些"安民告示",说什么"……皇军秋毫无犯,闾里鸡犬不惊,日支永远亲善,东亚长享和平,若有私通蒋赤,定当格杀勿论"……

贴过之后"皇军"闲着无聊,又回县城"慰安"去了。敌军一去,伪镇长不敢恋栈,乃派人向刘专员"请示"今后行动方针。刘专员叫他暂时"维持"地方秩序,等敌人大队在县城待不下,撤退了,"专署自会回防"。伪镇长服从刘专员命令,暂时也相安无事。

另一面张指导员回到军部之后,新四军正在扩展,人手不足,也不能大量帮助,叶、项二人也只能拨点土游击队,和少许"黄埔生"给叔伦,作为精神支持。叔伦还得靠自己,四处奔波设法,去找些散兵游勇,和没有归队的"黄埔生",来改组他这支"杂牌部队"。

可是林家庄总部在张指导员离去之后,情况也显得复杂了。熊代大队长是无人敢反对的,但是熊要"改编"部队,搞"层层节制",就不太容易了。加上他要"整饬军纪",早上要"升旗"、"出操"、"唱军歌"、"整理内务"、"上讲堂"、"教典范令"……问题就多起来了。

早先为着"制式教练",他和"代副大队长"得标就发生了争执。因为张叫口令时,叫"开步走",熊则叫"提步走";敬礼时,张叫"举枪",熊则叫"右手荷枪,左手敬礼"。熊不接受张的教练,说那是"北洋式"。张也不愿接受熊的教练。张说熊教的是"保安队式",不如他的"正规军"。

"在正规军内,我们都叫官长做'排长',"张说,"你们保安队,都叫'区队长',区队长不是正规军的叫法……"

二人对"唱军歌",也有异见。

熊会唱:"大刀,向鬼子们的头上砍去,全国武装的弟兄们,抗战今天来到了……"

张只会唱:"黄族应享黄海权,亚人应种亚洲田,青年、青年,切莫同种自相残,坐教欧美着先鞭……"

但是二人都唱不完。熊说张唱的是"北洋歌",不是"革命歌"。

张则说熊唱的是"宋哲元的歌",也是"北洋歌",不是"蒋委员长的歌"。

二人相持不下,都弄得气呼呼的。

最糟的还是"关饷"。月底到了,弟兄们要饷,熊代大队长叫刘军需发饷,刘说"一向是参谋长管的"。熊去找"张代参谋长",参谋长说"收不到田亩捐"。

弟兄们吃了几天稀饭和麦糊，饥肠辘辘，开始"闹饷"——熊带来的十几位"敢死队"，吵着要"枪毙狗禽的张三延"。可是队内多数弟兄，则怪熊代大队长——他们以前有鱼、有肉，又不早起，又不上操。现在呢？又早起，又上操，辛苦得要死，反要吃麦糊——哪能怪参谋长呢？怪那"龟孙子熊照明"……总之全总部惶惶不能终日。意志薄弱的就"开小差"溜了。狡猾一点的，就自动申请调到小镇"驻防"去了。因此不到个把月，原有百多条枪的林家庄"总部"就只剩五六十人了。还是刘军需提议向林家"借粮"，把"高仓"开了两号，大家才算三餐可继。就在此艰难的时光里，噩耗传来，梅溪镇失守之后，敌人的矛头，已指向柳和集。

在一个秋风微拂、丹桂飘香的日子，恐惧变成事实了。据报敌军百余人，率领伪军两连，已自县城出发，要到林家庄、柳和集一带来"安民""清乡"。在熊代大队长领导之下，林家庄总部众首领开了个"军事会议"。会议中众人意见分成三派。熊代大队长主张率队出庄迎击。张代副大队长则主张用"老办法"，"关闸门、架跳板、守庄子"，因为来犯敌军无重武器，对林家庄的深沟高垒，无法突破。张得标十年前曾参加吴大帅守武昌之战，知道城是可以"守"的。张代参谋长则胆小，主张向昭觉寺、小天门一带山区撤退。大家议论未定，而敌军已开始迫近庄子来。

熊代大队长是位勇将，集合队伍，不由分说，便率队出庄迎击。但他这队伍，平时装装样子、做做仪仗队还可胜任，真的去"打鬼子"，枪未响，有的士兵腿已不能行动，有的则开溜了。最后随熊出庄的还只有他带来的十多名敢死队，加上六七名胆大的青年，其他弟兄则踢踢跶跶、逡巡不前。

横持他的大轮盘，腰系四颗手榴弹，熊承发刚出庄门，已见前面

第九章　烈士和汉奸

敌军，一字长蛇阵，也刚越过那丈多高的防水围堤。缓缓地走向前来的，约有百来个敌军。带头的是一个军官，骑着一匹白马。

熊乃指挥他的队伍躲入庄前的竹林里去，严阵以待。他再用望远镜一看，敌军之后似乎还有百多名伪军，扛着些写了字的牌子，不知是什么意思。看样子，他们是在"旅次行军"，没有准备作战。

这时也在后面瞭望的张得标，有点慌张了。他返转身，退回庄内；胆小的士兵，也跟他退回了。张得标招呼关起闸门，众人爬上跳板，伏在墙头观看。

这时敌人愈来愈近了，而他们前进的土路，则正傍竹林而过。熊承发这时已怒脉贲张，红着眼在竹林内向那缓缓前进的日本军官注视，只见那白马的尾巴一摇一摆地前来，那个半睡眠状态中的日本军官，似乎也未注意到竹林里有埋伏。

"我操你娘！"熊承发大叫一声，自竹林内一冲而出。那日本军官还未及抬头，便被熊的一梭子弹，连人带马打到地下。其他弟兄，有的也跃出竹林，有的则伏在林内，乱枪齐发，把那队带头的敌军二十余人，死的死，伤的伤，打得糜糊一团。但是跟进的敌军，并未逃避。他们跑步冲向前来，双方太近，不及开枪，乃肉搏起来。

熊承发未及另装子弹，便被日军一刺刀插入腹部倒于地下，其他弟兄亦纷纷倒下，因日军枪长刺刀也长，我军则枪短刀短，肉搏时颇为吃亏也。

当日军数十人还在乱刺乱喊之时，我军一位敢死队员，滚脱日军刺刀，迅速爬到半死的熊大队长身边，摸到熊腰下手榴弹的引线。他用力一抽，只听轰然一声巨响，把十来个死伤的我军，和二十来个喊叫猛刺的敌军，都炸得血肉横飞，烟雾弥漫，才停止了这场肉搏战。

这时爬在庄中墙头观战的张得标和一些弟兄，个个战栗不已，面无人色。

硝烟散处，只见后继敌军随号声散开。此时已是仲秋，原来的水田，都成了旱田待犁。敌军乃自这旱田中，散开向林家庄包围前进。张代副大队长乃下令开枪，一时快枪、土炮响成一团。可是对面敌军，却一枪不发，跳跃前进。我方则因枪法欠准，形同盲目射击；前进日军，几乎毫无死伤。百余敌军，先后都逼近护庄壕沟，齐伏于壕堤之下待命。我方则打得枪炮连天，声闻远近。

敌军在壕堤之后布置既定，只听噼啪一声，竹林上空飘出一枚紫色信号弹，耀眼夺目。接着壕堤之下，一阵枪炮声，只见数十枚小型炸弹——有的是来自"掷弹筒"，有的则是"枪榴弹"——悠闲地飞上天空，越过墙头，落入庄内，接着便是一遍震耳欲聋的爆炸声。硝烟笼罩了全庄，有的地方已看到火苗。

爆炸之后，庄内声息全无，成了个死庄子。等了十来分钟，再不闻庄中还击，两个日兵，一个背负一尊小型"火箭炮"，乃自堤下，爬到大闸门前，二人架好火箭炮，只听一声炮响，那原是三间瓦房的"大闸门"，连门带屋，便被炸出个大缺口来。再等几分钟，硝烟散后，两头日本军犬，乃一冲而入，在闸门内外乱跑，摇尾猛吠。随后便见一小队日兵，冲向闸门，躲在缺口两侧，唤出军犬，再投入几个手榴弹之后，不见庄内动静，乃持枪俯身，冲入缺口。其他堤畔伏兵，也就随之冲入庄内。

这时庄内长院已血肉模糊，靠墙架设的大跳板，也倒在地上；张得标和一些兄弟，有的竟被压在跳板之下，张目伸舌，死在那里。林家的高仓亦已着火，正在噼啪燃烧。所幸林家原来的建筑设计，是由"风火扇"把各单元隔开的，一部着火，不致延及别处。

日兵进庄之后，乃牵着猎犬，逐进搜寻。庄内未死人员，乃向后进房屋逃窜。张三延胆小，不敢上跳板，他早先带着阿厶和一群姑娘，原躲在"北更楼"。敌人进庄之后，他乃开了西北水闸门，自门内拖出

第九章　烈士和汉奸

一个渔盆,把阿么拉上渔盆,自己和一位小兄弟,正撑着篙子预备渡壕时,几个日兵已赶出水闸门,不由分说便是一梭机枪弹,三延连人带篙倒入水中,阿么和小兄弟则死于盆内。渔盆被打了许多洞,水自洞中涌入,泛出红色血沫和水花,渔盆便慢慢地下沉了。

这场日军攻庄之战,是李连发和阿香亲眼目击的。原来这天李连发正在家中犁田,忽然听到鬼子来了,他匆忙地牵着阿香,便向山区逃去。未跑多远,他们听到枪声,乃窜入"义地"上边一个(涂师奶曾躲过的)土地庙内。这儿居高临下,他二人乃看到了这场小型"抗战"的全部经过。

没有他二人看见,这场惨烈的搏斗,就是抗战期间千百个无记录而悲壮的无名战役之一,再也没有人知道了。

狗群的抗日战争

李连发和阿香在土地庙里,无意中看到了那场林家庄攻防战之后,真吓得半死。天黑之后,他本想带阿香上山到昭觉寺避难去,但他又舍不得那条他新买不久的"大牯牛"。他当初逃走时,牛还在田中,套着轭、拖着犁呢。

连发看到庄中久无声息,庄内火灾熄灭了,鬼子也一进不出,田野中一派死寂;他乃牵着阿香,又摸回他自己村里去,一看他那心爱的牯牛,已挣脱牛轭,回到自己卧棚之内,显然已吃过草、喝过水,现正躺在地上反刍、休息呢。老票这一喜真非同小可,忙伏在地上,把牯牛拍了又拍。

阿香饿了,在厨房拼了点咸菜、冷饭,和老票一起吃了。老票又溜出庄外观察甚久,忽见山边松林坡里火光一闪,噼啪地响了几枪——

他们叫"放冷枪";显然是游击残部,在山上对敌军作骚扰性的射击。敌军在林家堂楼上原装有小型"探照灯"。这时灯光也转向松林坡,横扫了几下,庄中敌军也未还击。

连发一夜未敢入睡,只和阿香迷糊片刻。东方微白,他就和阿香起程上山。为着阿香的安全,老票要把她暂时送往昭觉寺避难;为着大牯牛的所有权,他则拟把阿香安顿之后,独自回村——老票私心暗想,一个人跑起来,总比拖家带眷好多了。阿香不太同意老票的办法,但她自己也想不出更好的主意,只好先到昭觉寺再说了。

二人卷了点干粮,乃趁天尚未明,取小径,绕过林家庄和松林坡,向山区爬行。二人正走着,忽然有人自松林坡那边叫:"李大队长!李大队长!……"老票始则惊,继则喜,原来是游击队内几位受伤的弟兄,一个人用白布带挂了受伤的左手臂,另一人则脸上贴了些绷带。老票乃停下来一问情由,才知道他二人均是昨晚日军攻庄时炸弹下的幸存者。据他二人说,昨夜日军进庄,不但未杀俘,日本军医反设起临时救伤站,彻夜忙着为我方伤兵包扎,甚至输血、开刀。

不特此也。他们寻获了熊大队长和二张的尸体,并把他三人尸体略事整形,穿上中校制服,用油布包着,安放在正厅中央祭奠。三人尸前都用木牌写明身份。例如"华军阵亡大队长熊照明上校遗体"等等。

日军由一少佐鞠躬主祭,其他官兵,均举枪、吹号致敬,也颇使我方伤俘官兵,为之感动。

夜半我方残部在松林坡放冷枪时,日方翻译乃自我轻伤官兵中挑选几个人,加以释放,叫他们带了些"皇军安民告示",向我方发散。并强调"皇军已占领武汉"、"蒋介石无家可归"、"国民党停止抵抗"、"大东亚立刻恢复和平"、"共存共荣"等等。

日军并要我方选送三具"上等棺材",以便将两位大队长和一位参谋长,以"军礼安葬"。他二人被释后,乃逃入松林坡归队,孰知没有

第九章　烈士和汉奸

见到一个人影。二人乃在松林内待到天亮，才看到"李大队长"带着"娘子"，匆忙经过；他二人一见喜出望外，所以才把"李大队长"叫住了。

亲眼看到昨晚日军进庄情况，连发便知二张一熊凶多吉少。今日得报果然，不觉两泪直流。阿香闻讯，竟放声哭起来，把头埋在老票胁下，泣不可仰。

四人伫立哀伤许久，老票才问起各官长家眷的情形。

"鬼子这次倒比上次好，"那伤臂的士兵说，"只是鬼子见不得酒和女人。"

"怎么样？"阿香自老票胁下转过头来，满脸泪痕地问道，"你看到张三爷的姑娘阿厶姐姐吗？"

"阿厶姑娘被鬼子在渔盆内打死了。"

"阿厶死啦？"阿香惊诧地转向李连发。

"他说的嘛！"连发低声地回答。

"……哇……"阿香手一松，便瘫倒地下，两手抱着脸，又大哭起来。

连发弯下身体，把阿香抱起来坐在树根上，自己也坐在她身边，招呼两位伤兵也坐下说话。

"阿珊姑娘她们呢？"连发又问。

"鬼子上半夜倒好，"二人答非所问地说，"他们只顾喝酒。"

"下半夜，又怎样呢？"

"奸妇女嘛，"士兵答道，"他们排班，一个跟着一个，上去奸……"

"阿珊姑娘她们都被奸了？"

"所有庄中的妇女嘛，还有刘师奶，和刘毛姐……"

"你说刘军需的娘子也被奸了？"连发愤慨地问。

"……"士兵点点头。

"弟兄，"阿香停住哭也问一声，"你说小毛也被奸了，她才九岁嘛……天哪……"阿香又哭起来，并回想起她自己恐怖的过去，更战栗不已。

"刘毛姐死了吗？"李大队长再问一声。

"没有死，"士兵说，"那些醉了的鬼子，后来被那个日本医生赶走了。"

"……"连发咬牙不已；阿香则直是哭。

"李大队长，"两位士兵又问道，"现在我们到哪儿去呢？"

"我看啊……"连发沉思片刻，乃说，"你二人也到各支部、各分队去看看。那里还有弟兄嘛，就叫他们先找三口好棺材送去，暂且把两位大队长和参谋长葬一葬。我到昭觉寺总部，去报告一声再说——我去一下就回来。"

三人商议既定，两组就分道扬镳了。

阿香擦去眼泪，从两位伤兵手里，取了两张敌伪的"安民告示"，因阿香认识字，可以念给老票听。

循着登山大道，老票如履平地，直奔昭觉寺而去。但是阿香则是在苏州出生、上海长大的，出门就乘电车，爬如此大山，还是她生平第一次。所幸她身轻如燕，年纪又轻，慢步爬登，也还可勉强撑持。

"香啊，"李连发向阿香说，"我要不和张三吵一架搬出来，我也跟他们一起死了唉！"

"我倒不怕跟阿ㄥ和阿珊，死在一起。"阿香说着又流泪。

"香啊，"连发说，"我现在有家有室有牛，我舍不得死呢。"阿香拉紧了老票的膀子，没有说话。

老票又要阿香把鬼子的"告示"念给他听。阿香念到："告谕华民老少、上下一体知情，皇军秋毫无犯，乡里鸡犬不惊……"

"去他的娘！"老票诅咒地说，"乡里鸡犬且惊！"

这时是阳历十月天气，山风渐劲，登山愈高，则北风愈冷。二人冒着寒风，勉力前进，越过无数扶老携幼的难民，向晚时辰，二人终于抵达昭觉寺山门，而门内门外，难民已成堆成群。

在整个夏季，昭觉寺原只是个"暑期儿童补习学校"，幽静无比。

第九章 烈士和汉奸

孰知鬼子这一清乡，它又变成"难民所"，热闹起来。

李连发自人丛中挤向小佛阁，阁外的小门关着，有个同志在守卫，他认识李大队长，乃让他进去了，阿香则留在门外。

连发穿过佛堂，只见那香客宿舍中的客室挤满了人，一个会议正在进行。主席仍是张指导员。坐在张身边的叶所长则穿了便装丝绸小棉袄，其他姑娘还是军装。朱三妈靠墙而坐，正在说话；小和尚则坐在门槛上；其外还有些不认识的中青年男女。

张指导员一见李连发到来，颇感惊讶，走出来拉着李的手，眼泪汪汪地说不出话来。原来张于前天从军部带了十来个枪兵和下级军官，和几位文职人员，正赶回林家庄，拟改编部队。他们一行，未及林家七八里地便听到枪炮声。在逃避人群中，才知道敌伪数百人，已攻破林家庄，游击队全军覆没。他们不敢直趋林家，乃绕道躲入山上松林坡内瞭望。在松林坡内外，他们碰见自林家泗水逃出的几位徒手士兵，才知鬼子攻击情况。大队长阵亡，参谋长则死在渔盆里。

此时天已大黑，鬼子在林家堂楼上架起强烈的探照灯，灯光射处，足使叔伦清楚地看到自己的手表是八点四十七分。

那位随张指导员从军部新来的卢参议，则建议先派出几个哨兵，随路熟的何南仁潜往庄边刺探，然后在山上放他一排枪，以试探反应。何南仁人小胆大，竟然爬到壕沟堤埂边，探头探脑。幸好堤外的一些野狗都认识这位"狗司令"，没有叫。可是他却被大闸门前两头日本警犬发现了。二倭狗不识华犬司令，乃猛叫起来；并想挣脱锁链，冲向前来。一犬吠影，百犬吠声。庄外一大群华狗抗日，也排起阵式和它两位日犬对吠，其声汪汪，响震山野。这时有两个日军持着强烈手电在庄外四处照了一下，便把猎犬拉进去了。

小和尚自知很危险，那两头日本警犬，如没有锁住，准会过来把他咬死的。小和尚回松林报信之后，知道庄外没有敌人，卢参议乃叫四五个枪兵躲在树干之后，向敌人方向放了一排枪——意思是告诉日本鬼子，它并没有把我们全部消灭。楚虽三户，亡秦必楚，我们会"抗战到底"的！

警告过敌人之后，张、卢二人商议，乃连夜赶往昭觉寺。大约午餐时间，他们便抵达昭觉寺。说明了情况之后，也惹起一遍哭声——尤其是孩子们的哭声最为凄惨，因为他们几乎全是贫农子女的失学儿童，由于父亲在游击队当兵，才由叶所长招收来山上上学的，如今父亲的部队全军覆没，孩子们闻讯就惊恐得哭了。

叔伦此次上山，心情特别沉重。收情报、听广播，我军确已"撤出武汉核心"，抗战似已到了绝望阶段。据军部情报，蒋委员长已退往衡山。以重庆作陪都，可能都有困难，因为全国信心动摇，地方阻力甚大。叶军长等在军部开会，当场且有人痛哭流涕，主张回师勤王，护送蒋委员长进四川继续领导抗战的。

但是在长江下游一带的燃眉之急，则是敌军攻占武汉以后，抽出精锐，扫荡后方，扩大占领区，建立伪政权。东京既已不承认"国民政府"为交涉对象，则各地汉奸——包括国民党内的亲日派、无望派、悲观派——也都纷纷自谋出路。大家有个共同目标，便是"倒蒋谋和"。敌人也看中这点，为支持傀儡政权，他们要把占领区的抗日游击队彻底消灭。消灭之道则是软硬兼施——不做皇军顺民，就做刀下之鬼。

敌人这次"清乡"，是有大规模计划的。刘绩之专员老道，洞烛机先，全师而退。张叔伦这一支，由于叔伦无法掌握，"一国三公"，竟弄得全军覆没。据近来自伪军内的情报，敌人一不做、二不休，非捣毁游击队"老巢"，并活捉"朱三麻子"不可。

显然是敌人情报欠灵，他们误把"朱三妈"，传成"朱三麻子"。据说敌人的次一目标，便是活捉林家一位"三少爷"——其实是"三少奶奶"。

第九章　烈士和汉奸

叔伦为此事,所以召集"紧急会议",商量如何"化整为零",自昭觉寺撤退,李连发却正于此时赶到。叔伦原以为李连发也已阵亡了,所以一见到他,情感特别冲动。

日军怒杀和尚

本书上述各节,有关西山东区草莽英雄抗日的故事,都是抗日战争初期发生在林文孙博士家乡的实人实事。为着避免当事人的亲友和子孙发生误会,笔者遵循林教授的意思,稍为改了几个人名罢了。

这故事的主体,都是李兰场长的回忆。可是事隔四十年了,李场长有些事也记不清了。据林教授说,李场长是个"党性"最强的"无产阶级革命家",有关她自己"党"里和"军"里的事,她非常敏感,绝不向一位"美籍华裔教授"透露丝毫机密——虽然这些"机密"早已不是机密了。

可是林教授认为这些四十年前的事,对他说来,还是太新鲜了、太富刺激性了——尤其是他老婆孩子失踪了的那段冗长的时间内所发生的事,所以其后他每次回国访问,找到有关人士,他都要打听一番。不过他所听到的,还是李场长第一次所告诉他的,最富刺激性。

"他们在昭觉寺开会时,为什么只有小莹一人不穿军服呢?"文孙问李兰,同时觉得有点奇怪。

"还不是你作的孽——蓝田种玉!"李场长狠狠地骂三哥一顿,又说,"她肚子大了嘛!怎能穿军服扎皮带——傻瓜!"

李兰又说,要不肚皮大了,恐怕她和曹文梅也都离开昭觉寺,和另外几位姑娘到潢川去了。因为当时水陆要道都被敌人卡住,这些羊肠小道都变成通往后方的通衢大道。一次一批大学生经过昭觉寺想去潢川受训，小莹那一伙，就有四位姑娘跟他们去了。文梅本来也想去，舍不得小莹，才留下的。

"她哪里又弄来件绸棉袄呢？"文孙又问。

"还不是从你们大地主家'抄'出来的！楚弓楚得，林衣林穿！"李场长说得哈哈大笑。

据李兰说，小莹那时还有一件"价值连城"的"貂皮大氅"呢！这些贵重衣物，后来都被鬼子和汉奸，占领昭觉寺时抢去了。

据李兰回忆，他们这次会议原是个逃跑会议——主题是向何处逃。张指导员主张率残部入深山，与刘专员合伙；可是新来的卢参议，则主张反其道而行——因为我军只伤亡数十人，死了三个指挥官，残兵剩卒还有数百人，急待收容。我们要乘敌军怀柔之期，烧杀放宽之便，再度深入敌后，化整为零，由地下组织，分别领导。"地上"则不惜"伪装"，甚至不妨用伪军和地主的名义。

"重要的是实力和组织，"卢说，"地上的形式，暂可不同。"

卢说话的语气是上级的命令，虽然他还要以会议方式执行。叔伦当然知道要"下级服从上级，全体服从'中央'"的逻辑，他也就说服朱三妈、李连发和诸姑娘一致服从——事实上这也是李连发的主张。敌人既不肆意烧杀，我们何不乘机在广大农村隐蔽！？

会议就照李代副大队长的话总结了。剩下的事，就是如何摒挡撤退了。

果然情报不虚，山下敌人又增兵数百名，言明要在雪季封山之前，把所有"蒋、赤游击根据地"全部铲平，以便实行"东亚新秩序"，重建支那的亲日和平政权。

在一个不雨长阴、秋风萧飒的日子里，敌人向山上出动了。轻重机枪二十余挺，步兵数百人兵分三路，向山上搜索前进，丰草长林，深涧大泽，均毫无遗漏。西山本多狼，常常结群成患，伤害人畜。这次在

第九章 烈士和汉奸

日军搜索之下,竟然全山乱跑,成了敌军的前驱。

为搜索深山,此次敌军竟动用飞机,其声辄辄,逃难人群只好昼伏夜行。

卢、张二人为着应付敌人来势汹汹的扫荡,乃把全所难民和职工分成十人一组,老弱精壮,互相帮助。每组并由上级指派正副组长各一人。携带充分干粮,各组单独行动;先向深山撤退,然后分钻敌军间隙,再分组潜下山去。因敌军总数不足千人,像大山区,绝难堵住所有通道也。

既入敌后平原农村,则利用现有地下组织,分组潜伏隐蔽。有家返家、无家投亲、无亲投友,无亲无友,则由地下领导同志,代为分派安排。

准备完成,全寺百余人,在傍晚之时,各组自携火把马灯,便鸡犬无声地,撤离昭觉寺,向小天门方向前进。这段山路并不难走,对许多难民来说,都是承平时代"朝山进香"的老路也。

大队离去之后,卢、张、朱三妈、小莹、文梅、李兰、阿英、阿香、李连发等十余人所组成的总部,乃殿后跟进;留着两个头有"戒疤"的和尚看守庙宇,因为日本人信佛、迷信很深,日军是不敢杀和尚的。

在他们殿后一组中,大家最担心便是这位孕妇"林三奶奶"了。原先朱三妈主张为她扎一副担架,而小莹坚持不肯,硬说她自己行动方便,果然最初数里路,她竟走在人前,大家也就放心了。

天方微明,大队已抵达小天门。小天门原是个"山寨",内有山民住户商店十余家,当年曾是"躲长毛"的福地。抗战前红军曾在此盘踞数年。红军去后,又为国民党军队驻守。这次日军上山,国民党军队把寨墙、碉堡拆掉,退入深山,居民亦随之而去。当卢、张等一行抵达时,这里已是个空寨,居民房屋都已上锁。

大队在此休息时,天已大亮,为避免敌机轰炸扫射,卢参议要各组向左右沿山路散开,尽量延伸至十里二十里之外,再自敌军两翼之外,觅路渗透下山。

敌军据我方斥候探报，因系搜索登山，行进甚缓。我方撤离昭觉寺之翌日中午，敌军始抵寺中，逮捕住和尚问话。和尚乃据实告之——此地只是一"难民收容所"。只有个"朱三妈"，没什么"朱三麻子"、什么"红枪会"、"赤卫队"和"红军"；林家的什么"三少爷"也不在此地，只有一个怀孕的"林三奶奶"，也和其他难民一道逃到小天门去了。

敌伪细查之后，也觉和尚之言不虚——这儿不可能再有个熊照明大队长，他们的戒备之心，也就不如以前想象的那样紧张了。敌军获得正确情报后乃继续向小天门搜索前进。部分敌军听说前面逃走的多系妇孺，则益发起劲穷追——正如卢参议所警告的："倭人全系岛国渔民，嗜食鱼食虾产。水产生物含磷质，刺激生理，所以日本人是世界上最淫荡的民族——他们见不得酒和女人……"

我方难民走了一整夜，日军前锋，只追了三个小时，便已迫近小天门，距我方离开小天门时，尚不足二小时。卢、张等得报，对敌军行动之突然加速，感到惊异，不免慌作一团，乃通知各组，就地觅深林大岩躲藏。所幸敌方追兵估计错误——他不知我方已向左右散开，潜行下山。敌军只是一味向深山进发，自以为是穷追不舍。谁知正前方却是一部我方二十一集团军的精锐，居高临下，正布了个袋形阵地，请君入瓮。这时敌方侦察机，可能也把埋伏的我军，误为难民，未加深究。敌军一大队，前锋四百余人，竟以旅次行军的轻敌行动，出其不意，为我军四面包围——一声炮响、四面枪声，日军措手不及，顿成瓮中之鳖。

日军之慓悍善战世界闻名的，可是如今困于深山大泽，鳖在瓮中也无能为力，前锋四百余人，几为我军全部歼灭，后继部队实行仰攻增援，亦为我新四军一部所腰击，动弹不得。数小时的恶战，打得日军遗尸满山，残部夺路逃窜，丢得遍山都是钢盔。

这种日制钢盔，后来被农民捡去，凿洞装柄，作水瓢用以灌溉田园，

第九章　烈士和汉奸

到解放后，还在一直使用。

少数日军被生俘，则自拔睾丸求死。逃窜日军，则遇村便烧、逢人便杀、遇女必奸，又完全恢复了他们原有的野兽的习性。日兵下山退却路上，被烧杀得一遍血腥。数百年庄严巍峨的昭觉寺，也被他们烧为平地，连两个小和尚也在敌人愤恨之下，给砍了脑袋。

"小狗"之生与"老票"之死

当小天门外敌我两军搏斗正烈，山下敌军目不旁视，冲向山上增援之时，卢、张二人乃指挥十余"组"军民，自敌军间隙中小山径溜往山下。山头枪声正密，山腰鬼影幢幢，情况真紧张至极。

叔伦等这个"总部"，正躲躲藏藏向山下溜进，众人脉搏加速，气喘吁吁之际，小莹忽感腹部剧痛，不能行动，一向扶着小莹前行的有经验的朱三妈，知道情况不好——林三奶要小产了。

众人慌了手脚不知如何是好，而朱三妈却一眼瞥见山涧那一边有几间茅屋像是个农庄，大家乃架起三奶，涉水而过。那儿果然是一个小农庄，有屋三四间。大家乃拟敲门借宿，但久敲不应。众人又转向后门，后门则有把铁锁锁着，显然主人早已逃走，而这时三奶已腹痛难忍，胎儿就要出生。小和尚眼快，看出屋后还有个狗棚——原来山中因多狼，每偷噬家畜，山民乃搭棚养狗自卫。朱三妈情急，乃首先爬入狗棚，要春兰、文梅等把林三奶推进来。朱三妈对接生有经验，乃权充稳婆，为三奶接生。但是三奶生的是"第一胎"，孩子迟迟不出，而天已渐黑，北风又转烈，真狼狈不堪。还是曹文梅有主意，她招呼大家捡了些枯柴烂草，在狗棚之外生一摊野火，一则照明，再则取暖。

朱三妈伏在棚内小心工作，不时叫阿香爬进去帮忙，别人则在火边屏息以待，终于"哇"的一声，胎儿呱呱坠地了，棚外众人难免也一阵惊喜。朱三妈没有剪刀，乃俯身把胎儿脐带咬断。并脱下棉袄，把孩子包起，又将孕妇服侍好，自己乃抱着婴儿，爬出棚外。

"总算在狗棚内，抱出个'小狗'来了。"朱三妈在火光下说着，并显出满足的微笑。众人也在火光之下争看这条可爱的"小狗"，人人喜爱，姑娘们争着要抱，几乎忘记这是深山大壑，敌人的刺刀就近在咫尺呢。

当大家正为"小狗"在火边取暖，忽然山腰一阵枪声，这才惊醒了众人的迷梦。

卢参议原是苏区老战士，十分机警。他忙叫众人把野火熄灭。自己持着二号驳壳，扳开保险机，乃招呼张叔伦也拨枪转向屋前，李连发和小和尚则跟在后面。他们果见远处山径有手电的光亮，显然是溃散的敌军，因我方军民很少有手电筒也。

此地本是绝少行人的最荒僻的羊肠小道。这次敌军溃散下山，可能是由于迷路，或为避免我游击队半山腰击，乃窜入此荒径。

见有敌兵迫近，四人乃躲入矮树丛中，屏息以窥之，只见有敌军二人，电光明灭地循小径而下。走到村庄边，他们可能是发现火光，也可能以为是其同伙在此生火休息，乃自小径转向村边来，正自卢、张等身边走过而不疑树内有埋伏也。当他二人在庄前站住，正用电筒上下探照时，卢参议扳开"连发机"，乃对准他二人背脊，便是一梭子弹，二十发"四〇三"如爆竹一般，弹无虚发。两个鬼子两声惨叫，便倒下地去。人虽已半死，手中还在乱抓其长枪，预备还击。

"快开枪！快开枪！"卢参议叫叔伦射击。叔伦心慌手软，打了两发，子弹都不知飞向哪里去了。卢一把夺过叔伦的枪，便噼噼啪啪地，把十来颗子弹，全打入日兵脊梁中去。两个鬼子，再也不动了。

卢参议把驳壳还给叔伦，乃弯身捡起日军的电筒一照，只见两具

第九章 烈士和汉奸

死尸已躺在血泊里。这时小和尚也捡起另一支手电。卢参议叫李连发和小和尚把敌人的子弹带卸下，自己围起，各人取了日本的来复枪，武装了自己。卢参议又解下日兵的粮袋、水壶、钢笔、手表，又自敌人身上摸出两包樱花牌香烟，四人乃合力把两具死尸，拖往屋后，丢入岩下树丛中去了。这时屋后的女兵们已战栗得蜷成一团，面无人色。卢参议乃自敌军粮袋中摸出些糖果交大家分食。他自己也吸起日本香烟来——有说有笑，大家的恐惧感才稍稍减退。

卢参议用手电照照"小狗"，又照照"小狗"的娘，说："只要林三奶稍可移动，我们就要赶快撤退——此地危险，非久恋之乡。"说着他把手电交给曹文梅，要她们"准备撤退"。

卢参议虽十分镇静，却十分机警。他率领三位同伙又回到屋前矮树丛，盯着山腰那敌人可能出现的小道。有时看到三五名日本溃兵循小道下山，他们如不走向庄前来，卢君也和他们互不侵犯。有一次他们看到一阵约五六个日兵摸索而下，最后二名似乎心血来潮，摸向庄边来。当他二人近至四五码时，小和尚按卢的事先指示，突然把手电照向那日兵面部，只见那日兵把嘴一张，卢的一梭子弹已射入其胸膛。枪声响处，只见那前行日兵，拔腿就跑，窜往山下，不见踪影。

日军可能是当今世界上最顽强的战士，可是到他们成了"惊弓之鸟"时，尤其是在黑夜，他们也是草木皆兵，窜如脱兔的。

在这一阵小枪战之后，卢君通知众女同志，非立刻撤退不可。在黑夜里，四杆枪可四处乱跑，故作疑兵，虚张声势，天一亮则立刻变成瓮中之鳖。

在卢参议命令之下，朱三妈等八九位女同志，乃把产妇架起，抱着呱呱而鸣的婴儿，在微弱的电筒光下向山涧旁树丛中摸索而去，觅藏身之所。这时天已微明，卢君率领三名战士，仍守住路口，拟待女同志等走远了，他四人再跟进。

他们四人守了数十分钟,当"小狗"的啼声,已渐次消失,他们正预备撤离时,忽见山腰转角,走出了日军二十余人,正兜了四副轻便担架缓缓而下。四人看到日军,日军也已看到四人,要撤退已来不及了。卢参议乃自小和尚手中拿去了日军火力威猛的步枪,正举枪欲射时,敌人已散开,先行开火了。四人伏地还击。只见日军爬行向前,自左右包抄过来,但我方地势优越,敌军则甚为暴露。卢君枪法甚准,几乎是一枪一个,弹无虚发,而其他三人,则乱轰一气。

　　双方激战正烈时,敌军乃开始使用手榴弹,第一枚未及爆炸,竟被卢参议丢了回去,炸死好几个日军。第二枚落地时,李连发也想捡起丢回,而为时已晚;一声爆炸,连发右臂已被炸去半截,脸上亦血流如注。这时卢君正用驳壳与长枪,交换轰击,阻敌前进。卢的驳壳竟逼得日军不敢抬头,只是乱投手榴弹。卢参议乃摆手要其他三人撤退。叔伦乃尽平生之力,抱着李连发爬往屋后,钻入涧边矮树丛中。小和尚则闭着眼睛,没命开枪。敌人伤亡重大,始终不敢抬头,卢君乃大叫何南仁快跑。小和尚飞奔跑入树丛之后,卢参议乃左手提长枪,右手拿驳壳,倒退而下。伏地日兵一抬头,准听叮咚一响,钢盔落地,满头鲜血。日兵不敢抬头,乃伏地举枪过头,盲目射击,卢参议乃得机窜入树丛,向山下逃去。

　　卢君逃走之后许久,日兵始停止射击,抬头窃看,不见敌人踪影,他们也就抬起担架,背着死伤日兵,狼狈下山去了。

　　卢君在树丛中摸索了十余分钟,才找到另外三人,彼此互看,才知道四人皆已负伤,而李连发受伤最重,因失血过多,已入昏迷状态。只见他口唇微动欲语,三人挤近了去细听,只闻连发微呼:"阿香,不要忘记喂牛……"以后就听不出他在说什么了——连发阵亡了。

　　看到连发死了,叔伦一下伏在他尸身上痛哭起来。小和尚也泪流满面。卢参议则没有表情,正撕破衣服,在包扎自己伤口。

第九章　烈士和汉奸

这时红日初升，山鸟争鸣，林间微风习习，涧底流水淙淙——好一个清秋佳日，野餐狩猎，都是最好的时光。有谁能想到，数十分钟之前，这儿竟是个血肉横飞的战场，硝烟随雾散去，剩下了一具死尸，和三位满身鲜血的壮士呢？

卢壮士扎好伤口，又和另外二人去捡了些枯枝烂草，把连发的尸体掩盖了。他们知道敌人的枪尖离他们的距离，不会超过两百码，不可久留，三人乃向躺下同志的遗体敬礼告别，再循山涧下山，希望能找到已失去联络的女性战友，可是三人踏遍荆棘，也不见一人。偶尔自丛树外窥，仍可见日军上上下下，川流不息，人迹全无而"鬼"影幢幢，他们料定失去的一群，是凶多吉少了。

"小狗"蒙难记

"小狗"，这位"博士的儿子"，真是个不平凡的小动物。他是出生于抗日战争最烈时期的枪林弹雨之下。又有谁知道，三十年后，他又死在抗俄战争的弹雨枪林之中呢？这是国运牵连民运？还是"小狗"命带干戈呢？

他出生之后，在卢参议的命令之下，由众阿姨轮流拥抱着，在夜黑如漆的荒山僻野中，摸索前行。这群娘子军都是没有夜行经验的，在黑夜中盘旋终夜，也未走出三五里地来。加以不惯崎岖，她们要觅"路"前进，这样就犯了"游击战""有路不走，无路就走"的清规戒律。

当她们摸上一条小路，稍觉轻松之时，忽闻夜半后山腰有人声，且有电筒闪烁的微光。大家知道是敌人。朱三妈乃率领众人，离开小路躲入峭壁之下的一个岩洞之中。然这时"小狗"却大哭大叫；夜半静寂，声闻远近，阿姨们不敢抱他进洞，但又不知如何是好。最后还是朱三妈接过去了，抱着他走向路的另一边去。小莹一见不觉喘着气跑上去抓住三妈，三妈摆脱了产妇；小莹又跑上去抢夺婴儿，要和"小狗""死"在一起。可是她被文梅和阿英抓回，塞入洞中。

三妈抱住啼哭的"小狗"，摸出二三十码，乃把"小狗"放在地上。刚好身边有一堆枯草，三妈乃把枯草向"小狗"身上一堆，拔腿就跑；而"小狗"的哭声，直哭得这位老太，胆裂心惊——她刚跑入岩下，便听见头上皮靴声，和日兵谈话声。这时小莹心肝俱裂，哭泣不已，但是她的嘴却被文梅用干粮袋堵住了。

大家屏息以待，只听日兵走了一批又一批，直至天光大亮，还继续有脚步声，她们就更不敢出去了。如此熬了半夜一天，"小狗"的娘已昏厥了数次，醒了她也拒食干粮——她是决心一死了。

一天之后，太阳又渐次入山了，脚步声已久未听见了。朱三妈始叫春兰陪着，文梅也和诸姑娘跟出去想看看"小狗"的尸体。"小狗"的娘也要去。朱三妈叫文梅把小莹拖入洞中。这时她倒不是怕鬼子，而是怕妈妈一见儿尸，会一怔而死，或碰石寻死。

众人蹑手蹑脚走到朱三妈埋儿之处，只见一堆枯草如旧，草边却睡了一头母狼；这母狼见有人来，乃站起来逃走了。朱三妈走去把枯草揭开，不觉惊喜交集，原来"小狗"却毫无伤损，他闭着眼好梦正甜；只是风一吹，把他惊醒，"小狗"还打个呵欠呢。

众阿姨一见，喜出望外，大家嬉笑着抢着抱他。终于抱回洞中，放入他半昏厥妈妈的怀里。——她们本来怕"死婴"会悲坏"生母"，谁知这"活婴"却几乎把"生母"惊死。产妇这一惊，真几至死亡边缘，死而复苏。婴儿的小脸竟沾满了妈妈的热泪。

他母子重逢的那一刹那之悲欢，哪是那时正在四川拉"计算尺"做微分习题的"小狗爸爸"，所能梦想于万一！？

第九章 烈士和汉奸

阿香变成"烈属"了

抱回"小狗"之后,大家又乘天黑,继续摸索下山。这时山上敌军已全退,路也渐宽渐平。摸到天色微明,已离松林坡不远。三妈乃派春兰独自摸往松林内,一窥山下情况。春兰在晨光曦微中摸入松林,谁知松林之内却睡了一些妇孺,她们之中至少有一半认识春兰,大家相见甚欢。春兰眼力好,在东方渐白之时,她向东看去,竟然发现山下有农夫正在犁田,想必是鬼子已经撤退——至少是不会乱杀人了。春兰回报三妈,但是三妈仍然很谨慎;她抱着"小狗",率领众人,从山脚低洼地带,绕过林家庄,终于摸回自己的村庄。

当众人随着三妈,走回本村时,朱老太真惊喜交集——原来她发现自己的三儿子,也正在乘早犁田。田埂旁边,还有她媳妇为早耕者送来的早饭,有热茶、锅巴、猪油和小菜。三妈的儿子见到妈妈回来也甚为高兴。三妈问他庄子里是否还有鬼子。儿子说有——原先有几百人,现在只剩几十人了。

"鬼子杀了多少人呢?"三妈问儿子。儿子则说鬼子不但没有杀人,还开仓"放赈"呢。三妈问,是什么仓?

"庄里的'高仓'嘛。"儿子说。

"放赈没有人抢米!?"三妈问。

"最初是有人不规矩,给鬼子杀了。挂尸示众,以后再没人敢乱动了!"

"乡下有多少人来挑米呢?"春兰忍不住问一句。

"扁担箩筐,排有两三里路长呢。"朱三说。

"他们不怕鬼子!?"文梅也插句嘴。

"大家战战兢兢的——要挑米嘛!"

"你进去挑过没有呢?"文梅再问一句。

"我也去了两转子。"朱三说。

"一次能挑多少？"三妈好奇地问。

"鬼子只许一次挑三笆斗稻。"

"你要死了！"三妈骂过儿子，又转身向坐在地上的林三奶，说："真不成话，他们把你庄里的米都挑光了。"

"三妈，"小莹有气无力地说，"总比鬼子和汉奸拿去好嘛。"

三妈见小莹面色苍白，双目无光，乃叫儿子倒了热茶，并另用热茶猪油泡碗锅巴来，叫产妇吃。小莹客气不吃。三妈乃用筷子，夹了锅巴，硬塞到她嘴巴里去，一面骂她说："等会你还要替小狗喂奶呢！——不吃哪来奶水？"

小莹本已两天两夜未进食，饥饿不堪；这时锅巴和热茶，真是山珍海味、琼浆玉液呢。在朱三妈强迫喂灌之下，也就吃了一碗猪油泡锅巴，和一碗热茶。茶饭下肚，小莹竟有脱胎换骨之感，精神顿觉清爽。朱三妈乃搀扶着她，并率领众人，走回家中。这时小朱三的老婆已在烧早饭、洗衣服，不过家中孩子们却仍在床上。

"我不在家，你们就把这个家，弄得横七竖八的……"朱三妈捡起门边一把扫帚，把它放入门后，一面教训着三媳妇。文梅忙着去灶后替朱三的老婆帮忙烧火，想不到火暖人疲，竟倒入茅草堆里睡着了。她睡得好熟，连天塌下也不易吵醒她了。

朱三妈毕竟是一家之主，一旦重返家门，她就发号施令了。不到个把钟头，林三奶便躺在朱家整洁的床上，"坐起月子来了"。小狗则安详地睡在妈妈床边的摇篮里，由春兰轻轻地摇着——大家显然都松了口气；可是只有阿香一人，坐立不安，愁容满面。

"别着急，心肝，"朱三妈向她安慰说，"男人比我们更会跑，跑散了，天亮认得路，自会回来的。"

阿香急着要回到她自己那个"孤庄独村"去——她想李连发或许直接回去了。还有她也想去喂喂那条常使她嫉妒的"大牯牛"，因为李连发对牯牛，似乎比对老婆还要好呢。

朱三妈叫三儿子陪阿香回她家中探望。阿香满心的期望是李连发已先期回来，正在家中焦急地等她呢，谁知阿香一到庄前便愣住了。首先是牛棚中的牛失踪了。二人走入大门，大门上连门板都不见了。桌椅板凳、床帐被褥、碗橱铁锅，也都不在了。家中四壁萧然，被人洗劫一空——阿香心一酸，哭了起来。小朱三也没了主意，只好劝她再回他自己家中去再说。

阿香哭哭啼啼随朱三又回到三妈庄子里去。这一回更使她惊魂不定——她见到张指导员穿了一身农民衣裤正在和朱三妈说话，而且满面泪痕，朱三妈也频频以袖子擦眼泪。阿香迫不及待地，跑过去一下拉住张指导员的袖子，忙问："指导员，我家二爷呢？"

张指导员经她这一问，立刻泪如雨下，泣不成声。

"指导——员——……"阿香也已喉哽唇颤，无法再问下去。

"连发受伤了……"叔伦哽咽了半晌才答出一句来。

"他……他……他……在哪里？"阿香拉住张的膀子，再哀泣地问。

"阿香啊——"张指导员不禁一下哭出声来，说，"连发……连发阵亡了……"

阿香向指导员呆看了一会儿，忽然腿一软，便瘫倒地上——但她并未失知觉，只是嘴里白沫直流，既哭且嚷，不知说些什么——阿香疯了。

张叔伦也哭着跪在她身边，拉着她。叔伦是位心肠很软的人，他自己也瘫痪了。朱三妈比较镇静，她忙蹲下，拉着他二人，并叫媳妇和儿子快拿温茶和洗面布来。小朱三夫妇也乱了手脚。这时阿香忽然两眼直视，站起来，大叫："二爷啊……"放腿跑出门去。朱三妈母子也跟着跑出门来，阿香跑到池塘边，大叫："二爷啊……"一下便扑到水里去了。

小朱三不由分说，也就一下跳入水塘里去，他在水内挣扎了半天，终于把阿香抱出水来。这时阿香已昏迷了。朱三妈叫媳妇赶快去厨房，取出个大铁锅来，翻置地上；她和儿子把阿香伏在锅上揉个不停，只见阿香一口一口地把水吐出来。

众人的慌乱，把已在沉睡的林三奶也惊醒了。她和春兰也赶了出来，只见朱家母子、婆媳，在不断为阿香搓揉，张指导员则坐在地下泪流不止。

春兰问全身赤湿的朱三"什么事"。朱三说，阿香听说老票死了，她投塘自尽，他把她刚从水塘中抱上来的。

"指导员，"春兰泪如雨下，问道，"小和尚呢？"

"小和尚倒在李七爹的稻草里，睡着了，叫不醒，他太困了。"叔伦说。

"指导员，"小莹流着眼泪问叔伦，"李大队长死了吗？"

"重伤身死——"叔伦呜咽地回答。

"……"小莹闻言，简直不能自持，神情恍惚，正要栽倒地上时，她被春兰一把捉住了。春兰抓住她，一面以自己的袖子擦泪，一边说："少奶，你还得给'小狗'喂奶……"

这时阿香已复活，嘴内在喘气。朱三妈乃站起来，叫叔伦和春兰"把三奶架回床上去"！

他们三人刚回到房中，便听"小狗"正在啼哭——呱呱大叫。小莹这时竟又把阿香忘掉，和春兰第一次试着把"小狗"抱起来吃他娘的第一口奶。"小狗"很熟练，碰着妈的乳房，一下便停止了哭声，认真地吃了起来，十分可爱。他娘和春兰，不禁又都看着他微笑。

原先站在门前的张指导员，也就默默地退出门外去，看见朱家三人正把半活的阿香，抬回家中——十九岁的阿香现在变成"烈属"了。谁知道她身子里还藏着个遗腹子呢！——叔伦站在一旁暗暗地流着眼泪。

第十章

摩擦从何来

"败家媳妇"败到底

张指导员是怎样脱险归来的呢?

在天亮之前,叔伦原是和卢参议带着小和尚在山中四处寻觅失踪的女伴;寻了一天一夜未见踪影,三人再露宿一宵,翌晨天光大亮,三人乃决定下山去。卢参议要先去周家集附近一个地下联络站,拟待机重建地下网。叔伦和小和尚则决定先到李七爹庄上,一探究竟。

当他二人抵达李家时,李七爹正在门口搓麻绳。他一见这两个头肿眼歪、满身血渍的伤兵,不免大吃一惊。问明究竟,七爹忙叫七婶和儿媳替指导员打水洗涤,用草药敷伤,并准备早饭——但是小和尚已疲惫得不能再支持了,毕竟是个未成年的儿童嘛。他倒入谷场上的草堆里,便呼呼地睡着了。李七婶开出早饭,到草堆边上去叫小和尚,那简直是小死猪一条,哪里叫得醒!七婶用稻草把他盖了,大家也就由他睡去。

张指导员稍事洗涤,早餐之后,换上一套李七爹的大襟褂裤,便想前去朱三妈家一探究竟。七爹本要陪着去,但为减少目标,叔伦问明路途,还是暗插手枪,独自一人找到朱家去。孰知他带到朱家的噩耗,竟惹起阿香殉夫自杀。

叔伦是亲眼看到连发断气的，但是他那时的哀愤之情，却远没有他目击阿香自杀未遂时的敌忾之心——他这时恨不得持枪立刻冲入林家庄里去和日本鬼子一拼！

鬼子！鬼子！入侵八载，你搞得我们多少善良的人民，家破人亡啊！这笔血债，我们就一笔勾销吗！？

叔伦在朱家休息了半天，醒来之后，李七爹也带着小和尚赶来了。大家一致劝慰阿香，要她"想开一点"，同时他们自己也得想善后之策。

阿香哪里能想得开呢？她哭了一整天，累得朱三妈也守着她一整天，寸步不敢离开；同时三妈又偷偷地告诉指导员，说她断定阿香已经怀孕了。

这一来，指导员只好劝朱三妈暂时勉为其难——就算她老人家多收了两个义女吧。一个怀孕，一个新产。指导员并答应朱三妈，一定在军部找点补贴，庶几三妈不会拖累太甚。朱三妈很大方，也就承担下来了。

叔伦在朱家睡了一宵，又带着小和尚赶往周家集地下联络站，找到卢参议。卢已在一个茶馆当"跑堂"；晚间茶馆打烊了，才把躲在另处的张叔伦找来密谈。

"叔伦啦，"卢悄悄地说，"我们还有百多条枪，我已查出下落了。"

"我们东山再起，把人枪再度集合，重建番号。"叔伦说。

"怎么重建？"卢问。

"让我去找刘绩之刘专员，先借点人马。"叔伦很有自信地说，"等我们把溃散的人枪找回来，我们就把借来的还给他。"

"叔伦呀，"卢说，"你怎么能和国民党的官僚打交道呢？他们都在做官，高高在上。我们要潜入地下。潜得愈深愈好，距离他们愈远愈好才是呢。"

"……"叔伦一时未能搭腔。他知道他和刘绩之个人关系甚好；刘也是个很正直、很有血性的人。但是他也知道现在说话的是一位"领导

第十章　摩擦从何来

同志"。虽然叔伦尚不知道他的真实姓名，但是叔伦也知道老卢的话有些道理——在一个有阶级的社会里，怎能蛇龙混杂，站不稳"阶级立场"呢？可是面向这个"现实"，敌人就近在三五百码之内，又如何自处呢？叔伦颇有些失落感。踌躇了半响，他才反问一句，说："那我们应该怎么办呢？"

"首先我们得把原则弄清、立场站稳，"卢说，"他们搞他们的，我们搞我们的——他们高高在上，我们低低在下……"

二人商讨了一夜，计划多半是老卢拟的——他是从"贫农团"、"少先队"、"光棍团"……搞起。"地面"上不着丝毫痕迹。有枪则藏在群众之中。"群众"就是广大的劳动人民。"游击队"就是"武装的劳动人民"，武装的劳动人民，就是"群众"的一部分，如鱼在水，天衣无缝。

为着"掩护"，卢参议也替张指导员找了一份工作——在一家药铺当"朝奉"。他本是学经济的，会统计都有基础，又打得一手好算盘，当个朝奉，那真是杀鸡焉用牛刀。但是为着革命，他那间不见天日的"内账房"，真是天造地设的"地下司令部"。为着工作，他那不可一日或缺的近视眼镜，也可照戴不误。

在卢、张二人日夜辛劳之下，果然那百来条枪，又渐渐地归队了，虽然新的队伍，既不升旗，又不上操，更无制服。他们三五成群，密藏于劳动人民之中，真是愈深愈好，神不知鬼不觉了；但是一旦有警，则几个小时便可产生一支劲旅——张叔伦对卢某的新办法，真佩服得五体投地。

在他二人通力合作之下，枪支队员均渐日增加。那些"在帮在理"的小弟兄，也逐渐远离"老头子"，而效忠、听命于一个新帮、大帮了。"老头子"原是一些蚯蚓，却碰到一条有利牙、毒液，在地下游动自如的响尾蛇了。这条蛇在地下愈钻愈深，也就与那在地面上称王称霸的大虫国民党，愈来愈远了。

当卢、张二人正忙得不见天日之时，消息传来，盘踞在林家庄的敌军，难耐寂寞,已自庄中撤退。敌军既去,伪军不敢留恋,也撤往城区去了。

敌伪既去,叔伦再度建议重占林家庄,恢复游击总部。但是老卢则决定反其道而行之,因为他已得到情报,国民党的"副总裁"汪兆铭叛变了,并秘密离开重庆去向敌人投降。卢和他的"上级"判断,汪大汉奸一旦回到陷区,一定会大鱼吃小鱼,统一伪军,统一伪组织。国民党军队,将来投敌从汪的一定摩肩接踵。蒋系的国民党"中央",可能也恢复"制裁异党",为应付这一新的局面,新四军所影响下的游击队,就应再次深入基层,以防不测。因此凡是"地面上"足资敌伪利用的堡垒,必须加以破坏,使其不为敌伪所利用。

"叔伦啦,"卢说,"这些堡垒,不但不能让敌伪利用,我们也不能让国民党利用来再次围剿我们。"

"我想我们的内战不会再发生了吧。"叔伦说。

"哦,"卢说,"防人之心不可无啊!他们在搞'防制异党',我们也得防防他们啊。"

不论谁防制谁,总之林家庄这个土堡垒,应以拆除为宜,叔伦记得刘专员不是也说过这话吗?但是如何拆除呢?老卢既然认为地下党不能升到地上来发号施令,他主张以林三奶的名义,来加以"掩护"。就说林家庄既已二度为敌人利用,绝不能再让敌人三度占领,所以林家主人主动拆除——先从围墙和堂楼开始。拆除的劳力,则利用林家现有的佃户和近村农民,拆下砖瓦木料,则由劳工均分,巨大建筑材料,则暂时积存,以便战后建筑学校之用。

卢参议在其地下网中枢,撳动电钮,不出两个星期,林家那条有五百年历史的"围墙",便从地球上消失了。围墙既倒,庄内一片瓦房也就完全暴露出来,看来颇为奇特。老年的村农,一辈子习惯了围墙,一下景物全非,不禁触景生情,流下眼泪来——虽然事不干己。

那座仍然高耸的"堂楼",没有围墙保护,便显得飘摇而空虚,不

第十章 摩擦从何来

待人拆，它也似乎难以自存。卢参议再揿一下电钮，它也就海市蜃楼般消失了。剩下一片断瓦颓垣的破房子，就成了个贫民窟了。

叔伦在这座林家庄长住过，觉得它像座古庙，也像座博物馆——这座古建筑的本身，就是一件伟大的"东方艺术品"；眼见它从历史上消失，叔伦也不免流了些眼泪。他默念老友刘专员的话："锦绣河山，何处不可惜呢？"叔伦这位热爱文艺的情感中人，默然了。

这座林家庄，在乡人的传说中，是林家三奶主持要人毁掉的。可是可怜的"三奶"，这时却弱不禁风地在朱三妈家"坐月子"。三妈和春兰不敢告诉她，怕她激动——三奶是个脆弱而迷信的人。那位尸骨已枯的"屎嘴张三"的预言——她是个"败家媳妇"——永远地像烙印一般，刻在这位少妇的灵魂之上。如今她那魂梦相牵的"文哥"，已生死不明，不知去向。她总是想为他维持个"家"、抚养个"孩子"，等他归来团聚——他是经常地回来的，但是每次回来，都在"小狗"的哭声中离去了……

"孩子"还在襁褓；"家"已从地面上消失了……

人世间的实在，不能永远寄存于空虚，脆弱的三奶终于获悉了林家的消散，消散在她的名义之下！她把"小狗"抱在怀内，哭成个泪人儿——那是"小狗"的"家"嘛！"小狗"还没见过呢。

"我真是个'败家媳妇'吗？"这位迷信的少妇茫然地自恨自责。"家"既已消失，"败家媳妇"也就"败"到底了吗？

"民族可以灭亡，内战还是要打！"

当卢参议把林家庄拆掉之后，还剩下的一些破旧房屋，当地无家可归的贫雇农、失业汉，乃一拥而入。

这个林家在本地区原是簪缨之家，百年首富。家藏古董字画、文物珍品，不计其数。有些上品珍藏，连逃走的主人，被杀的管家，都不知其存在。

这些收藏中的"极品"，春初虽被那位日本老头子，抄走了不少，但剩下的上品仍是满楼满箱的。那在"地下"监工拆屋的卢参议，究系游击军人出身，对这些高级文物一无所知；所谓古董文物更不在他注意之列。对他来说，这只是一些腐朽地主阶级的"玩物"，和"姨太太"、"鸦片烟"属于同一类型，都应加以销毁。事实上，他纵使注意到这些原是属于全民族的国宝，他仓促之间把这个大博物馆拆了，对这些宝物、珍品，也不知如何处理。

指导员张叔伦倒是个地主阶级出身、有高度学养的文人。他知道这些文物之珍贵，不应横加糟蹋！但是他也不知道如何抢救才是。一次他在西南馆的杂货摊上，看到一位大娘正在把一大本"宋版书"，一张张地撕下在包花生米。叔伦马上取出十枚铜元，便把这撕残了的巨著买下来。这位大娘甚为高兴，因为"书比花生更值钱"。她乃领叔伦走到屋后。那儿居然堆了数十本宋元明清的善本书，大娘的女儿正在一本本地用作"引火"，为烧饭之用。叔伦见此情况，几乎流下泪来。他乃以一块法币把它们全部买下。大娘高兴得不得了，乃叫小儿子帮叔伦运回他的"内账房"存起来——但是存起来又作何处理，他还是没个主意。

这一发现，那种文化使命感，使张指导员每次上街，都注意到林家拆屋时流失的文物。这一注意，更不得了。他发现林家附近小镇上的商店几乎都变成了无名的"古董铺"。有些茶馆伙计手中拿的竟然有"官窑"、"汝窑"的真品。一个皮匠铺子里，也挂了两张"四王"。最古怪的是一家鸦片馆中的搭脚，竟是明朝制的"冷凉柜"（现代名字叫做"空调机"）。

叔伦的专业（农业经济）兴趣，也使他收藏了好几份康熙年的"田契"。很快地，他那个"内账房"便被堆得满筐满架，使他坐立无处。

第十章 摩擦从何来

一有空，他的知识分子的酸性便把他引到书堆中和古董筐中去了。

面对这些珍贵文物，叔伦感觉自己太孤单了。知识心灵上的孤单感，不由得使他想念起老朋友刘专员来。在这个文化沙漠里，刘专员显然是叔伦周遭唯一有"共同语言"的人了。叔伦心想，如刘绩之也在此，他二人分享个"红泥小火炉"，三杯两盏，摩挲于这些秦砖汉瓦、宋刻明雕之间，该是何等乐事啊？如今他独坐于货栈之中，聆听纸窗之外，寒风呼啸，他对那位威斯康星大学毕业、中西文学都很出色的刘专员是多么怀念啊！

叔伦的旧诗颇有根基，这种心情正可激起作律诗的灵感——他写了好几首"岁暮怀绩之"的七律，贴在床边上，后来他怕老卢看到不好，乃又把诗稿撕掉了。他知道老卢对这些国民党官僚是有成见的。

叔伦正在怀念刘专员，想不到老卢竟传来有关刘专员撤职的噩耗——老卢是来提醒叔伦的，他已得确信，国民党军有位高级"司令"病死，换了一位极其保守的将官来接任。这消息一出，"总部"之内人心惶惶，原先的民主人士、左派党员都纷纷自动离职。据老卢说，这些离职人士包括"刘绩之的后台老板章乃器"。章一走，刘就非垮不可了。卢说刘绩之占的是个国民党的"肥缺"——那个自由区对敌伪区通商的闸口市，是每个国民党的高官都想控制的。国民党新司令上任的第一件事便是把刘绩之撤掉，改由他自己的一位"特训班"出身的副官处长萧某，接任专员。萧某贪婪好杀。"以后西山东区的问题多着呢！"老卢肯定地说。

刘专员的去职，对叔伦简直是个沉重的打击。他听到这消息之后，半天才说出一句"可惜"。

"有什么可惜的？"老卢问。

"刘专员还是比较开明的呢。"

"一丘之貉！"卢说，"刘绩之干了一年多，也捞够了，一辈子也不愁吃穿。"

"绩之还算不得是个贪官污吏。"叔伦说。

"你认为刘绩之是国民党系统内的清官,"卢笑笑说,"在国民党内还有清官?做清官在国民党内就站不住。"

"做清官在国民党内就站不住,"叔伦感叹地重复一句,说,"这也是事实——这个姓萧的又是什么样人呢?"叔伦又追问一句。

"做副官出身的还有好东西?"

"那他又要怎么做呢?"叔伦问。

"我正为这姓萧的来提醒你。"老卢说这位姓萧的很会"抓"。他一来就把闸口一带的"缉私总队"抓得死紧。凡不经过"缉私"这一关的"进出口"商品,通统被认为"走私"——走私者枪毙,"私货"没收。有缉私队包庇的,则一切通行无阻,换言之那就是他们包办走私,包办对敌通商。

"这简直是个托拉斯嘛!"叔伦说。

"什么脱那些……?"老卢问。

"我说是垄断走私嘛!"

"垄断走私!?"卢说,"他们真叫一本万利呢。"

据卢说他们的走私,利润之大简直不可想象。就以食盐一项而论罢,他们垄断了,以土产的"梧油"(一种化学工业用的植物油)到敌伪区去换"食盐"。一担"油"换四担"盐"。运回盐之后,他们又用一担"盐"向油农换十担"油"!

"张指导员,你会打算盘,"卢说,"你算算看,这一来一去要赚多少倍!?"

"一转手,就是四十倍嘛!"

"你还要说,"卢说,"你看闸口市是好大的'肥缺'?"

"除走私赚钱之外,他们在行政上又要干些什么呢?"张问。

卢说这个姓萧的可比刘绩之要干练得多。他要加强"乡镇建制",

第十章 摩擦从何来

扩大"保安队","收缴民枪"。民间私藏军械,以死论罪。

"这是针对着我们来的!"卢说。

"那我们怎样应付他们呢?"叔伦问。

"我正为此事来警告你嘛!"

"怎么办呢?"张再问一句。

"我们的枪,能藏就藏,不能藏就逃!"卢说。

"藏又藏不起,逃又逃不了,怎么办呢?"

"那么,"卢肯定地说,"那么就'打'!人为刀俎,我为鱼肉,有什么办法呢?"

"这样我们不就打起内战来了吗?"叔伦有点忧虑。

"内战不是打了几十年了吗?"卢说,"有什么办法呢?"

根据卢参议的看法,这位新上任的萧专员兼保安司令,秉承新上司的意旨,是不惜以武力来对待异己了。身为"异己"的卢参议,也已决定"兵来将挡,水至火迎"。忧心忡忡的张指导员,也体会到西山东区自此之后,正如老卢所说的"问题就多起来了"!

大敌压境、胡马窥江,抗战已到最危险的阶段,民族马上就要灭亡了,但是打了数十年的内战,还要继续打下去。"有什么办法呢!?"老卢兴奋地离去之后,老张思前想后,不禁泪湿衣襟。

"真的——民族可以灭亡,内战还是要打吗?"叔伦一灯荧荧,躺在破床之上,想不出答案来。

地面上下的小"摩擦"

一九三九年的春节,可能是中国近代史——不是,可能是中华五千年史上,天气最阴沉、人心最沉痛的春节之一了。大半个中国和一半以上的人民，都在敌人铁蹄践踏之下。全国千百万原本欢乐的家庭，如今都家破人亡，血泪交迸。锦绣河山，精华尽失。剩下些残山剩水之上，凶残的敌机，也是日夜横飞肆虐。

最糟的还是我们自己的抗战阵营之内，君子道消、小人道长。仁人志士，还在抛头颅、洒热血；而狐鼠之辈，就乘机卖国自肥。最下流的则是国民党副总裁汪兆铭夫妇了。他二人在国内政争失意，却忍心于国家民族最危急、最艰难的时期，拖人下水，通敌叛国。

在敌人的眼光里，连汪氏都做了汉奸，则中国军民已失其斗志可知也；日本侵华之战，已基本上胜利了。剩下的抗战华军，如不自动放下武器，对日本"皇军"来说，也只需要些扫荡工作。

但是小小日本要征服中国，那毕竟是以蛇吞象。它要降服这只大象，还得师蒙古、满洲之故技，利用汉奸，以华制华。这样汪兆铭夫妇便得其所哉。一九三九春节之后，汪家班汉奸们，就密锣紧鼓，准备成立其全国性的伪政权了。为扶植伪府接班，加以本身陷入泥沼，军力不敷分配，敌军乃自一部分非战略地区撤退，把政权和防务交给伪府、伪军接管、接防。

可是敌人低估了中华民族的抗敌意志了；它不知道在中国历史上，一旦有个"伪"字当头，其军民两政是无法自存的。

敌军于三九年初春自西山一带撤退了。伪军伪府守不住县城，萧专员不费吹灰之力，在抗日战史上便留下一个"大功"——国民党军队驱逐了敌伪，光复了县城。萧专员江山恢复，也堂堂皇皇地举行了胜利的仪式，迁入日军改建过的老专员公署。敌人已不是个问题，剩下的工作就只是"缉私"和"剿匪"了。

"缉私"对萧专员来说，工作十分简单，通过与伪军的联络，他逮捕了数名"私盐贩"、"走私犯"，在县城、在闸口街道上"陈尸示众"。这一下，果然令行禁止，再也没有胆大的商人，敢于公开"走私"了——

第十章 摩擦从何来

无伤大雅的小规模走私那是难免的。通过专员的两位如夫人，赚点小钱，"缉私总队"也就装聋作哑了。

可是萧专员全力以赴的另一工作"剿匪"，问题就复杂了。他带来了一批"干训团"出身的"乡镇干部"，重建了"乡镇体制"，并奉命"就地收缴民枪"。

萧专员知道这一带的"民枪"遍地都是。这时的公开枪价，由一个"保安队"卖给另一个"保安队"，一支不中用的"湖北条子"，也可卖五十大洋。一根"二把盒子炮"身价则在两百袁大头以上。

萧专员下令，为肃清匪患、确保地方治安，要各乡镇全力收缴民枪，违者格杀勿论。这一来，原本相安无事的西山东区，就被弄得闾闾骚然了。怀枪悍匪，一经发觉而拒捕，多被"格杀"。缴枪归顺的"势穷匪徒"，则被非刑拷打，勒令咬出同伙。

萧专员这场血腥的"清乡"，其厉害的程度，实与敌伪相埒。有些"悍匪"，竟敢拔枪拒捕，萧氏部下也就颇有死伤。专员一不做、二不休，乃下令将生擒而拒不吐实的"悍匪"，一律"活埋"。

那个西南馆济生药铺的张朝奉也曾私藏一支"二把盒子"。同样的"二把"，周家集桥头茶馆的"跑堂老李"床下也有一根。在萧司令的威力之下，就凭私藏这两支"制式手枪"，他二人都犯了死罪。

"叔伦啦，""跑堂老李"私下向朝奉老张说，"我看你得撤退，此地太危险。"

"老卢，你呢？"叔伦问。

"我目标不大。"老卢说。

"我们一齐走，"叔伦说，"他们连朱三麻子都查清楚了。我看朱三妈他们也得躲一躲烽火——这个姓萧的太混账。"

"你带他们回军部去，躲一躲再回来！"

"那么，你呢？"叔伦又问一次。

"我目标不大，"卢说，"我一走大家就散了——你先走，我真躲不下去了，再来。"

他二人就这样决定了。

叔伦暗中征询朱三妈一伙的意见。朱三妈倒不在乎什么"危险"，只是"军部"二字，对她却颇有吸引力，老太决定："只要军长要我，我就去。"

文梅和小莹则早就想"回军部"。小和尚也要去——他倒不怕萧专员，他只是舍不得张指导员，因为他一直是"张指导员的小尾巴"。

"何南仁，"指导员说，"你可以留下来，跟卢参议，不会有危险。"

但是小和尚不干，他要跟张指导员当"勤务兵"——他不喜欢"卢参议"。

就这样他们分别化装，便溜出了萧专员的王国，逃回军部去，剩下的残局，则由老卢独肩其艰巨了。

"我爸爸是国民党！"

这个新四军军部，根据红星农场李场长的回忆，真是个"小中国"、"大世界"。

就以种族来说吧，那真是汉满蒙回藏"五族共和"，全国二十多省市老乡，无省没有。论知识水平，则上至留学生，下至像李春兰那样的小村姑、大文盲，也无不具备，真是洋洋大观。

"乡巴佬、小村姑，到这儿来，真是大开眼界，兴奋无比！"李场长在四十年后，回忆起来，仍然面露惊喜之情。她说她第一次穿上军衣、戴上军帽，好高兴啊！在军部一面镜子里，照了又照，足足照了几天。后来她和几位"女兵"一起到镇上去"摄影留念"时，那照相师叫她"李

第十章 摩擦从何来

同志",她简直要"飞到天上去"。

这个军部组织是相当庞大而复杂的,为着保密,各部门之间非有必要,也不太往还。李场长向林博士说了一下,立刻就说:"还是不说吧!"林博士有美国习惯:人家不愿说,他绝不追问。但是李却概括地说,她和朱三妈、小莹等一行都回到"政治工作大队"中去。小和尚则属于"小鬼队"。他二人都加入了"识字班"。入班时她已认得几百个字,小和尚还是个"差不多的文盲";不过小和尚很快就超过她了。

朱三妈分在"妇女服务团";文梅、小莹她们则在"宣传大队"搞"墙报"、搞"编导"。大家工作无定所,经常流动。生活条件很差,但是精神很愉快、工作很起劲。

"你们那时有没有'托儿所'呢?"林博士不免问一句。

"解放前打游击,什么'托儿所',听都未听说过!"

"那么'小狗'怎么办呢?"林博士还是想到他自己儿子的遭遇。

"'小狗'啊!真好玩!"李兰说着似乎余味犹存,"他后来长得白白胖胖,嘴巴灵得很,可爱得不得了。"

"那么,他妈要工作,怎样带他呢?"

"哎呀,我们那时又没有什么上下班,"李说,"他妈不带他,我们都抢着带他呢——每晚抢着带他睡觉。"

"你们是哪些人呢?"文孙问道,"你和曹文梅?"

"我们?我们?"李说,"我们那时有七八位女同志呢——后来阿英、涂全胜都来了,还有些新同志——我们女同志们共同养着一条'小狗'嘛……"李兰笑着把文孙抱住,又说:"林博士,你留下的那条'小狗'可爱死了。"

"……"文孙也跟着李兰傻笑。

"后来'小狗'还救了我们姑娘们一命呢!"李兰说着,笑不可仰,又补充说:"'小狗'可爱死了……"

据李场长说，她们回到军部之后，"小狗"就渐渐会笑、会爬，"可爱得不得了"！宣传队里七八位姑娘，都抢着要带他。他妈几乎都轮不着了。

等到"小狗"牙牙学语了，他只知道这七八位姑娘中，有一位是"娘"，其他都是"姨"——但他却不知"娘"和"姨"的分别在哪里。一次一位访客指着姑娘们问"小狗"说："'小狗'呀！你喜欢'娘'，还是喜欢'姨'？"

"都喜欢！""小狗"毫不迟疑地回答着，直是笑、直是爬。

众姑娘这一下哄起来。故事传遍全军部，连叶军长都说要来"看看我叶家的'小狗'"。

有时有人又问："'小狗儿'，你'妈'在哪里？"

"小狗"总是东张西望一下，然后找到位姑娘，把小手一指。被指的姑娘，无不高兴得要死——晚间非要"小狗"跟她一起睡觉不可。"小狗"向来没有拒绝过任何姑娘的邀请，所以军部里的"男同志"无人不羡慕"小狗"有"艳福"。

那时这个政治大队原是个"芙蓉国"，是所有单身男同志追求的对象。众姐妹中要算是叶维莹长得最体面。她虽已罗敷有夫，并且还有条"小狗"儿子，但是想吃她这块天鹅肉的癞蛤蟆，还是成十成打的。大家对她的过去都不免妄事猜测——除了几位接近她的姐妹和张指导员外，很少人知道她"林三少奶奶"的背景。有些癞蛤蟆甚至因接近不了，由爱生妒、由妒生恨，由猜测而造谣，竟说叶维莹原是一位国民党军官遗弃的姨太太。众口铄金，使众姑娘气愤不已，连张指导员都辩护不了——别人总以为张叔伦少校是个"希望最大的癞蛤蟆"。谁会把癞蛤蟆奉承天鹅的话当真!?

大家开玩笑地去问"小狗"说："'小狗儿'，你的'爸爸'在哪里？"

"小狗"不但不知道他"爸爸"在哪里，他连"爸爸"是个什么东

第十章 摩擦从何来

西，也不知道。有时他听到镇上的儿童叫"爸爸"，他灵巧的小嘴，跟鹦鹉一样，也学着叫"爸爸"——成年男人原来就叫"爸爸"。这一来，有一些自作多情的癞蛤蟆就欢喜逗着"小狗"叫他"爸爸"；有些被"小狗"错叫了的，则开玩笑逗"小狗"说："'小狗'，我不是你爸爸，你爸爸是国民党。"

大家逗多了，可爱的"小狗"，信以为真，以后凡有人问他"爸爸是谁"，"小狗"总会说："我爸爸是国民党。"

噫嘻乎！又有谁知道，这一句足以令人肝胆皆裂的三岁小儿之言，竟救了他"娘"和几位"阿姨"一命呢！

内战！内战！万恶的内战！"小狗"如不因一句话使他娘和阿姨们，转危为安，这几位少女生命，究变成怎样个结局呢!?

故事是这样的：

抗战中期国共双方由互谅互济,逐渐变为互猜互忌。由猜忌而摩擦，由摩擦而动武，终于一九四一年初，爆发了震撼中国、哄传世界的"皖南事变"——叶挺、项英所率领的"新四军"，被国民党军队上官云相部，在安徽省南部给包围了。一场血肉模糊的搏斗之后，双方死伤数千人。新四军战败，项英战死、叶挺被俘。新四军政治部为着女政工人员的安全，于战斗爆发前，原拟将政治部所属的女同志们先期送往江北安全地带避难。但是当曹、叶和朱三妈这一支尚滞留在江边时，事件便爆发了。战场上正打得炮火连天，这一群美女便被国民党军队江防部队截获了。这部队原是纪律甚差的"杂牌军"，掳到这批美女，简直馋涎欲滴，迫不及待。幸好朱三妈很镇静；她指着那军官说他"罪该枪毙"，并自报是国民党军队某部高级将领的"眷属"，正拟赶回江北老家度春节，不意被"天气、鬼子和共军叛乱"阻止不能渡江。

"你们是哪一军的部队？"朱三妈疾言厉色地骂那军官，说，"不上前方打新四军，竟胆敢在此对我们'国军'眷属无礼！"

那军官被朱三妈的气焰压住了，不敢乱动，但也将信将疑，最后一位少校政工出现了，他也将信将疑，但他想自"孩子嘴内讨实话"，乃问"小狗"说："宝宝，你叫什么名字？"

"我叫'小狗'。""小狗"笑着说，一面还在玩他的玩具小陀螺。

"'小狗'，"那少校又指着几位少妇问道，"她们是你的什么人？"

"她是'娘'，她们是'姨'。""小狗"可爱地回答着，指指他的娘和姨。

"你爸爸在哪里？"那人又和气地问。

"我爸爸是国民党。""小狗"顽皮地回答着。

这军官闻言，乃转身向朱三妈道歉，并为他们拉了一条船，自己抱着"小狗"，送他上船。"小狗"叫他"爸爸"并香香他。那少校高兴极了，还取出两毫小洋给"小狗"买糖吃，并要收"小狗"做干儿子呢。

"小狗"一语解千愁，他的娘和姨，和奶奶，才能平安地渡往江北去。

小莹是怎样"死"的？

朱三妈等一行抵达江北之后，原以为脱离险境，可以轻松一下了。谁知地下传来消息，却是羊入虎口。原来新四军战败之后，所有机密文件均已被国民党特务机关所掳获。三、五两战区当局乃下令按图索骥，联合通缉所有左翼逃犯。新四军系统下的地下站，纷纷被国民党军政机关所破获。地下网被地上网所笼罩，极少幸免，连那最机警、最有经验的"卢参议"也被捕失踪，生死莫卜；瓜蔓相抄，足使江北的"白区"，陷入了血腥的"白色恐怖"。相形之下，反以"敌伪区"较为安全。

这时恰好有一连新四军残部，内中竟有张叔伦和小和尚，突破重围，渡江北上，在一座小山丘中集结；朱三妈一行乃奉命归队。当他们气喘未定时，便有当地国民党保安队两中队，搜索前来。两军相遇混战了一

第十章 摩擦从何来

夜，保安队两个中队长竟被打得一死一伤；两队步枪百余支，全被缴械。这一小仗足使奄奄一息的江南"赤祸"，又在江北蔓延起来，使国民党地方政府和党部乱了手脚。大家为"根绝赤祸"，乃作"釜底抽薪"之计，查核掳获文件，才知道这一带赤色游击活动，是由地下几位"副书记"负责的，其中之一便是"叶维莹（女）"，她在"地上"的公开掩护身份则是"林家庄三少奶奶"。

根据这一机密情报，战区政治部乃约"林伯章参议"谈话，以了解情况。林参议为此恐惶万状，乃具了个"结"，并公开声明："……赤伪以女色勾引良家子弟，为非作歹，时有所闻。然伯章寒族子弟，于抗战开始后，已相率往后方投效，初无一人滞留梓里。今后如有不肖之徒，冒寒族微名，为祸乡党，务恳党政军学各级长官，查明逮捕法办，不胜叩祷……"

的确，林参议未尝见过这房媳妇，所报亦系实情。

办案人员乃根据文件，找到了叶女的舅舅——县城内百合药铺的朝奉朱光直。他们胁迫朱朝奉往"赤区"把胡作非为的外甥女找回来。朱拿了路费进入赤区，果然找到了外甥女，可是他也知道这个贵重外甥女的婆家——那座声势赫赫的林家庄，已被夷为平地。她的公公林伯章已公开声明不承认这房媳妇，领她回来也是天大麻烦，倒不如两头撒谎，坐吃两头酒肉、坐收"两国之金"为佳。

朱朝奉来回跑了三趟，口味愈跑愈大，对外甥女的"五元盘缠"已嫌不足，弄得"组织上不胜其烦"（李兰场长的话）。这时刚好王阿英（何秀姑改名）脱险归来。她生性内向，被俘后又颇受侮辱，加以大兵之后，时疫流行，阿英久病不愈，一时想不开，便悬梁自杀了。正当全队为阿英之死祭奠而追悼、哀泣一片时，朱朝奉忽于此时四度来访。领导同志们灵机一动，想起为何不说死去的是他的外甥女呢？这不既可打发了朱朝奉，又可骗掉国民党了吗？

大家按计行事，既然朱朝奉不加深究——那时县城内外也正死人如麻——他在假惺惺地哭祭一阵之后，便要求同志们"赏"点"抚恤费"、"丧葬费"。大家一想，倒不如花几个钱，就委托朱朝奉把何同志遗体抬下山去葬了。计划既定，组织上乃发朱朝奉抚恤费三十元、安葬费二十元，还给他一些外甥女的"遗物"，并雇了两位村农，随着朱某把他"外甥女"白木棺材的灵柩抬下山去安葬。

朱朝奉连声道谢地领着棺材便下山去了。回到县城，他城也不进，便直奔北门外义冢。这时义冢里新坟累累，他胡乱地找一块空隙，稍为挖了挖，把棺上加层薄土，便打发两个抬夫回去了——茶也未请他二人喝一杯。

秀姑同志遗体入土之后，叶维莹副书记的名字也在舅舅的记忆里，和国民党县党部的黑名单中注销了。

小莹改了个名字叫"田军"，此后很少有党外人知道田军原是个女人了。

五年之后"小狗"的"爸"回来了。他要到北门义冢去找"小狗"的娘，哪里能找得到呢!?

"牛是新四军打死的！"

叶维莹副书记不是唯一改用假名的干部；为应付"白色恐怖"，所有工作同志，都换了名字。何南仁改成何仁（后又改名何任）；李春兰划掉个"春"字，变成李兰。曹文梅变成左问枚，朱三妈也变成宋老太。只是张叔伦所改的名字，李场长一时想不起来了，客人未便追问，也就从缺了。

叔伦和小和尚在"皖南事变"中，为什么成为漏网之鱼呢？故事

第十章 摩擦从何来

也相当戏剧化。

小和尚人小胆大,在事变中本在持枪作战。直至四军溃不成军时,他才弃枪潜逃,但这时国民党军队正在战场搜捕俘虏。这红小鬼原是逃不掉的,幸好他眼捷手快,一下瞥见了一个死掉的牧童,他乃将牧童的衣服脱了来自己穿上,又举目四窥,发现远处还有一条死牛。小和尚跑了过去,乃伏在牛身上,大哭起来——哭得他一佛出世、二佛翻身。这时刚有个国民党军官带了几个助手前来清点战利品。

"这死牛是你的?"军官向牧童发问。

"……"牧童忍住泪,点点头,又哭道,"老总们把我的牛打死了……"说着又低头泣不成声。

那军官乃叫助手去找"大锅头","来把这死牛剁了,犒赏三军,当晚饭……"

"哦……"小牧童大哭不止。

"土匪杀了你的牛,"那军官笑着说,"现在官军赔你钱!"说时那军官乃取出一张五元法币给小牧童作赔偿。

"我爸十五元买的呢……"小牧童显然嫌少。

"你爸买的是活牛,你卖的是死牛!"那军官拍拍小牧童的头笑了笑,并叫他那助手给了小牧童一张"通行证",又说:"告诉你爸,你的牛是新四军打死的!"

小和尚拿了钱和通行证,也不知道向何处去"通行"。眼看前面是个小镇,他想到镇上去买点点心充饥。刚走到镇边,便看到一座国民小学的操场上坐了几十个人,一些军人正在问话,进进出出,乱糟糟的。他身不由己地乃踏入操场看起热闹来,想不到这一下竟看到张指导员,他穿件蓝布大褂,还端正地戴着他那金丝眼镜也坐在地上。

小和尚一见大喜,乃跑了过去,而叔伦则向他使眼色,叫他逃走。小和尚正不知如何是好时,一个枪兵持着长枪,用枪托来赶小牧童出操场。小和尚忽然灵机一动自衣袋内取出"通行证"来向那枪兵说："连长叫我来接李老师出去。"

"他是你们学校的李老师？"小兵问小牧童，小牧童点点头。

"同志，我敝姓李。"叔伦也补上一句。

这枪兵拿着通行证向一位排长式的军官摇一摇，那军官摆摆手，他二人就大摇大摆地走出了操场。小和尚胆大，他还到街上去买了七八个烧饼，二人吃了，再商议去处。

那晚他二人摸到江边，竟然碰到一些在逃的散兵游勇。他们一起找到了一只无主的渔船，大家乃通力合作，黉夜渡往北岸，上岸时正碰到一位新四军的连长在收容溃兵，他们联合起来竟有数十条步枪和四挺轻机枪。这连长把他们重行编排起。在开往山区途中，便碰到国民党军队保安队来堵截。两军对阵，一场混战，竟把保安队打个全军覆没——真是胜败原兵家常事。

第十一章

一个拼起来的家

一个拼起来的家

经这群叛军所占据的小山头,一时虽平安无事,但它毕竟是个孤岛,岛上的居民,是经不起四周围绕的大风大浪的。地下管道所下达的命令是要他们"化整为零",透过敌伪占领区,向苏北集中。在苏北鲁南一带国共游击队也曾由"摩擦"而动武,但是那儿缴人家械的,可不是国民党的军队了。

在苏北鲁南那个三管三不管地带,国、共、敌伪,都是游荡不完的,小股叛军窜入这一沼泽地带,还得自己设法去寻找联络站。

就在这道命令之下,这个小梁山,一夕之间就不见了。百多个人分成数十个小组,昼伏夜行,从不同的方向,摸索着向同一方向、同一目标移动。

在这个逃难式的转进行动中,朱三妈一组则伪装成一个难民家庭,包括春兰、小和尚、叔伦、小莹和"小狗",自称宋家,原籍江苏省句容县。他们是在日本占领南京前,逃往后方避难的,如今"和平"了,"国府还都",他们也就合家东返句容故乡。

通过伪区返乡的难民,行程也是艰难而危险的。一般伪军纪律极坏,敲诈勒索,强奸妇女,都是司空见惯的。有些地方还有敌人自设关卡,备有猎犬。稍一见疑,就有被猎狗咬死的下场。

敌伪皆疏的荒僻小径,则"遍地黄花开",剪径英雄随处皆有,他们虽好坏兼备,但剪径则一。他们要钱、要枪、要女人。稍不如他意,那你就脑袋搬家。

宋老太一行,则在地下渠道暗中指示之下,避凶就吉,迂回前进,走向那不可知的将来。

"在这兵荒马乱的岁月,"宋老太总是嘀咕着说,"一个青年妇女,拖儿带女的,怎能没有个男人呢?"

这是宋老太的人生哲学,这哲学事实也是因人而发的。像林三奶这样落难的富家媳妇,家当已片瓦无存。公公也已公开声明,不承认有这房媳妇了。丈夫也已遗弃她而去,生死不明已三四年了。如今一个少妇,拖着个幼儿,何以为生?敌人(包括内敌外敌)杀来,何以逃命?何况她和林家三少,那个花花公子,只是私订终身,避人苟合——并不是"红灯花轿、明媒正娶"的,还有什么可"守"的呢?真是如屎嘴张三所说:"既不能守,守之何益!?"

张叔伦指导员之暗恋林三奶,苦苦追求是尽人皆知的,朱三妈曾开门见山地问过他,叔伦也直言无隐,并央求三妈劝劝小莹——收她作干女儿,也收叔伦作干女婿。"将来孝顺你老人家一辈子。"这是叔伦的肺腑之言,三妈也完全相信。她认为叔伦是个最忠厚的人,是个"比儿子还要好的女婿"。

在三妈三年多旁观所得,小莹并不是流水无情,而是情浓如蜜,她也热爱张指导员。他二人的问题,在三妈看来只是林三奶个人的"面子问题"——"再醮"对个"少奶奶"来说,面子上总归是下不去的。

三妈因而总以"面子"为中心去劝林三奶,而小莹则总是支吾其

第十一章　一个拼起来的家

词——因为朱三妈在恋爱哲学上与她没有"共同语言"。奇怪的是叔伦也认为他和小莹的关系不是个"面子问题"，这一点朱三妈便觉得不能理解了。

这一次他们逃难去苏北，编组编在一起，也是宋老太有意成全，希望把生米煮成熟饭，以便弄假成真。可是在出发后的最初两个礼拜里，他们的旅行真是惊险万状，有好几次小莹和春兰，都几乎被人抢走。幸好朱三妈应付得法，和"三战区"这张"通行证"——它在敌伪区也居然灵验无比，可以用它领取伪身份证，才化险为夷。

可是晚路走多了——正如宋老太所说的——总要遇到鬼，等到他们一行抵达荻港附近时，听说长江之内轮船照常通行，江南铁路，也早已恢复通车。这条路叔伦和小莹都走过，今既客运如常，他们为什么不干脆乘船搭车呢？因此他们又渡江南下，便挤上火车，直达南京中华门车站。

这次是宋老太和她的两个小儿女第一次乘火车，兴奋得不得了，三人挤在窗口，简直忘记了身在何处。宋老太也忘记了她身畔还有两个儿子媳妇呢。

叔伦的原计划是直趋下关，转车去镇江，北上扬州，再乘机溜入苏北；可是宋老太觉得南京繁华，她坚持要到城内耍耍，因为经过汪精卫的伪府统治之后，南京表面上竟然歌舞升平，一点战时迹象也没有。既然城内没有危险，何不进去看看呢？叔伦瞥见弹痕累累的首都城廓，感慨万千之余，也想进城一看大屠杀之后的南京，和敌伪统治的实况。大家乃决定在城内留宿一两天，再去镇江。

下车之后，叔伦用袁大头换了一些伪"储备券"，乃雇了一辆马车驶入中华门。小莹在"七七事变"前夕，曾随父母在南京游览过两星期，她还记得住在成贤街一家小客栈叫"皖江饭店"。那老板和她爸爸很谈得来，价钱也不贵，何不去试试呢？

当那马车驶入成贤街，小莹不禁高兴地叫起来——原来那客栈还在那儿，连招牌都还是老样子。小莹认出逆旅主人也还是那个老掌柜，只是人老了许多。

这小客栈一共只有七间房，下三上四。他们来时楼上较贵的临街两间尚空着，就给宋府一家租下了——儿媳和长孙住一间，老太和两个青年儿女合住一间。

这一安排，对叔伦来说，简直是天造地设了。小莹虽觉有点忸怩，也有口难言。其他三人则早视为当然，不以为异了。

这小客栈是包饭制，晚餐时全体客人，同席进餐。进餐时老太和两个青年儿女原是三个"土包子"，寡言少语。叔伦和小莹各有心事，欲出声，却不知从何说起。可是"小狗"不知亡国恨，一张小嘴却讲个不停。他一会儿叫"娘"，一会儿叫"奶奶"，一会儿叫"爸爸"、叫"亚叔"、叫"姨"……未半刻停，同席客人也逗他玩，无人不称羡"小狗"聪明、宋老太"福气"呢！又有谁知道这个"宋家"，却是四军政治大队给"拼"起来的呢！？

永远在三角的边缘

晚餐之后，客人们都回房安歇了。叔伦领着小莹和孩子，也回到他们自己的房间去。小莹把儿子安顿在床上，拍着他睡去。叔伦则躺在床前一张藤躺椅上假寐。

"小狗"很快就睡着了，他妈则躺在一边仍然不停地拍着他，自己则心潮起伏，打不了主意。她躺了个把时辰，才缓缓坐起、站起，走向叔伦身边，又悄立半响，才轻微地向叔伦说："你到床上去睡——让我睡躺椅。"

"……"叔伦未搭腔，只脉脉地看看她，并以右手轻轻地握住小莹

第十一章　一个拼起来的家

的右手。二人又默默半晌，叔伦才轻轻地说："坐下嘛。"小莹乃在躺椅边的一个竹凳上，缓缓地坐下。叔伦又用两只手握住她的右手。

"莹啊，"叔伦又沉默半晌才轻声地说出，"你知道我没有你，我是活不下去的。"说了叔伦又叹口气。

"……"小莹仍是沉默着。

"你相信吗？"叔伦抱住小莹的手，吻了又吻。

"莹啊，相信吗？"叔伦又自嗓子里，轻轻地挤出个问号。

"我一直是相信的。"小莹终于以同样声调，说出一句心坎里的话。

"你就这样铁石心肠吗？"

"……"小莹没有搭腔，但在那微弱的一线红丝般的十五烛灯光下，只见她的眼睛是湿湿的。

"莹啊，你就是这样铁石心肠吗？"叔伦眼眶也湿湿地望着她。

"我知道你爱我——你爱我很深。"小莹的眼泪开始缓缓地流下，她也缓缓地取出条手帕，缓缓地把眼泪擦去。

"莹啊，"叔伦又央求地说，"四年了，我们就不能有点进度吗？"

"叔叔，你知道我也爱你，"小莹声音哽塞了，但她还是挣扎着说，"我爱你也很深。"她的眼泪又缓缓下流，她又缓缓擦去。

"叔叔"是小莹私下对张指导员的昵称。那还是她和林文孙订婚前就开始的。有一次小莹和叔伦合演了一场《烽火鸳鸯》的话剧之后，她有事去找张指导员。刚好室内无人，指导员乃拉住她的手，要她叫他"叔伦"。小莹顽皮地说，我不叫你"叔伦"，我以后叫你"叔叔"好了。挣脱了握住她的手，小莹就嬉笑地逃走了。谁知道这个顽皮的开始，竟变成后来他二人私下的昵称——和乖乖宝宝一样的昵称。在"叔叔"胸前流泪，四年来已经不知有多少次了。

"莹啊，"叔伦又说，"我们就永无前进一步的希望了吗？"

"叔叔，你知道，"小莹也止住眼泪说，"文孙离开之后，没有你，我也活不下去。"

"我们现在为什么不能就活在一起,死在一起呢?莹啊。"

"文孙现在不知道在什么地方嘛!"说着她两泪竟一泻而下,势如泉涌。

叔伦替她擦了眼泪,也颇为小莹对文孙的一番真情所感动,但他也知道小莹也深深地爱着他。他如失去了小莹,他自己的确也活不下去——这个可悲的爱情死结。等小莹心里稍为和平点,叔伦才敢仰望着天花板,叹口长气。

"你在想什么呢?"小莹擦干眼泪,关心地问一句。

"我叹息我自己。"

"叹息些什么呢?"

"叹息我永远在一个三角的边缘。"叔伦说了又叹息不止。

"对你,我实在恨我自己,我实在太自私了。"小莹说着情不自禁地伏到叔伦怀里去,似乎充满了犯罪感,她轻轻咬着叔伦的胸膛。

"你什么时候自私过呢?"说着叔伦坐起来,把小莹抱在怀内——小莹实在太可爱了。

"爱情最自私,也最痛苦,"小莹在叔伦怀中似乎是自言自语地说,"爱情最痛苦,被爱尤其痛苦。"

"'爱'和'被爱',都是痛苦。"叔伦也接一句。

"叔……"小莹又流泪说,"我太自私!我没有勇气接受你的爱,也没有勇气失去你的爱。我要你永远地缠着我,我也要永远地缠着你——我没有勇气能失去你。"

"莹啊,"叔伦说,"你没有勇气失去我,我可以了解。为什么没有勇气接受我呢?"

"文孙嘛……"小莹又流泪了。

"三年没有消息了,"叔伦说,"兵荒马乱,敌机狂炸,他到现在并

第十一章　一个拼起来的家

没有回来找你嘛。"

"文孙如活着在嘛，"小莹说，"我和孩子就等他回来。文孙如果已经死了，我更不愿伤害我们相处的那一段感情回忆。我不能抛弃那一段往事，伤害那失去的感情。"说着她又泪流不止，足使叔伦感动。他同情小莹，但是他也不能失去小莹，他知道小莹也不能失去他。

"爱情也还有牺牲的一面呢，莹啊，"叔伦说，"你就不能为着爱你的人，像我、像小玉，做点牺牲吗？"

"牺牲，牺牲……"她重复许多遍，才说，"为你们两人，我的确应该牺牲，牺牲——爱情还有另外的一面……"小莹自言自语似的泪流不止。叔伦拥紧了她，吻她的颈子、头发和腮。当叔伦的口唇正要接触到对方的同样部位，而小莹还在闪避时，忽听午夜街道上一阵车声和嘶喊声。有人在大叫："打倒日本帝国主义！打倒汉奸……蒋……委员长……万……岁……"

二人忙松开站起，走向窗前一看。只见一部卡车，载了几个伪军和两个囚犯，正打窗下驶过。那两个囚犯的嘴是被扎起的，其中之一，显然挣脱扎嘴布，所以大喊口号。那些伪军则用手枪柄打他的头！这卡车自窗下疾驶而过，那嘶声由近去远，终于在深夜中消失了。

这一阵车声嘶声把这对情侣的话打乱了。"小狗"也被车声惊醒，但是哭了两声，他又继续睡着了。

这阵车声太惊人了。二人不觉开门一探究竟。朱三妈和其他住客也有惊醒的，但是无人敢走出房来，而叔伦和小莹则摸下楼梯，看到守夜的老掌柜，还呆若木鸡地坐在那里。叔伦问他刚才的车声是什么事。

"特务们在半夜枪决囚犯,囚犯们在叫口号。"老掌柜面色沉重地说。接着他又补充一句："不稀罕，夜里常常听到的……"

"什么囚犯？"小莹两手把柜台一拍，身子一软便坐到地下，两手掩着脸，放声大哭，说，"他们是抗日救国的烈士……哦……哦……"

叔伦忙上去按住她的嘴，和老掌柜一起，把小莹抬回楼上房间里去。这时朱三妈也走过来，问明原委。小莹情不自禁地为这两位烈士之死，哭了个通宵。

尼姑嫁给了和尚

根据李兰场长四十年后的回忆，这次张、叶二人在"皖江饭店"的幽会，实是张叔伦（那时的"宋先生"）三十多年苦恋的折磨中，最接近"目标"的一次了。

他二人两个小时的温存，增加了小莹的犯罪感。她说她一生只爱过三个男人：一个小文盲阿七哥，一个大地主的儿子林文孙，另一个则是她叫"叔叔"的张叔伦。

但是她在情感上，只许一个男人占有她。"上帝分配情侣，本是最公平的一男一女的嘛，"小莹时常这样想，"一个女人的感情如果被两个男人占有了，那么这两份感情势必彼此破坏，没一个'全份'的……"

为着不"破坏"这份"完美"的"感情"，小莹是"自私"了。她没有"勇气"接受另外两个男人的"痴情"；她也没有——用她自己告诉"叔叔"和结拜姐妹文梅和春兰的话——"也没勇气失去那两份感情"。

她要牢牢地"缠"着他们，永不分离；她也要他们牢牢地"缠"着她，永不离去。阿七哥最后"离去"了——他背了个"特务"罪名，在"肃反"期中和师父一起被"镇压"了；而"叔叔"却永远牢牢地"缠"着她，她也牢牢地"缠"着"叔叔"——不许他"前进"一步，也不许他"后退"一步——鞠躬尽瘁，死而后已。

"我未见到第二个有田军那样铁石心肠的人，"李场长说来犹有余叹，"怎么劝也不行——像个《聊斋》上的狐狸精。"

第十一章 一个拼起来的家

"唉……"林博士听了李场长的话，不免怅然叹息。

"您别自作多情呢，三哥，"李又笑着说，"她不是在为你守节呢——她守的是个莫名其妙——老尼姑、苦行僧。"

"叔伦不应该也死守着她嘛！"文孙说。

"就是这话嘛！"李说，"解放初期那些超级老同志、老干部，大学毕业生，上无老、下无小，真红半个天呢。他要结婚，那些明星、歌星、演员、女大学生，要哪个，有哪个……"

李兰还讲了个笑话，解放后在上海某次舞会之后，叔伦在旅馆内刚熄灯就寝，忽然有个穿睡衣的文工团美女，偷偷地弄开了他的门，爬上床来。叔伦忙起床，开了灯，请她喝茶吃点心，二人谈了个把钟头。那美女硬坐到他腿上来，但是叔伦还是把她送走。

这事后来传开了，老同志们艳羡之余，也笑他"性冷感"、"性无能"呢！

其实，张叔伦就是这样的一个古怪的糊涂人——天下女人，他只认定这么个败柳残花的田军，而田军偏不要他。"怪不怪？"李场长说着直是摇头。"这在现代性心理学上，是可以解释的。"林文孙毕竟是个博士，讲出博士的行道话来。

"张叔伦被田军害得可惨，政治前途也被这个祸水祸掉了。"李兰气愤地说。

据说陈老总很赏识叔伦的中西文根基。当他北上出任"中央"职务时，本要带他去；叔伦也想去。"在中央服务，那真是前途似锦呢。"李兰羡慕地说。

"为什么不去呢？"林问。

"还不是田军这个祸水嘛，"李说，"缠着不让他去，他也就不去。赖在省级，结果被红卫兵打死。"

李兰不想多讲他们"党"里的事，但是她有个"摘帽右派"的大嘴巴；讲得得意，她也常常忘形了。在她嘴中，文孙知道，张叔伦这位"走资派"老友,因拒绝吃红卫兵"无产阶级的痰"而被打成残疾。林彪叛国之后,他和田军一道自"牛棚"内"解放"出来,便得"肺癌"死了。在"告别仪式"中,田军叫他"叔叔",吻他,并把眼泪流在他尸体的脸上,使他也满面泪痕地被抬入火葬场。送葬的老同志们,感叹之余,都说这是死者生前所未尝有过的"艳福"。

文孙听了这段故事,也感叹不已——他是酿成这个悲剧的最重要的"第三者"嘛。

"你和何任同志的爱情,倒是一帆风顺,白头偕老的啊!你们怎样结婚的呢?"文孙问了个好奇而关心的问题。

"我们是无产阶级,很简单。没有他们从旧社会带出来的小资产阶级那一套。"李兰说得很爽快。

就在解放那一年,小和尚已经是"团级干部"了。一次他带了两个勤务员,从前线请假回到基地来。李兰说:"我问他,大家都在准备渡江了,你这时回来干嘛?"

"我抽个空回来结婚嘛!"小和尚认真地说。李兰不免一怔,惊诧地问道:"你来和谁结婚!?"

"不是和你结婚吗?"小和尚奇怪地反问一句。

"我的天哪!"李兰一下把他抱住。

"就是这样,就这样简单,"李场长告诉林教授,自己也笑不可仰地说,"就这样,就这样——我这个尼姑就嫁给和尚了!"

田书记的"十大罪状"

由于老友张叔伦的惨死,文孙也想知道点小莹在解放后的生活情况,而李场长竟以为"干部生活"是"国家机密",不能向"外籍教授"

第十一章　一个拼起来的家

吐露。但他二人毕竟是青梅竹马的朋友，文孙逗逗她，她不讲不讲，还是一片一片地把"国家机密"泄露了。

李兰认为田军基本上是个"谈情说爱的演员"，不是个像她和何任那样的"干部人才"。她变成了"领导"实在是"三凑六合"搞起来的——"她基本上是个'少奶奶型的人物'，'多愁善感'，最多做个学问家、理论家，顶不住革命阵线上的大风大浪"。

"反右"期间她很消极，想进大学当研究生、作诗。"那怎么做得到呢？"

"不过话说回头，"李场长突然把声音放低到几乎听不见的程度，告诉三哥说，"你妈和你妹妹她们，土改期间，倒亏着她这个'败家媳妇'呢！"

"我妈说，她被吊打。在炮台肚里，睡了三年……"文孙也轻微地说。

"吊打!?……"李兰掩着鼻子轻声地说，"田军是当时领导干部嘛——不说吧。反正你知道点田军是个'孝顺媳妇'就是了。"接着她又补充一句说："你妈和你妹妹都不知道啊！只有我和何任知道——国玉都不知道！"

"你还没有告诉我国玉的情况呢！"三哥也低声地问。

"解放战争中长大的，红到边，积极得不得了。他妈要他读完大学，但是他要参军、支边、支前——田军表面上鼓励他，暗地里哭死了。就只这一个命根子、宝贝嘛。"

李又说："国玉请调到东北之前，他妈才告诉他，他奶奶也在东北，他爸在美国——把国玉吓死了，也高兴死了。他说等他复员后就去看奶奶、找爸爸……究竟是个孩子嘛。"

"想不到在珍宝岛牺牲了。"他爸黯然地说一句。

"田军已经告诉你了？"

"……"文孙点点头。

"国玉孝顺呢！"李说。

"怎样呢？"

"他受重伤嘛。领导问他对党有什么要求，他说声'照顾我娘'才死去的。"

"……"林教授紧闭着眼睛，但是泪珠儿，还是从眼睫毛里，挤了出来。

李场长到厨房去摇了个热毛巾，又冲了壶热茶，给三哥擦了，喝了，心里才稍觉和平些。

"你说田书记曾经进牛棚。她犯了什么法呢？"文孙喝了几口茶，又问一句。

"三哥，你太激动了，有高血压，不说吧。"

"我不激动，请说说嘛。"

"十大罪状嘛！"李兰说。

"哪十项呢？"

李兰未搭腔，只回到卧房，从抽屉内取出一张纸，上面抄着十条"罪状"。

文孙逐条看下去：

反革命分子田军十大罪状

一、黑尖尖的剥削阶级出身，军阀官僚家庭养出来的小姐。

二、国民党反动军官的三姨太太。

三、美蒋白公馆特务的姘妇，并生个私生子，狗崽子小地主。

四、反革命黑社会一贯道头头的干女儿。

五、土改镇反时暗中保护地主反革命，恶毒反对人民。

六、反右时对右派阳打阴卫。

七、大跃进时打着红旗反红旗，恶毒攻击党的革命路线。

第十一章　一个拼起来的家

八、一贯道工贼内奸特务刘少奇的梅花党小头头，背叛毛主席。

九、潜伏国特宋全的老情妇，败坏革命妇女道德。

十、口口声声跟党跟到死，意思是她死党也死。

李场长说，这十条贴在墙上时，有的字是倒着写的，有的字上面打着红叉叉。

文孙把这十条罪状看了又看说："似乎条条都是有根据的嘛。"

他把"十大罪状"还给李场长，自己叹了一口长气，说："天下竟有这等事……"

第十二章

西线有战事

惨烈的同古之战

"你老婆孩子的故事是谈不完的了，三哥。"李场长从厨房内又煮了两碗酒酿来，她和林博士对吃着，又看看那台子上的大闹钟。这座老式的闹钟上面有两个大铃子，远看来使文孙感觉到它像美国迪士尼乐园里的米老鼠。它是今日林、李二人交谈的唯一见证。它也记录着他二人自上午十一点一刻谈起，已经不停地谈了六个小时了。

"今天耽误了您的午睡时间了。"林博士抱歉地说。

"这个午睡，平时是一天缺不了的，"李场长说着就打了个呵欠，又说，"我们场里的动物都有午睡的习惯——不过今天是例外嘛。谈得太兴奋了，也就不要睡了。"说着她又打了个呵欠。

"你困了，也应该休息休息了。"文孙说。

"不困！不困！"说着她又是一个呵欠，但是她又难为情地笑笑，说，"你还未讲讲你自己呢——你怎么被日军打伤的，又怎样跑到美国去的，讲讲嘛。"

"一言难尽，哪讲得完？！"

第十二章 西线有战事

"讲点大纲节略嘛,"李说,"田军也想知道你别后的情况呢。但她不好意思直接问你——不方便嘛。你讲给我听,我替你当红娘,传话!"

"你看我同小莹的关系,应该怎么办?"文孙没个主意,只好向李场长问计。

"什么怎么办呢?"李斩钉截铁地说,"你二人又不能覆水重收!什么'怎么办'呢?田军是早就决心'跟党跟到死'。她又不要'跟'你重拾旧欢。她只想和你见一面,了了四十年的心愿罢了——说说你的故事吧!"

"唉!……"林博士沉默片刻,又看看那个忙碌的米老鼠。下面便是他过去四十年的,李兰想知道的"大纲节略"。

那是三八年暮春之初,敌机的两颗炸弹把他和小莹炸散了之后,小莹随"政治宣传大队"东去敌后,文孙则随他的"临时中学",西逃武汉。到武汉之后,临中发了他一纸"毕业证明书",算是高中毕业了。

武汉那时是战时首都,市面繁荣,青年人出路更花色繁多。面对这个花花世界,住在难民营内的林文孙也龙心不定。他曾去"十八集团军办事处",打算去延安进抗大不成;又试过"战干第一、二团",也因额满见遗。考空军落第之后,他又试过"化学兵团"、"陆军官校"……最后还是听国文老师的话,报考了国立大学,被分发到四川读"电机工程"。

四年大学"贷金"项下的"平价米"、"八宝饭",把这个原先的花花公子吃惨了。在后方唯一能接济他的五叔,也因桃色案件,出了事,不能接济他。因此他患了严重的营养不良症;夜盲、疟疾一时俱来,他甚至怀疑自己患了三期肺病而不敢去做"X光透视"。透视出肺病,又有何用,反正没钱看病。

挨了四年总算挨出个希望来——一九四一年十二月八日"珍珠港事变"爆发了。为与讲英语的盟军并肩作战,我军需要大批翻译人员。

政府乃自各名大学高班学生中，把英语成绩好的，提前毕业；集中训练之后，分发到各兵种任上尉翻译官。

就这样，文孙便于一九四二年春初离开学校到昆明受训。受训尚未结束，敌军横扫东南亚之后，矛头指向缅甸，仰光已十分紧张。这时美国志愿空军所谓"飞虎队"已在仰光正式成立，重庆军委会也已正式决定派军入缅助防。孰知英方疑忌，不让我军出国，直到三月初仰光告急才正式乞援。重庆军令部乃急调我军精锐，唯一的"机械化部队"之第二〇〇师，向仰光星夜驰援；文孙一伙数人，乃奉调至二〇〇师，随军入缅。文孙被分发到"通讯连"，直属师部，归戴安澜师长直接指挥。

这次是近百年来，我军第一次出国作战，人强马壮，士气极高。师次腊戌，戴师长集合全军军官训话，要大家"别存心活着回国"。缅甸斯时是我后方对外唯一通道，戴师长要大家为着国族生存，都决心"死"在那里。

团体训话之后，戴师长更个别问话。当戴氏知道文孙还是刚出校门的"大学生"时，他坚定地向文孙说："你以前在大学是学'生'，现在到我二〇〇师来，我要教你学'死'，你有没有这个决心？"

"师长有这个决心，"文孙诚恳而悲愤地回答说，"我们每个人都有这决心。"

三十多年后，文孙回忆起来，觉得那实在是当时二〇〇师全体官兵一致的心态。

这时消息传来，敌军丛林部队由泰入缅，仰光危在旦夕。我军乃星夜南下。师次同古，只见英缅溃兵，豕突狼奔，惊恐得不成人形。仰光已失，敌军已迫近同古。说时迟、那时快，我军尚立脚未稳，敌军追兵便排山倒海而来。日军这时以席卷东南亚百胜余威，自仰光北伐，真是雷霆万钧。

戴师长决心堵住他们，乃一反作战常规，亲率师部，进入最前线

第十二章 西线有战事

高地，下令："全师死在同古！"

我军之"决心"与敌军之"疯狂"，恰成正比。敌军攻势被截，戴师长负创下令"反扑"。我军乃以同样疯狂程度"逆袭"敌军，双方进行了血肉模糊的拉锯战。

文孙本是个"翻译官"，身无武器，谁知半句没有翻译，便投入战斗行列，持枪作战。文孙使用的是他自死尸堆里抽出的捷克式轻机枪。这种轻机枪文孙在中学受军训时，只打过"空包"。谁知在同古一战，四天之内，竟打了数十夹"实弹"呢！

"上战场不怕吗？"李兰在三十五年之后问他。

"第一个小时手抖腿软，几乎不能行动，"文孙说，"第二个小时，把怕忘记了——没工夫去怕，敌人冲得太厉害，我们的神经根本麻木了。"

敌我"同古之战"，据日军战史所载，是敌人入侵东南亚之后最扎实的一次硬仗。英美盟军观察员也被打得目瞪口呆，对我军作战之勇敢，刮目相看。西方大众传播界也一片彩声。殊不知这一仗，我方所凭的只是戴师长一个"学死"的决心。论武器、装备、训练乃至单纯的人数，敌我皆悬殊若霄壤。但戴师长身负重创，仍坚持指挥反扑。终因我军伤亡过重，众寡不敌，逐渐陷入重围时，戴师长坐在担架上，仍在指挥"反扑！反扑！"……他要先逆袭、后撤退，直至他满口鲜血，眼若铜铃，坐在担架上死去。

同古之役，我军战死过半，轻重伤在百分之八十以上，也真是惨烈至极。但我军仍保持反扑能力缓缓渡过怒江回入国境。林文孙是这一役的幸存者之一，被弹片擦伤数处，尚无大碍，只是他这通讯连连长和三个排长全部阵亡，损失重大。当他们幸存者刚退到怒江西岸时，忽奉命令将余众改为"独立通讯连"，赶往仁安羌归孙立人师长节制。文孙此时创伤溃烂，本可申请回昆明住院，但为译员太缺，他自己也认为伤不致死，乃毅然接受新命，带着十余位青年士兵，改道西行，赶往仁安羌。

红色的伊洛瓦底江

文孙率领了十几个青年战士，抬着新发的通讯器材，从缅东绕道直奔仁安羌时，沿途遭到缅奸和潜伏的日谍乃至野兽虫蛇的袭击，牺牲了两员士兵，终于完成任务，抵达仁安羌外围山区。他们正在按图寻找孙立人师部时，得电要他们迅渡伊洛瓦底江，向西撤退。

原来仁安羌我军得而复失；印缅英军这时作战能力全失，向西北逃窜如丧家之犬，我军独力难支，乃尾随英军，全线撤退。

最糟的却是，英军溃败，惊恐过度。他们逃窜之后，把沿途桥梁，悉数炸毁，使跟进我军，无法渡河。

文孙一行与孙师取得联络之后，奉命加入后卫，转进西撤。当他们十来个青年抬着机器，走到伊江东岸时已无桥可行，而日本追兵已紧迫江边，与且战且走的我军，犬牙交错。江边我军千人乃泗水西渡，东岸高地敌军乃俯瞰射击。日军重炮也和西岸我炮兵，隔河对射，打得江上如疾风暴雨、闪电交加。

文孙等一行，在江边寻到一条英军遗下的橡皮筏，乃绑好机器，他们弟兄八人，半在筏上，半在水中，顺流而下，向西岸且推且划。

据文孙回忆，这时江中，遍是人头，敌人自岸上用轻重机枪瞰射，人身翻滚，河水红成一片，简直是条血河。文孙皮筏漏气，八位弟兄，未半渡，四人已经中弹随波而去。

十九岁的译电员马志强也中流弹，口吐鲜血，但他紧抓着皮筏不放。文孙也紧抓着他，最后力竭，小马伸出左手"无名指"大叫："拿去！

第十二章　西线有战事

拿去！……"原来他前月在昆明买了个金戒指，套在手指上。他现在要文孙把它"拿去"。最后他自己取下，塞入文孙手中，他手一松，乃随波灭顶。沉下之前，他还大叫："交——给——我——妈……"

这时文孙手一松，戒指也随波而去。四十年后，林文孙博士心犹耿耿——也没有能再买个戒指送给小马的"妈"——他只知道小马是湖南宝庆人。

小马战死之后，这时推皮筏前进的，只剩下文孙和另一个十九岁的收发报员小李——李志昂了。他二人用尽平生之力把皮筏推到西岸。小李先爬上岸去用力拖皮筏，文孙则在水中向上推。皮筏刚上岸，文孙忽觉背上被一根铁杠猛撞了一下——以后他就没有记忆了。

空中掉下的"美式配备"

文孙恢复知觉时，只觉口渴难忍，不禁轻微哼出："莹啊……给我点茶……喝……"

他这一叫，"莹"倒不在，四周却哄出一片欢声。文孙定睛一看，原来自己睡在一副担架上，四周围绕着一些既脏且臭，囚头垢面的青年军人。他只认识其中的一位——李志昂。李志昂看他醒来，高兴得又哭又笑。

志昂忙把水壶拿到文孙嘴边，让他喝了几口水。

"老林，好点吗？"志昂问。

"小李……"文孙呻吟地问道，"我们在哪里？……"

"老林，"小李安慰文孙说，"你挂彩呢，我们现在在山上。"

"……什么山？"

"老林，你现在能看份电报吗？"小李答非所问地说，并递上一张收电纸拿着给文孙看。

文孙看了电文口中叽咕着说："空投大批给养在五〇九高地。"

这消息一出，真是全山轰动。原来他们这一行后卫百余人已挨饿两整天，急盼总部派机空投，真是望穿秋水。有些弟兄已饿得不能行动了。并且沿途他们也看到从先头部队落伍下来数不清的饿兵、病兵、死兵而无能为力。谁知早有给养投在"五〇九高地"呢？全军得讯几乎有一半志愿走半天"回头路"，到五〇九高地去找宝。

找宝志愿队去了之后，全军已不愁粮饷，大家乃把剩下的干粮一扫而空。饥民饱食真是遍山欢声雷动——最高兴的李志昂，简直在岩石上跳起舞来。

这批寻宝志愿队行动如飞，很快就找到了"五〇九高地"。登高一看不免又喜又气。原来这些空投物资在那儿已堆积了二十多小时无人过问，却给水帘洞内的孙悟空知道了，它带了数十位猢子猴孙，先入者为王，在那儿胡翻了一通，弄得狼藉满山。志愿队向猴群开了几枪，猢猴们仓皇逃去，大家才把它们遗下的剩余物资捡回——所幸包扎牢实，损失不大。

这项空投给养，对这批农村出来的第五军大兵哥来说，真是琳琅满目，美不胜收。举几条给养清单所列的物资为例，就令人乐坏了：

  盟军丙种干粮一千五百份
  啤酒、汽水各两百罐（化学冰冻）
  裤衩、背心、回力球鞋各五百套
  三五牌、白吉士香烟一百条
  指南针、手电、手表两箱
  盘尼西林、DDT等医药用品十箱
  朱古力糖、咬糖（口香糖）各两大箱
  ……

第十二章　西线有战事

这一下，大家从逃窜的"花子军"，忽然变成有美式装备的盟军劲旅了——全军之兴奋既不待言。吃饱、穿好、精神焕发的青年军人，这时简直抢着要替"林翻译官"抬担架——真是没有林翻译官这样读英文密电码的本领，那些盟军给养，鲜甜可口的朱古力糖，岂不都被齐天大圣吃掉了？

那晚他们举办一个最欢乐的"营火大会"，会中"林上尉"简直被拥戴成观音菩萨、战场上的活救星。

林上尉之外，十几个青年也把一位上校张团附抬起来，绕火游行十余匝，高兴得要死。原来张上校则是林上尉的救命恩人。没有张上校救了林上尉一命，他们这一伙都到不了印度，大家恐怕都要倒在野人山上，喂狼喂虎了。

牺牲十个上校，救活一个上尉

张团附怎样救了林上尉一命呢？

那真是九死一生，说来话长。

我军泅渡伊洛瓦底江时，半数死在江中，使江水尽赤。那些伤者弱者，能侥幸泅上彼岸，也就死在岸上；不死在岸上，退入深山，则死在山里，死在途中。

此次我军自缅北向印度撤退，这条路事实上是白骨铺成的。可怜无定河边骨，犹是春闺梦里人！他们英魂不散，结伴还乡，抗战胜利之后，中缅边境就时时有"过阴兵"的奇事出现。

奇怪吗？迷信吗？朋友，你如为祖国生存而战死异域，你如英灵不散，你想不想回到你为它而死的可爱的祖国，回到你的亲人身边来!？为祖国生存而战死，真就一死了之吗？

林文孙博士那时在水中中弹，本已伏尸岸边，奄奄一息，不到明朝，他也就要和岸上惨号哀叫的轻重伤兵同归于尽了。想不到天黑之后炮火稀疏时，时任我军后卫指挥的张上校忽然灵机一动，他认为要在队伍中找一名英语翻译——因为此去翻越野人山入印度与英美盟军打交道，尤其是对空联络，争取给养，非有"通番语者"不可。他遍找无着，最后却碰到了李志昂。

小李本来以为林上尉已阵亡了，而张上校坚持去看看。二人才又找到那半截仍在水中的林上尉的"尸体"。小李认为老林已死了，但是张团附求才心切，他试试林上尉尚有"微脉、微息"，乃找了副担架把文孙自水中捞起，并略施急救。

那时岸上轻重伤官兵数百人，无人过问，哀号之声，惨不忍闻。但是张上校却坚持把这具"死尸"抬走。担架兵不服，张上校乃拔出手枪，担架兵如不听命令，势必同归于尽。这样他们才把这具"死尸"又抬了十来里。张上校本来也自觉无望，打算把"尸体"丢掉。

谁知文孙命不该死，他们在路边碰到一个落伍英军的医疗小组，正在为落伍英军包扎疗伤。张君乃做手势，希望英医官帮忙，而这英医官则摇头不干。老张火了——他想到英军在仁安羌被救，然后过河炸桥的恶劣作风，乃拔出手枪，指指自己的"上校"领章，意思是以"盟军"上级的身份"命令"他们按级别医疗，因为英军伤兵最高级的只是个受轻伤的"伍长"。

这位英军的少校军医傻眼了，同时他对仁安羌获救和炸桥，也有些感激和内疚之情。当他遵命对文孙的"尸体"稍一检查之后，他就认真地动起手术来了——因为他看到文孙袋中的文件，知道他是位通"英语"的上尉联络官。

英军这位医官医道甚好。他利用汽车车头灯和手电为文孙开刀并输血，一切遵命做好之后，他还是摇头做手势，说不到十分之一的希望。

但是经过这次手术，文孙的脉习和鼻息都增加了些，使张上校稍存希望，乃继续兜"尸"入山——死马当活马医。

他们百余人的后卫军，大家在张上校指挥下轮流抬担架，然山路崎岖，也真是难如上青天，有好几次连张上校也松动了，要把文孙留下，因为大家实在疲癃残疾，无力再抬也。可是这时随行电台则收报频频，显然都是英文密码，对他们简直是"有字天书"。张上校眼看路边条条的腐尸，尤使他坚定地想到，他们生存的希望全在这几张"有字天书"之上——他坚定不移地认为"宁牺牲十个上校，也得救活一个上尉"——这上尉在他们的行列中是唯一的"通天教主"，要读有字天书与上空通话，就只有希望他早日醒来。

苍天不负苦心人，这条原是"死尸"的林上尉，居然醒过来了。

鲜血和温情

自从与印度盟军取得联络后，这支张上校率领下的后卫队便不再有掉队落伍和倒毙的现象，全队士气甚高，并利用空投担架沿途收容落伍的伤病官兵，并掩埋既死弟兄的尸体——十余日的行军，经他们掩埋的腐尸，竟在一千具以上，有一处竟有三十多位官兵，坐在一起，集体死去，怎不令人惊心动魄！

他们这一批后卫都是二三十之间的小伙计，酒醉饭饱之后，有时苦中作乐，也还作些爬山比赛、歌唱比赛呢。遇着毒蛇猛兽，大家还追逐打猎取乐。一次他们打死一条大蟒蛇，顽皮的士兵用刺刀把蛇肚剖开时，竟然发现其中有手榴弹、钢盔和人骨，使大家大惊失色。

他们这后半段旅次行军，虽然颇称欢乐，而林上尉却病情恶化，创痛难忍。最初随行的医疗上士还能用空投针药为他止痛，其后也渐渐失效。后来文孙看空投药品中有种"盘尼西林"新药,乃请他注射试试看,谁知此药有副作用,加以药量过分,一针之后,文孙喘息不止,很快便昏了过去。张上校和全军都慌了手脚,所幸不久他们就听到火车汽笛声,终于安抵印度。当地医疗设备齐全,军方乃用救护车把林上尉接去了。

文孙再次醒来时,只听见耳边有一个柔和的女子声音在叫:"Captain, captain……"他慢慢把眼睁开时,发现自己躺在个圆形蚊帐之内,帐外微弱的灯光之下,站着个手中捧着残月形的银盆子的白衣少女。她见文孙醒来,乃把帐门打开,并轻声地用英语说:"Captain, how do you feel?"

文孙看到她,不自觉地就想坐起,但却发现两臂被绑在床上,床边挂着玻璃瓶。

"……啊,莹妹……莹妹……"文孙不自觉地呻吟着。

"Captain,"这白衣女郎亲切叫着,又用生硬的中国话,说,"我不是莹妹,我是Lily,莉莉,你的美国护士……"

"……啊……啊……莉莉……"文孙感到很亲切,正要再说一句时,忽然一阵腥味,冲向喉头——他要呕吐。莉莉一见此情乃把银盆弯处塞向文孙颈下,文孙哇哇地吐个不停,几乎吐了一整盘的浓血。

莉莉换了个盘子,又用清水让文孙漱口,把文孙腮边颈畔余血,用温水擦净。她让文孙喝了点冰水,又在文孙肩上轻轻地拍着。

"Captain,"莉莉用英语温柔地说,"You will be all right. You are in good hands."

"这是什么地方?"文孙也用英语问她。

"India,印度。"她用双语回答,并笑一笑。她的甜蜜的笑容,使文孙感到无限温暖。

"印度……印度……"文孙重复一下,又用英语问道,"莉莉,你是中国人?"

"我是美国华侨,爸爸是潮州客家。"莉莉微笑着说。

"啊……客家……客家……"

"上尉,您休息一会吧,"说着莉莉放下了蚊帐,又在文孙额上吻了一下,笑着说,"我们以后谈话的机会,多着呢——叫我就揿铃。"

莉莉收拾了一次,又站在帐外半晌,要文孙把眼闭了,她才离去。

绑起来 kiss 他

莉莉是林文孙博士于一九四二和四三年间在印度养伤时的生命源泉。

通常一个在死亡边缘挣扎的病人,人生观都会悲观消极,脾气也会变得反常和古怪,甚至精神分裂。可是林文孙在最危殆期中,四肢和下半身似乎都呈麻痹状态时,他也未改掉他那乐观积极的人生观,和幽默、温和而正常的个性——最大原因便是他有个莉莉在侧,日夜陪伴着他。她很甜、很美。她那健美而有曲线性感的体形,尤其是一般中国女青年所没有的——她是在游泳池、健身房锻炼出的美国华侨嘛。

莉莉有一般美国女孩子的活泼、爽直、聪明、手脚勤快等许多优点,但是嫣然一笑,半推半就,也是十足的东方少女的味儿——妩媚温柔。最重要的还是她对文孙细心体贴,照顾得无微不至。她灵魂里那颗英雄崇拜之心,和对父母之邦的爱慕,使她把文孙看成白马王子,梦里情人。照顾他简直变成她(正如她自己说的)"生命的意义"。文孙也承认,他在印度养伤期间,如果没有莉莉,他真不知道他自己如何活下去。用文孙的话来说,她也是他的"生命的源泉"。

莉莉出生于洛杉矶,姓伍,中文名字叫瑞莲,是个第三代华侨。她爸爸生于中美牙买加,但却在广州的培正中学毕业。她祖父则是一名

"苦力"，客家人，在清末渡海去中美洲做工的。后来举家移民美国，在洛杉矶落地生根，开了个大餐馆。莉莉的妈也是一位"土生华侨"。

莉莉十七岁中学毕业之后，便进入一所护士学校，护校毕业乃受雇于美国陆军医院当护士。她受父母影响，同情祖国抗战，乃请调到印缅战场服务。刚下机不久，就碰到林文孙这一批重伤官兵。在文孙未恢复知觉时，据莉莉后来告诉文孙，她那时已深深"爱"上这个"上尉"——文孙是莉莉所看护的第一位青年中国军官，也是唯一能说流利英语的一位军官。莉莉想不到祖国的军官是如此勇敢、英俊、温存而可爱。她竟公开告诉她那些黑白分明的同事姑娘，她爱上林上尉。那似乎是她生为"华裔"的特权：她也为她这份特权而感到骄傲；同事姐妹们居然也羡慕她。

在文孙住院不久，孙立人、杜聿明、史迪威诸名将都曾来院视察，向伤员官兵握手慰问。一次文孙正在病榻上闭目养神，忽见莉莉穿着鲜明的新制服，头戴鲜花，身佩金饰，珠光宝气地推了个银色小车，车上有一个大生日蛋糕，含笑而来。她身后跟着一群中西同事，人人张开嘴欢天喜地。他们走到文孙床前，车子一停，一个黑护士便举手指挥，大家大唱其"Happy birthday to you"，原来这天是阴历重阳节，文孙的生日——他自己倒忘记了。

大家吃蛋糕、喝啤酒、拆礼品，忙得不亦乐乎。莉莉送文孙一对金笔，笔上刻着感人的爱情词句，那是从洛杉矶订制寄来的。莉莉的父母也寄来名贵的"柯达35"照相机一架，其他各人也各有所赠。这是一个"惊异派对"（Surprise party），而最令文孙惊异的则是重庆军委会一个大信袋，拆开一看是一张奖状和升级派令——林文孙上尉升级为少校。大家又是一阵轰动，有人乃向莉莉大叫："Kiss him! Kiss him!"莉莉去向文孙额角吻了一下。群众不服，莉莉乃闭起眼睛，伏在文孙身上，认真地热吻起来——大家鼓掌称赞，才结束了这个生辰大会。

第十二章　西线有战事

莉莉之热吻林上尉已经不是第一次了。最初她作"晚安吻"时，只吻上尉的额角，后来就"热吻"了。林上尉最初被绑在床上，没有拒吻的自由。后来双手自由了，他就抱着莉莉让她尽情地热吻——本来嘛，一斗亦醉，一石亦醉。吻一次和吻一百次有何分别？这是可以向未婚妻叶维莹明白解释的。不过他二人当众热吻，这还是第一次。吻后，那未见过洋市面的土包子林少校，红着脸，好不难为情！

"藤绕树，树缠藤"

林文孙上尉既升级为少校，按盟军规矩，重伤校官可享有专用病房，和专用护士。林少校乃按规矩被迁入幽静的专用疗养室，莉莉奉调为专用护士，二人就更是出双入对了。

当文孙因伤及神经而四肢欠灵之时，他无法坐起，因此沐浴、便溺，都在床上。此事院中本有"男护士"担任，但这些男任女职的家伙，多半粗手粗脚，马虎其事。收拾残局还得莉莉亲自动手——她不忍心看自己心爱的中国青年军官，被洋护士弄得臭烘烘的。最初她只是收拾残局，后来就干脆全部自己动手了。

原本在半死状态的伤兵，被一位护士小姐洗涤一番，有何足异？可是数月之后，文孙健康逐渐恢复，眼看一位心爱的美女，在自己下体推来抹去，那就有不同生理上的反应了。因此每逢莉莉代为洗涤时，文孙虽力持镇静，但自己毕竟是个二十三四岁的大兵哥，也禁止不了《聊斋志异》上所说的"蛙怒"。每逢"蛙怒"，莉莉有时缩手微笑，并向文孙耳边微语说文孙已"恢复生命"了。

文孙总是拉着她的手，自己闭着眼作气功，以图恢复常态。

文孙迁入疗养室之后，已可乘轮椅，由莉莉推着外出散步。每日早晚要做些强迫运动也全由莉莉服侍。莉莉的工作本是每周四十小时制，但她陪伴林少校有时一日便用掉一周工作时数的一半——二人可谓形影不离。院中谁也知道他二人不平凡的关系——这要在古老中国，那就谣诼满天、人言啧啧。

但这是座讲英语的盟军后方医院，哪位黑白护士小姐没有一两位"男友"呢？只是她们的男友换来换去的，多半只是些军曹、上士、沙津者流，莉莉伍却找到个"少校"，从一而终罢了。任谁也不觉有什么不平常！

但是莉莉是个多情少女，她多次含着眼泪在等着少校来 propose（求婚），而文孙总是心有矛盾——小莹可能还在等着他嘛。

"莉莉，我的甜心，"文孙总以英语解释说，"小莹在等着我嘛，我第一次苏醒过来，不是把你当成她吗？"

"甜蜜的、亲爱的，"莉莉总伏在文孙胸前说，"五年了嘛，小莹怎会等这么久呢？她早嫁人了嘛。"

"中国妇女能守呢！"文孙说，"你看过《王宝钏》，她守了十八年呢！"

"Fictitious, fictitious……"莉莉流着泪，又咬文孙的耳朵，又咬他的颈子。莉莉说，文孙如不向她求婚，她就要向文孙求婚了，因为今年是"闰年"。

"Winston dear，"莉莉说，"我向您求婚，您忍心拒绝吗？"温斯顿是莉莉替文孙取的洋名字。文孙很喜欢这洋名字，以后他就用了一辈子。

莉莉不只是要占有少校，她也为文孙健康担心，因为医生说文孙还得开一两次刀，才能真正复原。莉莉希望他跟她回洛杉矶，那儿医疗技术好。莉莉的爸爸，并寄来了两千元路费。

莉莉是个客家小姐，会说客家话，还会唱个客家小调。高兴了她就唱给文孙听，那也是她的恋爱哲学。那歌词似乎是：

第十二章　西线有战事

出山只见藤绕树，
入山又见树缠藤。
枯藤绕树绕到死，
老树缠藤死也缠。

莉莉是有决心的。她要绕文孙绕到死；她也要文孙缠她死也缠啊。

"打倒洋基种族主义"

当莉莉和温斯顿正在难舍难分之时，驻印我军已训练完成，开始反攻缅甸，并修筑印缅公路。军中有令，驻印伤愈官兵一概返回建制，参加反攻。

莉莉认为文孙伤势尚未复原，不应重上战场；文孙也不想再着征衣，但军令难违，二人乃洒泪而别。

这次战争是攻守易位了。我军进攻，敌军死守。在一个孤立的山头上，敌军数百人被围，但是却死守不降。我军工兵乃凿隧道装炸药，加以爆破。文孙则陪同盟军爆破组的一位约翰笙少校，向上爬行观察，孰知他二人太接近爆破点了，只听一声爆炸，天崩地塌，山石凌空而下。约翰笙少校竟被一块坠落巨石，活活砸死；文孙则被碎石击成重伤，被抬回战地医院，昏迷数日，又被转来原后方医院开刀接骨。

文孙醒来时，只见莉莉在一旁哭成一团，口中并不断地说："Oh, dear, you've had enough. Enough!……"

文孙也不知道自己何以又回到这医院来。但他看到莉莉时，简直忘记重伤在身而高兴得要死。莉莉也被他弄得破涕为笑。

文孙在这医院内又快乐地住了三个月，一天忽然全院轰动，莉莉气喘地跑来，说我军使用原子弹，日本马上就要投降了；果然接着便是日本投降的消息。

"God. No more war!" 莉莉伏在文孙怀内，为此好消息，泣不成声地说，"Dear, let's go back to the States and get married."

文孙虽然已能扶杖徐行，但仍是羸弱不堪，一切没了主意，而莉莉则表现得十分坚强。她决定，纵是绑票也得把林少校绑到洛杉矶去结婚——她太爱他了；他显然也离不了她。莉莉和父亲通了电话，父亲又汇来一笔四千美金作他二人路费。并特别关照：林少校重伤，一切交通工具，务必用头等。必要时他可派儿子来接。文孙也为老人家盛情所感动而涕泪滂沱——他心中也有无限矛盾，不知如何是好。

莉莉身怀巨款，乃四处奔走，一心一意要把男友接到洛杉矶。谁知道这世界就这么冷酷，这民主国家就这么不民主！她哭倒长城三百里，仍是寸步难移——美国对华侨移民，是一时不让的，慢说是"男友"、"未婚夫"，就是华人的妻室儿女，每年在一〇五名配额之外，也休想越雷池一步。

哼！"支那曼"要向美国移民？休想！

这一态度几乎是所有美国使领馆执事人员所共有，扳摇不动。

莉莉四处哀求、哭闹，屁用没有。她的顶头上司的军方，且因史迪威事件的不快，而用带有侮辱性的语言，认真地训斥了她一顿，使这位二十岁的少女初次认识到人性丑恶与残酷的一面。

最后，我方伤员兵员奉命撤返祖国，当文孙的推床被推向运输机时，莉莉拉着文孙的手，随床飞抱哭叫。当她被几只长毛的手自机门边拉开时，莉莉哭倒地下，大叫："打倒洋基种族主义……"她昏厥了，被人拖上了一辆吉普车，开出机场去。

第十三章

还乡和去国

也算是"胜利还都"

林文孙少校黯然地飞越驼峰,回到前途茫茫的祖国——这时已是四六年的初春,国共谈判正在密锣紧鼓地进行着。文孙被暂时送到一座设在成都郊外的军医院内。这座临时搭起的医院之脏、之乱、之挤,和驼峰那边的军医院相比,简直判若天壤,使他内心隐隐作痛。

最令文孙难以忍受的,则是他看到报章杂志上所载,国共两党和第三方面的政客争权夺位的言行。文孙想想同古、仁安羌、野人山和史迪威公路诸战役的惨烈情况,又回忆到他所敬佩的戴安澜师长和可爱的小马马志强,和亲眼目睹的血肉模糊的千万条死尸⋯⋯再想想自己的遭遇⋯⋯真的,这千万个纵横沙场的死尸,就是为这群哗啦哗啦的党棍官僚,制造祸国殃民的机会吗?文孙茫然了。

这时医院中因人数太多,也发出通知,凡愿出院、复员退役的,一律发饷三月遣散。至于如何取道还乡,则无明文规定。文孙正在踌躇之时,忽然收到通知,嘱往军需处请领三个月"中校薪饷""自动退役"。

这样文孙才知道,自己因伤又晋升一级,但是他迄未收到"国防部人事处"的正式派令。

脏乱的病院既无可留恋，退役就退役吧！文孙思乡情切，想到父母妹妹和未婚妻，恨不得插翼东飞。

他从病院扶杖迁入一个悬着"未晚先投宿，鸡鸣早看天"牌子的小客栈；再由小客栈而进入成都市区，一人在街头徘徊，想乘舟或搭车东下。谁知蜀道之难，固然难如上青天，而巴峡巫峡，千里江陵，结伴还乡，出蜀之难亦难如上青天。按时人估计，"下江人"如无特殊身份者，要想出川，恐怕还得再等两年！

文孙流浪街头，心急如焚，却无计可施。谁知苍天有眼，一次在成都街头，忽有一群美国小兵向他问路："如何到'快活林'饭馆消夜？"文孙流利的英语，使这些大兵哥一见如故——他们乃约文孙一道来个"荷兰式"的消夜。文孙问起才知道他们是"美国十四航空队"的运输兵。当他们知道"林中校"急于东下，一位名叫卡尔曼的上士问文孙何不搭他的飞机东下，明天就走？

得来全不费工夫，文孙真喜出望外。第二天上午十时文孙依约赶到成都机场，向卫兵说明来意；那美国大兵乃向那几架装货待发的运输机一指。其后亦无人查问，文孙便走向一架飞机。当他扶杖挣扎上机时，机上下来两个美国小伙计，便把他架上去了。上机一问，才知此机果然直飞南京大校场。文孙问卡尔曼上士在何处，机中谁也不知道"卡尔曼"是老几。那两位扶他的小伙计则自我介绍：一个叫"毕尔"，一个叫"斯迪夫"。他们和"温斯顿"颇谈得来。

就这样文孙便糊里糊涂、嘻嘻哈哈地飞到南京大校场机场。斯迪夫又找到一部吉普车，把"温斯顿"送到市中心的"新街口"，才"拜拜"而去。

林文孙中校也算是"胜利还都"了。

第十三章　还乡和去国

"活着回来，就不错啦！"

一九四六年初春时的南京虽然显得有点残破，但毕竟是抗日新胜，国共和谈也得到似乎完满的结果，人心充满希望。加以高官富商的挥霍，市面也逐渐恢复繁荣。六朝金粉，看来居然余韵犹存。

文孙扶着个伤兵拐杖，在新街口踯躅些时，也无心欣赏街景，乃挤上开往下关的"小火车"；再由下关挤上轮船，由轮船换民船——循他中学时代暑假返乡的老路，便在柳和集的柳荫之下，颠颠簸簸地上岸了。

林文孙这个"林三少"，八年前在柳和集是无人不识的。可是这次返乡时，人家只把他当成一个过路的伤兵了。这伤兵左肩挂着个帆布袋，右腋下夹着个木拐杖，缓缓地向当年的林家庄方向走去。

他举目四望但见青山如旧，绿水长流，但那四周古木参天、楼阁巍峨的林家庄，却神秘地从地面上消失了。不但那些合抱的古木、榆、柏、松、栗等大树，一棵不存，连那庄前广袤数十亩的翠竹，也一竿无余。没有这些东西，文孙感到这地方太陌生。

这伤兵摸到池塘边，却见一排半茅半瓦的矮屋——那似乎是当年的"低仓房"，有几户人家。文孙问两个幼童："林家在哪里？"幼童摇头不知。一位老大娘却自屋内走出，告诉伤兵说在"老马房后面"。文孙掉转头，自一摊摊猪粪的泥场上，转向"老马房"——这儿他还有点认得。

老马房前的主屋"演武厅"不见了。后面的马棚，却被加上一面墙，变成住宅。当文孙走近这座矮房时，只见一位白发老人坐在门外一只小摇椅之上，摇呀摇地抽着旱烟。文孙看他似乎是爸爸，乃高兴地努力走向前去；还未即叫出，那老人已站起来问道："同志，你是哪里来的？"

文孙赶上前去，一把揪住他，眼泪潸潸而下，但却笑着说："爸，我是文孙！"

"你是文孙，小三!?"爸爸几乎将信将疑，老人细看哭泣的"小三"，自己眼角也显得湿湿的。

"爸爸，我是小三！"小三抱住老人的两臂，又哭又笑地说。

"小三，你怎么搞成这样子？"老人也流下眼泪。他又回头向屋内大叫："妈妈，小三回来了。"

屋内顿时有两位妇女和一个七八岁的小女孩跑了出来，文孙一看前面跑来的是妈妈，乃一下把拐杖和帆布袋丢在地下，近上去和妈妈拥抱起来，号啕大哭，把那小女孩，也吓得哭起来。

"宝宝，"妈也哭成个泪老人，气喘吁吁地说，"你怎么变成这个样子？……"说了又哭，哭了又说。

"周嫂，"爸爸向那中年妇人说，"你去烧点水，给少爷洗脸！"

周嫂去了。老人又转过脸来向他母子说："别哭了。活着回来，就不错啦！"

死 讯

八年抗战把中国的历史扭转了方向。它也扭转了一个抗战青年个人和家庭的命运。

抗战开始之日，林文孙这位青年还是个浑浑噩噩、不知人世艰难的"浊世佳公子"——如花美眷、似水流年，日子过得多么满足惬意！八年之后，百劫归来，他已变成个身负重创、步履艰难、囚头垢面、未老先衰的伤兵。瞻念前程，何择何从，也没个主意。

八年前他离家之日，林家庄还是个楼阁巍峨、庭院深邃、古木参天、花香四溢的地主大庄园。八年之后，那儿却变成一片荒烟蔓草、瓦砾遍

第十三章　还乡和去国

地、狐居鼠宿的义冢孤丘。

但是正如俗语所说，"金窝、银窝，不如狗窝"。林文孙总算又回到父母身边。爸爸说："活着回来，就不错啦！"文孙也的确为此而感到幸福和满足——今后的打算，也正如八年前未婚妻劝他的："夫妻恩恩爱爱，当个小学教员，过一个平平安安的幸福生活……"

小莹那时这番话，对那位糊糊涂涂的林三少爷来说，未免太消极了一点。三少听了，口头赞成，耳朵上只是一阵风。如今百战归来，当年"为妻的忠告"，倒为腹中颇有哲学的林伤兵所梦想的归宿——这是未老先衰的征兆呢？还是九死一生的醒觉？

一阵冲动的"感情"过去了。爸爸在饭桌上也谈到"今后打算"的"理智"。文孙说他想找个"中学教职"，然后和未婚妻叶维莹结婚。

"你说那个姓叶的丫头吗？"爸爸惊奇地问，又接着说，"她是共产党派来做你工作的呢。"

"爸，"文孙郑重地说，"叶维莹不是共产党派的——她思想左倾倒是真的。"

"她不是共产党？"爸又反问，"她还是个共产党头头哩。我们的房子，就是她指使'贫农团'拆掉的……"

"爸，不会的，小莹不会的！"文孙说得有点急促而惊异。

"不会的？"爸又说，"战区还通缉过她——我也被连累上呢！"

"不会的，不会的……"文孙将信将疑，但还坚持"不会的"。他又问小莹在什么地方。

"她死了呢！三啊。"妈从厨房取汤出来，也插句嘴。

"死啦？……"文孙不免一怔。"年纪轻轻,怎么死啦？"文孙问着，两泪盈眶。

"她舅舅朱光直，还来向我要去五十块钱，买棺材安葬呢。"爸说。

"她死在舅舅家？"文孙眼泪直流。

"她死在共产党山寨里,她舅舅抬回来的。"妈又插句嘴。

"死在共产党里?……怎么死的?"

"他们共产党,男女混杂,共产共妻!哪知道她怎么死的哩?"爸说着叹口长气。

那晚文孙发高烧,胸前伤口又流血,爸在房内来回踱方步。妈则坐在文孙床沿上,不时流着眼泪——二老也都一夜未睡。

无墓之哭

"小莹之死"使文孙把人生的意义,看得更淡,连个小学教员也不想当了。身上热度减退了之后,健康稍为改善,文孙自轿行叫了一顶轿子,到县城去,想看看小莹的舅舅朱光直,再到小莹墓上哭奠一番。

当他去百合药铺讯问时,才知朱朝奉已死,遗孀住在后街。文孙按址找到了"舅妈",她住在一个草棚内像个乞丐,彼此都不认识了。解释清楚之后,舅妈先要文孙买点东西给她吃了,然后带文孙到北门外去"扫墓"——"也上上舅舅的坟",因为朱朝奉也葬在那儿。

舅妈老了,眼睛不灵,脚也跛了,不良于行。文孙是个伤兵,也得扶杖而走,但他还得搀着舅妈,缓缓向北门外走去。沿途舅妈又吩咐文孙买点香烛纸马。文孙自己也买了些小莹生前喜欢吃的糖果点心。二人相扶,慢慢走出北门外义冢上去。

这义冢在一座丘陵之上,占地百余亩。新坟旧坟,相重相叠,不下数千冢。冢间除一些矮小的野树点缀其间之外,则是一片荒草。暴露的白木棺材,随处皆是。人骨骷髅也累累狼藉地上。有些掩埋不周的新葬处,则发出隐隐恶臭。

舅妈在出城之前,似乎很有做向导的信心,可是一入荒丘,她就

第十三章 还乡和去国

完全迷失了方向。她东指西指,已不辨南北。慢说找不到小莹的孤坟,连舅舅葬在何处,她也茫然了。

二人在荒草残坟之间,踏来踏去——孤冢三千,卿藏何处?文孙环顾四周,知道小莹埋身之地就近在咫尺。"但是,莹妹,"文孙默念,泪从颊下,"你究竟在何处?……莹啊,文孙回来了……死而有知,指点一下嘛……"

文孙默念之下,且哭且找,找了数百处,痕迹全无,最后情难自持,乃瘫坐于一具枯棺之上,抱头放声痛哭。在这百亩荒坟之间,四顾除三两只野狗之外,无一个人影。文孙情不自禁,又扶杖起立,四向大声哭喊:"莹啊——莹妹——你在哪里?你在哪里?"

这时舅妈也哭跪于地下,拍地哀号、大叫其"老头子,你在哪里?为什么不带受苦的人一道去?"……

他二人一个哭爱人,一个哭老头子,各自尽情痛哭,彼此不相顾。哭了足足有两个钟头之久,心头才稍觉宽舒。

最后舅妈在一块断碑之上,铺开祭品,摊开纸箔,烧起来,二人又哭拜一番。这时天色已晚,不雨长阴的天气,也洒下三两滴微雨。文孙才搀着舅妈,送她回草棚去。

文孙留给舅妈两千元"关金券",舅妈也交给文孙一件小莹遗物——一个小梳头盒和一个小木梳。文孙认识那是小莹演戏时化装的用具。文孙收下了,便独自走回街中,顺便往八年前他和小莹谈情说爱的"张家花园"一看。只见围墙已倒了数处,园内除那棵大柳树枝叶尚茂之外,一切景物全非。他二人当年的"洞房",那个坚实的防空洞,却住了些乞丐;洞上的"一览亭",也不见了。睹物思人,这位当年的林三公子,今日的伤兵,不禁悲从中来,一时颇有出世之心——人生竟是如此的空虚吗?

文孙沿街彳亍,看到一家小旅舍,乃投宿其中。只希望倦极而眠,魂梦之中，小莹能再度出现，携手话旧。可是他却失眠通宵。只一次，似乎蒙眬入梦，果见小莹踉跄走来；文孙忙抢上去，一把把她抱住，小莹抬头一笑，原来却是莉莉，文孙一惊便醒了——全身冷汗，再也不能入睡了。

靠在床上苦思数小时，还是披衣坐起，燃起菜油灯。在微弱灯光下，在自己的怀中日记里，写下一首纪念小莹的小词——那就是田军和李兰她们在电影上看到的那阕"一抔知何处，抆泪向黄昏"的悼亡词《临江仙》。

这一晚正是他二人订婚的第八周年啊。

喜听慈亲唤乳名

经过在义冢上几个小时的放声痛哭，文孙回家之后，心境安宁多了——因为这样发泄内心的痛苦，全世界上只有"北门义冢"这一处了。

文孙在家中住了个把月之后，在妈妈的悉心调护之下，健康逐渐恢复，伤兵拐杖也可不用了。住在这马房之内，文孙也有说不尽的怀旧之心，因为这马房里最后一位住客——"老打圈"，原是小莹最爱的良马。他二人每次送"老打圈"回房，小莹都依依不忍离去。因为"老打圈"爱上女主人，女主人也爱它，说它有灵性，文孙曾戏劝小莹住在马房里。如今人马俱杳，唯房独存，所以文孙对此房有特殊感情，住在里面心安理得。不过一家四口加周嫂，住三间马房，未免太狭隘了些。爸爸乃叫胡小茅匠在屋侧向阳之处，又增搭一茅草"披厦"，装上玻璃窗。窗外万顷水田飞白鹭，茅舍远近，炊烟袅袅，看来也颇赏心悦目。

林家马房外原是个百年有名的大花园，有异草奇花数十种之多。抗战被毁，名花无人照顾，多已变成野花。但是春深草长，仍是香满荒

第十三章 还乡和去国

园。茶余饭后，文孙偶陪二老，散步其间，亦颇有田园之乐。有时敲针作钓钩，文孙携幼妹去大堰塘垂钓，亦每有鲜鳞佐膳。

地球如停止转动，人世如驻颜有术，则田家之趣，天伦之乐，也可说是还乡游子复何求了，何况是烽烟遍地的乱世！

妈把文孙的床铺搬入此窗明几净的新披厦，要他好好养息。爸爸也购回些线装书，并订了一份上海《大公报》。文孙如今身边既无一本专业书籍，每日读书阅报，有时也就和一些爸爸的朋友，谈诗论文，伤时忧国一番——此时华北烽烟再起，马歇尔元帅调停无功，尤为众心所系。老辈吟诗感叹，文孙亦颇喜诗文，赋闲乡居，也跟老辈写了些诗文寄慨。

四十年后，他还记得其中一首七律。诗曰：

> 又向田园策杖行，使君归与白鸥盟。
> 惭肩破笈还乡里，喜听慈亲唤乳名。
> 诗兴已因时乱减，病余翻觉此身轻。
> 遥看烽燧忘春意，窗外丛枝漫着英。

如果天下承平，归隐渔樵，不是人间之至乐吗？此诗亦写实也。

"古董参议"的愤慨

在恬静乡居的环境里，文孙住久了亦渐有所感，原来每次吃饭，二老都把肉食捡给文孙和小妹；二老自己，尤其是妈妈，简直整月素食。这样文孙才看出家中经济拮据，肉食维艰。

"爸爸，"文孙一次问老人道，"你和妈抗战八年怎样过来的呢？"

"做个'古董参议'嘛。"老人微笑回答。据说抗战期间的"司令长官"和"总司令",都是"儒将",酷爱古董。他们知道林家多的是古董;林家主人破落堪悯,也需要他们保护。双方情投意合,一方捐古董、一方下聘书,这样林伯章就做了七整年的"古董参议"。直至日本投降,林参议再没古董可献,战区也不要人民来"参议"——参议头衔裁撤,林"参议"只好回老马房做林员外了。

"那时有人骂我热衷,"林前参议感慨地说,"用无价之宝的古董,换有名无实的参议。其实我们老'京议员',还稀罕什么省级'参议'?只是找个名义抵挡抵挡那些横行霸道的乡镇干部,领点干薪过活罢了。"

文孙很奇怪,他爸爸有良田千顷,为什么还要靠一份参议的"干薪"过活呢?

老人说,抗战期间苛捐杂税多着呢,什么"汤粮"、"豫粮"、"省级公粮"、"县级公粮"、"大户余粮"、"保安公粮"、"教育公粮"……没止没尽的。那些混账乡镇干部,自己是暴发户地主,却为自己免粮免税,把一切税捐,都派在传统大户人家头上。

"我的百顷良田收一百年,也不够完他三两年之粮,"爸爸气愤地说,"你看这些东西混账不混账!?"

老人又说,交不了粮,他们就抓人。老人躲在省府招待处,他们就抓"佃户"——在农忙时抓佃户;佃户被抓,老婆孩子就来哭诉,没止没尽的。一次林参议火了,自己具备一件"捐献文书",把家中所有的田契拿出,一起送给省府"田粮处",把田地一齐捐献作"抗战军费"。谁知这些田契却被原封打回,说是"积欠未清,碍难接受"云云。

"你看国民党这些官僚党棍,有没有丝毫天理国法、人情良心?"爸爸气得把胡子直吹,又说,"以前我们当议员,总说袁世凯不如西太后;现在看来,蒋介石也不如袁世凯!"

"抗战后政府不是把欠税豁免了吗?"小三好奇地问。

"这是蒋介石,"爸爸说,"但是共产党又来了嘛!它鼓动佃农打倒地主,抗租抗税。我们的田,去年一粒米也未收到。"

"按理呢,耕者有其田,他们抗租抗税,也未可厚非。"文孙这位大学出身的地主儿子,态度倒颇为开明。

老人并举出个实例来,说,文孙的表姨父周道谨,交通大学毕业,一直住在上海。抗战胜利前夕,他怕美军在上海登陆、轰炸,乃举家溜回家乡无为避难,一回乡便被抓到了。话也没有问一声,便当着表姨妈面,用铅丝把表姨父勒死了。

"除了有几亩地之外,你表姨父犯了什么罪呢?"爸爸气愤地说,"这年头,不成个世界啊!"老人更是感叹不置。

这是文孙第一次听到表姨父被杀的消息。表姨父以前一直是文孙心目中的英雄,因为他是上海交大毕业的,而进上海交大则是小学时代文孙就有的"雄心壮志"。他这次为表姨父之惨死,也不禁欷歔流涕。

谢区长的威仪

"爸,我们现在靠什么收入过活呢?"文孙听了上面惊心动魄的故事,不免又补问一句。

"我们靠卖田嘛。"老人说。

"爸,你不是说地主收不到租米吗?"

"我们收不到,"爸说,"他们乡镇长收得到嘛——他们有枪,有'保安队'。"

"贫农团不是抗租吗?"

"抗我们的租!抗他们的租,他们就活埋掉他……"

"保安队为什么不能保障我们收租人的利益呢?"

"他要保障我们，我们就不会卖田，他们也就没得便宜可捡了。"爸慨叹地说。

爸爸说，这些新地主阶级的乡镇长，都希望老地主破产，他们可以捡便宜田好买。祖父分给文孙那份"水旱无忧的长房长孙田"，便是被一位狡猾的谢乡长，"连骗带抢，软硬兼施，买去的"。

"爸，你说我那初中同学谢正彦吗？"

"正是那东西，"爸说，"混账至极。"

"谢正彦？……"文孙想起那白胖胖的小家伙。

"他强买我田之后，"爸说，"他又有点怕了，又问我要不要赎。"

"他怕什么呢？"

"他听说你在新六军当团长嘛。"

"哪来这谣言呢？"文孙笑了。

"你从成都来信，说在新六军任中校，中校不是团长嘛？"爸说，"我把你来信给他看了，他就问我要不要赎田……说不定他心里打算还想靠靠你呢！至少不能欺侮你爸爸。"爸说着大笑起来。文孙也觉得好笑。

天下事，真无巧不成书。就在他父子谈起谢正彦的翌日，谢忽然带了两个卫兵（挂着带刺刀的盒子炮），骑了匹枣红马，另带一担礼品，专程来林家拜访，真使林氏全家受宠若惊。

这时正彦已经知道文孙不是什么"团长"——团长云云只是林文孙爸爸"放的空气"。不过林文孙纵使不是团长，一员新六军的中校，也是值得巴结的，何况是老同学。

谢正彦现已升任西山东区"区长"，直辖几个"乡"，包括柳和集。他穿一套藏青色哔叽新西装，大红领带、金袖扣、金戒指、宝石胸针、亚米加金手表，显得珠光宝气。只是全新黑皮鞋上，满是灰尘，有点不调和——乡间土路灰尘大，不得已也。

老友重逢，二人相谈甚欢，谢区长招呼卫兵自礼品筐中取出两瓶"五

第十三章 还乡和去国

加皮",一条"强盗牌"。文孙不收,正彦强迫他为"老伯"收下,放在桌上。

"林文孙兄,恭喜你荣任团长。"正彦说。

"哪有那话,"文孙尴尬地说,"我在新六军任中校联络官,担任与盟军联络。现在抗战胜利,用不着联络,也退役了。"

"那你当盟军联络官,一定是蒋夫人选派的;将来还要东山再起,前途无限。"

"哪里,"文孙连忙否认说,"我是在学校读书被征调去的。"

正彦又问如今退役在家,作何打算呢?文孙反问他,听说母校"县中"缺一数理教员,不知确否?正彦说,纵使不确,他以"地方官"身份也可"保荐"。新校长岂敢不买账?

二人又谈了些同学间往事。正彦颇为文孙可惜。他认为三八年文孙如不去后方升学,准可跟他一样,进"省干训班";今日至少也可做个"乡长",甚或县府"科长",何至冷落到做"数理教员"呢?"老婆孩子都养不活!"

不过正彦又说,现在"干训班"还在招生,文孙可以一试,他也可介绍。只是级别上吃点亏,将来他可运用"关系",为文孙谋个"主任区员",或"副乡长","总比教书匠强些"!

文孙谢谢他的关心。

正彦又取出打火机和"加立克",问文孙是否抽烟。文孙说,既不抽烟又不喝酒。

"林文孙兄啊,"谢区长喷一口烟说,"我最初以为你又抽烟又喝酒,所以我才带了两份礼。你既不抽烟,又不喝酒,老伯用不了那么多,那我就收回一份吧。"

"谢谢你,谢区长,"文孙说,"我父亲也不喝酒,只抽旱烟;礼物您都带回去吧。"

"那，哪里讲得过去。"正彦说着取出个小童军刀，把一条"强盗牌"香烟划成两半，招呼卫兵连一瓶"五加皮"，又收回礼品筐中去了——文孙看那筐中还有两条"金华火腿"，和别的礼物。

文孙送老同学谢区长出门上了马。在马夫拉走之前，谢区长还关心老同学报考"干训班"的事。又说他因县府"主任秘书"家有喜事，需赶去吃喜酒，不能在此多留，下次再谈吧。

文孙眼看老同学去远了，才摇摇头、叹叹气，走回自己的马房。

郭保长的"小手钱"

区长访问后，不到几天，那久未露面的"郭保长"也出现了。他是来收"夫子钱"和"小手钱"。因为抗战胜利后，那些失修八年的公路，都次第修复了。修复的办法是就地征财、征夫。林参议父子既然不能亲自荷锹修路，那就得出"夫子钱"了。

文孙问郭保长，那什么又叫"小手钱"呢？

"打小手嘛。"郭保长笑笑说。原来公路修复了，还要省府"建设厅"和"公路局"派人"验收"。"验收人员"如不签名盖章，那公路修好也是枉然，所以要"打小手"（贿赂）。哪里来钱行贿呢？对不起，各乡镇公开摊派，这就叫"小手钱"了。

"这是什么话，"林中校气愤地说，"这不是贿赂公行吗？"

"现在好多了，"爸爸说，"抗战期间什么公粮不公粮，经过一层层无节制的贪污剥削，能有十分之一，真变成'公'粮，就不错了——所以壮丁整批整批地饿死！"

"这太不像话了。"文孙简直气得面色发青。

"说老实话，"爸爸也气愤地说，"国民党这批贪官污吏，也只有共

第十三章 还乡和去国

产党才能对付他们。铜观音，铁扫帚！"

"……"文孙气得说不出话来。

"他们老骂我们以前是'北洋军阀'，"爸又感叹地说，"我们'北洋军阀'没有坏到这步田地！"

"这位郭保长，我还未见过呢！"文孙说。

"他以前三天两夜就要来收费，"爸说，"后来听说你当了团长，乡公所就不要他来了。现在你团长退役了，他又来收'费'了。"爸说着向门外坐在板上的保长冷笑笑。

"这是个什么世界!?"文孙咬牙切齿，哼了一声。

不谙"鬼扯"之道

为着减轻家庭负担，为着免受落泊乡居的闲气，不管这是什么个世界，文孙是决定非离开家乡不可了。

父亲鼓励他外出自闯天下。母亲舍不得受重伤的儿子离开，但是又有什么办法呢？

四六年的初夏，提着简单的铺盖，林中校又回到嘈嘈杂杂的南京，住在一所大学实验室的阁楼之上——实验室的管理员是文孙的中学同班，主任则是大学同级。他二人对他都不错，因此他也可以和阁楼上的几条狐狸、数只老鼠，无限期和平共存下去。

当务之急，文孙要找个"咳饭之所"。他想恢复军职，但那时麇集南京的失业军人，正在闹一个"哭陵"的活剧——要死去的孙中山赏饭吃。恢复军职的机会是微乎其微了。

几位老同学劝他到一所市立中学去当数理教员，那儿有这个"缺"，新校长又是熟识的大学同级。文孙本不想去，因为他看不惯那位老同学的作风——大学里搞"党团"起家的小"党棍",作风恶劣。但是为着燃眉之急,他还是去了。隔着校长室的大办公桌和穿着纺绸长衫的青年校长握个手。

"老林来此有何见教!?"校长问。

老林说明了来意。

"不行呢,"校长说,"南京是首都所在。当教师要'教师考试'及格呢。先参加考试吧!"

老林回来问了一些老同学,都说那话是"鬼扯",但是生活在一个"鬼扯"的城市里而不谙"鬼扯"之道,失业饿饭,不是活该吗?

文孙又试了十余处,处处碰壁。南京是首善之区嘛,谁不想来!?搞一个一官半职待下去,没有后台老板,行吗?这是大家的结论。

文孙注定失业了,绝望了。

"Strange, strange!"

冠盖满京华,斯人独憔悴。老林一人漫无目标地在南京街头踯躅。

一次他在"中国青年会南京社会服务处"的布告栏前,看到一群青年在围观布告。老林也挤进去一看,原来是空军在招考五名英语翻译,"及格者,以空军少尉起用"。老林抄下地址,三步两步便赶到设在"小营"的空军总部去。那儿已有十余人在填表报名,等候问话。老林也就填了表,等候问话。

等到老林被叫进去时,只见问话的是中美军官各一人。他二人看了老林的表格,又要看一看老林的"证件";老林乃交上一大包中英文证件,包括盟军后方医院"住院证"。

二人又看了一次,那美国军官乃向那中国军官说:"He is over

第十三章　还乡和去国

qualified!"

老林在一旁听到，乃用英语插嘴说："I am now unemployed so I am willing to accept a lower offer."

那美国军官又把老林的文件，全部详细看一遍，连说"Strange, strange!"……随着他又问文孙现在住在哪家医院。文孙说，早已离开病院了。现在是"退伍军人"，要找个工作糊口。

"你不能工作唉！中校。"这老美很诚恳地说。

"Why？"文孙有点不服。

"You are still under medical observation, sir."老美说。

"I have been discharged not only from the hospital but also from the Chinese army!"老林理直气壮地说。

"They should not have done that!"那位中国军官插句嘴。

"Strange, strange……"那美国军官又说个不停。他随即要那中国军官和他一起走入内屋，和另外一些人又商议了半天才出来。

那中国军官乃改用汉语告诉老林说："林中校，您的伤势并未复原，并且可能恶化。我们商议着要你继续住院，接受治疗！"

这对林中校倒是个突如其来的惊异。但那美国军官却写了一张条子，叫文孙去看"驻华美军顾问团"附设医疗室主任，特图中校。文孙如在五里雾中，然也只好道谢而别。

惺惺相惜

特图中校是个养着小胡子的中年军医。他看到文孙的证件，也连着说"Strange, strange"……他说文孙这个 Case 应该报到"顾问团总部"，甚或马歇尔元帅本人。

特图要文孙把他的文件——文孙本人也未详细看过的英文文件留下，他并要林中校也把电话号码留下，当他发现文孙没个可用的号码时，便招呼女秘书与林中校约一时间，下星期再见。

时过一星期文孙依约前往，只见特图中校已在室外相迎，并立刻带他到一宽敞的办公室，里面坐着个将军。那将军见文孙进来，乃起立握手，并同往沙发边坐下——女秘书捧上咖啡。他们刚坐下之后，又见一个上校走了进来，四人乃一起喝咖啡。

"林中校，我已详细看过你的病历。"准将说着指指他办公桌上那堆尺多厚的文件。

文孙谢谢他。

"你这情况如发生在我们美军里，你可要拿我们的荣誉国会勋章呢！"将军说。

"将军，"文孙说，"您欢喜说笑话。"

"不是笑话呢，你看——"他站起来取下一份病历表，说，"你在同古之战受重伤！"

"受点轻伤，在同古。"文孙谦虚地说。

"同古之战，还有轻伤？"他拍拍文孙肩膀，并跷一跷拇指，又说，"你知道得清楚。"

"同古之战，相当激烈。"文孙说。

"我认识戴安澜将军呢！"准将又说，"林中校，您在仁安羌，再度受重伤。"

"特级重伤，"文孙说，"几乎死掉！"

"你在雷多公路争夺战，三度重伤。"

"我和约翰笙少校，一死一伤。"文孙说。

"你知道？"准将说，"约翰（约翰笙）生前和我是好朋友呢！"

"我和约翰也很要好。"文孙说。

第十三章　还乡和去国

"约翰和我也很合得来。"那上校也插句嘴。

"哈！哈！你看，"准将说，"我们三个人却有个共同朋友呢，可惜他死了。"

"我们四个人！"特图中校也加入了。

"是的，迪克也是约翰的朋友！"上校说。

"温斯顿，我亲爱的朋友，"准将又说，"你是我们盟军里大大的英雄。但是你自己的同胞，却没有好好对待你。"

"我们实在伤员太多，这也难怪。"文孙也为"自己同胞"，稍为辩解。

"Winston, you are a gentleman, but they treated you really very badly!"说着准将直是摇头。

准将又告诉文孙说，你神经也被岩石压弯了，要由名医指点，长期作物理治疗，否则三五年后，你会瘫痪的——这对文孙倒是个新刺激，听后不寒而栗。

"By no means they should discharge you from the army hospital."准将谴责中国军方之后，却希望林中校能让美国陆军有此光荣，好把他在印缅战场上所受的伤，治疗复原。

文孙为准将这番话，感动得眼泪汪汪。但他道歉，他是个退役军人，中国陆军不可能付出巨额的医疗费。

"我们不要他们为你付账，"那位上校接口说。"我们送你到华盛顿，你一切费用，按美军同级待遇，一概豁免——你的薪饷也按美军标准发，不过你得先恢复中国军籍。"

"恢复军籍不容易呢，"文孙说，"你听说失业军人在'哭陵'吗？"

"Yes, I heard."上校笑一笑说，"But count on us!"上校似乎颇有把握。

"中校，"准将说，"你如有意去美国接受治疗，一切手续，统由哈理逊上校负责。祝好运道，我们再见了。"

文孙辞出之后，就到哈理逊上校办公室去商讨中美之间的出入境手续了。

故国……明月中

听了文孙出国前那一番巧遇，李兰场长不禁叹息说，人的一生就是有那么多的"契机"，而改变了一生的命运。

"你那时如果没有出国，你后半生的生活，又成个什么局面呢？也很难说啊。"李兰感叹地说。

"首先，据医生说，我在三年之内，会因神经受伤而瘫痪了的。"文孙说。

"不瘫痪，你的日子也不太好过，"李兰肯定地说，"你的背景，不太好嘛。"

"地富反坏右，五毒俱全！"

"也没那么严重，"李说，"美国人有时也蛮有义气的呀。"李兰换个话题。

"他们工作效率很高，"林说，"那时国民党在南京公文旅行的速度，平均是每一个月穿一层地板——外交部有四层楼，你想想看！"

"你一个月就弄好了？"

"我？"文孙说，"我三天把一切手续都弄好了——第四天便上飞机，马歇尔的专机，直飞关岛，转机飞华盛顿。"

"这么快！"李说，"连办护照、照相的时间都不够。"

文孙说："那天到哈理逊上校办公室，他说四天后有飞机飞关岛，要我赶那架专机去美国。我就说四天连照相的时间都不够。他便立刻找了个照相师，就洗出十来张照片备用。其后他又分别向外交部、国防部

第十三章 还乡和去国

为我用电话约定时间，拿护照，拿恢复军籍派令，一天就办好了。哈理逊又发给我四百美金零用费、制装费；我制了些行头，分寄一半给父母，请几位好友吃一顿饭，话别一番。第四天傍晚，穿着新卡其军服，提着皮箱，翎顶辉煌地到了驻华美军顾问团，哈理逊派一部吉甫送我到机场，踏入马歇尔的专机；月色盈盈之下，在南京上空绕了一圈，和一些美国青年男女，嘻嘻哈哈，就这样一去四十年，真是不堪回首。"

"三哥，你还没告诉我，"李兰说，"你这样轻轻松松四天便飞出去了，为什么你那女朋友莉莉，费那么大的劲也弄不好呢？"

"唉，"文孙叹口气，说，"她以为她是美国公民，享有和白种公民一样的权利，摸老虎屁股嘛。"

"这话怎讲呢？"李兰有点奇怪。

"她要替我办'移民'嘛，"文孙说，"那时美国人怎会让我们中国人向美移民呢？排华律排了我们六七十年了嘛——可怜的莉莉哪能冲得开这样严重的'种族歧视'呢？"

"那你后来又怎么那样轻松地飞到美国去的呢？"李又问。

"他们给我一张'访问'签证去看病，不是去移民。"

"那你后来又怎么变成移民了呢？"

"四十年来，他们移民法，变了多少次嘛，"文孙叹口气说，"说来话长！"

"你到美国去找过莉莉没有呢？"

"我一到华盛顿，就给她家打电话，她父母都激动得不得了……"

"莉莉呢？"

"莉莉马上带她新婚夫婿到华盛顿来看我，"文孙说，"他那时是个上士，刚退伍，现在是一位药剂医——爱尔兰裔的白人。"

"你和莉莉的关系，多么可惜！"

"我和田书记的关系，不是更可惜、更可悲吗？命运作弄人，有什么办法呢？"文孙叹息之余，也擦去一些眼泪。

"……我不知道如何安慰你才好……"

"李场长，"文孙疲惫地说，"今天耽误你的时间太多了。"文孙又看一下那只忙碌的米老鼠，时间正是下午六点零三分。"关于我自己的事，不该说得那么长。"他又补一句。

"这是田军要我问你的，她要我问，问得愈详细愈好呢！"李感叹地说，"少奶对我们的三少，真是四十年如一日呢！"

"说我问候她，爱她！……"文孙眼泪一溜而下。

"八点钟还有个累人的餐会，"李说，"三哥你就回宾馆去稍微休息一下吧！"

第十四章

最后的晚餐

妹妹之家

李场长看一看她那"人民牌"手表,便拨了个电话到场里叫车。当二人诸事停当,走出正门时,司机已开着车门正在等候。

"李场长,您不必送我了,"林教授说,"你也休息一会吧。"

"我要休息?"李场长又看一看手表说,"我还得向另一个主角汇报一下呢。"

李兰刚入车坐定,文孙又问道:"我妹妹文月住在附近吗?"他这时忽然想起妹妹来。

"她就住在坡下,职工住宅区,"李说,"想到她家去看看吗?"

"应该去一下,"文孙说,"她还有个婆婆呢。"

"看看也好,不过不要多待,她婆婆眼睛看不见,又有精神病。"李说,"你得休息会儿。晚间餐会,不知多少人,要和你谈话呢。"说着她便招呼司机把车开向职工住宅去。

"今晚餐会有哪些人?"文孙好奇地问。

"名单是田军拟订的,"李说,"四世同堂。"

"什么'四世同堂'？"

"老中青三结合。领导之外，客人们多少都与你有点关系。"

"与我有关系?!"文孙有点奇怪。

"……"李场长又叽叽咕咕地笑着说，"三女争夫的主角全在！田军说，她们那时都恨我，今天晚间，我们都可以化解化解了罢！"李兰握住三哥的手，不觉大笑。

文孙正拟再问时，汽车已停下了。

这座"职工住宅"据说还是"大跃进"以前造的。两排向东、两排朝西，面对面四排矮瓦房。每排十来间，每间一户。每家门前搭个芦席棚，棚下便是烧煤块的小炉灶。房后菜园边上便是一排蹲坑抽水的公共厕所。文月住的是中排最后一间。她家是新迁来的，算是领导对她婆媳的特别照顾。

当车子抵达宿舍南边的马路时，正是众人下班回家烧饭的时候。四五十家人家，挤在一起分别烧饭，当然烧得烟雾漫天。当李场长领导客人从中间砖路走向文月家时，两边烧饭的男女都伫立观看。孩子们更围拢起来跟着跑。

文月这时也在门前为婆婆和儿子烧饭，一见哥哥来了，也就放下锅铲，用围裙擦擦手迎了上来。小牛本在屋内看彩电，也关了电视，并告诉奶奶说"舅舅来了"，出门迎接。

文孙走向前去，称呼"秦伯母"，并鞠躬请安。

"小牛呀，"已半盲的奶奶招呼孙儿说，"请舅舅坐，叫你妈倒茶。"

"奶，"文月说，"李场长也在这儿。"

"哪里担得起？"奶奶说，"媳妇你替李场长倒茶。"

文孙走入室内。只见这屋大约有七八尺宽，一丈多长。里面有两张木板搭的床——奶奶一张，小牛和妈一张。床上挂着灰得发黑的蚊帐。床底下放了些箱笼。房的另一头是个玻璃窗，看来很新，玻璃似乎是新

第十四章　最后的晚餐

装上去的。房上面没有天篷。屋梁上挂着个尚未扭开的十五烛光灯泡。两床之间靠窗之下，放着一张小木桌。上面放着文孙自北京友谊商店替文月母子所购的十八吋"彩电"。

门边靠左放着个纱橱，里面放了些剩菜和碗筷。门右边则放着个木柜，上面摆着水瓶、茶壶和一些茶杯。柜子边有张竹椅子。文月请李场长坐在这竹椅上，哥哥则坐床沿，自己忙着倒茶。

这时左右邻人已围拢起来。有一位男士，文月介绍他是"场里刘会计"，他围着一条围裙，手里还拿着锅铲，来同访客握手——他正替他家烧晚饭。

另一位女士是文月的"紧隔壁"。她是庄师母，是宾馆食堂张师傅的"爱人"。他们都一一与文孙握手。人太多，其余的人文月就请他们自我介绍了。外圈的人，大家就招招手，彼此笑一笑。

当众人正在乱哄哄地谈着、笑着、看着，坐在自己床沿上的阿婆，忽然大声哭起来说："舅舅来了呀……招宝呀，你不死多热闹呀……你怎么死得那么惨呀……剩下你寡妇孤儿、老娘亲……多苦呀……我的心肝宝贝秦招宝儿呀……哦……哦……哦……"

"阿婆！阿婆！你不能哭呀，"文月赶快跑过去，拿块毛巾堵住她的嘴，自己也擦擦眼泪，说，"阿婆不能哭呀！李场长在这儿嘛！"

文孙也走过去，拉着她老人家的手，劝她别伤心。但是劝不住，愈劝她老人家愈伤心。

大家屏息以观，李场长也不知如何是好。

"哥哥，"文月一面又擦一擦自己所忍不住的眼泪，向文孙说，"你陪李场长回宾馆去吧。你愈劝，阿婆会愈伤心——她是哭不完的。"说着她眼泪也一溜而下。小牛也哭了。场面很凄凉。

"林教授，"李场长轻轻地向文孙说，"您今晚还要辛苦呢。现在您也应该休息一下才好，我们走吧。"

文孙又默站了半晌，才拉住阿婆的手，向她道别，然后默默退出，和李场长上了汽车，心头十分沉重。

二人沉默了半天，李场长才隐约地透露，文月的爱人秦招宝是红卫兵"武斗"时被人用"鱼叉"叉死的。儿子死了，秦老太就疯了。

"秦老太可怜啊，"那司机同志也插句嘴，"她常常半夜出去替儿子招魂。文月同志和小牛，四处找不到她呢。"

妹妹一直告诉文孙，说小牛的爸是"疟疾害死的"——今始恍然。文孙不觉叹口长气。

"服务生"的奶奶

车子抵达宾馆，李场长没下车，便径自到另处"汇报"去了。

文孙回到自己房间内，那殷勤的服务生，马上泡好茶，并打来热水。文孙洗了脸，在沙发上没精打采地坐着，偶尔啜两口"毛尖"细茶。想想妹妹的身世，也感伤不已。再想想当天所发生的事情，他觉得简直是一场梦——其实"梦"也不会有这样奇特。

人确是困了，想在沙发上打个盹，可是怎么也睡不着。他正默坐沉思，那穿白制服的服务生，又提着个热水壶走进来了，问文孙是否要加点开水。文孙谢谢他说不要了。可是这青年，却提着壶，站在一旁，迟迟不去。半晌，他才问了文孙一句："林教授，你还记得我父亲吗？"

"啊，你父亲是谁？"林教授问。

"我父亲据说小名叫'大眼'。"

"你贵姓呢？"

"我姓霍，叫霍正高。"

"你父亲叫霍大奄？"

第十四章　最后的晚餐

"我父亲叫霍大眼、大眼睛，"正高说，"我祖父叫霍大个子，又叫霍大盆。"

"你祖父是撑渡船的？"

"是的。"正高说。

文孙想了一下，又问："你祖父现在在哪里？"

"抗战时就被日本人杀了。"

"你爸爸呢？哦，你是'大眼'的儿子！"文孙说着叹口气。

正高说："我爸爸也不在了。"

"我记得你爸比我年轻很多呢，"文孙说，"怎么就死了呢？"

"三年自然灾害时死的。"

"怎么死的？"文孙问。

"粮食很紧张嘛！"正高说。

"粮食很紧张？"林教授说，"你说你爸是饿死的？"

"三年大灾害死的。"正高说。

"……"林教授沉默半晌，又问道，"你母亲呢？"

"我妈改嫁了。"

"三年大灾害，你妈没饿死，你也没饿死？"文孙有点奇怪。

"奶奶说的，"正高解释说，"那时饿死的都是三十到五十的男人，我爸那时三十岁。"正高说着下意识地向身后左右张望了一下。他这个下意识的张望，使文孙感到祖国的可怕——这种"张望"神态，连那自信心特强的李场长亦不能免。

文孙又问正高说："你奶奶还活着？"

"她八十多岁了，现在跟我一起住。"正高说。

"怎么三十岁的壮年男子倒饿死，"文孙更觉奇怪了，说，"你们祖孙老小倒没饿死！"

"奶奶说，"正高又引他祖母的话，说，"三四十岁的男人找到点粮食，自己舍不得吃——不给老人吃，就给老婆孩子吃。小孩又不懂事，饿着就拼命吃。爸爸自觉年轻力壮，饿不死、不要紧，饿了就拼命喝水，浮肿，结果眼一黑，就死了。"

正高说到这儿，文孙把眼睛闭了半刻，他记得三八年暮春，他和小莹骑脚踏车回县城。小莹一时作呕，他们乃到路边撑渡船的霍大盆家，休息片刻。在那儿曾看到一个穿得破破烂烂，瘦得只剩个头和两只"大眼"的小孩。他妈叫他"大眼"，那时不过七八岁的样子。谁知那个"大眼"小孩，竟是这位清秀英俊的服务生的爸爸；而这"大眼"小孩居然在贫农翻身的"解放"后被"饿死"！

"你怎么知道你爸爸认识我呢？"林教授又问小服务生一句。

"今天中午回家吃午饭说到林教授，奶奶告诉我的。"

"正高，你过来。"林教授叫服务生站近点，并亲切拉着这青年的手，向他看了半响，忽然把眼一闭，四个泪珠从四只眼角一冲而出。林教授用手帕擦了擦眼泪，又从皮夹内取出三十元"外汇券"，塞到小服务生的手中，声音显得哽咽地说："拿去给奶奶，说是林三哥孝敬奶奶的。"

正高死也不接受，文孙乃亲切地告诉他说："正高呀，你奶奶以前是我的'干奶妈'，我是你'大眼'爸爸的弟兄，是你叔叔，你不收叔叔就要生气了。"正高才勉强替祖母收下。

"干奶妈"是他们林家庄里所特有的"土话"。文孙幼年羸弱，三岁"断奶"之后，家人认为这儿童继续需要"人乳"来滋补，就替他雇了些"干奶妈"，由他们轮流把"人乳"挤入一个小热水壶，再拿去让这个羸弱的儿童当"牛奶"喝。"霍大盆家的"便是"林三哥儿"当年的"干奶妈"之一。所以当这青年服务生，告诉他这位"干奶妈"一家的遭遇时，文孙的感情就难免激动了。

文孙离乡背井垂四十年，寄迹异国，思家乡、念骨肉，不知哭掉多少饭碗的眼泪。本期望一旦回到祖国故土，会悲尽欢来，笑乐一番。

第十四章 最后的晚餐

谁知这次返国,为时不逾月竟哭父哭母哭妻哭子哭叔哭伯哭姑哭姨哭姐妹哭弟兄哭亲友乃至哭奶妈哭邻人……哭房哭墓……没一天停止过哭泣——一个月流出的眼泪,竟超过过去四十年所流的总量而有余。

"我奶奶也想来看看林教授,"正高说,"但是我告诉她,林教授什么人,你怎能看他——领导不准的呢。"

"让我同李场长说说看。"文孙也确想看看当年的奶妈。

他话未落音,忽然有人推门而入,一看正是李场长。她招呼林教授"洗把脸",晚宴就要开始了。

林教授正要把正高介绍给李场长。李说:"我怎么不认识他?他这份好差事,还是田书记照顾的——小霍你自己可能还不知道呢!我们准备走吧,晚宴时间到了。"

旧情,旧侣

李场长陪着林教授下楼,坐上车子,大约开了三分钟就到了"国营人民食堂"。

这食堂相当宽敞。抗战前它是当地独一无二的大餐馆,叫"春江大酒楼"。这酒楼是林家地产,林放鹤堂是"房东"。那时经理认得房东的小主人,所以文孙来吃饭,不必付钱,只要记个账,年终在房租内扣除。

春江大酒楼一度被日机炸毁一部分。敌伪退出之后,原租客重建酒楼,规模较小,然菜肴精美,一如往昔。解放后改为公私合营,"文革"兴起之后乃改今名叫"国营人民食堂"。

这次招待贵宾,二楼由革委会全部包下。餐会订在晚间八点,便是避免于营业期间与一般顾客混杂。七点半餐馆打烊之后,八点正是宴请贵宾最好的时候。

林、李二人下车后，只见餐馆门外已有一排领导，田书记、张队长、程厂长、甘主任等十余人在楼下恭候，一齐鼓掌欢迎。这时大家已不像早晨那样陌生。林教授和田书记等依次握手。

　　尤其是"红星丝织厂"的程厂长，对林教授的健康特别关心。因为"红星"早在一个月前，全厂职工就已在打扫改装，准备欢迎国外贵宾参观，谁知事到临时，贵宾竟未能来场，不免使大家颇为失望。程厂长在和林教授握手时，便一再问候："身体好点了吗？好点了吗？"

　　"只是血压稍高，头有点晕，"林教授说，"未能访问贵厂，真是抱歉。"

　　"现在好点吗？"张大队长也插入问候，并问，"住院吃药没有？"

　　"小毛病，住院岂不小题大做了，"林教授抱歉地说，"承李场长招呼，在她家睡了六七个钟头，现在完全恢复了……"林教授又转身向大家道谢说："谢谢诸位领导关心。"

　　在众人中，文孙也看到田书记的态度镇静、端庄、大方，与早餐时没有两样。文孙乃再次趋前握手，说："感冒好了点吗？"

　　"天气不好，年纪大了，很难适应，"田书记微笑说，"没有什么大不了的病。"

　　这时张大队长领先，林博士在诸领导簇拥之下，乃登梯走入二楼餐厅。楼内数十人鼓掌欢迎。

　　楼上一边放了几张沙发和十多张椅子和茶几，另一边则布置了四张圆餐桌，桌上杯盘餐巾，整洁鲜明。

　　田书记、张队长乃招待林教授在沙发上坐下，由服务生捧上茶水。张、甘等领导则请林博士吃糖果、抽香烟。文孙看到其他客人都还站着，稍坐一下也就站起身来。田、李、张等领导也跟着站起来。

　　这时人潮汹涌，大家围拢起来和贵宾握手；人声嘈杂，熙熙攘攘的，喝茶、抽烟或吃糖果，一团团地，张家长、李家短地聊天。

　　"我看你脸色还不太好，"林教授有礼貌地又向田书记说，"应该看

第十四章 最后的晚餐

看医生才是！"

"谢谢，没什么大不了。"田感激地说着，她又指向餐厅的一角，那儿有几位女同志。田书记又介绍说："林教授，您还有几位老同学想看看你。"

文孙走向前去和那几位女同志握手。

"林教授，还记得我吗？"一位五十来岁的女同志笑着说。

"记……得……"林教授伸头仔细地看，嘴内却吞吞吐吐。

"我王生强——生姜嘛！生姜嘛！"她又笑一笑，"你不记得我了！"

"王生强王生强，记得记得，"林教授说，"你在遵义嘛。"

"毕业后就回家当教员。"

"现在还在教书吗？"文孙问。

"现在在东方红大队医药室配中药。"

"学生物化学搞中药，正是学以致用。"

"有个工作能为人民服务就好了，""生姜"又笑了笑说，"你记得'压寨夫人'吗？"王生强又指指她身后有一位灰白头发的女同志。

"啊……"文孙和她握手。

"我是易植芙。"她也微笑着自我介绍。

"啊，易植芙，易植芙，"文孙恍然大悟，说，"你到大夏去的。"

"……"易植芙笑笑点点头。

"你现在在哪个单位？"

"红星大队书报室。"植芙淡淡地回答着。

"那你那好友涂秋薇呢？"

"秋薇可怜呢，"植芙说，"强盗抢她学校，她被打死的。"

"我战后便听人提到，但是我不信。"文孙说。

"是事实。"植芙还是淡淡地说。

"刘希曾那时不是在追求她吗？"文孙问。

"希曾伤心得要死,几乎殉情自杀。"

"我们老同学,真难得碰到一次啊。"文孙感叹地说。

"今天领导招待你这贵宾,我们本不敢来呢,""生姜"插句嘴说,"但是革委会派人打电话,特地找我二人前来,说我们是你同学嘛。"

"我很想知道同学们的消息……"文孙正说着,他的话又被李场长带来一群人所打断。

这群人中有的还拿着"海鸥牌"照相机,看来似乎是新闻记者一类的人。其中还有一个五十多岁的光头大个子。

李场长指着这光头问文孙说:"你还认识他吗?他是我们食堂的邢经理,邢小龙。"

"林教授,我是小聋!"那大汉伸出手来自我介绍。

"邢经理,邢小龙,小聋……"二人握手之后,相互抱成一团,高兴得要死。

"邢经理,"文孙说,"你以前是个和尚头,现在还是个和尚头。"

"三哥,"邢经理笑着说,"解放后我留头发、梳分装头、涂凡士林,满头乌云呢!"

"我那时就告诉他,"一位同志插嘴说,"凡士林涂不得,涂多了要掉毛的,他不信呢。"

"现在掉完啦!"邢经理说着大笑不止。

"和尚头好嘛,你以前不是说过,老天一下雨,你就可洗头!"林教授提起邢经理四十年前的老话,使大家笑不可仰。

"林教授,您记得吗?"邢经理问文孙,"那年——三八年吧——您和'香姑娘'到春江吃饭,还和我合照一张照片呢,这照片我几十年都未丢掉。"

"有这事吗?我真不大记得了。"文孙说着有点尴尬。

"这照片我今天带来了。"说着邢经理便在衣袋内取出那张发黄了

第十四章　最后的晚餐

的小照片。众人围拢来看，果然是那光头围着一条围裙的邢经理（看来还很像），和一位瘦瘦穿着呢子中山服的青年。他和林教授对比，已认不出了。他二人之前站了一个极其甜蜜的微笑少女，那就是邢经理所说的演《放下你的鞭子》街头戏的"香姑娘"。

这时那在一旁猎取镜头的青年记者，乃提议替他林、邢二人，再合拍一张照片比比看。邢经理闻言大喜，乃和林教授靠拢起来，但是大家认为少了一个"香姑娘"为美中不足。众人乃起哄把李场长拖来权充香姑娘，拍了照。

各位老同志，这时看到田书记站在餐厅另一端和一些人在说话，乃一窝蜂地把田军也拖过来，田书记不知何事，被拉入人丛之后，才知道大家拉夫，也要她当一次"香姑娘"。田书记还不知其所以然，已被摄入镜头。摄影之后，大家鼓掌欢笑，她才知道是怎么回事。

这时服务同志已来通知，上菜了，请大家入席。邢经理取出一张主客名单，叫出为首几位主客座位之后，其余的人，就随便坐下了。

最后的晚餐

在这次晚宴的席次上，坐在林氏右侧的是工宣队张大队长、革委会甘副主席、军代表、程厂长；左侧则是田书记、李场长和另外几位领导。一席十二人。其他三桌也都十二人一席，宾主四十八人，加上十来位服务同志，穿梭其间，真是热闹非凡。这是一席盛宴，菜肴精美，单单酒一项便有茅台、双沟、葡萄、啤酒等多种，另外还有果汁和清茶、甜点……鱼翅、海参，无不具备。

酒过三巡，田书记起立略致介绍辞，并讲了"既是欢迎，也是惜别"的话。其他领导也一一致辞，希望林教授能为祖国在海外宣传。文孙也起立答辞,讲了些感想和展望。讲毕众人纷纷敬酒,觥筹交错,人声鼎沸。

文孙本能喝几杯,在众人闹酒之下,很快就喝得七分醉意,而最使他无法拒绝的,则是坐在他身边的田书记。她语言无多,却一杯一杯,默默地向贵宾敬酒。

田书记看样子不是位能酒之人,勉强一杯杯地喝下去,竟然喝得神情恍惚,语无伦次起来。李场长不许她喝,也不许服务生为她斟酒,但桌上酒杯太多,闹酒的人更不惜把她灌醉。

"田军你不能再喝了。"李场长把她酒杯拿去了,禁止她喝酒。

"最后的晚餐嘛,"田说,"大不了、大不了,喝到死……"

田军本是个低声小语之人;喝醉了,声音也不会大起来。但是她那柔和而坚决的口头禅"大不了",在贵宾的耳朵里,却把时光倒退了四十年——这声音是熟悉、凄凉而哀婉。

同席的领导虽不知仔细,但是大家都有点诧异,觉得田书记今晚行为有点反常——他们未听说过田书记能喝酒,更不知道她可以喝醉。为她的健康着想,再有来闹酒的同志,就被张大队长等半途截堵了。

"我虽然不能喝酒,"田书记半醉半醒地举起酒杯又向贵宾敬酒,并颤颤抖抖地说,"这是最后一次嘛!文孙喝一杯。"

文孙把她杯子拿过来,把酒几乎全部倒入自己杯子里去,然后把空杯还她,再和她碰杯喝了。田书记又要斟酒,李场长抓住她的手,对她使眼色,不许她再喝。

"兰妹啊,"田书记泪从颊下,迷迷糊糊地说,"他不会再见……见到……我了……大不了、大不了……—死嘛……"

李场长拿餐巾替田书记擦去脸上的汗,并低声骂她说:"要死了,你真喝醉了。"

李兰正为田军酒醉而感到手足无措之时,幸好原先那照相的记者同志忽然和邢经理拿着一大沓照片走到首席来。今晚照的一些照片不但

第十四章　最后的晚餐

洗出放大,连邢经理的老照片也被翻印放大了。大家围拢来看照片,人人都在照片内,人人欢喜照片,也就没人注意到田、李二人在哭诉些什么;连那个神态恍惚的贵宾也被遗忘了。

"田军,理智点!"李兰低声向田军耳边下命令;同时又要来热毛巾替田军抹了脸。田军自己也喝了果汁,清醒多了。二人才一道看照片。

田书记从林教授手中接过照片,看了又看。她毕竟今晚多喝了几杯,拿着照片,手颤抖不停;文孙看她用牙齿使力咬住口唇,李场长表面上是和她一起看,事实上是搀扶着她。

"这张是三个青年,"田书记嗓子里挤了半天,始迷糊地说出一句。又向另一张照片说,"这一张是三位老人……三位老人……人……"

李场长看到田书记脸上有汗有泪,乃用毛巾替她擦掉说:"田军,我看你伤风愈来愈严重?——今天吹了风了吗?"

田书记未搭腔,她把照片交给李场长,却在桌上拿起个玻璃杯,问林教授说:"林教授,再喝一杯——最后一次嘛……"

"酒醉饭饱,田书记,"林说,"实在不能再喝了——您也得休息休息了……"

"最后一次了嘛,文……"田叽咕地说,"……最后一次了嘛……"说着她眼泪显明地就要夺眶而下。

"田军,"李场长感到有点尴尬,乃忙用毛巾为她擦脸,并细声地说,"你怎能这样地呢?"

"大不了……大不了……"田军还想说什么,李场长马上递上一杯温茶,强迫她喝下去。

此时幸好,那些张放大照片,太迷人了,大家一堆堆地围拢起抢着看,也未注意到田、李、林三人在说些什么。

当田军还想说些什么时,李场长忽然举起一只玻璃杯,用筷子敲得叮咚作响，这才又一次引起全场精神集中。

"各位同志！"李场长大声地说，"林教授明天一早就要动身。他现在也累了。古人说，良筵易散。我们大家向贵宾敬一杯，祝他回美国一路顺风——我们大家干杯！"李场长说着一饮而尽，大家也跟着"干杯"。

"现在我们就宣布'宴会结束'！"李场长又大声说一句，便把宴会结束了。大家过来和林教授握手道别，向田书记握手致谢，便纷纷离去了。田书记也扳请李场长代劳送林教授返回宾馆去。

昨夜梦魂中

李场长一直把贵宾送回他宾馆的二楼套房之内，并招呼服务生小霍泡了壶新茶，并打盆热水给林教授洗脸。

"李场长，你能坐一会吗？"林教授问。

"喝杯茶吧。"李说。

"人生生离死别，就这么痛苦！"文孙感叹地说着就流下泪来。

"我心里也难受至极，"李说，"天下哪有这种事呢!？"

"你下午去看了她吗？"文孙问。

"我把你所说的全部告诉了她。"李说。

"她有什么反应呢？"

"她听一段、哭一段，趴在我身上，哭了一个多钟头。最后还是我把她洗了脸，点了些眼药，才能去赴宴的。"

"她恨不恨我呢？"

"她为什么恨你？又不是你的错！"

"真不是我的错吗？"文孙欷歔地说着，不免眼泪又潸潸而下。

第十四章 最后的晚餐

"你错了些什么呢？莹姐爱死你了。但是事到如今，又怎么办呢？"李兰说着也眼泪直流，伏在文孙腿上便呜咽起来，又说，"我们是结拜姐妹嘛；我真为她伤心。"说着李兰又啜泣不已。

"春兰，"三哥抚摸着李的头发，"你看三哥怎么办呢？"

"你不需要'怎么办'，她也不需要你'怎么办'，"李哭着说，"她一再地说：'跟党跟了几十年，反正跟到死。'她不要你什么'怎么办'。"

"春兰，"文孙说，"三哥真不想活下去了。"

"你又何必呢？"春兰说。

"人生在世，为什么就有这么多的悲欢离合呢!? 天啦！"文孙自言自语，仰首叹息。

"人世间为什么就要产生你们两个生死冤家呢？"

"……"文孙不住地流泪，但却拿了些他从美国带回的擦眼纸递给李兰。

"……"春兰伏在三哥腿上，默默无语好半天，才看看自己的手表，站起来整整衣服，走向洗手间，自己自水壶内取了些热水洗了脸，再扭了个热毛巾递给文孙。文孙也擦了脸。春兰又重新倒了些热茶，二人喝了。

"我也不放心她呢，"春兰说，"我还得去看看她——您休息吧！明早会。"

李兰刚出门，正值小霍拿了热水壶进来。小霍叫声"李阿姨"，阿姨答应一下，便下楼去了。

小霍放下水壶，又替林教授把床褥打开，整理一下，说："林教授今天也累了，休息吧。"

"正高啊，你也认识李场长吗？"林教授关心地问一句。

"妈妈改嫁之后，"小霍说，"我是阿姨领大的。林教授，"小霍又问，"你还要什么东西吗？"

"不要了，你也休息吧。"林说。

"今晚我值夜，"小霍说，"您睡吧，明早六点钟我来叫醒你。"

小霍反手关了门，出去值夜了。文孙脱下外衣，取下领带，又松了鞋带、换上拖鞋，坐在床沿上，不知是要坐还是要睡。

扭灭大灯，自己默坐在微弱的小壁灯光下，思潮起伏。想想今天一天的遭遇，足使三十八年前的往事，直如电影一样，一幅幅、一幕幕，涌上心头、涌到眼前。

他今天紧张了一整天。痛哭了好几场，又在人群中嘻笑了几个小时——真是情况复杂、悲欢迭起。如今酒后微寒，午夜独坐，也无心更衣拥被；不知不觉地，便侧身床上，和衣而卧……

这毕竟是仲冬时令，凉气袭背……他觉得头上微凉习习，三两片雪花，偶从腮边掠过；颠颠簸簸，他竟推着一辆自行车，在县城西门大街之上，在年关季节、人潮之中，缓缓前进……他下意识地在一座有两扇黑漆大门之前停下了。这是新年刚过。门上墨迹犹新的春联写着："睢阳绵世泽，圯上振家声。"上面横批写着"留侯旧庐"。

文孙向那个硕大的铁门环，拍了两下，扶着脚踏车，又仰首看着那两个缓缓转动的用金纸贴着"张府"两字的红灯笼。不一会，那漆黑大门，便讶然一声地开了。